有爱的青春陪伴者

图书在版编目（CIP）数据

飞鸟向神 / 荒糖尘著. -- 南京：江苏凤凰文艺出版社, 2025.7. -- ISBN 978-7-5594-9735-2

Ⅰ.I247.5

中国国家版本馆CIP数据核字第2025W9V584号

飞鸟向神

荒糖尘 著

责任编辑	王昕宁
特约编辑	廖 妍
出版发行	江苏凤凰文艺出版社
	南京市中央路165号，邮编：210009
网　　址	http://www.jswenyi.com
印　　刷	长沙鸿发印务实业有限公司
开　　本	880mm×1230mm 1/32
印　　张	9.5
字　　数	321千字
版　　次	2025年7月第1版
印　　次	2025年7月第1次印刷
书　　号	ISBN 978-7-5594-9735-2
定　　价	45.80元

江苏凤凰文艺版图书凡印刷、装订错误，可向出版社调换，联系电话025-83280257

目 录
MU LU

第一章 ·天台　001
想靠近你，就这一个意思。

第二章 ·宿命　040
俞韵是熄灭了的月亮，
需要一盒谢瑾牌的火柴来点燃。

第三章 ·筹码　076
那弯月亮不复皎洁，居于高台，摇摇欲坠。
这一座城市的距离，曾是十七岁的他，
怎么也跨不过去的山川湖海。

第四章 ·天降　106
其实如果她愿意抱着他沉沦，
他也不是非要见到太阳。

第五章 ·小怪物　141
他愿做她身旁的那棵树，
陪她燃烧殆尽，抑或抵死纠缠。

目录

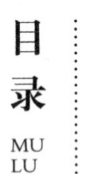

MULU

第六章 · 荣幸至极 170
世界终于舍予他慈悲,
赐予他此间所求的最高礼遇,
而他将彻底归顺,永不抵抗这宿命。

第七章 · 愿者上钩 203
普度众生?度天下的那份好心,我没有。
尘世茫茫,我只想度她一个。

第八章 · 大小姐 230
莹莹烁烁,光芒万丈,它美得丝毫不含蓄。
古希腊人以为,那是天神的眼泪。

第九章 · 度我 257
他是那样的虔诚如神祇,却又不度众生,偏偏度我。

番外一 · 小行星 289

番外二 · 谢瑾日记 293

第一章 · 天台
/想靠近你，就这一个意思。/

- 楔子 -

"本场考试结束，请考生立即停笔，整理好自己的答卷，等待监考老师收卷。如继续答题，将作违规处理。"

六月的毕业季一如既往，考场外，阳光照得俞韵睁不开眼。

半包围结构的楼栋里，充斥着考完最后一门文综的撒欢"野马"。可熙熙攘攘的人群里，她只在意对面露台上同样手拿收纳袋的那个人。

任由着其他人先行离开，偌大的考场很快重归寂静。而在这片寂静中，那人绕过了大半楼层，踏着沉静淡然的步伐而来。

"你自由了。"他照常立在她身后。

"谢瑾。"

"嗯？"

"我好像，真的喜欢你了。"

"啊，说起这件事，我可比你更早知道。"

1

那年，被夜风吹动的发尾，如彼时复杂纠缠的思绪般四处飞扬，俞韵端坐在学校的天台上，望着熙熙攘攘的学生打闹。

那里没有一处欢声笑语和她有关。

她沉静地看着夜空，歇斯底里的内心却充满了失望。

还有一年，还剩一年……

她苦笑着暗自告诉自己，要乐观些，努力熬。

其实，她并看不清星星。

泪水反射光芒，俞韵身处黑暗，却满眼都是亮斑，映现出这世界光怪陆离的原形。

无须猜测就能知道，今天的自己是晚自习最好的谈资，于是利人利己，她识趣地躲来了这里。

然而不远处的金属门再次被推开，生锈的门柱发出噪声着实不小，扰了今晚迫切而难得的清静。

一中的两个校区内并未出现过任何意外事件，所以学校对天台的管理并不严，以至于金属门上这个坏掉却未被检修的锁，在漫长的校园生涯里，给了俞韵许多得以喘息的机会。

可能是爬楼所致，来人呼吸急促，无端带来些紧绷的氛围，显得存在感有些强……好在她也不怎么担心被人发现。

一则此处是个视角盲区，光线昏暗。

二则不想被人看见此刻她眼角湿润的模样，不用想也知道那些人不会听她一句辩白，只会嘲笑她懦弱。

思及此，俞韵几乎要笑出声来，真就想不管不顾做一次恶人，问这不知哪位的路人同学一句：

你们亲眼见过吗，那些所有人都深信不疑的我的罪过？

然而，她浅浅吸了口气，又懒得发问了。

反正结果都是一样的，悲伤久到令人厌倦，现在就连委屈的感受都已经不再清晰了。

课间休息终止的铃声迟早会响起，在此前，她还要再想想。

哪怕费尽口舌去解释，也不会有人替她做证，而无数字条上讨论的主人公亦不会消失。

可反驳回去又是你来我往的拉扯，如今单单是想起这种生活就足够让人疲惫。

一时间想不出解决办法，她的情绪也不受控制，一边是所谓的妥善解决，一边是偏激的报复，似乎都不是最优解。

思虑再三，觉得当众讲一个无人相信的真相，对厌弃自己的人来说，倒像是观看了一场免去门票的舞台剧——

还是可互动的那种。

俞韵颇为不屑地"哼"了声，决心自己绝不做这个"抓马"剧目的演员。

身后的脚步声不停，跨过了天台分隔区域的杂物，竟然隐隐约约朝着这个方向而来。

她内心突然有些暴躁，恼怒居然连躲在这小破地方求个宁静都还要再听几句冰冷的嘲讽。

有些脾气一旦上来，就再也按不下去了。

而恰好脚步声停在身后两米左右的地方，从响动可以轻易确定，对方必然是看到此处有人才站住的。

因此，她并没有浪费时间转头看来人，只收敛着支离破碎的思维，想要尽可能干脆地先发制人。

"坐在那儿吹风会更舒服吗？"

或许是俞韵准备的时间太长，让对方抢占先机开了口。

少年的声线略微有些熟悉，但语气温柔得让她很陌生。

她反应一会儿才理解意思，心下轻哂这句让人摸不着头脑的搭讪，想必对方没看清，只当她是个有些想不开的同学。

毕竟太久没人这样同她讲话了，这句无关痛痒的话里，所满含着的帮助的语气让人有些贪恋。

可惜被这种希望和后续会到来的绝望折磨了太久，俞韵已经自认不再需要。

于是，感慨被生生压下，情绪转瞬即逝，她朝着微弱的灯光偏过头，目的是方便对方看清自己的脸。

俞韵像是企图自虐般确认道："你认识我吗？"

身后的人默了两秒。

她噙着笑不改神态，心下了然。

是啊，现在你知道我是谁了，像旁人一样嘲讽，或者转身离开，都可以，看在前一句搭讪的分上，我勉强可以不恨你。

"俞韵。"对方并未沉默太久，声音却莫名有些低落，"我认识你。"

"我认识你。"他重复了一遍。

明明是自己让人退避的，可等到少年真认出的时候，俞韵又觉得好生无趣了。

一个发善心发到她这儿，这会儿反应过来可能正懊悔的人，哪怕没说一句嘲讽的话，也不过是暴力的帮凶罢了。

她用气声发出个"嗯"，收敛了笑容，转过头去不再理睬对方，想让这人知难而退。

这天最不该被期待的上课铃声适时响起。

并不尽兴的学生们喧闹着从楼外跑回教室,但俞韵不想回去。

不知为何,身后的人也始终没有动。

意识到他似乎没有意料之中那么讨厌自己,俞韵突如其来地有些不安,甚至后知后觉地有一丝抱歉。

刚才对方像是误会了她要寻短见,不顾自身的安危来救她,只是他恐怕没有意识到接近这样一个不讨喜的危险人物,将会给他带来怎样的影响。

更何况她不受控制,整个人冷静而疯狂。

轻蔑与讥讽摆在表面,根本不需要出声,就能给人制造出令人不安的阴影。

情绪上涌的时候,俞韵希望校区的人也能体会她此刻的痛苦,真正体会过她的感受,那些人或许就不会对她如此冷漠。

她现在偶有动摇,却是对这个不曾回头看过的少年无端生出了几分恻隐之心。

然而好人应该有好报,善心应该被褒奖——而不是和她这种不可沾染的厄运小姐扯上半点关系。

好在她熟练掌握将人推开的技能,虽然也没机会试验几次,获得的效果却都非常好。

那是某种令她害怕,又不得不理解的好。

俞韵叹了下,耐着性子酝酿几秒,随即语气不善地斥道:"你滚远点儿,什么阿猫阿狗……"

"我带你去吃关东煮,怎么样?"

少年截了她的话,但依旧站在原地,没有贸然靠近。

此刻的境遇和以往的经验无法同步,这下俞韵倒有些迷茫了。

如果有人来打骂,那么她有很多经验可以用来还击,保护自己;可如果她做着将那人推开远离的努力,对方也明知她声名狼藉,却还是继续施以善意的话……

由此,俞韵脑中所存,便只剩下了"迷茫"二字。

从面朝空旷校区的角度扭回身来,跨坐在天台的围墙上,她神态里带着几分疑惑,转头看向这个一直站在身后的人。

原本以为是哪个新来的转学生才能对自己有那么多的温和情绪,然而看清之后,俞韵的不解几乎全写在了脸上。

"谢瑾?"

听到自己的名字被眼前的女孩念出,少年身侧的手指微不可察地慢慢蜷起。

他就那么深深地注视着俞韵，眼里的情绪复杂，让她一时间有些愣怔。

几秒过后，大概自觉有些失态，谢瑾慌忙收敛了情绪，试着用不会太过热情的样子朝她笑了笑，而后小心翼翼、缓慢地将右手递了过去。

离俞韵大约三步之遥的地方，少年伫立在那儿，胳膊伸得笔直，带着她没察觉到的颤抖。

事态的发展超出了自己的接受范围，俞韵先前悲观的情绪尚未平复，思维混乱地沉默着。

有那么一瞬间，她甚至想到了谢瑾是不是要先握住她的手，再把她推下去。

又或者，谢瑾只是不太好意思走开，也不太了解这个校区的事情，所以才选择了权宜之计。

她曾无数次告诫过自己，俞韵的世界不会有救赎者。而此刻，以往的经验也在提醒着她，相信任何人都是不幸的开端。

可不知怎么，俞韵陡生几分不想拒绝的叛逆。

看着她陷入沉默，谢瑾越发不安——

思考时下意识的自我保护，让俞韵已经慢慢收起了跨坐着的腿。她整个人侧身坐在天台的围墙上，几乎只靠本能支撑着平衡。

谢瑾眼皮猛跳。

他安静地伸着手，呼吸却无意识地不规律起来，心跳的声音简直要把紧张到充血的耳膜都轰掉。

时间过得太慢，谢瑾心跳如擂鼓，忍不住认真思考起冲过去抱她下来的可行性。

俞韵现在情绪不稳定，最不济的结果很容易推断，他拽不下来俞韵，脑海中浮现出被她拽着一起掉下去的场景……仿佛是一部慢动作的电影画面。

好在理智及时踩下了刹车。

谢瑾尽量放缓了声音，再次引诱有些犹豫且混乱的她："那家关东煮有辣椒，鱼籽福袋很好吃……"

"俞韵，抬头，看着我的手，握住。我们现在就去好吗？"他努力控制着情绪，尾音却还是微微上扬发颤。

许是少年人眼神里的期待太明显，又或许是他表现得太过温柔，足以再次赋予俞韵些许莽撞的勇气。

她盯着谢瑾看了很久，像只流浪猫面对拿着火腿肠来撸毛的人类，而后试探着伸出了收回的爪尖、毛茸茸的肉垫。

手指触碰到掌心的那一刻，俞韵才陡然发觉，眼前这个长相、性格，甚至嗓音都略显冷淡的人，实际上紧张到掌心都是潮湿的。

与此同时，谢瑾猛地收紧手指，反手向前用力捉住了俞韵的手腕。

他一边向金属门的方向偏移重心，一边抬起胳膊紧紧抱住了她。

心跳从看到俞韵坐在天台上开始就不曾平静过，以至于他抱住她的瞬间几近脱力。

明明只是说了几句话，并将她拽过来，可肺部微痛，比跑了一场马拉松还要窒息憋闷。

此刻俞韵的额头正抵着他的肩，感受着这个比自己高一头的男生在她安全后反而加剧了身体的颤抖。

被善意温和地包裹，虽然也没有什么话可说，但俞韵缓缓抬手，轻拍着他的背。

感受到怀中人的动作，谢瑾有些不知所措地闭上眼睛，轻抚着俞韵的头发，甚至慢慢拥得更紧。

明明是从未有过交集的两个人，谢瑾却抱得俞韵连呼吸都不顺畅了。而她的动作，也仿佛该是某种更为熟稔的朋友之间才会存在的安慰。

至于为什么要这样去安抚他，其实俞韵自己也说不明白。

在冷风的吹拂下，场面逐渐变得有几分荒诞。

"谢瑾，你误会了，我真没想跳……"

"可我怕。"

这时节，尚未至初夏的晚风有些凉，谢瑾的怀抱显得温暖又可靠。

俞韵和一个应该称得上陌生的少年在天台相拥，居然就此生出了一丝难以言明的依赖感。

可这份感受由何而来，还没等她想出个大概，谢瑾就先主动后退了一步。

他轻轻握住俞韵的肩膀，微微弯腰靠近，望着她，满目如同自己才是劫后余生之人的欣喜。

"走，去兑现我的承诺。"

少年的体温骤然远离，让俞韵的心没来由地一沉，因此也忽略了为何谢瑾会用她平日在校区附近爱吃的食物来说服她。

安静的走廊上传出低语，俞韵既期待又害怕。

她既怕对方只是尚不了解外面的那些传言，又期待有人了解之后依旧相信她。

于是劝告自己放弃幻想时，俞韵又忍不住思考，谢瑾会不会是那个可能。

一路被牵着走下教学楼的楼梯，谢瑾七拐八拐，绕开容易被值班老师发现的区域。

走出教学楼，周围的环境骤然变暗。

俞韵恍然间想要收回手，却又因为从前的各种经历，习惯性地恐惧夜晚的校园。

她的手指象征性地向外挣了一下，没抽动，于是顺水推舟作罢了。

谢瑾腿长，虽然牵着她，却也始终走在她身前一步。这时似是察觉到身旁人的纠结，他张嘴想问些什么，然而旋即又闭了嘴。

他不动声色地缓下步子，走在和俞韵平行的地方，不前不后。

翻墙出校对俞韵来说并不陌生。

但令她有些惊讶的是，谢瑾熟练的动作，怎么看也不像是平日里校长夸赞、老师宠爱的好学生该有的样子。

可她没心思深究细想，只以为作为住宿生，谢瑾也有偷偷溜出去玩的心思。

两人先后翻过围墙，整理了几下衣衫，俞韵偶然间抬头，从谢瑾低头整理着衣袖的神态里捕捉到了几分不满的情绪。

她尤其擅长自己先捏碎所有希望，当下便推断着，或许是谢瑾终于反应过来了，觉得自己的好心惹来了麻烦。

想来作为麻烦本身，她应该识趣一点走开吧。

少年冲动之下给的那些温暖，好像还能支撑她几天……只是自己那种从天台到校区，不可抑制、缓慢衍生出的依赖，想来未免显得有点可笑。

而另一边的谢瑾站在墙边抿着唇，仔仔细细拍干净了手上的灰尘，以及衣摆蹭到的墙灰，刚试探着伸手想要帮俞韵也整理一下，就看见她眸子里难掩的失落。

不经意间对视，俞韵移开了眼神。

下一秒，她换上另一副表情，抬头朝他笑，整个人只透出些许不明显的勉强。

谢瑾听见她开口，语气轻快，嗓音却藏着细微的沙哑。

"谢同学，今天谢谢你，但我不想吃东西，还是先走啦。"

一时间搞不清楚状况，谢瑾不知所措，只好重新拉住眼前说走就要转身的女孩。他轻轻握着她的手腕，俯身看着她，欲言又止。

最后，在那束疑惑的目光里，谢瑾自嘲般地转移视线，笑着舔了下唇，用同样轻快的语气回道："不客气，俞同学，那你来陪我吧。"

2
直至被带到便利店，俞韵还沉浸在谢瑾那句话带来的强烈冲击里。

哪怕谢瑾牵着她推门进去，让她坐在货架最里侧的餐桌边等着，她都还没能想明白这人刚刚到底是不是后悔了。

不过，这倒也不怪她一时间惊疑不定。

他们所在的一中分为两个校区，在考制改革前，作为本市最好的高中，一中的生源和收益一样都没落下。

本部校区只招两百多人，几乎是重点本科苗子的大棚，踏进本部，基本相当于将稳过本科线。

而二部校区则是成绩不好但砸钱也能进的，号称有教无类，具体招生人数不固定，得看当年校内缺多少教学经费。

因此，可以说本部的学费能低到令人意想不到，绝对是因为有二部在用高额学费补贴一中开支的缘故。

俞韵大约的确不是全科学习的料，既有个别科目无限接近满分，也存在特例科目趋近零分的现象。

她偏科一直很严重，中考就毫无悬念地考去了普通高中。

望女成凤，俞家父母坚定地认为，在教育方面，凤尾也是要比鸡头好的，于是便咬咬牙，以工薪家庭的条件，愣是拿出积蓄把俞韵送进了一中的二部校区。

至于谢瑾，他虽然不是二部的学生，但那里也有他的传说。

概括起来，无非是冷淡、话少、成绩好、高瘦、帅气、皮肤白。

高二下学期开学的那一个月里，谢瑾不仅在本部的学霸中称得上是风云人物，放在无心学业、纨绔子弟众多的学渣二部更是个中翘楚的存在。

单说这个月，谢瑾作为空降的学生，话题热度也非一般的高。

他从外地直接空降一中特快班，打破了需先在二部考到第一，再进行本部入学考试的规则。

但这情况并非第一次出现，大家惊讶几秒也就过去了。

谁承想，有本部学生跟好友交谈时，激动地透露谢瑾长相更为出众，倒是引得本来不感兴趣的二部学生纷纷前去围观。

当时俞韵陪着狐朋狗友去凑过热闹,也算得上是其中之一。

后来本部的考试,谢瑾名列前茅,风评也一直不错,只是每每被邀请来二部演讲分享学习经验,他都婉言拒绝了,理由是怕占用学习时间。

可能是为学习的氛围所感染。

二部不少女生都曾经趁着午休跨过一条街区去本部校区的篮球场,借口想学习学霸的解题思路。

结果一段时间后,她们发现本部篮球场上屈指可数的帅哥并没有多出一个,甚至足球场和跑道上也都没有。

大家不由得感叹,果然上帝很公平,这位谢大帅哥大概率是没有运动细胞了。

如果仅仅如此,俞韵倒也不至于这会儿如此诧异——虽然好学生翘课吃关东煮,说起来也挺离谱的。

但谢瑾最出名的事迹发生在上周,这事与之相比,实在算不得什么。

当时她前桌几个人凑在一起讨论谢瑾为什么那么没礼貌。

对学生来说,连玩中性笔的笔帽都比解数学题有意思,所以俞韵会听见后续也是情理之中的事了。

故事的开端来自食堂的差异。

因为二部校区离本部很近,只隔着一条街道,而本部校区的食堂又比二部好了不止一星半点,不夸张地说,简直是一个天上一个地下,由此,像俞韵一样偶尔串校去吃本部的食堂,是件很常见的事。

而本部往往是睁一只眼闭一只眼的。

本部学生刷学校赠送的饭卡,二部学生则掏爸妈给的票子,本来是井然有序互不相干的,但谢瑾进入本部后,有心人发现他本人令本部食堂多了不少打卡观光者。

文明观赏,自然是可以,但本部学生的时间观念比较强,因为谢瑾,导致平日不需要等待的三个窗口都在排队,这极大影响了本部学生挑选食物的心情。

那时候,哪怕爱吃如俞韵,在被踩了好几次脚之后也无奈放弃,不再去了。

后来本部学生们一通举报投诉,让二部校区下发了通知,一中开始严禁学生串食堂,在本部校区看见穿二部校服的学生,一律都要抓住登记。

于是乎,那些奔着经常"偶遇"让谢瑾眼熟自己为目的的姑娘有些坐不住了。

大家进出校门都是一样的时间，蹲谢瑾是不可能的。何况谢瑾住校，倘若食堂不能偶遇，那就等于彻底断了见面的方式。

思来想去，俞韵班里有位勇敢的姑娘决定先下手为强。

周千雪姑娘洋洋洒洒写了封信，为了确保文笔稳定发挥，还传阅了全班以征询建议。

十几岁的年纪，自己写信可能不敢，但看着别人写信，大家简直比当事人都激动。

直到第二天午休，班里热烈讨论着要押"同意"还是"拒绝"时，当事人哭着回到了教室。

除此之外，她还哭着收拾了书包，哭着跑出了教室。

整个过程中，谁搭话她都不理，徒留众人的八卦热情在众人安静的眼神交流中熊熊燃烧。

对于缺乏娱乐的学生来说，几个课间下来，事件的不同版本就已经满天飞。

那天，桌上的数学试卷当真是酷刑。

俞韵和往常一样，没得人可聊，刚好听见前桌问到底怎么回事，就不动声色地侧着头听。

每个班里总有位掌握第一手情报的同学，串位讲故事总是声情并茂。

那"包打听"一样的男生答道：

"谢瑾那小子不光看都没看信，还一脸鄙夷地问她，二部校区的学生怎么能进本部？然后转身就去了教务处，说周千雪骚扰他吃午饭。他个不识好歹……"

后面的讨论俞韵没再听进去，毕竟她也被这些"包打听"们仔细编排过，所以并不会觉得刚刚听到的闲聊就是所谓的完整事实。

但不得不承认，由此看来，谢瑾大概真的很讨厌二部学生。

本部处理女生执笔的交友信，一向是高高扬起轻轻落下。原本大多是写份检讨就好了，但看周千雪直接收拾东西回家这架势，停课是免不了了。

要说停课的决定里没有谢瑾添的功劳，俞韵必然不信。

想必他一定据理力争，在老师面前替自己将那些说不出口的委屈都道尽了。

虽然他讨厌的二部学生也包括了自己，但俞韵就是忍不住想笑。

周千雪仗势欺人不是一天两天了，煽动同学孤立俞韵可是少不了这位的功劳。

这会儿第一次看见"恶人自有恶人磨"的故事走向，俞韵简直想要放挂鞭炮来庆祝。

于是乎，自那天后，谢瑾在俞韵眼里的形象变了——

很傲的、瞧不上二部学生的、更不喜欢别人打扰他吃饭的学霸酷哥。

谁知，就是这个人，在十几分钟前用自以为轻快、却几乎可以算是哄小孩的语气跟她说，"我想吃东西，你陪我吧"。

俞韵是情绪很差、成绩也差，但，她不是傻。

按照喜闻乐见的故事套路——在吗？你是不是有点喜欢我？

俞韵双眼无神地发呆，望着谢瑾挑选商品的背影，心里的小剧场却开了世界巡演。

这是她许久前的解压方式了：睡前把所有的美好设想都过一遍，只要这样去思考，无论多不可能都相信它，就能在夜里少做些噩梦。

后来情况越发不好，夜半惊醒后的恐惧已经成为常态，这种自我麻痹的方式早已不再有效，习惯却还保留着。

她的生活太苦了，但也曾经试图逗乐自己。

待在干净明亮的便利店里，谢瑾周身被光线渲染，折射着柔和的色彩。

他低低的声音从收银台传来，刚刚握过她手腕的细长手指，此刻正掏出纸币。

选的东西有些多，便利店的小哥走出收银台，帮他一起拿到桌边来。

俞韵看着谢瑾一步一步走向自己，神色还带着笑意，缓慢传递给她久违的宁静与美好。

"在想什么？"

谢瑾低头看她，语气堪称温柔。

他眼前的小姑娘不知道在想什么，表情褪去了往常的冷硬，只流露着一点落寞的柔和感。

"我们……"

俞韵脑中的小剧场还没来得及演完，一时间有些恍惚今夕何夕，回答的话很不幸没顺利经过脑子，脱口而出了。

等她终于反应过来开始尴尬的时候，谢瑾已经在笑了。

他笑得不张扬，更像是拿着火腿肠引诱小猫咪的人类，在摸到猫爪上的肉垫时所表现出的惊喜。

俞韵没来由地想到这个，彻底乱了思绪。

等到她觉得应该说点什么来解释一下的时候，已经过了最好的时机，再开口反而显得欲盖弥彰了。

虽然不知道俞韵具体在想些什么,但谢瑾的确惊喜到需要主动控制一下表情。

也许她这句"我们"只是在不解天台的事情,却莫名地给了谢瑾几分两人距离拉近的错觉,他很想从她的口中得到肯定的答案,只是无端生出几分畏惧,让他不敢追问。

眼前的人看起来有些懊恼,谢瑾生怕自己说句什么便会得不偿失,只好压下所有好奇。

他屈指推了推面前的关东煮盒子,拎了串昆布半悬在碗上,示意俞韵尝尝。

沉浸在这段逃课得来的美好时光里,俞韵心绪稳定了不少,她甚至开始产生些许庆幸,庆幸自己选择去天台吹风散心。

她伸手去接谢瑾递来的东西时,不可避免地碰到了他的指尖。

少年时代的心动来得毫无道理,她承认自己想要加入暗恋谢瑾的大军。

便利店的小哥一边整理货物,一边无聊地观察着这对一眼便知是逃课的学生,无意间觉察到男生的紧张。

顺着男生的视线看去,原来是对面的小姑娘手背上有道伤口,看起来不算深,已经结了痂。

桌前的谢瑾清瘦,下颌线条鲜明,侧脸有块肌肉明显动了动,就像是强忍着咬了下后槽牙,抬眼间,神色从温柔转为凌厉,又仿佛在竭力隐忍着。

便利店的小哥年纪不大就出来打工了,顶多算是这对学生的哥哥辈。看着小姑娘裤脚的破口,他大概明白了点什么,不假思索地拉开了收银台的抽屉。

赶在谢瑾起身去买之前,他把几支碘伏棉签和创可贴,与加热好的其他食物一起放在了桌子上。

谢瑾向小哥道了声谢后,激起来的怒气已经收敛到了正常的程度。

他想问俞韵怎么回事,又望着她小口吃着东西的样子,不敢开口。

他怕提起伤心事让她再受情绪的折磨,又不舍得她以为度过这一会儿的安逸,还要继续一个人去承受那些痛苦。

谢瑾无端萌生出不知所措的无力感,捏着创可贴的手指微微用劲。

"创可贴是要撕开的。"俞韵看了下自己手背上的血痂,动一动,的确疼,索性伸手去拿谢瑾手里的创可贴,顺带揶揄他,"捏是捏不开的。"

被她这么一打岔,谢瑾的无力感登时躲回了脑子里。

纵然一切还是毫无头绪，但至少他终于和俞韵搭上话了。事情总要桩桩件件地解决，只要有了开头就好。

谢瑾的指甲习惯性修剪得整整齐齐，可眼前伸来的手甲缘却参差不齐，左缺一块右缺一块的。

意识到他在看自己的手指，俞韵后知后觉有些不好意思，急忙收回手来，却被温热的掌心一把攥住了指尖。

"疼吗？"

"不疼了，都已经结痂了⋯⋯"

谢瑾眉心微皱，盯着俞韵的眼睛。

俞韵则垂下睫毛，挪开视线，选择躲避他。

"我说指甲，咬成这样，疼吗？"

谢瑾这句话的语调里带了点说不出的意味，便利店的小哥听着，觉得像是心疼。

但俞韵现下无心分析，她睫毛乱颤着，内心十分无措。

自己乱七八糟的指甲被一双干净整洁的手握着观察，对比太强烈，她的不好意思就快要变成恼羞成怒了。

好在谢瑾见她避而不答，下一秒就松了力道。

她仓皇收回手放在桌下胡乱绞着，却听谢瑾方才还略带急切的嗓音在此时重归温柔。

"周末有时间吗？我想带你去见个人。"

3

俞韵没有回应。

幸而挑起话题的谢瑾也不急着听她讲什么，只专心帮她涂上碘伏，贴好了创可贴。

那动作缓之又缓，连呼吸都屏住了，如同经受这份疼痛的人也包括他自己。

安静地吃完了关东煮，俞韵才发现这里面没有一串是她不喜欢的。

疑惑了几秒钟，她本想用谢瑾和自己口味一致来解释，却发现谢瑾只吃了个三明治，根本没碰过这些食物。

由此，结合之前有些突兀的邀约，一丝隐秘的小心思浮现在她心底，既带着些许抑制不住的青涩窃喜，也存在着随之而来的、无尽细密尖锐的悲伤。

俞韵曾迫切地希望，有人可以在她最不堪的时候对她好。

但相应的，她更清楚，自己现在只会把对方也拽入深渊。

有些可能，不管为了谁好，都应该溺死在心里。

那句邀约的话还没有得到确切的答案，眼下两人默默吃光了桌上的东西，俞韵实属避无可避了。

"谢瑾，虽然不知道你为什么会出现在天台，但有些小事，我想问你。"

既然要把本就清晰的界限划分得更清楚，她也就顺势侧了侧脸，避开对面伸来的手，自己抽了张纸，随手折了两下准备继续说下去。

"不用问了，零食、校服、雨伞，都是我放的。"

这回答简洁干脆又坦然。

纵然已经有了猜测，可当谢瑾摆明了知道她要问什么时，俞韵仍然免不了俗，心跳偷偷了一拍。

而在她愣怔的时候，谢瑾再次探身向前，抽出她手中的纸巾，合上自己本就握着的那张，抬手拭了下俞韵的嘴角。

"那些你不知是谁放在桌上的东西，都是我放的。"

谢瑾没穿校服外套，指尖微凉，温度隔着一层薄透的纸巾传到俞韵的皮肤上。

他的动作一如说这句话的语气，似是丝绸划过瓷器，轻而又轻。

陌生的触感惹得俞韵恍然间低头去看，以至于鼻尖触到了他弯起的手指关节。

夜间风凉，她吹了那么久，哪怕在便利店里待了半个小时，鼻尖还是冰的。她轻柔的呼吸打在他手背皮肤上，带着让人沉醉的潮湿暖意。

巧合过分地撩人心弦，谢瑾僵了一瞬，不知该不该继续。

俞韵尴尬地故作平静，偏头悄悄躲开，眼睛胡乱扫视着便利店的货架。

眼前人此地无银三百两的神色过于明显，谢瑾说不出是想试探，还是突如其来的冲动，把纸巾胡乱团了团扔在桌上，再次抬手去触碰俞韵的嘴角。

没有了纸巾阻隔，指腹所触的脸颊柔软细腻。

他不敢留恋，拭了下便匆忙收回手，随后波澜不惊地对上当事人愕然的神情。

"几个意思？"

俞韵这回是真的恼羞成怒了，话语间有些难以抑制的冲。然而只有她自己知道，那心跳声就快要强烈到谢瑾也许会听见的地步。

转移注意力的权宜之计而已，本就没想着要他回答，她说罢随手摸了摸微烫的脸颊，拉起校服外套起身就走。

"想离你更近一点，"看着俞韵绯红的耳朵，谢瑾第三次捉住她的手腕，不假思索地打了直球，"想靠近你，就这一个意思。"

闻言，俞韵仰起脸，缓缓吸了口气，感受着自己的心跳骤然加速。

与此同时，谢瑾也没好多少。他向来习惯把心思藏起来，这么径直摆在对方面前说出口，还是头一遭。

创可贴翘起的边缘被谢瑾一遍遍按下，两人的指尖相触，俞韵的血液几乎要烧起来了。

说不想吗？感性告诉她是不愿拒绝的；要答应吗？理性却在问她怎么配得上谢瑾。

俞韵不知如何回应，只好生硬地以不变应万变。

"知道了。"

感性与理性剧烈拉扯，最后离开的念头占据了全部思维，俞韵缓缓挣动，试图逃脱谢瑾指间的禁锢。

她已经走到了他所坐的位置旁边，如今两个人揣着各自的骄傲。

她不看谢瑾，谢瑾亦不看她。

但手腕上束缚的力量沉默地诉说着，他并不愿意撒手放人。

"知道什么了？"

谢瑾声音虽低，却含着调笑的意味，权当自己毫无人与人之间的心照不宣。可既然打出了直球，不如干脆打破砂锅问到底。

"知道你串校，在我课桌里放零食了。"

俞韵语速很快，却是侧过脸对着他头顶的墙壁回答的。

眼见便利店的小哥手搭在座机的听筒上，不断从收银台后望过来，她有些烦躁，手腕再次用力挣动。

这耍赖似的回复谢瑾听得清清楚楚，简直要笑出声。

他起身面朝俞韵，在少女坚定认真的目光里，歪头挑了下眉，带着笑意凑近她。

"避重就轻，俞同学好一个四两拨千斤的回答。"

俞韵感觉手上的力量微松，下一秒，他指间的温度就蓦地离去。

便利店的迎客铃响起，玻璃门打开又关闭，徒留冷漠的电子铃声"嘀嘀嗒嗒"——俞韵跑了。

谢瑾笑意渐浓，摩挲着指尖尚存的温热。他算是看出来了，俞韵属性是鸵鸟，尤其喜欢逃避。

不过没关系，以后他可以做她更大的翅膀，以羽翼将她罩好。
不管俞韵接不接受他，总也好过像之前就那么一无所知地看着身处痛苦的她，半分用处都没有。

谢瑾追出门的时候，俞韵还没走太远。
路灯不算昏暗，只是这时间的学区附近人比较稀少，她有些怕，便沿着路灯慢慢走。
发觉背后有人跟随，她下意识转身盯人，防御的姿态有些明显。
谢瑾勾着的嘴角顷刻僵住，心再一次揪了下。
看清来人，像是松了口气，俞韵转身继续慢吞吞地往前走。
谢瑾大步追上去，想要像来时一样伸手牵她走，却发现她双手揣在兜里，充满拒绝的意味。
也对，平常见她和那帮人一起走，也都是揣着兜不让人挨着。今天他有幸碰到几次，她没恼已经算是非常给面子了。
他确实得知足。
一般情况下，俞韵吃饱的时候心情最好，于是谢瑾暂且放下不合理的期待，知道说正事的时机差不多了。
"天台风大，最近还去吗？"他低头轻声问道。
这句小心翼翼又充满潜台词的问句，搞得俞韵一时不知怎么回答。
她反射弧长，但性格相对直来直去，很少委婉，这事要换她来问，保准是一句"你还跳不跳楼了"。
俞韵想，谢瑾真不愧是学霸，交流都跟做阅读理解似的。幸亏她语文好，不然可能以为他真是字面意思。
"哦，去。"
她打趣得很认真，可话音刚落就被谢瑾扣住了肩膀。
她迎着路灯抬头，欣赏了一会儿谢瑾抿着唇的急切神态，才不慌不忙接上了下半句。
"我说周末，去见你说的那个人吧。"
"好。"谢瑾接话的速度很快，仿佛怕她立时反悔，"周末我去华庭接你。"
"言多必失"这话是对的，对于寡言少语的谢大酷哥来说，他今晚说的话着实有点多。
所以这次换成俞韵挑眉了。
望着谢瑾的脸色由白转红，她拖着声音"啊"了一声，拍开对方还搭在自己肩上的手，狡黠地笑起来。

两个人再次并肩走在安静的街道上，俞韵不时微微侧头偷看他。

终于，在发现谢瑾始终保持着微微抿唇的尴尬状态后，她笑点突降，忘了刚才黑暗中的紧张，忍不住笑出声来。

但这也就只有她身旁的路灯才知道。

少年扭头朝着俞韵看不到的地方时，神色平静且自然，毫无自暴秘密的尴尬，甚至流露出些许抖包袱成功了的得意来。

显然，路灯并不能告诉谁，谢瑾也乐得听俞韵嘲笑他。

"喂，你这样应该算变态。"

"……嗯。"

"你每天都跟着我吗？"

"嗯。"

"你跟着我想干什么？"

"送你。"

"那你过了门禁时间怎么回宿舍？"

"翻墙。"

想起刚刚翻墙出校时谢瑾熟练到有点优雅的动作，俞韵恍然大悟似的竖起大拇指。

"哇，谢同学，您这学霸果然是与众不同。"

但学霸如谢瑾，也没能理解这是夸他还是揶揄他。

等俞韵笑完了，有些该解释的，他还是想狡辩一下。

"转来一中以后，我想去认识你，但找了很多次机会，你都是跟那些……人，形影不离地待在一起。

"我想，如果那是你喜欢的样子，那我有很大可能是你讨厌的样子。

"从前我不想贸然打扰你，只想等摸透了你喜欢什么类型再说，可又怕你会被那些人骗，所以每天看着你们一起放学回家。等你和他们在路口分开，走到阿姨面前，我就回校了。"

他越说声音越小，无可奈何地低着头，像是在等一个正义的审判。

"哦哦，原来是火炬传递活动。"

俞韵的确是吃过东西会心情好，这会儿过了那要死要活的劲儿，偶尔插科打诨的本性就按捺不住了，直接对着谢瑾作了个揖。

"失敬失敬，谢火炬手。

"我是俞火炬，有些拗口，不过没关系，就如同珍贵的食材，名字也总是奇奇怪怪的。"

这样的神态和交流方式，谢瑾曾经见过。

他想说，嗨，俞韵，好久不见，可如今却不是时候，思来想去，只好配合着笑。

虽然没能继续自证清白，可谢瑾的眼睛却亮得如同盛着星河。

他就这么一路走，一路看着身边这个逐渐欢快起来叽叽喳喳的小姑娘。

"赶明儿我跟我妈说一句，让她穿我的校服接我，你们两个火炬手统一下服装。

"哦不对，咱俩服装本来就不一样哈……

"你们本部的校服真好看，料子也比我们的好，羡慕啊羡慕，这就是学渣的宿命吗？"

谢同学确实与众不同，他心想：因为谢同学找到的你，简直可爱得要命。

可惜的是便利店离学校不算太远，哪怕俞韵再磨蹭，也很快就要走到了。然而随着离学校越近，俞韵的话也越少。

渐渐地，她仿佛陷入沉思一般，对外界的反应也降低了，直到谢瑾拦住她习惯性咬指甲的动作。

"俞韵，已经下晚自习了，不需要回学校了，我送你回家。

"有我在，别怕。"

俞韵想说还有作业没拿，却又真实地逃避回学校。她想着自己今天索性就任性一把，当作给自己放一晚上假。

她想通了这一点后，谢瑾再次感受到她一点点欢快起来，而他心疼的情绪也变得越发浓重。

晚自习刚刚结束，路上的学生很多，横冲直撞的更是不在少数。

之前谢瑾就注意过，每当有学生成群经过时，俞韵都恨不得把自己的存在感降到最低。

从前和她一起走的那些人都没察觉，偶尔打闹还会把她挤到外侧去。那时候谢瑾就觉得她似乎有点不安，却还以为是自己疑神疑鬼。

现在他的认知都被打破重组——可这样很好。

和她肩并肩走在一起，他可以始终挡在她的外侧，再不是她身后只能踢着石子、望着她安全到家的不知名同学。

于是一路上，谢瑾都在努力做个笑柄。

他绞尽脑汁提供笑料，引着俞韵和他像熟稔的朋友般嬉笑打闹，而后垂眸看着俞韵。

他望向这个状态的她，不阴郁、不沉闷，真正像个十七岁的女孩。

对于因"俞火炬传递"活动而产生的困惑，谢瑾大胆"开麦"，问她喜欢的是不是以往那些"社会青年"类型。

好在欣喜地收获了白眼一枚，他终于得以略微放心。

后来他又问俞韵喜欢的是不是帅气学霸类型，却只收获了风马牛不相及的答案，就如同某种自白——害怕在意之人误解的自白。

"你说的那些社会青年，其实是高三的，我和他们一起玩、一起放学回家，只是因为不会被找麻烦。

"这个理由听起来可能很牵强，但我真的是疲于应付每天的恶意了，太累了。"

虽然与原本的问题无关，可这段话俞韵说得认真，让谢瑾断了继续追问的心。

好不容易哄开心一点的人，要是再被他问自闭了，他就该向自己谢罪了。

走到路口，俞韵就不再让谢瑾送了。

于是他和以往一样，望着俞韵走到等在小区门口的妈妈身边，而后抿唇，在城市繁华的霓虹灯中转身离开。

有本部走读的同学路过此处，发现平日冷冷淡淡的谢瑾此刻居然带着笑。惊讶之余，这个同学更好奇的是这位住宿的好学生这个时间在外面做什么。

可当他顺着谢瑾的目光望去，却没什么特别的，而等他再一抬眼，谢瑾已经逆着人群往回走了。

谢好学生的脸被路灯映照得清晰起来，他不光收敛了脸上的笑，眼神也凌厉了。

几秒钟后，谢瑾路过时带起的风才扑了过来，因为离得很近，甚至可以感受到他身上散发出一种独特的清冽气息。

这位无辜的路人并不知道平日里那个万事不关己的人怎么了，而正被揣测的当事人，此刻也并不在意谁窥探到了他隐藏的情绪。

现在，他有更重要的事情急需查明。

比如，是谁在折磨俞韵。

4

一中宿舍楼的熄灯时间是统一的，但不算早。

说是十点五十分，但就算熄了灯，也都还能看见宿舍窗户里的台灯光亮。

只是这光亮的作用嘛，大不相同。

通常一边是本部校区里照亮试卷、课本和错题集的灯；另一边则是二部校区里照亮扑克、零食和杂志、小说的灯。

所以二部校区断电后，宿管还要巡查几次，记几个人名才能消停。

而本部校区，是要求学生休息时自行关灯的。

毕竟学霸的自律，不能被黑暗的环境和近视的眼睛拖了后腿。

也因此，谢瑾回到宿舍的时候，室友们都还在桌前趴着。

大家挑灯夜战物理、化学试卷，一个个表情痛不欲生，行动又甘之如饴。

"回来了呀。"

没指望谢瑾能回答，搭话的室友头也没抬，例行公事打完这个招呼后，继续低头写卷子。

谢瑾先是"嗯"了声，又想想自己一个月来的冷漠表现，而且一会儿还想跟人打听些事情，他便清了清嗓子，画蛇添足似的又补了一句："嗯，回来了。"

他话音未落，宿舍里"唰唰"的书写声和翻页声就消失了。

三个室友停下笔，你看看我我看看你，眼神交流了几秒，才确定自己不是被笔下的卷子逼疯了，幻听到铁树开花。

"你去哪儿了呀，怎么每天都这么晚回？再过会儿就该没热水了……"

刚刚打招呼的室友试探着搭了话，可声音越说越小。

谢瑾从来都是这个时间回宿舍，会急急忙忙地先去洗了澡，再坐下看书，想必对学校规定了解得不比他少。

他们四个虽说住一个宿舍，但谢瑾是文科生，空降过来时只能住在这间只有三个理科生的宿舍。班级不同，学科也不同，因此他们仨跟谢瑾始终不太熟悉。

"知道了，"谢瑾看了他一眼，语气中甚至带了点笑，"这就去。"

毕竟是本市最好的高中，一中的住宿条件也是很不错的，配备了独立的卫浴和空调，不过仅限本部校区罢了。

谢瑾脱下校服外套扔在椅背上，拿着毛巾进了浴室，留下三个室友面面相觑，倍感诧异。

"他笑了是吧？是笑来着吧？"

"是啊，我看见了，怎么了这是？"

"他平常不是天天苦大仇深的吗？"

"也不算苦大仇深吧，就有点不爱搭理人。"

"得了吧,你天天跟人说'回来了呀',他不一直就是意思意思点个头吗?高冷得二五八万……"

"嘘,小点声小点声。上次我卷子落在宿舍,想吃了早饭再回来拿,结果早自习之前,门口突然伸出一只手一下就把我的卷子拍在小陈桌上了。打那会儿开始吧,我就觉得谢瑾没看起来的那么冷漠。"

"哎,夏封,你语气怎么跟班里暗恋他的女生似的?"

"去去去,跟你没得聊,你就是个酸柠檬!"

压低了声音的交谈,谢瑾当然听不见。

他在氤氲的雾气中皱着眉,思考该怎么问得更详细,又不需要主动透露过多内容。

今天其实和往常一样,他课间翻墙去二部校区,想要偷偷看几眼俞韵,可那帮打扮不像学生的学生里并没有她的身影。他走过去想假装成本部来统计参赛名单的学生找他们打听,刚要开口,却听到了其中某个男生回答其他人的一句话。

"她自己去天台了,咱们管不了就当不知道,出不了什么事儿。"

谢瑾不知道这个"她"是谁,但第六感却让他紧张得快要心悸——要去天台,要跑着去。

而结果是幸好他去了。

谢瑾无比迫切想要弄清楚俞韵经历了什么,好知道自己该怎么做才能救她。

可惜他从小到大都没什么朋友,对人与人之间的关系很难把控,不知道怎么有效地从平日里没交流的室友那里套话。

事情棘手又加上关心则乱,急得他头顶上的水都冲到凉了才打好腹稿迈出浴室。

另外三个人还在学习,偶尔有纸张翻动的声音。谢瑾虽然内心急躁,却也不好打扰他人。

好在他刚想坐下写几道文综题,夏封便耐不住性子开口了:"哎,谢瑾,你是不是有点害羞,一直不好意思跟我们说话啊?"

整间宿舍沉默了,而谢瑾在这一刻应该是有些许蒙的表情。

他知道这个天天跟他打招呼的人叫夏封,还在心里吐槽过这人的父母怎么取名字也不多念几遍,但没想到的是,这人的脑回路确实异于常人。

"一看你的表情,我就知道我猜对了。"

夏封并不介意谢瑾有没有回答他,继续给自己的脑回路开展览。

"我猜,今天你是终于鼓起勇气和我说话对吧?真棒!其实啊,这迈出第一步就是好的……"

这种酷似幼儿园老师般的鼓励,让谢瑾有点儿头疼。

他本想解释自己慢热,只是不爱社交,如今被这么一打岔,倒不知该怎么接这个奇妙的猜测了。

他想说,兄台的脑袋瓜如此出众,不如去推导一下哥德巴赫猜想吧。

但显然,他们还没熟络到这种程度。

因此谢瑾只好以堪称诡异的微笑面对夏封,希望对方能尽快感知到他的态度。

然而,莫名其妙的,左手边传来一声冷哼。

发出声音的人拖着调子摇头,貌似是开玩笑,但说出来的话刺耳了许多。

"人家都不理你,你在这儿狗腿什么呢?"

"我怎么狗腿了?王博宇你今天怎么跟吃了枪药似的?"夏封回得很快,听起来是真有点急。

"你巴巴地跟人套近乎呗。"

"我……"夏封像是语塞,结结巴巴半天也没能说出个所以然来。

"对,我害羞。"

谢瑾这话一出口,自己听得白眼儿都快翻出来了。

没办法,王博宇的话难听至极,明面上却不是刺他。虽然不知道敌意从何而来,但让夏封无端受连累,既然一句害羞就能解决问题,那他就害羞吧。

"我就知道!我就知道!"

夏封瞬间忘了差点和王博宇吵起来的事,高兴得用腿支着椅子晃来晃去,手里的笔快转起飞了。

谢瑾心想:承认吧,就看你这激动的表现,别人的心思你是从来没猜对过吧?

虽然脑子里这么猜想,可谢瑾心口不一,笑得得体又礼貌:"谢谢你理解。"

安抚了夏封,谢瑾看着锯嘴葫芦似的王博宇,简直想给今天的自己打个满分。

多么完美的社交,多么优秀的自己!

他拿出手机想要跟谁分享一下这点乐子,可同学有很多,他却一个朋友也没有。

很久之前发给俞韵的好友申请至今还没被通过，谢瑾找了一圈也没人可说，于是打开"文件传输助手"，发了个"一百分"的小表情。

可惜对面没人会回复他，他只能自娱自乐。

"其实我早就想跟你聊天了，还是怪我不够敏锐，要是我能早点发现你是害羞，你也不用一个人孤独寂寞这么久了。学习这么累，聊聊八卦也行啊……"

谢瑾虽说已经认下了，但也不想再听夏封继续叨叨假象，一听到话题主动走向他想引导的方向，立刻准备把握住。

好在以现在的情形，倒也不用担心影响其他人了。

毕竟王博宇这会儿还在憋闷，无心学习；而另一位没说过话的室友已经听得入神，许久没动笔没翻页了。

"那聊聊吧，我刚来不久，只了解了本部，不知道二部都有些什么稀奇人物。"

谢瑾试探着，抛出了一个看似表面的问题。

他想，既然俞韵在二部校区能被孤立到那种程度，那必然有什么大的谣言。

两边虽然是在不同的校区，但只隔着一条街，学生间的交流并不少。夏封看起来比较八卦，引导几句说不定会聊起来。

接下来的时间里，谢瑾眼看着夏封一扫写卷子时的萎靡不振，从张三玩真心话大冒险输了跟保洁阿姨表白，说到李四给同宿舍的人打水却用的是牙刷杯子；从小红在送室友的饺子里放硬币让人硌掉了牙，说到小梅为讨好保安大叔砸钱无数……

他说到这里时，被一直没说过话的那位室友打断，辟谣说保安大叔是小梅同学的舅舅，那天是她去问长辈讨零花钱，结果谣言一出，连饭钱都差点被家里断了。

就这样，从桌下到床上，从四盏台灯全部亮起到没有一盏灯亮着，谢瑾被夏封念得眼皮都快合上了，都还没能听到俞韵的名字。

明早还要溜出去护送俞韵上学，他实在等不起，有点撑不住了。

就在他措好辞，准备不经意间提起的时候，许是王博宇旁听了两个小时，听着室友单方面聊得火热，自觉有些不合群了，别别扭扭地嘟囔道："最稀奇的你没讲，那个俞韵。"

谢瑾方才准备说话的那口气憋住了，等着夏封接话，大气都不敢喘，生怕错过一个字。

可夏封在这时闭了嘴。

不对劲。

谢瑾压着急躁，耐着性子追问："怎么了？"

"没什么。"夏封没有了刚才八卦的热情，声音闷得像是被子蒙住了脑袋，"俞韵不是他们说的那种人，她很好，别把她归到稀奇的人里。"

今晚的王博宇已经麻木了。

他不明白怎么无论自己说什么，都是被反驳的命运。

往常他说什么是什么，两个室友都听他的，怎么今天这对床的一搭话，他的世界就变样了呢？

过去王博宇一直瞧不上谢瑾，在王博宇看来，男生哪有选文科的，无非就是理科太差罢了。

说谢瑾也就长了张好看的脸，白得跟常年住地道似的，那么高的个子却不会打篮球，脾气臭、性格怪，半点儿都不像个男人。

可本部和二部那些漂亮小姑娘就是喜欢这种华而不实的人。

而喜欢和他玩的都是些他瞧不上的，他只好勉强吊着她们玩，还把这些当作笑料谈资。

当初王博宇抱着看好戏的心情，想跟他的朋友们骂一骂这种花架子吊车尾，可谢瑾转来以后，每周的数学考试，不分文理科的排名总能比他高。

他张不开嘴了。

今天谢瑾没跟王博宇正面怼，王博宇也不愿意落个欺负同学的名头，可夏封不一样。

在王博宇看来，夏封今天维护素未谋面的俞韵，无非就是为了跟他对着干，那他就得教育教育这人了。

"俞韵跟你有什么关系吗？护得这么起劲，怎么不去二部护着她啊？我听说她惹了连她那帮狗屁朋友都不敢管的人，今天让人堵在教室门口教训呢。"

夏封没有再反驳，也没有理王博宇，但呼吸声说明他并不平静。

"谁教训了她？知不知道为什么？"

谢瑾发问时攥着被子，布料和指甲摩擦出钝钝的声响。他手上的青筋分明，几乎是咬着牙在保持冷静。

话语终于得到重视，王博宇重新获得了成就感。他咂咂嘴，意味不明地笑着说："谁知道呢，她不就那样？之前还来勾搭我，我没理她。这种女生改不了毛病，八成又是……"

"滚啊！闭嘴吧！"

夏封忍无可忍地吼出来，听在王博宇耳朵里，还伴随着一阵金属床的晃动声。

随后，"砰"的一声巨响。

517宿舍楼下的人正睡得迷迷糊糊，被惊醒的瞬间差点光着跑出去。

而王博宇愣在地上，也说不清楚自己是怎么从床上下来的。

明明他刚刚还在床上躺着，瞧着宿舍的天花板，跷着二郎腿说话。可床猛地晃了几下，他还没来得及起身查看，霎时间，目之所及，就只剩下了不断翻滚的杂物。

摔下来之前，他只来得及看见对床的那位拽着他的床垫。

他起身想看看是不是床外翻了，但依旧没来得及，某位小白脸的脸就赫然映入他的眼帘。

掀翻他的人将力度把握得很好，让他落在下方的脏衣服堆里，并不怎么疼。

但身体没了支点，王博宇一时间只能歪在里面，使劲仰着头，望向站在前面的人。

突如其来的变故让王博宇的心脏跳动逐渐沉重，肾上腺素好像疯了一样地供给，愤怒让脸部迅速充血，全身不知不觉开始发麻。

而在这样的一片寂静中，谢瑾笑着伸出了手。

那只手友好且毫无侵略感，松弛到游刃有余的境地。

那时，王博宇尚且天真地以为这是示好。

他在乱糟糟的衣服里抬起上半身，用力踢翻脚边一切阻挡自己的东西，用力去抓那只手，盘算着一会儿要如何捏伤这位好学生的手指骨。

然而恶意还没实施前，他率先扑了个空。

某人在最后一刻轻轻"啧"了声，干脆地撤开手，随即挂着笑意，悠然朝他摆了摆食指。

那神态清楚明白地在说——你想太多了。

诡异的场景，又莫名有些诙谐。

一边是他在自己胡乱丢在地上的衣服堆里努力挣扎，一边是某位好整以暇，就这么静默观赏着他如同进了油锅的青蛙。

在场的人几乎都能感受到谢瑾身上散发出来的某种戾气，如影随形，又隐匿于呼吸。

早晨被王博宇踢翻的晾衣杆，在空无一人的宿舍摇摇欲坠了一天，此刻终于在他踹倒了谢瑾的行李箱后，果断倒向夏封床边的保温杯。

而反应本就慢半拍的夏同学，今日更是格外慢，只能眼睁睁看着保温杯砸向还在原地骂骂咧咧、纳闷的人。

在衣服堆里扑腾的人本就脑袋发蒙，这会儿被保温杯意外袭来，王博宇的意识可谓更加稀薄。

眼见他停止脏话输出呆愣在原地，刚刚还在观望局势的两个室友慌忙下了床。

他们站在原地，并不准备为王博宇搭把手，看起来仅仅打算前来阻拦谢瑾可能的下一步。

然而谢瑾只是蹲下身去，颇具玩味地抬头，复而垂眸看似随意般望向此时终于安静的"长舌男"。

谢瑾分明自始至终都没有任何实质动作，可王博宇慌张的内心始终满是被抓包的窒息感。

终于，和两个围观室友一样，他后知后觉，联系起先前的一系列事件，才发觉谢瑾这人举手投足间的动机早已有了头绪，虽然转瞬就无迹可循。

当事人眼神飘忽，屏住呼吸，却还是在谢瑾把刚刚撒开的手重新轻轻搭在他肩上时，没出息地被口水呛到了。

他一边咳嗽一边换气，抽空顺势看了眼刚才一晃而过的床垫，确认它待在原地，床并没有翻，也确认了那道带着压迫感的目光并未离开自己。

所谓不战而屈人之兵，就是某个瞬间，王博宇恍惚觉得谢瑾此刻和他平常讨厌的样子截然不同，像是猛兽在盯着已经死掉的猎物……被自己的联想吓到一时间软了脚，他竟然不敢再次耍日常那股装腔作势的威风，甚至不敢爬起来。

一旁的夏封惊魂不定，继续观察着谢瑾，看他玩够了似的站起身来，弯腰在王博宇的睡衣胸前抹了几下，蹭掉了对方剧烈咳嗽时挨上他的冷汗。

他噙着笑，动作甚至算得上优雅，神态却像在擦拭莫须有的痕迹。

5

直到谢瑾洗了手，重新坐在桌前，王博宇才好似找到了腿一般，跟跟跄跄爬起来。

想到两个围观室友居然都不来扶自己，没了面子的王博宇再次怒从心来，梗着脖子朝谢瑾迈了一步。

他想说几句话找回场子，可对上谢瑾那双似笑非笑的眼睛时，脑门和喉咙就开始隐隐作痛。他咽了下口水，终于找回脑子，颇为明智地选择了闭嘴。

"谢瑾……"夏封像木桩子似的站在两人之间，不知该爬上床去，还是继续阻隔在他们俩面前。

真要说起来，他刚才除去害怕谢瑾真把人收拾了，其实心里还是很痛快的。

王博宇学习没他好，但热爱健身，身上的肌肉看着挺唬人的，所以入学以来都是以宿舍老大自居。

夏封个头不高，很多事情能忍就忍了，总想着倘若真翻了脸，自己肯定占不了上风。那些说俞韵的话，他之前也不是没听过，多一事不如少一事，他以往总会选择戴上耳机。这样不管王博宇再怎么说，他不会知道，俞韵更不会知道。

他自知没有谢瑾这样的魄力，便只能独善其身。

"不用担心，教他说话而已。"

谢瑾这回答同样拖着腔调，阴阳怪气的，丝毫没有息事宁人的意思，安抚的是夏封，言语间却是刺的王博宇。

而王博宇显然色厉内荏，只敢对着老实巴交的学生作威作福，却不敢真的跟一言不合教他做人的人撒泼。

此刻的王博宇正坐在课桌前暗自后怕，压根儿不敢反驳。

"你今天……其实只是想问俞韵的事吧？这样吧，明早我和你一起去买饭，路上跟你说说我知道的。"夏封笃定语气中还含有一丝莫名的庆幸，难得没有会错意。

"早上我没时间，"谢瑾抬手看了眼表，面上没什么表情，"现在说吧。"

那位一直在状况外的沉默室友发觉谢瑾征询一般看向自己，便耸了耸肩，转身坐在床梯上，一副"我不困，不用管我"的架势。

夏封脑子里构思着如何简单明了地讲清楚，还不忘左右观察了两眼。

怕三言两语又打起来，最后他决定搬张椅子坐在谢瑾对面，试图用自己的小身板挡住两人的视线。

他慢慢悠悠地坐下，确定能遮住王博宇讨厌的脸，但也同样不敢离谢瑾太近，于是挪近了往后滑两下，滑远了又往前挪几步，东移西移不消停。

"我吃人吗？"

看着夏封像有多动症一样，微调椅子的方向，谢瑾伸脚勾了下他的腿，终于让他不经意间一个失重，稳稳当当落座不动了。

夏封想说，会害羞的食人族我没见过，汉尼拔也不是"社恐"，但话到嘴边，他意识到谢瑾这会儿应该没心情听他胡诌。

"我不知道你为什么想了解俞韵，但她救过我，所以我一直觉得她不是传言里那样子。"

许是被聪明又沉重的头脑压制，夏封的个子一直比同龄人矮上一截。父母都在外地工作，他跟着奶奶生活，周围的孩子们看他弱小，时常欺负他。就算奶奶找到对方家里也不管用，反而被那些孩子知道了他身边只有个奶奶，变本加厉地欺负他。

他们说他是个孤儿。

奶奶心力不足，心疼孙子又无可奈何，听见这些谣传气到病了。夏封的父母只好放下工作回来照顾老人，因此耽误不少事情。

听闻孩子的遭遇，父母一边找校方沟通，一边让夏封好好反思一下自己。他们问他为什么不专注学习，偏要给家里添麻烦。

于是，他逐渐学会了逆来顺受。

夏封考上了初中，奶奶以为终于没人欺负小孙子了，所以他平常多要些零花钱，老人也就没多问。

但其实夏封在初二的很长一段时间里，天天早上饿肚子。

他的零花钱被同校的高年级学生收走，但好在只要给钱就不会挨打，他饿也饿习惯了，日子还勉强能过。

但别人不会知足。

越来越多的人发现夏封是棵不会开口的摇钱树，于是街上的地痞混混也蹲守在胡同里，一起欺负他。

那些人并不像学校里的坏孩子一样好糊弄，不仅要的钱越来越多，打他也越来越厉害。他们始终不打头部，但如若掀开衣摆，就能发现夏封身上遍布青紫。

因此夏封从不吃早餐，变成了每天只盼着中午能回家吃上顿饱饭。

总是开口要钱，父母也开始关心他的钱花在了哪儿，是不是要学坏，可他不能说。

尽管老师竭尽所能帮助夏封，可收拾了校内的，校外的无人角落里总还有无法预料的状况在等待着他。

出了学校的管理区域就是老街，临街商铺旁边的胡同一个挨着一个，他每天都要在校门口的保安亭待上好一会儿才有勇气回家。

世人大多行色匆匆，谁也不会去在意哪条小路上传来了压抑的哭声。

接连被堵了三天，哪怕连晚饭钱和零花钱都攒着给他们了，也还是支撑不住开销，日益频繁的被堵截让夏封快要绝望了。

泥人尚有三分土性，他在这天决定去报警。

查看了轻微伤的判定标准，夏封准备一会儿带着伤直奔两条街外的派出所。他不敢想父母回来会怎样责怪自己，他只想要平静的生活，要这些人付出代价。

那天中午放学回家的夏封几乎是抱着近乎决然的心情踏上了必经的小胡同。

当时他肾上腺素急剧飙升，以至于没注意到不远处的声音。

校外的人如期而至，他们抢走他胸前抓着的书包，掏了半天，除了纸张就只剩一把美术课裁纸用的圆钝头塑料剪刀。

他们玩笑般剪着夏封的衣摆，最后瞄上他胸前的一块玉。

那是夏封出生时父母给他买的，在这么多年的留守时光里，几乎承载了他体会到的所有父母情。

剪刀磨着细细的红绳，就要剪断最后一点念想之前，夏封发狠般夺过它，又因为它没什么杀伤力而心虚，抖得有些明显。

原本报警的计划被迫中断，这仅仅能剪坏他衣摆的剪刀，却成为此刻恐惧到极点失去理智的他下意识紧紧抓住的救命稻草。

"别、别碰我，我警告你别碰我！"

夏封越说声音越大，略显狭窄的胡同里几乎能听见回声。

为首的小混混被吓了一跳，连拽两下都抢不到剪刀也来了脾气，作势后退了两步想动手。

身体不停磕在墙上，就快要站不稳，夏封心一横，猛然把纸张往对面人脸上一扔，随即紧闭眼睛，用力朝前挥舞着剪刀，嘶哑着声音大喊："你们走开！别逼我！"

往常的夏封不反抗，给钱又相对痛快，因此来找他的一般只有混混群里的三个人。如今面对这突发的场面，三人对视一下，居然齐齐笑出声来。

他们虽然大不了夏封多少，却早已不在学校受教育，更不会理解无助之人的孤注一掷。于他们而言，这只算是虚张声势的试探。

于是几个人饶有兴致地围着夏封观察，给他湿润的睫毛拍照，嗤笑他的卑怯。

正当为首的小混混疯狂大笑时，脚边突然被丢了个石子。

"喂。"

语调中的不羁和随性，是夏封对来人的最初印象。

他悄悄睁眼，朝着声源处瞥去，看到一个头发乱糟糟的女生。

女生手背上有不明显的刮痕，校服也不算太整齐，皱皱巴巴的，带着些在地上打过滚儿的痕迹。可她眼睛亮亮的，带着股不服输的劲头。

奇怪得很，那天明明是个阴沉沉的天气，可每当夏封回想起来，总觉得那女生站的地方好像有束光。

就好像太阳只为她一人燃烧。

"那小孩儿，住手！"

本就是强行撑出来的架势，听见这话，夏封手比脑子还迅速，趁着小混混们朝女生走去，捡起书包，把剪刀扔了进去，而后贴着墙剧烈呼吸，记住了这个女生和她手里不怎么趁手的板砖。

她个子虽然高，但怎么看也不像是能打得过三个男生。然而即便站得不算远，混混们嬉笑着朝她走过去时，她也只是目光微垂，缓慢后退。

这让夏封冷静下来，可没几秒又变得很不安，于是踌躇着四处看，想随手捡点什么去帮她。

短短几秒内，他出了一身冷汗，可抬眼间，他在人群缝隙里对上女生狡黠的目光。

从来不擅长猜测他人心意的夏封突然福至心灵。

小混混们差不多走到他和女生中间时，那块来演戏撑场面的板砖被扔开，夏封听见"咚"的落地闷响和一声穿透力极强的"跑"，立刻头也不回地往来时的胡同口飞奔。

他一刻不停地跑去报了警，跑到嗓子里都是血腥味。

可他再回来时，除了地上孤零零的一块板砖，方圆几十米什么痕迹都没有。直到出了胡同远处的商铺监控拍到了女生顺利逃脱，他才感到劫后余生般的庆幸。

那天回家后，夏封给父母打电话说明了情况，一再强烈要求住校。

申请很快就通过了，夏封开始在校内专心学习、认真吃饭。

那些小混混总也找不见他，也就不再盯着他家附近。何况后来每个月回家时都有老师随行保护，他就再也没见过他们。

然而同样的，他也再没见过那个女生。

那时的夏封只知道女生穿的校服是另一所初中的，可茫茫人海，一个市的学生数量也很可观了。

于是他没能再遇见她，没能当面道声谢，说句其实"我不是小孩儿了，我也上初中"。

　　这种遗憾持续了很久，直到他不受干扰，以优异成绩考上当地最好的高中。在他迷失在知识的海洋中，找不到上岸的方向时，就如同神明只在他悲惨时出现一样，他又一次遇到了那个女生。

　　那天的夏封睁大了双眼，激动得差点儿在食堂油光锃亮的地板上滑跪。

　　可当他准备好自我介绍，缓步朝女生走去时，她刚好转头与身边的人说话，同时越过人群看到他。

　　她的眼神在他身上停留，上下打量了几秒，随即又转了回去。

　　那眼神也许带着点对他的轻蔑，但他不想承认。

　　瞬间丧失了上去相认的勇气，夏封一如当初般踌躇着站在原地，不知所措。

　　旁边跟过来的同学见他望着那边，悄悄地与他咬耳朵，说那边扎着马尾的女生叫俞韵，是个只会校园暴力的小太妹，也是个众所周知不好惹的对象。

　　夏封手里的托盘没拿稳，翻倒在凑在他耳边叨叨的同学身上，又"叮叮当当"砸响了桌椅。

　　金属的响动和男生的吵闹在食堂里响起，夏封却见俞韵一直低着头，无动于衷，始终规律地戳着盘子里的鸡排，却没吃一口，就好像她其实什么都知道。

　　再后来，他总爱和二部校区的住宿生搞好关系，这样就偶尔能听到俞韵的传闻。

　　大家言之凿凿，可夏封怎么也无法把这些和那年将他从危险边缘拉回的女生联系在一起。

　　奈何他不相信，却也无从辩驳。

　　二部校区的学生大多是说俞韵如何欺凌弱小的同学，如何将矮小的女生堵在厕所里收拾，如何将自己没做的试卷假装成被其他同学扔掉……

　　至于说她如何四处勾搭男生，就连讲这些八卦的好几个人也都表示自己曾经被撩拨过。

　　林林总总，桩桩件件，这些他人之口的故事里，拿不出一个能称为证据的东西。

　　夏封说得琐碎，几乎把自己知道的都告诉了谢瑾，其中有很多难听的话，还是他绞尽脑汁，想了些委婉的词汇来表达。

　　而关于今天的事情，夏封是在晚饭时听人提起的。

传说原因是俞韵为了个男生争风吃醋，体育课时故意撞倒了一个站在篮球场边的女生，可被撞的女生的哥哥在学校篮球队，而一中两个校区这么多年的共识，就是二部的篮球校队惹不得。

　　于是今天晚自习之前的自由时间，俞韵就被几个女生从班里揪了出去，一阵喧哗后，又被站在旁边看的校队男生拽着领子，一把从走廊扔回了讲台边。

　　当时走廊里挤满了看热闹的人，有人说"看你猖狂的报应"，却没有一个人站出来说一句"别打了"。

　　也有同学见势不妙去了教务处，可等老师来到教室的时候，上课铃已经驱散了人群，而俞韵也已经自己爬起来，走回了座位。

　　班主任把卷子放在课代表的桌上，翻看了一会儿上周末测验的成绩单，又瞧了俞韵几秒，突然清清嗓子，对着全班说："不好好学习，就总会遇到些奇怪的事，很多困难别人遇不到，是因为他们把精力用在了学习上。俗话说，苍蝇不叮无缝的蛋，无风不起浪，大家有时候也要学会反思自己。"

　　同学们嬉笑着附和，不去管这句话到底算不算道理，只是肆无忌惮地观察从刚才坐下起就一直低着头的俞韵。

　　而明知被观察的她还是慢慢抬起头，像没事儿人一样看着教室里的人，丝毫没有哭过的痕迹。

　　后来，和夏封说起这事的二部学生评价道：

　　"也不知俞韵到底哪来的脸面继续傲气。"

　　"听人说啊，当时她不光没哭，还笑了。"

6

　　回到家。

　　俞韵把毛巾、睡衣拿齐全才进了浴室，免得让妈妈看到这些痕迹又不得安宁。刚进门时解释校服裤脚为什么会被划破，已经让她费了很多心力，睡前就更不想节外生枝。

　　其实她说起在学校的事情时，爸妈总会听得很认真，每天也会问及她心情如何。这场景任谁看了，都会觉得这对父母是真关心孩子的心理健康。

　　但她知道并非如此，于是尽力表现出父母所需的欢快，照旧面不改色地回答一切安好。

在例行公事般听了十几分钟"我们为你付出了多少"之后，疲惫不堪的俞韵终于得以躺在床上。

淋浴时，热水虽然消除了紧绷感，同时也发散了受到的伤害。她皮肤薄，磕碰后很容易青紫，现下几乎全身都在昏沉的倦怠中隐隐作痛。

原本她已习惯了，可今时不同往日，谢瑾颤抖着的手、他在便利店里说的那句话，以及无数相处的细节，在这一刻通通拥挤着闪进了脑海。

她说不出那个场景可不可以称为美好，也讲不出那种氛围下的话是否算浪漫，却只是想到这些，心口就一阵阵泛酸。

不知道下次见面时，他会不会已经了解了那些传闻，会不会因为靠近过自己而想要失忆。

脆弱排山倒海般袭来，俞韵现在很想跟谢瑾说说话。

说自己的胳膊很疼，左腿膝盖很疼，右边的肋骨也疼，摔在讲台边时扭到了脖子，怎么躺都疼。

手机被锁在主卧的抽屉里，她连"文件传输助手"也没有。

她无法，也无处可说。

白天发生的事情太多，以至于"美梦小剧场"营业许久，俞韵才终于在疼痛中睡了过去。

然而就像《歌剧魅影》第一幕里的《汉尼拔》，无论上演几场、卡尔洛塔唱得如何，那都只是后续剧情的铺垫。

无论她的小剧场多么美好，也终归是编造出的泡影，缠绕在心间的阴霾依旧不会放过她。

梦境里，她站在人群中心的高台上，那些人围绕着她，伸长了手对她指指点点。

他们说，苍蝇不叮无缝的蛋，无蜜不招彩蝶蜂。

他们说，一个巴掌拍不响，无风不起浪。

他们大声地教育她要感激老师的批评，大笑着嘲讽她被众人孤立，厉声地责问为什么坏人不欺负别人却欺负她……

他们说，好孩子就应该主动远离俞韵。

那些面孔密密麻麻，熟悉或陌生。他们的声音好吵，以至于俞韵在梦里努力地解释，却没有一个人听得到。

围住她的人身处黑暗，身体却亮得刺眼，只有她蹲在地上，暗淡无光。

俞韵捂住耳朵，拼命尖叫，却发不出任何声音。

她想：谁来救救我？

突然，如同神明受到召唤，一切都像被按下了暂停键，世界重归平静，周遭的人不再朝她嘶叫，亮到锐化的形象也瞬间灰败下去。

她在骤然安静的梦境中被一只手牵住，于那一刻沾染了万丈光芒。

幻象的痛苦如潮水般退去，她在梦境中轻盈地飘浮起来，抑郁的情绪恍若存在实体，化作袅袅黑雾与她分离。

如同舞台上的追光投射进来，混沌黑夜般的世界被暖光轻易撕开，那光里浸着一道身影，而身影的主人正紧紧攥着她的手。

那是少年的手。

但没来由的，她笃信那是神。

神散发着柔和的光，立于高台之下，始终抬手牵着她。

俞韵看了一会儿，只觉得这姿势似曾相识。

她被牵引着降落在神的身旁，眼看随着他长袖轻摆，残酷的一切都化为虚无。

略带凉意的手牵着她徐徐而行，所到之处，黑暗被渐盛的光芒蚕食。

俞韵周身的光如获羽翼，在无边无际的颓败世界中蔓延开来。

她回握着神的手，试图看清楚他的样子。而神本就身处梦境，自然就随着她的意念驻足转身。

隔了层雾气似的东西，他的脸有些模糊。俞韵倾身踮着脚尖，几乎快要靠到他怀里。

那种似曾相识的感觉愈演愈烈，气息亦是无比熟悉，因为他们不久前才分别。

俞韵重新站好，仰头轻轻拽了拽他喉结下交叠的衣领，于是神安静地弯下了腰。

雾气消散，内心的憧憬和梦境的答案重合。她看到了他双眸微垂、略显冷淡的面庞……

而此时，在尚且无人入睡的本部宿舍里，谢瑾静静地听着，哪怕夏封讲得磕磕绊绊，他也并不催促。

关于俞韵的事，他一个字都不想略过，可听了心又揪得厉害。他难以想象，要经历多少折磨，才能将回忆里骄傲恣意的她变得抑郁敏感又情绪难测。

"后来有同一时间上体育课的人说，那女生被撞倒的时候，俞韵压根儿没在篮球场附近。

"她好像有点旧伤，体育课总喜欢在看台上坐着。兴许是那女生认错了人，又没人敢在剑拔弩张的时候站出来解释……"

明明夏封已经自以为无痕地润色了故事，可这一晚上的交谈，还是让谢瑾心脏如针扎似的，止不住细密的疼。

他拳头攥得死紧，垂眸时眼尾微微透出些红晕来。

夏封离得近，觉得他此时连呼吸都透着忍耐。

谢瑾听着那些被夏封柔和渲染过的故事，牙关不知不觉紧咬了许久，现下反应过来开始隐隐作痛。

"我知道了，改天谢你。"他有些敷衍道，"辛苦你熬夜，回去睡吧。"

哪怕夏封这夜回想起往事，现在心绪不宁必然睡不着，谢瑾此刻也着实没心情同他多说些什么了。

好在夏封虽然偶尔情商低，但最基本的理解力还是有的。他把椅子放回陈墨桌前，和坐在床梯上的陈墨一起沉默着爬上了床。

宿舍里一下子有些静，谢瑾坐在灭了灯的桌前，回想起许久之前的俞韵。

她当时也就初三的年纪，编着蝎子辫儿，古灵精怪的，长长的眼尾上挑，神态带着点张扬，交谈起来时还有些傲娇，开心时脸上仿佛写着"我的文采天下第一"。

说来可笑，最初的时候，他是嫉妒她的。

夏训营里，他的文章被评"很优秀，但还是缺了一点风格"，而俞韵却是耍小聪明写十八行诗都能被夸遣词造句有灵性。

他不想看俞韵写的东西，也不知道要怎么样做才能像俞韵那样优秀。

妈妈最近总说自己辅导不好他的学习，他就来参赛，证明自己可以独自努力，不需要去爸爸那边讨生活。

即便心里早已有答案，可只要有一点机会，他都不想承认。

直到他被夏训营的老师叫走。

老师面色为难地说："有人来接你。"

谢瑾以为最差不过是爸爸来，却不承想是阿姨带他去参加妈妈的婚礼，加上所谓的顺便认认新门。

他明明已经长得很高，彼时却无助得像个孩子。

他打电话给爸爸的时候，男人接通电话说道："你阿姨才怀了孕，怕照顾不好你。我和你妈商量过了，让你先去裴叔叔家住两天，等我把那边的房子收拾出来,你自己住着自由,上学也近。"

那一刻,他突然明白,不是谁辅导不好学习,也不是谁要添喜,只是因为他这个人有些多余。

那天他没去参加婚礼,但裴叔叔还是去老房子里拿走了行李。所有人都幸福快乐,他没资格扫兴。

晚上宿舍的人都睡了,裴叔叔和阿姨纷纷打电话来,跟他说:"你小子别担心,等你爸妈的新家安顿好,以后两边就都是家了。"

谢瑾听得想笑。

他知道自己没有家了,可每个人都在告诉他,他不是无家可归的人。

谢瑾一夜没合眼,第二天眼睛红得可以直接演玉兔。他把有些长了的刘海拨乱了,坐在最后一排。

生人勿近的压抑配着白皙的皮肤,女生们窃窃私语得比以往都热烈,又不好意思往他旁边坐。

最后,他还是孤零零一个人坐在那里。

文章的互评环节,俞韵作为夏训营的班长,将同学们的作文纸分发下去,最后一份留给了自己。

手上这篇没有署名,字数少,也不合规范,可方才无意间听了夏训营老师闲聊的她,突然读懂了方格纸上干净的字迹。

> 我是一道超纲的题目,
> 虚拟的条件无人解得出,
> 只等待着审题的机制将我驱逐。
> 我将独自去往混乱的题库,
> 在无数次相同的经历后被彻底删除。

然而文章的意义,俞韵只知其一,却未得其二。

没人知道,这是毫无胃口的谢瑾早早进入教室,故意放在她桌上的——因为这样,按俞韵总留最后一份的习惯,互评时一定会拿到他的。

其实谢瑾也搞不懂自己为什么要这么做,明明看到她就会想起自己曾经像笑话一样要去证明。

他自欺欺人地乞求着谁的爱,却只显得脆弱又可怜。

谢瑾知道,在平淡的夏训营生活里,自己的事一定传得飞快。

他想听俞韵点评自己的文章,想看面对他的阴郁时,她皱起的眉、流露的悲伤，看她怎么在这几句醪糟般的诗里，继续所谓的美好与希望。

如此纷乱的思绪中，有什么东西被轻轻放在了手边，但他眼睛很疼，不想睁开看。

"喝点吧，朋友，这可是我翻墙才买到的，差点就跟地面友好会晤了。"

身边女孩的声音其实很特别，不悦耳也不甜，非要形容的话，慵懒和舒服比较贴切。

据他所知，整个夏训营里只有一个人是这种声线。

"这张是你的吧？你的字很好看呢……"

耳边是他今天心心念念的声音，可真到了这一刻，谢瑾又不想听了。

他怕她公事公办，分析他那不成文的文章中存在的问题，又怕她出于人道主义关怀，温情脉脉地来安慰他。

到底为什么要故意给她看？谢瑾觉得今早的自己八成是有病。

他不想看她难过了。

他想像平常一样坐在角落，听她吃着零食说些无关紧要的话，在视线短暂的交会时，故作冷淡地转头。

"昨晚看星星，忘写了。

"这是瞎写凑数的。

"别告诉老师。"

他面无表情，一本正经地胡说八道，耳朵热得几乎要冒蒸汽，可俞韵仿佛并未看出他这种牵强的慌张。

当时她对他说了什么来着？

"好，我不说。

"这位忘写作业的朋友，不知道你有没有发现，昨晚那些被憧憬的星星，它们都是闪烁在黑暗里的。"

彼时看着俞韵独属于他一人的目光与神情，谢瑾不明白自己怎么会忽然有种期待被满足的愉悦。

认不清自我的他慌了，缓了好几秒才嘟囔了句："你好烦……知道了。"

那时他从她手中抽回作文纸时，缓慢而小心，生怕划伤她的手。

不知俞韵还记不记得，那年那位看起来有一丝不知好歹，却又神情紧绷的朋友。

回忆中，夜已过半。

谢瑾缓缓松开手，骨节因为长时间无意识地用力而僵硬酸痛。他冷漠地控制着自己握拳又张开，细致地感受着这份疼痛。

因为他无法揪着领子问自己为什么现在才来。

宿舍另一端，听了整晚的王博宇再迟钝也能发现点前后差异了。他有些后悔自己之前的口不择言，却也无法理解，为什么会有人相信一个臭名昭著的女生。

但他还得和谢瑾缓和一下关系，毕竟夏封那傻子看不出来，他可不一样，谢瑾这人表里不一，手也黑，他得避免这阴沉沉的人背后使绊子。

权衡了十分钟，王博宇决定避重就轻，说自己刚刚是开玩笑杜撰了故事，再态度诚恳地道个歉，这样不管以后谢瑾再想对他做什么，他都已经占据了道德的高地。

"那什么，谢瑾，刚刚我说俞韵……"

"嘘。"

谢瑾微抬眼皮，侧过脸懒懒地斜扫了他一眼，修长的食指竖在唇边。

不久前和夏封聊天时的那种竭力的隐忍都已褪去，此刻谢瑾嘴角天然的弧度尖锐，显得人清清冷冷，没什么情绪。

王博宇摸不透这人什么想法，也就不敢轻易再说下去，停顿了几秒，没等到谢瑾说话，才张嘴想接上刚才的话。

可他刚有想说话的意思，连第一个音节都还没来得及发出，就看到谢瑾下巴微抬，再次扫了他一眼。

那一眼居高临下，让他彻底不敢再作声了。

然而收拾床铺时，他又想起之前的单方面被殴，越想越憋屈，嘴巴张张合合好几次，最后还是叹了口气才算舒服。

对床的夏封失眠了，抱着被子翻来覆去的，陈墨却已经快要睡着。直到半睡半醒的临界点，他恍惚间听见谢瑾很轻地说了句话。

"本来以为你有点自知之明，没想到你不仅蠢，话还多得很。"

慢慢反应过来话里的内容，陈墨一下子就醒了，努力想要再撑十分钟，生怕错过好戏。

但显然好听的声音再低也有穿透力。王博宇作为当事人，听得比陈墨更清楚，宿舍终于重归宁静。

谢瑾在一片寂静中坐姿下滑，窝在椅子里，慢慢将手凑近脸前，逐渐靠近自己的唇。

温热的掌心上似乎还残留着俞韵的气息，若隐若现，浮动在他的鼻息间，似无形的茧将他包裹。

　　失眠的夏封就这么瞪着眼睛不敢吱声，目光透过床的围栏，瞳孔里写满了大大的不解。

　　今晚的月色很美，以后的月色也会很美。

　　些许月光映照着谢瑾，谢瑾仰望着月光。

　　他所求不多，只要她的世间从此平安顺遂，此生肆意自由。

第二章 · 宿命

*俞韵是熄灭了的月亮，
需要一盒谢瑾牌的火柴来点燃。*

1

天色渐变为深灰时，谢瑾才终于睡着，又争分夺秒似的梦到了后来。

那年夏训营结束的前一天，俞韵的文集本丢了。

老师表示所有收上来的都已经发下去，找不到，大概是被同学误装了。

谢瑾沉默地站在教室的角落里，看着俞韵像母亲丢了孩子一样找了两三遍。

那时他早已不再嫉妒俞韵，而是担心俞韵找不到那本文集会有多难过。

直到他在办公室垂头丧气地等裴叔叔时，看到了老师桌面的杂物里压着的一本粉色书夹。

他带着隐秘的窃喜，把它抚平，放进书包，希望能亲手将它交还给俞韵。可等他安顿好自己，再按照封面的号码去联系，对方的手机却始终处于关机状态，添加好友的申请也始终没有通过。

但也正因如此，那本文集得以陪着谢瑾度过了他最难熬的时光。

从在纸上胡乱涂写的"早饭好难吃"到后来被写进作文的那句"那些被憧憬的星星都闪烁在黑暗里"。

自初三暑假到高二寒假，谢瑾住在空荡冰冷的房子里，常常一遍又一遍翻阅俞韵笔下的文字，憧憬着他回忆里的那颗星星。

如今在这熟悉的梦境里，他想要再次翻阅那些早已烂熟于心的纸张，枕边的手机却开始振动个不停，而差不多刚入睡的他关了闹钟，强迫自己不要再睡过去。

转学过来的这些日子，他总是赶在住宿生都没起床的时候，把买好的零食放在俞韵的桌子里，有一次还恰好捡到她落在一楼护栏上的校服。

现在想来，那大抵不是她本人无意落下的。

一中前几天开了场运动会，所以虽然今天周六，但上午还要补半天的课。

早上的时间太紧张，以往他打个时间差，能把东西放下还不被学生撞见，而现在他要起得更早，才能算好时间走到俞韵家门口。

然而有眼睛的都能看出来，谢瑾现在的兴奋相较平日的冷淡，几乎算得上溢于言表，明显对此甘之如饴。

不是正常上学的日子，可以不穿校服的，于是谢瑾单是在衣柜里挑挑拣拣就用了好半天。

黑裤子搭黑色高帮帆布鞋，随手拿的白T恤已经先穿上了，此刻他面前的椅子上放着一件浅灰色开衫和一件水洗粉的牛仔外套。

在没有重逢的时光里，他却将带有俞韵痕迹的东西留了下来。她是他的星星，而他短暂的少年时代里，不曾见过流星，于是他相信，终有一日，他们还会再见。

少年时代的追捧都相对显眼，毕竟美的事物人人都爱欣赏，所以托姑娘们的福，他很清楚自己穿什么好看。

然而现下，他倒有些犹豫。

浅灰色阳光活力，却容易大众化；粉色衬他的肤色，却显得轻浮。

能不穿校服的时候并不多，他想给俞韵看最有吸引力的自己。

犹犹豫豫间，才刚站定思考了几秒钟，他左后方便传来一声悠长的呼唤。

"选——粉——色——"

说话的人刻意压着声音，却因为彻夜未眠而供气不足，一句话三个字里有四个颤音。

饶是谢瑾自诩胆子大，也被这一声吓得猛然扭头，连脖子都"咔"了声。

"对不起——哥——我不是——故意的——"

夏封这一整句话的颤音连在一起十分美妙。

谢瑾想说他现在去录音棚录首电音，应该能省后期不少的事儿。

但谢瑾重新看了眼椅子上的衣服，话到嘴边又咽了回去，转念想问为什么选粉色？自己穿粉色比灰色好看多少？

可若是这么问，又大有一种让人做个PPT说说自己帅在哪儿的感觉。

谢瑾虽然不介意，但是不由得深刻怀疑这个平常穿衣打扮甚至有那么点离谱的夏封可不可信。

"咳咳，今天阴天，光线漫反射，灰色显得你跟背景融为一体很单调，粉色鲜艳反而突出对比。你又白又帅,今天穿粉色肯定更吸引人。"

可能是看谢瑾还在踌躇,夏封迅速拿出了真凭实据,从理论层面证明自己的选择是正确的。

刚刚还想损夏封的电子波动嗓音几句,可他清完嗓的这段补充,直接让谢瑾如听仙乐耳暂明。

"你学理是真不亏啊!"

谢瑾难得能在早上以真诚的语气讲一句完整的话。

夏封得此"殊荣",却并不知晓其中关窍,接了句"这是初中物理的衍生知识应用",喜提了谢大帅哥不耐烦的一声"啧"。

因为不想被人知晓其余打算,谢瑾出门时在演算本上撕了一页,写了几行字,拍在夏封的肚子上。

夏封像特务接头一样看完,差点把纸吃掉,被拦下后又像执行任务一样比了个"OK"的手势。

于是谢大帅哥就这么带着夏封脑干缺失的祝福,走出了宿舍楼,跨出了校门口,迈向了他摘星捞月的新征程……

然后因为选衣服花了太久时间,而在半路开始狂奔。

而此时的餐桌前,俞韵正眼神迷蒙,像只初生的小鹿。

她实在是很久没能睡得这么安稳了,所以早上闹钟响的时候,整个人稀里糊涂的,抬手就是一巴掌。这导致她现在不得不边吃面条,边听家长一刻不停地念叨着"马上要迟到了"。

俞韵向来守时,但万一晚了也不会急躁。早一分钟晚一分钟都是迟到,那么麻溜地正常洗漱吃饭就好了,何必把自己折腾得紧赶慢赶,容易忘拿东西不说,还吃得胃疼急得头疼。

但俞父不一样,在他眼里,态度更重要。

哪怕这是孩子上高中以来的第二次迟到,也要着急忙慌才说明有悔过之心,不然,就是朽木。

于是在第三口面条还没被咽下去的时候,俞韵就被她爸挂上书包,教育着端正学习态度给推出门去了。

她忙不迭应和着,笑容却在走出单元门的那一霎就消失了。

离开父母的视线,不必再假笑着应付使她得以松口气,可即将到来的校园生活又让她感到窒息。

天阴沉沉的,衬得一切都昏暗。

远处有个人穿了件粉色的衣服，倒是很适宜今天的氛围，无端引得人心情都好了不少。

靠近小区大门，俞韵感觉那人应该长得也不错，结果抱着不看白不看的心理，越看越眼熟。

"起晚咯。"

谢瑾收起手机调侃一句，随后不待俞韵拒绝，主动拎过了她的书包。

俞韵的内搭是白色的，外面又恰好穿了件粉色的针织衫，浅色牛仔裤裹着匀称修长的双腿，马丁靴和高马尾都带着和上衣微微对立的飒。

差不多的风格、差不多的穿搭，两个人站在一起让谢瑾暗自激动得简直想当场给夏封拜上一拜——堪称先知的预言，他刚才是怎么敢吐槽的。

俞韵不在状况内，茫然地问道："你怎么来了？"

"当然是来接俞大小姐上学。"

对方答得太过坦然、太过迅速，仿佛自己先前答应过一般，让俞韵体内本还很嚣张的瞌睡虫一下子偃旗息鼓。

眼前的少年高挑挺拔，棱角分明的脸是昨晚梦中的模样。

其实在旁人的印象里，谢瑾仿佛永远是冷厉而疏离的，然而对俞韵而言，每当目光交错的那一刻，他总会不知不觉在这些表象下显出些让人难以抵御的小狗样来，或者说是不易察觉地透着几分脆弱。

他大概是跑来的，悉心打理过的头发此时有些散乱，薄唇透着点干燥的苍白，过分精致的鼻梁搭配着眼尾细微的红，在下颌微抬时，一滴晶莹的汗珠顺着他的下颌流淌而下。

阳光勾勒出他俊美的眉眼，形成了独具冲击力的美感。

俞韵就喜欢这种类型。

她不好意思当场捂住心口，但又很害怕它因为此刻太努力地供血而无辜挂掉。

"看够了没？该走了。或者我就站在这儿，让你慢慢看？"

谢瑾忍不住打趣她，却又有点担心真把人吓跑了。这样的话，该上天台的就是他了。

俞韵被戳中了小心思，慌忙快步走开。而她因为强撑着让自己不露羞怯而逐渐消散的颓靡，让谢瑾暗自给自己今天的人设打了个钩。

"坏了，我把你带迟到了。"路上稀稀落落的学生终于提醒了俞韵，况且昨天他们并没有约好，所以谢瑾为了不错过，必然是早就到了。

"嗯，而且早饭都没来得及吃……"谢瑾语气里并无不满，甚至伴着刻意的委屈语调，与他外表对比形成的反差居然有点萌。

虽然对方的等待非她本意，但让人大清早饿着，俞韵还是过意不去。听着他可怜巴巴的语气，她便赶紧把出门前手疾眼快抓进兜里的小面包塞了过去。

其实谢瑾在狂奔之前已经吃了个包子，却还是从善如流地收下了。他观察着俞韵的神情，评估自己的卖惨是否会给她压力。

"其实你不用来接我的。"她边走边说，并不看他。

"那不行，从今天起，我谢瑾就是大小姐的塞巴斯蒂安。"

说完，谢瑾像是怕再被她反驳，竟然幼稚地加快步伐走到了她身前几米处。

俞韵听罢，心想：可能过几天你听说了我的传闻，就不太想跟我扯上关系了。

她踢了下脚边的石子，抬头捕捉到少年走在前面又忍不住偷偷回头时，嘴角扬起的弧度。

那就过一天算一天吧，她想。

等两人走到校区附近时，已经迟到了二十分钟。今天补课的只有高二和高三，学校周边安静得很。

俞韵有些庆幸。

这样就不会有人知道他们是一起来的，谢瑾或许也能再晚一些听人"科普"她。就算哪天谢瑾听信了谣言，和她逐渐疏远，有什么事情也都不会牵连上他。

毕竟和她扯上任何关系，都不算幸运的事。她能给的，也就只有这点保护了。

"俞韵，你们迟到会怎样？"

"跟本部一样，早读老师都去开会了，学生不会自断后路，没人告状。"

毕竟是分离的校区，谢瑾兜里的请假条也不经细查，然而迟到这事可大可小，但他不敢赌俞韵的遭遇，最后还是在请假条上写了个"试卷接收"，又拿给她一摞本部的练习卷。

"那你放学后等我可以吗？不要乱跑，不要跟别人走，就在教室里等我，嗯？"

俞韵接过他递来的书包，察觉一直情绪稳定的少年此刻莫名地紧张。她答了句"好"，迟疑了下又补充说自己有作业要补，让他放了学晚些再来。

谢瑾没什么表情，只是视线扫过来时让俞韵有点心虚。

好在他很快就应了声，只把写着手机号的字条放进俞韵手里，让她保存了，有事打电话给他。

俞韵随口解释了句自己没有手机，拿着字条匆匆进了校门，没注意到谢瑾听她解释时骤然间的抬眸。

"对了，今天的课间我都会在你附近，别害怕，没人能伤害你。"

闻言，俞韵带着疑惑回头，和窗户里同样疑惑的保安大叔一起目送说完这话的谢瑾跑过街道，头也不回地穿过了本部的保安亭。

听他的意思，这是知道昨天的事了吗？

俞韵百感交集，既有些窘迫，又有些安慰。

她一直回避话题，不想被谢瑾知道自己的境况，可谢瑾了解后似乎也并未改变看法，那些早已萌生的期待又开始顺势发芽生长，如同当下的时节一般，春风又绿江南岸。

第一节课的课后，俞韵看向窗外。

她的位置在窗边，如果谢瑾要来，大概会在对面的露台上。果不其然，在她预测过的位置上，有一抹显眼的粉色。

近一个月，那里偶尔会站着一个背书的男生，不管风多大天多冷，校服外套总是反着系在腰上。

之前俞韵还觉得有些搞笑，现在再看过去才明白。

本部校服的袖子是整片的白色，领子是酒红色的，裤兜边有一道灰色的拼接线，但除此之外，和二部校服基本一样。

那男生并不经常出现，加之那片属于高三教室门外的露台上经常有人挡着脸背书，且不说没被他人注意到，就连俞韵也以为那是某个努力的高三学生。

可从前不会引起注意，今天就不大一样了。

"哎哎哎！那是谁，那是谁？这人高三几班的？姓甚名谁？我两分钟内要他的资料！"

"高三还有这号人？是不是来宣讲的优秀毕业生啊？"

"那是谢瑾吧？脱了校服更帅了！"

"他好像在看我们班呢，他看的是我吗？是我吧！"

"我理解了，真不怪周千雪！这谁顶得住！"

"帅哥这粉色衣服像极了我脑子里的泡泡……唉，嘿嘿嘿……"

…………

而引起讨论的谢大帅哥本人，在众目睽睽下微微歪头，抬手朝俞韵挥了挥。

2

"哎？他在跟谁打招呼？咱们班的？"

"是吧，这个视线不像是看三班。"

俞韵抬起的手指动了动，旋即还是重新放回桌上。她选择跟着窗边的人一起回头张望，装作同样不知道他在跟谁打招呼。

谢瑾的胳膊随意搭在露台的栏杆上，从高处把她的动作尽收眼底。

他笑着挑眉，有点没明白自己这个来撑腰的为什么见不得人。

既然如此，第二节课课间时谢瑾就不再直勾勾盯着一班，而是侧身倚着露台的内墙，不时装作无意地往她的方向瞥去。

教室窗边盛况空前，其他班级也差不多。

有人问："谁敢去要个联系方式造福一下大家？"

但前有周千雪的辙，谁也不愿意再当出头鸟。

倒是露台那边的高三学姐出来，从谢瑾手里拿了张信纸，跟谢瑾说了几句话便笑着回去了。然而，过了会儿，另一个学长也如此来了一遭。

小字条在老师板书时乱飞，终于在第三节课时被语文老师截住。

林老师叹了口气，说："别瞎猜了，谢瑾是来讨论文学创作赛和语文学科竞赛的事，上周让你们参加，你们报名的兴致不大，不如这会儿重新考虑一下得了。"

说这话的时候，林老师眼含深意地看着俞韵。可这位被寄予厚望的人却抿唇低下头，在班里同学起哄说"参加"的时候，无动于衷地翻了页书。

语文老师讲完课，布置了作业，学生开始自习。

学校出于对学生自制力的考虑，二部没有安排同桌。布置完了背课文的任务，林老师在嘈杂的读书声中，毫无阻碍地踱步到俞韵桌旁。

林老师很清楚，这孩子早就掌握了书上的内容，于是伸手合上她的书，直接弯腰侧着身子小声劝她："俞韵，你真的不参加吗？这两个比赛，老师对你很有信心，你至少也可以拿一个名次的。"

"老师，这学校里您对我最好，我也知道您不想我被影响。可是老师，我真的好累，我不想重蹈覆辙了……"

林老师听着她声音越来越小，心情复杂地再一次叹气，又安慰似的拍拍她的肩膀。

"俞韵啊，读的书太多、心思敏感、思维走在前面，这些都不是错误。

"你经历的这些我也有过,其实同学们也会长大,总有一天他们想起往事,会意识到自己曾经随波逐流伤害过你。但是在这之前,老师希望你继续做俞韵,别被他人的愚蠢绊住脚步。"

谆谆教导字字砸进心里,在这个于自己而言如同修罗场般的地方,俞韵不能情绪外露,只能拼命忍着泪水点头。

回到讲台边,收拾了教案,林老师环顾教室似乎想开口,可最终想起自己上一次为俞韵说话的结果,还是无奈摇头,转身离开了教室。

她的欲言又止被同学们看在眼里,大家若有所思,偶有几声冷哼。

五分钟后,下课铃响起。

"呵,教的什么破东西,还好意思在那儿摆脸色。"

"哎呀,你还不知道她跟谁关系好吗?"

"上次语文教学实验课的投票打分,她还说我们对那谁不公平呢。"

"喊,我们就打低分怎么着?看不惯清高怪的矫情。"

两三句出格的抱怨落在俞韵耳朵里,她低头看书时皱着眉,咬了咬腮肉,充耳不闻的样子,仿佛这话题与她无关。

隔着半栋楼的距离,谢瑾听不见那些话,却能感觉到俞韵不高兴。

"上课的时候我听见了……老师,我被他们孤立,我好累,你对我最好了……"

林老师的话别人是听不见,但出于格外的尊重,俞韵说话时并没有凑太近。

此时前桌的男生捏着嗓子,适时将听到的话重复出来,打乱了的语序,真正表达的语意也随之完全不同。

后方的桌子上传来扔笔的响声,可同学们的注意力都集中在他这儿,男生表演欲上来,撇着嘴摊手道:"无他,狼狈为奸罢了。"

话音刚落,他就被桌边的女生慌忙扯了扯袖口。而他沉浸在自己发挥的文言文语气中,颇为不屑地转头,却看见俞韵已经站在了他的桌边。

还没等对方挥舞着拳头把那句"你要干吗"问出口,俞韵一脚踹在了这位前桌的凳腿上。

男生只顾着小心俞韵举起的手,被虚晃一枪,毫无准备地滑了下去,全靠手臂支撑着才堪堪挂在两张桌子之间。

男生悉心呵护的尊严被一脚踹开,他立时起身怒视着俞韵,以一种为民除害的架势逼近她。

奈何他装出来的狠辣神情远不及俞韵的注视更令人感到压迫。

前桌的手刚伸出来，试图抓住俞韵，就被她反手一掌拍开。

"寂寂无名的人，一朝靠撒谎博取关注，感觉很好吧？"

"我说没说那些话，你没有证据，可你辱骂老师，倒是声音大得很。"

俞韵天生嘴角很平，唇部轻微用力就弧度向下，再结合遮瞳与上扬的眼尾，显得气场强大而凌厉。她无论是仰首垂眸，还是颔首抬眼，笑与不笑，都很容易盯得对方犯怵。

"再造谣有什么后果？承担得起，你就继续。"

她声音平淡却足以让班里更安静，哪怕说完立时坐回了位子，可谁都知道她不是在开玩笑。

警告固然强势，却是一个台阶，铸造它的人要承受先前已经产生的损失，而无理者只需要踏出一步。

实际上，男生想要就坡下驴，毕竟刚听到摔笔声时，他也心虚了半秒。然而众人各异的神情摆在眼前，虽然身后一直有人在拽他的衣摆，但自尊使他不好意思就这么作罢。

在他看来，发出谴责的多数人便是正义的一方，而所谓正义的朋友，哪怕用了卑鄙的手段，也还是正义的朋友。

望着这里的多数人，他犹豫一下，还是选择了舆论的力量，意有所指地点头："确实，不敢说话了。你说造谣就造谣吧，我只能服软咯，谁不知道你俞韵是校园暴力一姐啊。"

偷换概念的转移矛盾最易迷惑人，俞韵心道：果然江头未是风波恶，别有人间行路难。

"是啊，话都不让人说了，真是小太妹。"

"谁听见他骂老师了？我反正没听见。"

"我也没听见，俞姐这得算造谣了吧？"

见此法奏效，班里附和声渐起。前桌转身得意地看着俞韵，挑着一边的嘴角笑，仿佛他找到的不是对付俞韵的办法，而是得道成仙的妙方。

同样的动作，谢瑾做起来勾人心弦，他做便是断人肝肠，无端让俞韵看得一阵反胃。

她无奈地笑了下，想说狼狈为奸这四个字该用在他们这些人身上才真是贴切。

"没人听见吗？你刚才说的话，我一字不落，都听见了。"

谢瑾不知什么时候已经站在了门口，他目光只是扫过众人，并未看向俞韵。这句话声线低，却穿透力极强。

前桌男生的笑容凝固在脸上，班里寂静一片，几十双眼睛齐刷刷看向教室后门。

俞韵迟来地一阵后悔。

发现谢瑾好像知道了昨天的事却没嫌弃自己麻烦后，她原本打算慢慢筛选着讲给他听，同时也给他留好退路。

俞韵不清楚谢瑾知晓多少，也怕对方一时间知道太多，会和其他人一样想——能有这么多事，你必然也不是省油的灯。

现在事已至此，虽然最怕的还是来了，但好在勉强可以补救。

她迅速抄起水杯，从后门挤出去，经过谢瑾身边时，不动声色地交代，让他默念两百个数再来天台。

班里人的视线还在谢瑾身上，也不知在一片窃窃私语中他垂眸在想什么，整个人看起来冷淡得没什么情绪，又好似不耐烦到有些恹恹的。

他忽而抬眼，以"我不针对谁，但在座都是垃圾"的姿态环顾教室，扫了一圈这些令人厌烦的脸，不等默数到两百便离开了。

他的身影消失在走廊的拐角时，教室里已然炸了锅。

有人骂俞韵狂，有人骂谢瑾装，有人跑题说其实俞韵还是挺好看的，有人跑题说没想到冷酷的谢瑾更帅了。

更有极少数人质疑两人的关系，但随即就被"怎么可能"的反驳淹没。

谢瑾也就磨蹭了几十秒，却在跑去天台的一路上都没能看到俞韵，直到推开天台的门，才找到坐在地上气喘吁吁的俞韵。

天台的风一如那晚般吹得人心凉，他皱着眉给她顺气，弯下腰来，认真盯着她的眼睛。

"下次能换个地方吗？我对这儿有PTSD（创伤后应激障碍）。"

"可是没……其他地方……能……聊天啊。"

"所以啊，为什么我在露台打招呼你不理我，你低头看课外书也不看我？聊个天而已，还要跑到天台。怎么，我就这么见不得人、拿不出手啊？"

敏感如俞韵，在如此简短的几句话里，听出了谢同学委屈的意思。

于是她努力深呼吸了几下，让自己说话能够像他一样平稳。

"谢瑾，见不得人的不是你，是我。

"你听我说完。"她语速很快，赶在谢瑾出声前制止了他的反驳。

"如果有一天你后悔了，现在这些都会成为你回忆里的刺和别人嘲笑你的素材，能懂吗？我、我不想那样，太难堪了。"

谢瑾听着她平静的叙述，语气笃定，好像这是什么必然会发生的事实一样。

这种无法立刻印证的主观预测，令他蓦地烦躁起来。

"你从没有见不得人，我也不会后悔。俞韵，负责任地说，站在你面前说这些话，是我十七年来做过的最对的……"

"得了吧，您啊，过段时间再说这话。"

被俞韵拒绝时，谢瑾正抓着她的胳膊想扶她起来，闻言简直想将这妄自菲薄的人再按回地上，不信他，就不准起来。

好在他只花了半秒就说服了自己：算了算了，多大点事儿啊，大课间的，还是孩子。

俞韵不知道眼前人心里正盘旋着弹幕，拽过谢瑾的胳膊，看了眼手表上的时间，催他赶快回本部去，却得到他云淡风轻的回答。

"没关系，不急。"

之后俞韵再催，他就权当耳旁风，非要在天台消磨大课间的最后几分钟，可每每视线相撞，他又不主动问她什么。

"行了，谢瑾，我不会再躲避你了，你想知道的，我都会告诉你。所以，如果可以的话，谁说了我什么，你都努力不要信。当然了，夸的可以全盘接受，但显而易见应该没有。"

这段话隐藏的含义，相当于谢瑾敲开了第一扇门。

谢瑾笑着低头，眼神像是要望进她心里："好。早上跟你说过的，我始终会是你的塞巴斯蒂安。"

动漫《黑执事》的本质也许是塞巴斯为夏尔奉上绝对的忠诚，而夏尔献上了自己的灵魂……想到这儿，俞韵愣了愣，突然觉得以此作比的话，其实这事儿也挺罗曼蒂克。

于是她故意不接话，只憋着坏说："不必吧，其实我喜欢葬仪屋来着。"

俞韵笑着看向谢瑾，故意将话题转到这本漫画里的另一个角色上。

"哈？"

预备铃的音乐跟着谢瑾的疑惑声音一同响起，俞韵意识到他也许会迟到，于是哪怕谢瑾解释了自己是来取材料的，俞韵也用最快的速度直接冲回了教室，不再给他逗留的机会。

她束起的高马尾随着跑步摆动，落在谢瑾眼里，她的身影依旧耀眼，跟那年一样。

下天台楼梯的一路上，他能自动屏蔽那些看向他的目光，却又能同时截获被俞韵所吸引的目光——

周围气压都低了,又因为是与相对上楼的人群在逆行,不少人都看出他的不爽。

一些人八卦谢瑾一直瞧不上二部,就因为给他写信的女生是二部的,他不光当众拒绝了人家,还去要求了处分。

变了味儿的传闻,谢瑾没听见。他看着俞韵走进班里安稳坐好,才踏着上课铃的最后一个音节飞奔离去。

最后这节是班主任的课,搁在以往是没人敢传字条的,但课间的话题实在太有得聊,总有大胆的人试图顶风作案。

所以字条在班主任手里展开时,都已经被揉得透光了。

俞韵瞧着那字迹密密麻麻的,当下心里除了疲惫,还是疲惫。

"你们俩,后边儿站着去。"

班主任先发落了传字条那两人,继而想到俞韵偏科到离谱的成绩,又看着墙壁上走得飞快的时钟,把字条扔在她桌上,没给她解释的机会。

"俞韵,你也到后边儿去。你们几个,每人写一份一千字的检讨,写不完不准走。"

随手抽了一本书,俞韵拍拍前桌的肩膀:"没问题,你们跟我一起吧。"

她语气轻巧,脸上带着若有似无的笑意,以前吃过不少被同学反咬一口的哑巴亏,现在的她生生练就了一身反骨。

教室里静得出奇。

班主任没听说过这事的真相,不清楚原委不好大肆发作,虽然让俞韵去罚站时,既没说重话,也没提谢瑾,但没想到这个著名刺儿头还是这么难管。

"怎么,你觉得老师不会处理吗?一会儿我倒要问问同学们,这到底是怎么回事!"

班主任不知真相,通过把试卷摔在讲桌上,传递愤怒给众人,响彻到走廊里都传来些许回音。

班里的人看似噤若寒蝉,却也暗自发笑。而回想以往种种相似事件,早已猜到结果的俞韵轻嗤一声,拿起书本纸笔往教室后方走,淡淡应了声:"嗯,行。"

她语气认真,听不出究竟是无所谓,还是真的回答。

班主任正欲发作,就眼看着那三人低头拿了课本,互相推搡着,靠墙站在了教室后方,一副理亏的模样。她看着不打自招的几个人,气笑了。

周围的窃窃私语也逐渐转为大声交谈,其中不乏同学借着混乱对俞韵不记名地阴阳怪气。

"你们有没有发现，俞韵啊，还真不完全是个差生。"

"至少在欺压大家这方面，她就做得很好。"

…………

经历惯了这些委屈，俞韵并不追究声音的来源，只不卑不亢地抬起头："客气了，这都是各位同学用自己的友善换的。

"这是你们应得的。"

3

通常情况下，二部校区放假前的最后一节课，学生们放飞自我的情绪总是过于高涨。

所以放学前十分钟，老师偶尔也会不再讲课，喜欢和学生推心置腹聊聊天，规劝一下大家的学习态度。

靠墙站的俞韵确保自己不去想什么委屈，面不改色地支撑着那层看似坚硬的骄傲，安稳地倚在教室角落里看书。

这种自我保护落在别人眼里，却只剩了某种优越感，所以她越发离教室里的任何人都远远的，日复一日保持着距离、排斥着这里。

"行了，还有两三分钟，都收拾东西吧。周末好好学习，心思放在正道上，少招惹坏学生，一个巴掌拍不响，不用说自己无辜。谁再不好好学习，我迟早请家长把你们领回去。"

"是——"

同学们都心知肚明说的是谁，碍于班主任的威势，都挡着脸低笑，整个班里只有寥寥几人回答。

但俞韵的声音在其中尤为突出。

她吐字时常混着点气声，这一声"是"可谓是千回百转，连好不容易刚坐下的前桌都忍不住笑出声来。

毕竟班主任常教育学生要尊师重道，此时迈出一步又忍不住，还是想回头教训俞韵两句。

这一转身，班主任的目光一扫，却发现门外墙边正倚着个存在感极强的人。

这人比她高太多，却明知旁边站了人也不低头，依旧百无聊赖地倚在墙边，抬着下颌，垂眼看屏幕。

几秒后，谢瑾似是发现了她，慢悠悠收起手机，一手揣兜，一手拽着肩膀上的包带，不咸不淡地说了句："哦，老师，好。"

班主任没见过他，不知道他就是众人口中的谢瑾，只觉得这句招呼其实存在着某种不满的情绪，姿态亦带着她不喜欢的少年人独有的棱角。

"怎么跟老师说话的？你哪个班的？不上课在这里干什么？"

下课铃响起，楼层里骤然多了不少学生。他们早就支棱着耳朵想听方才剑拔弩张的缘由，如今机会一来，就装作放学路过的样子，想要看看到底是哪个不怕死的。

于是班主任隐约听见了"谢瑾"二字，终于把眼前的男生和班上乱飞的小字条，以及教室里还在写检讨的俞韵联系在了一起。

"哦，原来你就是谢瑾。我听说你学习很好，也很听话，所以有些事老师不得不提醒你，有些孩子在学生时代是需要远离的。老师有教无类，但你作为好学生，'近朱者赤，近墨者黑'的道理应该懂。"

班主任撂下这两句话，却看谢瑾似笑非笑，于是说了句"我会通知你们老师"，便扬头绕过谢瑾径直朝年级办公室走去。

"确实，难怪秦老师言传身教，教出来这么个好班。"

谢瑾的话意味不明，只是明显且清晰地把"好"字的音节咬得很重。

等各班的老师都走了，好戏也已经结束，走廊这才恢复了喧哗。

墙边站着的这位简直是新鲜保熟的话题制造机。其他班的同学是想知道谢瑾到底在等谁，秦老师班上的则想知道谢瑾等的人是不是俞韵。

短短几分钟，已经至少有两拨人重复经过了他身边。

放学前，谢瑾担心俞韵这边出问题，便提前写完了随堂试卷，跑到高二（1）班的门外站了差不多五分钟。

而从他站在这里起，到教室门打开，他和并不知情的俞韵一起听了教室内所有具有针对性的侧面教育。

那些话没有一句指名道姓，更没有一句带了脏话，可他知道那些话对俞韵有多大的伤害。只是她不能表现出软弱，因为在困境中向人示弱，往往只会迎来更多的践踏。

谢瑾不愿让任何一个字落进俞韵心里，却不能毫无头绪地冲进去。他在外面咬牙听着那些话，攥得掌心疼，却只能另想办法让俞韵彻底离开这里。

而作为一个其他校区的学生，想要在计划完成前让她轻松一点，那他唯有公然给她撑腰，才能把自己加入解决问题的砝码，以此来克制人为倾斜的天平。

不是说俞韵主动招惹坏孩子吗？那就干脆昭告天下，她主动打交道的只有一个朋友，就是他谢瑾。

不管利用好学生的身份，还是利用替她摆平任何事的身份，只要能震慑住那些试图欺负她的人，他怎么样都可以。

因为沉浸在自己的思维里，后续计划又在演化推进时总有疏漏，谢瑾不由得烦躁了些，神态透出点戾气。

他周围两米好似有个结界，上面写了"脾气不好"四个大字，络绎不绝的人群如水流般绕着他走。

等俞韵终于把龙飞凤舞的检讨拍在讲桌上时，映入眼帘的就是这幅景象。

谢瑾察觉到她的目光，在下一刻离墙站直，整理好衣着后，摘下鸭舌帽，对着她就是一个欠着身的甜甜微笑。

他由冷酷到温柔，神态转换之从容，霎时让走廊里熙熙攘攘、从未见识过这种史诗级变脸的学生吃饱了瓜。

大家互相拉拽着八卦的同时，也有不少人不禁感叹，这人虽然性格差劲，倒是什么样子都挺勾魂。

这动作旁人做起来，可能类似侍应生，但在谢瑾身上出现，就能让人联想到少爷或绅士。可能这就是所谓的优雅永不过时吧？

在这短暂的眼神交汇里，谢瑾敏锐觉察到了俞韵淡淡的笑意下深层的压抑与悲伤。

怕她再次陷进自己的抑郁里，谢瑾当下决定豁出这张脸略皮一下，转移她的注意力。

他刚要开口，又想起了天台上谈论的话题，于是想了半天，终于找到一句俞韵喜欢的那个角色葬仪屋的台词："小生正想着你差不多该来了。"

俞韵愣住了，走廊上的众人也愣住了，就连在窗台上驻足的乌鸦都比平常呆。

他们都没能明白，事情的走向怎么突然变得格外奇怪。

这一句话出现在这现代的、大中午的、满是人的学校走廊里，显得如此格格不入。

哪怕谢瑾的语气再苏，也隐隐有几分不大聪明的样子。她不知道以后谢瑾想不想失忆，但她现在真的很想。

在四面八方的疑惑目光中，俞韵陡生几分我不入地狱谁入地狱的悲壮，硬着头皮走过去，假笑着压低了声音说："倒也不必。"

紧接着，她直接又放肆地"哈哈"大笑了将近半分钟。

这回换谢瑾愣住了，走廊上的众人则纷纷加快了脚步。看得出，他们是真心迫切地想要逃离此处。

谢瑾觉得事态的发展不太对劲。

这一串震撼走廊的"哈哈哈"应该是他的台词，怎么被俞韵抢了先？可俞韵笑都笑完了，那"给小生讲个绝顶的笑话吧"这台词，自己还能在什么时候说？

他这个当事人此刻外表平静，内心却无比慌张，像答题卡涂到最后发现涂错了行，像背熟了近代史发现考的是秦始皇。

那是一种诗词填空时明明熟悉无比，却怎么也想不起上半阕的迷茫。

"好了，剧情提前走完了，谢同学，我们快走吧。真的，快走吧……"俞韵绝望地抿唇，微笑着望向谢瑾，如同在模仿小表情里的微笑。

显然，这时的她看起来已经不再难下，只剩下玩笑开过头的尴尬与开心。

环顾四周，她终于找到了此时人最少的出口，于是谢瑾心甘情愿地被拽着袖口光速拖离了现场。

他观察着俞韵的神情，同时无比骄傲自己终于得以成为一个有了姓名、被盖了戳的谢瑾。

二部校区里，谢瑾不认识什么人，可认识谢瑾的人实在不少，更何况他们俩都很扎眼，出了教学楼一路走来，免不了被私下讨论。

有人讨论了事情就势必会传开，这也意味着俞韵自此彻底告别了她的谢同学雪藏计划。

"不是说了让你晚点来？"

对方不听话从而影响了她的计划，她越想越气，问话时多少有几分怨怼，原本偏细长的眼睛瞪起来也比平常大许多。

不知为何，看着不唬人，倒像是撒娇。

谢瑾一时间还没从拥有姓名的喜悦中缓过神，转头看她一眼，没忍住，笑了。

自己在质问，对方却笑出声来，此刻俞韵脸上的问号恍若变成了实体。

然而谢瑾越看她越像"问号猫猫头"的表情包，即便努力控制自己不要笑，却依旧在她逐渐麻木的表情中笑得越发猖狂。

听说过谢瑾平常是什么样的人惊讶异常，没听说过的人也很快就被科普了，这就导致现在周围的学生的表情十分统一。

简单来说，活见了鬼一样。

可能没有气到极致的时候，情绪很容易就被带跑了，慢慢地，俞韵也被传染得无端想笑。

她忍得气都喘不匀，只好抬头望了望天，转身就走。

事实上，在年少时的校园里，两个人同时这么无缘无故地放声大笑，并不是什么稀奇的现象。

但如果主角一位是特立独行的风云人物，一位是生人勿近的禁欲学霸，那么整件事情就变得诡异了起来。

倒不是关心别人怎么看待，只是俞韵觉得自己明明假装生气却被谢瑾给带笑了，未免有些没面子，如果再当着他的面笑出来，那就太没面子了。

但她刚走出去几步，谢瑾就追了上来，也不敢笑了，一句句的"对不起"像念经一样围着她转。

俞韵偏过头，无声笑了笑，神情是谢瑾很久没见过的傲娇。

"为什么不听我的？"

"难道你早上就知道自己中午要写检讨？"

"那你怎么知道我不是真的有作业要补？"

"你补作业和我来等你哪里冲突了？"

"大家都知道我们认识了，你为自己考虑过以后吗？"

"以后啊，以后到多远？远到我墓志铭上刻你的名字，怎么样？"

都是问句，谁也不会回答谁。

两个人心知肚明地互扯头花，可是直到扯到了校门口也没能扯出个所以然来。

倒是保安大叔看谢瑾这小子眼熟，拦着他问什么时候进来的、怎么进来的。

谢瑾一口咬定他是等放学开了校门进来的，然后目光坦然地看着保安大叔独自满腹狐疑。

然而一通"等人必须在校外等"的教育还没结束，他就匆匆说了句"不好意思"，推开保安亭的门走了出去。

校门口，俞韵正和几个人说话。

那帮人谢瑾常看到，在俞韵放学的路上和休息的课间。

一个眼影有些夸张的女生伸手搭着俞韵的肩，其他人正说着什么，俞韵点了点头，而后蹲下系鞋带，借此避开了那只胳膊。

谢瑾略微懒散地站在俞韵身后不远处，直直望着她的身影，不躲不闪，任谁都能轻易注意到他的视线。

几个人嬉笑着看了眼俞韵，又朝她身后示意。

对视间，俞韵眼里像有了光。

她转身朝谢瑾跑去，谢瑾则在那一刻下意识微微张开了双臂，又在俞韵站定在离他一步远时堪堪放下。

他唇齿微启，又轻抿了下，微笑着将那些被自己折腾出来的情绪抛诸脑后。

"好了？我带你去吃饭，然后见……"

"我有点事，去不了了，我们改天约吧。"

谢瑾愉悦的语调被打断，停顿几秒后，轻轻"啊"了声，倾身向前想再努力一下，却发现俞韵说完后始终不看他，只是盯着自己的脚尖。

"什么事？"

"我们要去聚会。"

可能是为了让话语更加可信，俞韵表现出了期待的神情。她抬头直视着谢瑾，又忽而想起天台上的承诺，心底无奈于自己被问的第一件事就撒谎。

等了等，没有回答，她笑着摆摆手转身，却被谢瑾拽住手腕扯了回来。

身后的那帮人已经开始向这边张望，交头接耳的，似是要派个人过来看看。谢瑾皱着眉，眯了眯眼，感觉这事并非她自愿做的。

"今天在天台上，你说我想知道的都会告诉我。那现在，你告诉我，这个聚会让你不开心吗？"

"没有啊。"

回答的确听不出什么问题，俞韵却又是直视他超过了五秒。

谢瑾沉下肩，轻叹一声，眼神扫过她按压手指的小动作，散漫随意地弯腰靠近，抛出结论的语气却笃定。

"俞韵，你在骗我。"

4

俞韵并没见过谢瑾的第二副面孔。

在她眼里，谢瑾虽然待人疏离冷漠，但称得上是个内心温柔的好学生。

他为她好，她知道。反驳老师几句会被原谅，跟同学闹闹矛盾也没关系，然而校外的冲突和这些是大不相同的。当初她与那些人来往是有苦衷的，可是现在她绝不想让谢瑾也卷入其中。

偏偏他又敏锐得过分，这让俞韵颇为烦躁。学生已经走得差不多了，那些人又没太大耐性，等不了太久就要过来了。

今天那些人之所以一定要她跟着去，大概是想试探自己有没有记恨昨天的事，但这事没办法给谢瑾解释。

"小俞，再晚可找不到人了。"

话语伴随着一阵脚步声从身后传来，俞韵皱着眉，甩了下手腕，心想这谎白撒了。

可谢瑾一直箍着她，这一下没甩开，她再抬头就发现谢瑾脸色已经转冷，此刻正越过她看向她身后。

怕他一贯的态度会惹事上身，俞韵迅速低声说道："你相信我，别参与这事，一会儿我去便利店找你。"

谢瑾缓慢松开了手，却又在她转身之际向前一步。

他手臂半抬至俞韵的腰腹前方，侧身直面来人，身形挺拔，目光坚定，以某种保护者的姿态挡住了她。

"不好意思，学长，我们已经有约了。"

来人是那天走廊里说她去天台了的男生，因为了解俞韵的境况，见到这一幕不由得轻"呵"了声。

男生拿出了平时恐吓他人的架势来，逼近面前这个本部新来的好学生。

"好学生，你是小俞的新朋友，我们不跟你计较。但先来后到，今天她得跟我们走。"

气温还不算太高，谢瑾平静地忍受着他把一点迷蒙雾气吹在自己脸上，无波无澜地盯住了他。

那眼神不像是初生牛犊不怕虎，倒像是游刃有余的云淡风轻。

"任铎，还轮不到你谈先来后到。"谢瑾语调轻佻，不似嘲讽，反而如同陈述事实。

俞韵骤然抬眼，怀疑地望向谢瑾似笑非笑的侧脸，心里多了点别样的滋味。

分不出对方是不是虚张声势，所以任铎并不接话，颇有深意地瞧了眼俞韵，又当着她的面打量了几秒谢瑾。

任铎一边施压，一边有些好笑地想：见过俞韵跑上去护同学，同学反过来护俞韵，还真是破天荒头一回。

俞韵见状，推了推谢瑾，示意他走，认真说了几次自己不会有事。

可身前人就这么一言不发，眉头微皱，似乎还想要说些什么。生怕他继续搞不清楚状况，俞韵迫不得已直接后撤，绕过了他的胳膊打算跑开。

她的动作因为迫切和担心而异常敏捷，但还是被早预料到了动向，迅速朝前追了一步的谢瑾按住肩膀。

随着下意识的挣动，俞韵发现自己的锁骨被扣得有些紧，以至于此刻不用力没关系，一用力就会酸痛。

谢瑾感受到她的抗拒，想就这么扣着，然而顿了一秒，他还是慢慢松了些力道，怕她疼。

他的那点不耐烦和戾气从俞韵跑来说有事开始就在不断累积，到现在连呼吸声都变得明显了。

虎牙相对，舌尖抵着上颚，各种想法在他脑海中喧嚣而过，却怎么也想不明白，为什么俞韵总想着把他摘出去。

他那么努力地要参与进她的所有痛苦中，试图以自己为利刃将她与此剥离，而她站在他身后，甚至还想着跑过去。

谢瑾无奈地轻叹，轻易向后一拽，俞韵就这样背靠在了他胸前。他视线掠过面前的男生，复而垂眸看向俞韵颤动的睫毛，俯身靠近时，几乎要碰到她的耳郭。

"你乖一点，好吗？"

"我不想让你管这些事，我不想害你，你能不能听我一句？"

俞韵的声音离他前所未有的近，语气里有急切有哄劝，却都不是他想听的话。

"我管得了，你信我一句。"

谢瑾此时的神态与之前有着天壤之别，一直站在旁边看戏的任铎越发觉得有意思。

然而除他以外的其他人就不这么想了，他们在不远处无缘偶像剧，只看到了谢瑾盛气凌人的姿态。

"帅哥，有事说事，可不能扣我们的人啊。"

"小俞什么时候跟谢瑾搭上了？上次陪我们去看的时候不是不情不愿的吗？"

"谢瑾除了好看能有什么用？我们平常可没少照顾她，不就只有昨天没管吗？"

"是啊，哥哥姐姐们操碎了心。谢瑾你这一出闹的，还以为是昨天没帮，她就要跟我们闹掰了呢。"

"不会，小俞很讲义气的，不然以后再被人欺负，该找谁呢？"

几个人径直朝着谢瑾走来，交谈的声音不高不低，语调带着调笑，意思却复杂得多。

一开始，谢瑾没搞清楚为什么这几个人宁愿折腾半天也一定要带上俞韵，现在听来终于心下了然。他厌恶这种试探，更厌恶他们拿自身都没有的所谓义气来道德绑架俞韵。

小团体已经走到近前，任铎在此时顺势往后退了几步。他有点看不透谢瑾的想法，但隐隐约约觉得这人不仅仅是好学生那么简单。

谢瑾指尖擦过俞韵颈边的发尾，敛起散漫的神态，微收下颔，挂着看似真诚的笑——

若不是这笑不达眼底，几乎要让人误以为是他妥协了。

"嗨，误会了。都体谅一下，刚转来的好学生嘛……"

"从前多谢各位关照，以后俞韵由我来保护，你们有什么事要帮忙的，也尽管来找我。"

俞韵打圆场的话还没说到一半就被截断，再一听谢瑾这话，索性彻底放弃了挣扎。

她可以直接驳了谢瑾的面子，当众说几句"你负责不了""你哪位"之类的话，总能把他干干净净摘出去。

但也不知是谢瑾的语气太过坚定从容，还是自己背后的怀抱太过温暖可靠，俞韵莫名生出几分纵容来。

她不想再回到灰色的团体中，哪怕知道以后会有些棘手。

内心感受到了久违的安全感，她仅仅犹豫了一下，那些话就再也说不出口了。

至此，谢瑾终于在俞韵那句"好学生"里品出了问题的答案。他想起自己确实忽略了这一点，但也惊讶于俞韵怎么会把他当成单纯善良的人。

当下是没办法给她解释了，因为对面那群人的冷笑声与嬉笑声正此起彼伏。

在这些人眼中，好学生是和好欺负画了等号的。谢瑾这句类似保护者宣言的话，落在他们耳朵里好比天大的笑话，实在有些螳臂当车的幽默感。

有人忍不住嘲讽他："奇怪了，你怎么那么护着她？你打过架吗？你这张脸要是被打坏了，我们可真是心疼呢。"

"你可以试试。"

轻松而挑衅的语气最容易触及这类小团体的底线，俞韵暗道一句不妙，果然就有男生要走上前来。

谢瑾依旧面带笑意分毫不退，可那人被任铎拦下了。任铎在这些人里很有威望，俞韵刚刚一下子紧绷的身体终于缓慢放松下来。

"俞韵，演这一场给谁看呢？你以为……"

"行。"任铎重新挂上了笑，径直打断了其他人质问的话，走上前来，眯着眼睛观察了谢瑾两秒，抬手虚空点了点谢瑾，"以后就找你。"

"好。"

和对方迟疑的打量不同，谢瑾干脆利落地应下，而后再也不看那些人，半推半带地拉着俞韵离开。

现在他眼里只有俞韵心事重重的样子，无奈于她把自己当成不谙世事的优秀少年，此刻必然在想不伤害他自尊心的解决办法。

"别不自量力了，又不在一个校区，没有我们，我倒要看你护不护得住她！"

身后传来一句叫喊，可能是那人被谢瑾刚刚的态度气到，连最初对他那张脸的零星客气都没了。

俞韵担心谢瑾再做什么让对方记恨的事，连忙"嘘"了一声，又抬手覆在他手背上，轻轻拍了拍，以示安慰。

这招对谢瑾可太受用了。

不过他本来也没打算理他们。那些人如果真能保护得了俞韵，刚才他必然会放低姿态替她去或是陪她去，只要确保他不在时能有人关照着俞韵。

可昨天不过是遇上了二部的校篮球队，那些人就怕惹火上身不敢帮俞韵，甚至今天还敢以所谓义气的名义找她，那还不如用他昨晚睡前另想的办法。

说到底，或许俞韵只是一个人太孤独了，才想寻一帮朋友陪在自己身边，哪怕他们不是一类人。

郁郁寡欢地走了几十米，俞韵才在谢瑾给她拉开出租车车门时回过神来。她忽而转头，谢瑾眼皮一跳，以为她又要问自己为什么不听话。

结果俞韵只是问他要带她去吃什么。听到川菜，少女脸上的郁郁寡欢顷刻消散殆尽，眼睛几乎冒绿光。

那一瞬间，谢瑾怀疑过她一路微笑是不是因为担心张嘴会让口水滴出来。

上菜之前，桌上的碗筷都已被谢瑾拆好涮过。

俞韵垂眸注视着那双一尘不染的手，心里有个声音说着：答应了的事情就要做到,你该试着敞开心扉。

"我知道你想听什么……"话到嘴边还是顿住了,她抬头看向对面,发现谢瑾眼神柔和,始终望着她,突然就有了继续说下去的勇气,"大家为什么讨厌我……其实我也不知道。可能你会觉得奇怪,也有很多人说必然是我的问题,我反思过很多次、反思过很久,但真的想不到。"

谢瑾没说话,只静静地听,默默倒水。

怕俞韵多心,他眼神不敢挪动太多,直到将水杯放在她手边时,才看到她在无意识地抠手指,不知痛似的抠红了一片。

他起身从对面的卡座换到俞韵身边,挡住被她抠得通红的手指,轻柔地吹气。

他们身着常服,坐在这个无人注意的角落。

俞韵在无声的安抚下渐渐安静下来,回忆使她的语调轻缓,带着和内容截然相反的柔软。

"同学们最初……没有现在这么讨厌我。后来有几个人质问我为什么打小报告,可我没有。再后来家长会上,秦老师当场翻到我课桌里有很多课外书,气得要家长们管好孩子,不要像我这样玩物丧志。但其实我不知道那是谁的书,那不是我的。

"有一次,班长把我的卷子扔掉了,刚好我打扫卫生捡到,上面有她涂鸦的字迹,可秦老师说班长肯定不是有意的,质问我是不是没放好。当时我气不过,就把班长的卷子也团了丢掉。班长说一定是我干的,这倒也没错,只是顾及班长要去参赛,就只罚我一个人站了三天。因为秦老师问了很多同学,误以为是我嫉妒班长,故意欺负她。

"我被其他班男孩子骚扰,就去找秦老师,但对方的家长早就反映儿子跟我交往过密,男生把自己的骚扰归结于……我喜欢扎高马尾,班会时秦老师要我写份检讨在两个班念。

"啊,你可能想问我父母的态度。他们始终认为一切都是因为我不好好学习,而老师永远是正确的,不会误解我的,是为了让我成才。那会儿,有家长因为自家孩子长期受到不公平待遇去办公室吵,你不知道我有多羡慕。"

俞韵努力抿了抿唇,自嘲的笑浮现在她脸上,不复方才上帝视角般的平静。

她语速开始加快,情绪波动明显。

"再后来发生的事就太多了,有人自称收到了我的信,有人半夜说我和他在一个房间……流言蜚语如同滚雪球，只需要微末的开端，就可以引发无数想象。

"我在走廊被人故意撞在墙上，对方哭着说我打她，目击者没吭声；刚刚在厕所跟我打招呼的女生，出来指认说我打她，最好玩的是，给她做证的是个男孩子，却没有人提出异议。

"所以昨天也是这样，我在器材室上面的看台上，至于篮球场边的人，可能是我的分身吧，哈哈哈……"

乍一听，俞韵的话依旧好似在叙述路人甲的故事，可她的神情里带着些许嘲讽，整个人处于不自然的亢奋中，睫毛因为激动时而微颤。

她目光空洞而悲悯，就那么盯着谢瑾的脸，又好像只是透过谢瑾望着她短暂人生中的围观看客。

谢瑾观察着俞韵无悲无喜却又压抑疯狂的状态，不敢轻易出声打断她。

冠冕堂皇的安慰在此时未免太过单薄残忍，回忆很痛苦，但他要她讲出来，如此才好一起背负，才能防止伤痕压垮她。

"我百思不得其解，到底为什么？

"每个人都从别人嘴里了解我，谁都可以来诋毁我。

"没人愿意真的来我的世界看看，看我究竟有没有那么不堪。"

毫无征兆地，她在说这段话时泪如雨下，好似揭开了无法自愈的伤口。谢瑾抬手去擦拭，泪水便顺着他的手指疯狂流向掌心。

她看着他，眸子如同绝望的深渊，忽而又笑了，仿佛释怀一般。

谢瑾有些慌。

他不想听到这样的笑，这笑声正经到癫狂，欢快得刺耳。

"不要这样笑了，俞韵。"

谢瑾嗓音喑哑，猛地拽过俞韵，将她的泪水揩去。心疼到一定程度，刺得他眼睛都红了。

"我知道你很难过，在我面前，你不用逞强。"

5

俞韵很安静，只有逐渐湿透的T恤告诉谢瑾，她还在哭。

他一次次轻柔地抚过她的头发，直到掌心的发尾变得有些凌乱，压抑的啜泣声才总算传入他耳畔。

"从现在起，我会一直陪着你。

"你有什么不开心的，都可以告诉我，我一直都在。

"未来不论发生什么，我都不会抛下你，让你独自面对。我就是因为你存在的，所以不管什么时候，我会一直都在，以后的每一天我都会陪着你。"

谢瑾这时候深刻领悟到自己这书是白读了，他想不出更多的安慰，又不想讲那些场面话。

什么都会过去的，一切都会好起来的，不要想这么多了……这些话如果说出来，看似开解，但对俞韵可谓是否认痛苦的二次伤害。

对于身处泥潭、极度悲观的人来说，未来是不会好的，经历更不是不去想就会过去的。

她需要的不是纠正和劝导，而是哪怕未来再差劲，也坚信会有人陪她度过，做她世界里的光。

俞韵是熄灭了的月亮，需要一盒谢瑾牌的火柴来点燃。

所以诸如此类意思的几句话，他重复了一遍又一遍。

啜泣声渐小，谢瑾感受着掌心处肩背的微小颤动，不断评估着俞韵此时的情绪状况。

但他隐约觉得俞韵最初的压抑其实很快就散去了，只剩下呜咽着的默默发泄，仿佛拥有了树洞，或是可以无条件信任的人。

不合时宜地，他除了心疼、气愤和保护欲，还有一点点被幸运之神眷顾的甜。

负责这桌的是个姐姐，她看了两人一眼，隐约听到了女孩的啜泣，于是动作轻缓地将菜摆在桌上。

她没有说话，先是打手势示意谢瑾菜已经齐了，而后又去后厨端了两小碗冰粉轻放在桌上。这是菜单上没有的，大概是店内员工的零食福利，被一个善良的女孩赠予了另一个委屈的女孩。

菜还烫着，谢瑾怕俞韵过度悲伤时进食会不消化，便继续安慰她，想等她情绪稳定些再哄她吃饭。

然而过了不到一分钟，香味弥漫，他的安慰以他的下巴被俞韵抬头撞到为止，结束了。

俞韵匆忙去看他的下巴，又蒙蒙地被帅气脸庞吸引，伸出手指轻轻触碰。

指尖划过皮肤的时候不明显，按压时有些许扎手的小胡楂，看不出，摸得到。

"好玩吗？"谢瑾顺从地抬着下巴，微眯起眼睛，嘴角带笑，说不出是宠溺还是蛊惑。

而哭到反应缓慢的俞韵，听见这句话才惊觉自己理智好似短暂下线。

尴尬的她终于想起自己刚才止住哭的原因，于是假装漠不关心地收回"爪子"，拿起了筷子。

"酒精炉都还烧着，不会凉的。别急着吃，平静一会儿对你胃好。"谢瑾一边说，一边拿出口袋里的湿巾要给她擦脸。

俞韵自觉不好意思，偏头躲过他的手，接了湿巾自己擦。

她眼睛有点肿，脸色已经恢复正常。谢瑾也不勉强，起身回到了对面落座。

把甜甜的玫瑰冰粉推到她手边，谢瑾又抬手叫来方才上餐的姐姐，客客气气地说了几句。

再回头，他发现俞韵已经吃了一口水煮鱼片，在她将筷子伸向干锅豆腐时，见他望来，略有些不好意思。

"嗯……唯君子与美食，不可辜负。"

这话好听得很，看她馋猫般的样子，他笑着给她碗里添菜。

君子，这世上认为他是君子的，怕是只有无辜的路人和俞韵。

果然是吃东西时最快乐，谢瑾想，这哪里像刚崩溃过的人。虽然是因为食物，可言语间还夸了他，简直是……可以多说几句的。

"你多说点，我爱听这个。"

俞韵挥挥手示意他别烦，却又见他迟迟不动筷，便也学着他给他添菜，夹了块糖醋里脊到他碗里。

原本专注看着她的谢瑾，此刻低头盯着碗里的食物，受宠若惊。他迅速抄起筷子吃掉，只觉得和这盘糖醋里脊与有荣焉。

而俞韵像是突然想起了什么，俯身向前半倚在桌边，托着脸颊，仰头看他。

"对不起啊，原本只是想让你多了解我一些，结果没控制好自己的情绪……我平常不这样的。"

"不用抱歉，我没觉得哪里不对。你愿意告诉我，我非常开心。你永远不需要对我控制情绪，我不会责怪你，也不会对你有负面情绪，相信我。"

"但这样给你添堵，我很不好意思。"

"我都没说你给我添堵，你怎么还给自己安罪名了呢？"

"因为什么都会被多变的情绪和诸多麻烦磨灭的。"

谢瑾听完沉默了良久，垂眸轻笑。

"那你且看着，看我会不会。"

他脸上的笑越发明显，神情中依稀透着骄傲。纵然俞韵习惯了悲观否定任何承诺，还是不可避免地被这种坚定打动。

上餐的姐姐疾步走来，把手中的东西递给谢瑾后又快步离开，并没有因为之前的事多看俞韵一眼。

干净的手巾里包着几块冰，另一个杯子里装着备用的冰块。

谢瑾重新坐到俞韵身旁，裹紧了手巾，让冰块覆上她微肿的眼眸。

片刻寂静却不尴尬，谢瑾动作温柔，俞韵闭着眼睛，心境是许久未有过的轻松安逸。这种感觉只有她和谢瑾一起时才能体会到，几乎能激起她的贪欲和依赖。

"会被冰得难受吗？"耳边传来一句轻而又轻的话。

"不会。"俞韵停顿一下，又冲动地补充，"我现在感到……很安逸。"

原本是想到什么就说了什么，可说到"安逸"她又忍不住眼眶发热，赶紧止住话，甚至有点恼自己。

可谢瑾在她耳边轻声笑了下："我会尽我所能，让你一直这样安逸下去，好不好？"

俞韵没回答他，但嘴角压不住，耳朵也红得不得了，因此换来了谢瑾连续的几声笑。

生气轻哼的那一瞬间，俞韵才愕然发觉自己在撒娇，而在她看不到的此时，谢瑾毫不遮掩的目光亦远超她所见时的热烈。

几分钟后，冰块被放在桌上，谢瑾抬手虚虚掩着她的眼睛，让她慢慢睁开。

眼睛的酸胀感消失，模糊的视线也逐渐清晰。

等她睁眼遇光时，微皱的眉头平复下去，谢瑾才重新坐回对面。

几道菜下方的酒精炉相继被熄灭，恰好不烫嘴的温度，俞韵吃得忘乎所以，直到谢瑾把几只剥好的小龙虾放进她碗里。

这行为和他的视线一样温柔从容，俞韵起初有些不知所措，随即又下定决心般自然地吃掉。

明明只是几只虾，却又心照不宣地代表着承诺的缔结。

谢瑾没有丝毫犹豫，心甘情愿地走进俞韵的世界，而俞韵则将毫不掩饰地接受他作为最信任的存在。

胃里有了食物，俞韵终于想起校门口的事。她斟酌词汇，想要让劝退的言语不那么伤人自尊心。

"谢同学，我知道你很有勇气，会保护我。

"你毕竟是本部的风云人物，如果那些人只是普通的高三学生，他们会忌惮你，这对我来说很有意义。

"可实际上，他们和校外的人也有联系。

"你是好学生，真的没必要跟他们扯上关系。"

谢瑾停筷听完俞韵思量着说的话，难得地表现出落寞又无奈的神态。

他讨厌自己笨嘴拙舌，让俞韵即便信他有心护她，却依旧不信他有能力护她，于是干脆抱着中二的心情破罐子破摔。

"俞韵，有些事你可能误会了。

"我不是你想象中的三好学生，更没有你以为的那么认知简单。

"鲁莽并不是我的特点。别再思考这些了，你只需要相信我，我会安排好。"

面对看似空口无凭的叙述，俞韵却没再反驳他。

已经过了自吹自擂的年龄，况且谢瑾也不是如此的性格。既然知晓其中利害，却还是胸有成竹无所畏惧，那只能判定他说的是真的。

好在那些人虽然不是善茬，也没到只剩单纯恶意的地步，何况既然谢瑾心意已决，她总泼冷水也没意思。

"好，我信，但你遇到棘手的问题一定要告诉我。"

"我真的可以！我真的可以！我真的可以！"

"知道了，知道了……"

话题逐渐回归正常，但因为是两人第一次一起吃饭，所以不擅长文雅剥虾的俞韵出于那点少女心作祟，始终没动桌上那盘小龙虾。

然而谢瑾剥虾很快，说话的时候手上没停，很快就堆了满满一小碗。他象征性地给自己留了几只，然后把其他的全部推到了俞韵面前。

最后两个人都吃饱了，最初的那一小碗玫瑰冰粉，俞韵也吃了个干干净净。

谢瑾不喜欢甜食，顺手又把自己那碗没动过的冰粉推过去，被犹犹豫豫的俞韵拒绝了。他顿时明白俞韵还能吃，只是不好意思，于是招手叫服务员，准备让人打包。

"不行，不能打包。

"我爸妈不知道下午不上课，我骗了他们。因为说了就出不来了，哪怕去图书馆，也会十分钟一个电话。"

于是在谢瑾不想浪费粮食的论调下，俞韵勉为其难帮他解决了这份冰粉，随后看到他在已经空了的冰粉碗下压了一百块钱，来回报冰粉姐姐那份及时的善意。

她想起便利店的创可贴、林老师的劝解、谢瑾的回应，以及今天特殊的冰粉……

俞韵忽然觉得，其实世间尚有温柔在。

天气日益热起来，吃完午饭后，太阳更毒了些。

俞韵看起来有些讨厌阳光，眼睛眯得让谢瑾害怕她看不清路摔倒。

他拽住俞韵让她站在原地，从背包里翻出鸭舌帽时，这人已经干脆闭上了眼睛。

可要戴帽子，高马尾就碍事儿了。他满脑子都是俞韵此刻轻颤的睫毛，心绪不宁地想也不想就伸手捋下了皮筋，然后看到她瞬间错愕的脸和弯出奇怪造型的头发——有点像他刚才扔掉的小龙虾头。

谢瑾憋笑快憋出内伤，赶紧把帽子给俞韵扣上，胳膊还是不由分说地挨了一巴掌。

"哪有随便扯女孩子头发的啊？"

"是是是。"

"搁幼儿园里，你这叫熊孩子！"

"对对对。"

"你以为广告里拽了皮筋头发就柔顺散开是真的吗？"

"没错没错……不是不是。"

被迫在有好感的男生面前展示了奇怪造型，哪怕肇事者就是那个男生，也不碍着俞韵恼火。

转头看谢瑾居然还在低笑，她"哼"了一声，压低帽檐，匆匆往前走，再次被念经一样的"对不起"包围。

直到坐在车上，俞韵才觉察到她和谢瑾相处短短两天，对他撒娇使性子的次数却明显在增多，频繁到让自己都惊讶。

和他相处舒适放松，他就那么惯着她，愣是给她养出了点不讲理的小脾气来。

谢瑾看她在发呆，将包垫在俞韵靠近车门的一侧后，终于在百忙之中抽出时间看了一眼未读消息，然后气到翻白眼。

封考必过：操场，七点，中南。另，墨哥可帮。

瑾鱼：聊天软件按字收费了？

瑾鱼：你们这儿打一句完整的话要判几年？

6

谢瑾用力闭了闭眼，没等夏封回消息就把手机扔回了校服的夹层。

虽说夏封语焉不详，但前半部分他还是大致看懂了。

此时离晚上七点还有五个多小时，足够他把俞韵送回家，再回宿舍去逮这个脑子缺根弦的探子。

"借我玩会儿呗。"

俞韵拖着腔调故作淡定，与同龄的学生之间互借手机玩的样子别无二致。

想起刚才去餐厅的路上，她也瞄过自己的手机，谢瑾挑了下眉，三两下屏蔽了夏封后，把手机递了过去。

可递归递，他却不撒手。

"为什么不加我好友？"

他问得直白，对于刚认识不久的人来说算得上咄咄逼人，几乎让人误以为他或许已经等待许久了。

俞韵并未好奇谢瑾哪来的号码，她面带苦笑，捏着手机另一端，神情颇有些无奈。

"我没有手机，或者说偶尔会有一部老年机。初中时用过的手机在高中开学前就被锁在柜子里了，也不知道还能不能用。"

其实俞韵刚一开口，谢瑾就松手了。

但她讲述的话没有分毫停顿，一直瞧着谢瑾，直到他隐约像是如梦初醒，才若无其事低下头去玩手机。

科技相比那时进步了太多，社交软件异端登录也需要手机号码验证，她滑动着主界面，突然不知道该打开什么了。

没手机的时候想得心痒，拿到了不知道玩什么又索然无味。

她把手机还给谢瑾，他俯身接过来，直接将其扔回了包里。

察觉到他眼神里的复杂情绪，俞韵连忙道："你不要想着拿个手机给我这种事情了，我妈每天会当面翻包、查衣服，藏不住的。"

这下连司机都从后视镜里瞥了一眼，心想这姑娘再小也该是高中生了，怎么家长管得这么严。

"知道了。"

谢瑾应声时情绪没什么异常，依旧是惯着她的语调，只是他不明白为什么要翻包、查衣服。俞韵不是软柿子的性格，之所以接受，必然是反抗失败了，可这凭什么呢？

"我们这是去哪儿?"

"你终于想起来问啦?我以为你要到我家楼下,进了家门再问。"

谢瑾刻意逗她,却没等来预想中的紧张和盘问,反而是俞韵毫不违和地转移了话题。

"这样啊。那你要带我见什么人?"

"一个姐姐,比我们大个七八岁吧……你为什么不问我家里有没有大人在?"

俞韵语塞了一瞬,忙装作恍然大悟的样子点头,随即又补充:"叔叔、阿姨在的话,我就不去了吧。"

"他们不在,我一个人住。偶尔有个哥哥被他妈妈打出来,会来借宿。"

"那很棒呢,一个人住一定很自由,还可以请朋友来玩。我好羡慕,羡慕的泪水即将从嘴角流出来。"

她没有抓到被刻意强调的重点,但谢瑾总觉得哪里不太对——

好似这种无意间的规避才是最了解他意图的行为。

这套房子是办转学手续时,谢瑾的爸爸专门买给谢瑾上学用的。谢瑾其实不太想以家来称呼这里,却又不知道以什么代指合适。

算起来,去办房产登记那天,居然是谢瑾在成为"事实孤儿"后第二次见他。

他这些年钱没缺过,人没见过,因此也对这套房子没有好感,毕竟什么布局都一样,在他眼里都是冷冷清清、凄凄惨惨。

他习惯孤独,又厌倦孤独,宁愿闲置着房子去住宿舍。可现在俞韵简单的三言两语,又让他觉得好像也没那么糟,可以忍受。

"我是想说,如果你在家里不开心,就去小区附近的便利店打电话给我,我接你来玩,24小时在线。"

"好。"

在这种少年人含糊的交流中,司机也不知不觉露出姨母笑,想着老婆刚好爱吃目的地附近的那家甜品店,一会儿送完乘客,不如先去买些再接下一单。

到达小区门口,俞韵随着谢瑾走进去,人生首次见到心形的门禁卡。

她对房价没什么概念,只觉得这个小区绿化很好,小高层一看就很贵的样子,确实配得上谢瑾的气质。

但谢瑾脚步不停,带着她越走越往里。

在看见成排的独栋别墅时,俞韵心说:待我进去看看结构,了解一下我拴哪儿比较合适。

"啧,你家别墅这门吧,缺点东西。"

"缺什么?"

谢瑾迷惑了。

俞韵一路上不说话,他看她晒得心烦也不敢引话题,这会儿她好不容易开口,怎么还神神道道起来了。

"缺一对石狮子,你看我行不行?我白天蹲左边,晚上蹲右边,阴阳相济给你凑一对,是不是挺好?"

饶是谢瑾曾见识过俞韵张扬不拘的状态,反应过来也没能忍住。他颀长的身影投在地面,笑弯的腰在阳光映射下形成了直角。

本就是玩笑话,俞韵搞不懂这人的笑点是有多低,居然笑到要扶着她的肩膀。

直到又往前走了几步,俞韵发现谢瑾终于驻足的这栋别墅门前,真的有一对石狮子。

业务被抢,俞韵捶墙。

此时,石狮子中间站着一个女孩,不高不矮不胖不瘦,正撑着一把某某银行的雨伞在遮阳。

她整个脑袋被伞遮住了,被晒得身影看起来有些哀怨,哀怨又彷徨。

"姐。"

喜怒不形于色的少年此刻脸上还残留着笑意。裴诗青一边收伞,一边观察他们俩,神情惊喜中有些奇异。

敏感如俞韵,立刻注意到了微笑中的探究,但她躲开对方扫过来的视线,假装没发现。

"快给我介绍一下,这小妹妹看着奶凶奶凶的,我可太喜欢了。"

"姐姐好。"迅速迎过来的人其实温和有度,但"社恐"的俞韵还是愣了一瞬才礼貌打着招呼,并不由自主地往谢瑾背后撤了一步。

裴诗青神态不变,仿佛没看到一般,却自然地放慢了脚步,转而催促谢瑾快些开门去。

简单的指纹锁被按下,热到要发狂的裴诗青率先进门去开空调,顺手把俞韵也拉入了玄关。

忽然,门外的谢瑾又转身拍了拍两只不高的石狮子,在俞韵的注视下,以资本家的态度教育道:"好好珍惜这份工作,你不干,有的是人想干。"

俞韵转身就把门关上了。

这门当然拦不住谢瑾,他顺便把裴诗青撂在门外的几个小西瓜提进屋,一抬眼就见俞韵还在门边,正倚墙靠着。

他眯着眼思考,发现她比自己还没活力,站着的时候总爱靠在哪儿,承重的一般都是右脚。

"欢迎我呢?那你得鼓掌啊,小石狮子。"

闻言,俞韵敷衍地化身小海豹,夹着胳膊给他大力拍了两下,又问自己什么时候能把门口那两个童工替换下来。

谢瑾没答话,从柜子里拿了两双一次性的拖鞋出来,顺势蹲下抓住俞韵往后缩的脚,给她解开了鞋带。

他给她换好拖鞋,还顺便借此按了按她的脚踝。左边脚踝比右边脚踝浮肿一点,摸着像是有积液。

方才进门时他就猜测,夏封之前提到的旧伤,大概率是在俞韵的左膝或者左脚踝上,现在看来,应该是这个了。

随后,他推着她坐到沙发上,递过扶手旁的一本短篇小说集,在准备去切西瓜之前又突然回身。

"这是俞韵,裴女士你……温柔点。"

"好的,已为您转接裴诗青——温柔版。"

今天穿着一身黑的裴诗青从办公室一路走过来都快中暑了,好不容易凉快下来,此刻正悠然自得地站在空调前面。她只活跃了下气氛,不打算再贸然和俞韵搭话。

这小姑娘接触被动,还是等着谢瑾在场比较合适。

被切成两半的西瓜摆在案台上,一半完整,一半被挖空。谢瑾拿出冰格,把挖出的果肉和冰球混合均匀,重新倒回那半个西瓜里。

因为裴诗青的插科打诨,也因为窝在沙发里足够有安全感,俞韵在厨房的轻响中渐渐脱离拘束,放松了下来。

她懒洋洋地团在一旁,情绪不复来时那么兴奋高涨,多了些事不关己的疏离。

可等谢瑾忙活完把西瓜放在茶几上时,他抬眼一瞥,险些心跳骤停。

他上次回来时,从未想过有一天俞韵会坐在他家的客厅里。

他有两周没回来过了,担心文集本带到学校找不到,所以上次看完后,他还是放回了客厅的格子柜里。

如今,粉色封皮与黑色背景,是显而易见的格格不入。

文集本藏着谢瑾那些隐秘又疯狂的心思,此刻正安静又显眼地躺在俞韵抬头就会注意到的角度。

而此刻的俞韵刚好有意无意动了动。

顾不得许多了,谢瑾当机立断,侧身挡在了她和柜子之间。几秒过后见她看书正入神,他才装作不经意回身拿过旁边装饰用的杂志,把文集本盖了个严严实实。

危机解除,他背对着俞韵暗暗松了口气,紧张到几乎耸起的肩膀也跟着放下。

殊不知,俞韵眼睛盯着手中的书籍,书页却已经几分钟都没有翻过了。

本就是受人之托来认识俞韵的,裴诗青观察很细致,正巧把这一幕尽收眼底。

上午谢瑾发消息给她,让她先从侧面大致了解俞韵的情况。毕竟不是主动咨询,第一次见面不适合太多询问,不如先建立起舒适的关系。

然而没想到,在此之前,她居然站在上帝视角,先看懂了支线故事的走向。

三个人坐在沙发上,两个人抱着西瓜。

不喜甜食的人连西瓜都不想吃,经历了惊心动魄的那一刻,现在只想慢悠悠地喝冰水。

"谢瑾真贴心,还记得姐姐肠胃不好,没放冰块呢。"

"懒得给你挖。"

"闭嘴,不必这么诚实。"

看裴诗青翻了个白眼,谢瑾笑了下没再接话,视线扫过一圈后,又静静起身了。

小西瓜不大,但也有几斤,俞韵单手拿着一半西瓜难免会累,他便把自己背后的靠垫放在了她腿上,刚好支撑住她的手。

谢瑾给俞韵做的西瓜冰精致用心,外皮拿纸擦干,水果叉还是粉色带着吊坠的。

而给裴诗青的则颇为随性洒脱,一个普通勺子歪着立在瓜皮边,对比明显。

区别大到要不是他专门一人一个地递过来,俞韵也许会出于不好意思主动拿后者。

这些年,谢瑾和裴家的关系称得上客气,和裴家姐弟俩的关系倒是不错,但客观来说,依旧尊重有余、亲近不足。

裴诗青很清楚,谢瑾太独立、太拒人于千里之外,并非在意利益相关的牵扯，而是在他的世界里仿佛人与人之间只剩下了"我对你来说有没有用"的衡量。

与对俞韵自发的细致入微不同，谢瑾对她这个姐姐一直是展现得尽可能完美，让人挑不出错。

现在他能对自己多一些年轻人对待朋友或姐姐的肆无忌惮，反而让她倍感欣慰。

窝在独立沙发里的俞韵认真吃着瓜，但裴诗青觉得此刻的她有些过分专心了。

她的注意力完全放在食物上，目光紧盯餐具又略显空洞。这种行为不仅是专注，更是情绪内观时，对外界的逃避。

裴诗青早已知会过谢瑾，让他记得放点音乐缓和气氛。

而从上午挂断电话犹豫到五分钟前，他思前想后了半天，还是选择了那首 California（《加利福尼亚》）。

这是谢瑾第一次认清自己内心那天，俞韵在台上唱的歌。彼时他难以置信，在她的注视下跑出那间阶梯教室，却又忍不住倚在门外听完。

前奏响起，俞韵突然抬眼，才意识到自己刚刚出现了问题，也知道这一点会被旁边的那位姐姐捕捉到。

但好在纠结只有些许，对谢瑾产生的期待让她不由自主地释然。

曾经迫切地希望有人能理解她，陪着她一起抵御那些孤单。可这么久以来，她都没有找到这样的人。在她不再期待时，竟然有人不管不顾地闯入她的世界。

只是没想到，不是父母，也不是老师，而是一位记忆中称得上冷淡的故人。

"刚才可热坏我了，早上我把车钥匙落在车里了，到中午用车的时候才发现，果然脑子最好用的时候全在上学。"裴诗青趁着俞韵注意力相对集中，适时抛出问题，"我都开始忘事了，你们呢？你们年轻人平常会这样吗？"

俞韵知道，这问题是试探着抛向她的，可惜她刚想接，心跳却毫无预兆地不规律起来。

这感觉不算陌生，只需要静止几秒就好。

果然，还没等谢瑾走到她身边，心跳就已经平复了下来。

她摆摆手，说："我只是中午吃撑了。"

谢瑾撑着沙发俯身看她，眼睛比平常大了许多，紧张和关切清晰地展现在脸上。

在裴诗青的眼神指示下,他坐了回去,有些幽怨地看了她一眼,继续和俞韵搭话题:"我才不会。俞韵,你呢?"

"我会。"

俞韵回答很快,也无须这两人继续一唱一和的引导,就清楚自己该说哪些以供裴诗青来判断。

"有次我坐在了别人的位子上,认为那就是我的座位,哪怕桌洞里并没有我的东西。过了很久我才像梦游醒了,想起那是我几个月前的座位,但还是记不起来自己到底坐哪儿。这种问题问别人可太惊悚了,最后我跑到教室后面看了半天,还是顺着笔袋找到的。

"还有前几天,我在学校附近遇到了小学同学。她长得和我初中同学有点像,我对着她喊了半天初中同学的名字,还问人家是不是快要过生日了。她问我是不是没睡醒,哈哈哈……"

客厅里,拉娜·德雷慵懒而颓靡的声线从音响中传来,依旧富有宿命感。

俞韵笑着笑着,忽而有些怅然。

曲调如旧,她却真的很久没有仔细听过了。

第三章 ·筹码

那弯月亮不复皎洁,居于高台,摇摇欲坠。
这一座城市的距离,曾是十七岁的他,
怎么也跨不过去的山川湖海。

1

沙发远处的裴诗青犹如听寻常故事一般,最后和俞韵一起大笑,揶揄俞韵这个年轻人尚且如此,自己也就安心了。

"我刚才在门口瞧着你眼眶周围有点红,这会儿不红了,怎么又看着是眼下有点儿发青啊?"

"嗯,因为我很难入睡,睡着了又一直做噩梦,惊醒了会害怕很久。"

事实上,俞韵眼下皮肤微红,却并不青。

这问题私密,裴诗青知道对方和自己尚且不是朋友关系,完全可以用简单的晚睡早起给敷衍过去。

毕竟只是用来帮助放松拉近关系的话术,原本也没想着能得到什么有用的回答,所以在听到俞韵的答案时,她隐约发觉这事或许没那么难办。

见面之前,谢瑾专门嘱咐过,不能给俞韵"自己是个病人"的感觉,但也不能表现得完全不像医生。

总而言之,要演,还要演得略微刻意些。

前者比较常见,多半是家属对病人的保护;而后者就相对不同寻常,那是谢瑾在早上等人时慢慢推敲出的结果。

俞韵的情绪一直很低落,他综合这几日相处的观察,认为贸然带她去咨询恐怕会出现负面反馈。

那倒不如利用她敏感的特点,引导着去主动发现,能更好地避免目的性太强导致的抵触情绪。

谢瑾相信,只要自己能一直陪伴在俞韵身边,她一定会慢慢好起来的。

提前联系时，裴诗青听完这些分析，不仅认同了谢瑾的想法，顺势还再次推荐谢瑾高考后选报自己母校的心理学专业。

结果不出所料，还是被婉拒了。

而回归此时，上一个问题结束，下一个问题就接上，裴诗青按照商量好的计划有效控制着聊天节奏。

"为什么会失眠呀？你梦里会有什么？"

毕竟不是主动接受心理咨询，俞韵听完问话，沉默了一会儿，"咔嚓咔嚓"吃了几口西瓜。

她神情没什么异样，可裴诗青知道这是有些抵触了。当裴诗青正准备换个话题时，谢瑾却晃着手里的冰水开口。

"对了，刚刚忘了介绍，这就是之前我说要带你见的人，我叔叔家的裴诗青姐姐。我不太会聊天，叫她来陪你玩会儿……我在这儿，你们是不是放不开？我回避一下？"

这几句话在此情景下突兀出现，但凡多推敲一遍就能找出好几个漏洞来，仿佛在疯狂暗示"我有问题"这四个字。

俞韵咀嚼的动作顿了顿，嘴里的西瓜还没咽下去，无奈地垂眸，心想：都几年过去了，谢瑾撒谎的功力是半点没见长，还保持着胡说八道时既敷衍又坚定的语气。

可想而知，他本来是想要消除她内心的不安，殊不知，如果她当真没看出来，那方才那句话差不多就算是自曝了。

这么推测着，俞韵连看向他的眼神里也多少带了点揶揄的意味。

不止如此，另一旁，裴诗青恍惚着有些蒙了。

她本以为是谢瑾为了让俞韵猜到故意露出的马脚，心想他还是年纪小，沉不住气。

但看到他抿唇低头，一次次展现从未有过的心虚动作，她又在俞韵因此逐渐敏锐起来的了然神情里，开始怀疑起自己的判断。

然而没承想，这两人一个比一个不按套路走。

还不等她在一重重圈套的孰真孰假中转过弯来，自认参破局面的俞韵直接转头问："姐姐，你是心理医生吧？"

对方问话太过直白，职业经验导致裴诗青很容易联想到是抵触情绪，当即试图解释："确实是，但……"

"姐姐，我需要你的帮助。"俞韵大大方方直视着裴诗青。

说不出什么理由，她甚至是既无奈悲伤，又困惑迷茫地主动求助。

谢瑾紧闭的唇和偷偷观望的视线如此明显，明显到促使她在这一刻突然做出了选择。她不想辜负他的期待，也更应该直面自己的期待。

这些天一步三算的心机变为值得，谢瑾在听到这话时，直接长舒了一口气。他忽而站起来，俯身摸了摸俞韵的头发。

"我们俞韵真棒。"

"现在回忆也不用怕，有我在这儿陪着你。"

他温柔鼓励的语调，真诚得连眼睛都湿润发亮，都缱绻得让人心动。

裴诗青目睹全程，不由得在旁边呆愣一瞬。

认识这些年，谢瑾哄人这种事她没听过，也没见过。

但显然，他说的这些话因人而异，在俞韵身上，比自己偏向学术型的话术要更有效。

眼看着俞韵流下一行泪，小姑娘自见面起就始终封闭式的神情，居然在这一瞬显现出了几丝乖巧的甜。

脸颊的湿润被擦去，温柔的安抚下，俞韵抬头和谢瑾对视。

她像是带着无限希望和释然，又仿佛在说出的瞬间就获得了新生。

而谢瑾回望着，眼神依旧坚定且平和，独余眼尾隐约的红暴露了此刻的心情。

事实上，与其说是相信心理疏导的作用，不如说是他无比相信着自己，相信自己可以把俞韵和不美好的一切剥离开来。

因为，他曾见过俞韵最明媚的样子。

最棘手的问题已经解决了，裴诗青进入状态，开始引导着接受心理咨询的人讲述更多。担心有些问题不好说，她真心提出让谢瑾去楼上待会儿，但被当事人拒绝了。

于是在接下来的一个小时里，谢瑾一直靠坐在俞韵旁边的沙发扶手上。他及时却又不殷勤地递纸巾、给她顺气，偶尔也会听得皱眉，再轻轻搭着她的肩膀给些安慰。

和这一个小时的沟通内容相比，从前告诉谢瑾的那些，可谓是俞韵抑郁世界中微不足道的冰山一角。

控制欲过强又情绪不稳定的家长、打压式的教育和道德绑架式的培养……不出裴诗青所料，和校内遭遇一样严峻的，是家庭情况。

在评估进行家庭心理治疗的可能性时，俞韵拒绝得干脆，而后又万般无奈地解释。

那年她胃疼得厉害，经过检查各项指标都没有问题，见多识广的医生委婉建议俞父俞母陪孩子去看看心理科。

可父母表面应下,转身就带着她回了家,认为既然没病,那就只是不学习又想太多。他们一遍遍重复着自己的认知,在无须给孩子表述机会的交谈里得出结论:

俞韵在学校的遭遇是由于不够认真学习,因为那些所谓的一个巴掌拍不响,无风不起浪。

在父母后续的殷殷关切时,俞韵也曾试探着提出自己的情绪和睡眠有很大的问题,是应该去看一下心理科。

可惜,依旧只是换来不由分说的论调,将那句"抑郁症就是神经病"刻在了她心里。

他们疯狂地质问,家长付出了那么多,为孩子承受着生活的痛苦,她又怎么能有问题?

简而言之,我为了你才过着这样的生活,你怎么敢有病?

某种程度上,父母对她很关心,衣食住行样样不落,可他们还是不曾花费哪怕一分钟的时间去了解孩子真实的内心和疾病的名词解释。

于是,如同诉说自己所遭受校园暴力的结果,她求救的陈述再一次石沉大海。

无人听到那些求助,他们只在她绝望地妥协时才给予认同,又只在她被说不清道不明的愧疚包围时才感到欣慰。

无数次天昏地暗的争吵过后,俞韵疲惫不堪,所以父母每每再度试探,问及情绪,她迫不得已学会了最省事的选择。

他们问,你对自己之前那种装模作样的行为怎么想?她语调平静地撒谎,说是自己想太多,不是真的抑郁。

如此,就不必被咄咄逼问,只需要再听一遍那些自以为是的误解。

"是啊,你们老师也说过,你就是不用心学习,总想着博取关注。爸爸、妈妈为了培养你花光了积蓄,认真读书,别去招惹别人,这样就不会有人主动招惹你。"

青少年的心理健康亟待关注,却也无非关乎家庭和学校,但凡一方是正常的,都能对非正常的另一方起到干预作用。

可像俞韵这样的情况,绝大部分是两者皆为心理问题的诱发因素,也就是说,没有一方是正常的。

就这样,无数原生家庭问题的积累,叠加同样压抑无助的校内遭遇。

如此的每一天都在煎熬,简直是给一个十几岁的孩子打开了人生的地狱模式。

讲述过程中，俞韵时而好似叙述他人的故事，时而又陷入回忆泣不成声，更有那么几次还笑了出来。

在场的人都知道她本身实在难以控制情绪，她却有些责怪自己，埋下头去，不愿看任何人。

如果可以，她也想像其他人一样阳光明媚，可如今能够为他人所见的，只剩歇斯底里的不堪。

"俞韵，看着我，其实你很厉害。"谢瑾赶在裴诗青开口前，弯腰贴在此刻好似负伤幼兽的人耳边，气声的呢喃只有两人能听到，"因为在这种环境里，你依然是这么美好的存在。"

冰块被毛巾包裹着，再一次敷上眼睛，她却只记得被无意间碰到皮肤时，谢瑾指腹温热的触感。

心理疏导有始有终，并不是聊得越久越有效。裴诗青有意的遗忘式疏导让俞韵慢慢平复着心情，重新窝在沙发的舒适区里。

第一次心理疏导到这里也就差不多了，作为退场词，裴诗青问了谢瑾几句无关紧要的话，但察觉俞韵没什么反应，才发现她睡着了。

谢瑾一手握着冰袋，一手打手势让裴诗青先走，比画着电话联系。

关门声响起，俞韵无意识地动了一下，但直到冰块换了一次又彻底拿开，她才在关了灯的客厅茫然地睁开眼。

"我睡多久了？"

"你哭累了就睡着了，大概十几分钟吧。"谢瑾依旧坐在她身旁的沙发扶手上，带来一种不知何处产生的安全感，"做噩梦了吗？"

"没有。"俞韵顿了几秒，直白又突兀地补充道，"昨天晚上我梦到了你，后来居然没有做噩梦，所以早上起晚了。"

"我很高兴自己有点用处，你还记得梦到我什么了？"

"不记得了。"

"好，那我许愿，让你以后天天梦到我。"

说着，谢瑾凑近又笑得耐人寻味，纵容的口吻就好像他知道俞韵记得，也知道她只是不想说。

"我看到你桌子里偶尔放着一个MP3，所以是被允许带回家的吗？"

"对，其实我和我妈吵过很多次，最后才同意的，只是前几天坏了。"

像是早有猜测，闻言，谢瑾留下一句"你等我"，迅速蹿上了楼。

俞韵没作他想，斜斜窝在沙发一角，伸了个懒腰。几乎和盘托出的难过无限减轻了心理压力，她此刻只感到无比轻松，轻松得几乎在笑。

楼上开关门的声音再次响起，谢瑾飞快跑回俞韵身边，递给她一个MP4和一副耳机。

都是些平常不敢想的牌子，所以即便喜欢，她还是拒绝了。

"怎么，你嫌弃它们吗？虽然设备用了两年多了，但这耳机是新的。"

"我说了，是这个太贵了，我不能收。"

"那……我把设备也换成新的行不行？"

"不行啊，不是，你怎么听不懂话呢？"

"你说'谢谢谢同学'，我就能听懂了。"

"谢谢你，谢同学，但我……"

"好的，不客气。"

把东西往俞韵怀里一塞，谢瑾立刻坐回了单人沙发。

他抱着薅来的抱枕，大有一副"你还回来我就继续耍无赖"的架势。可俞韵看他一眼，把MP4和耳机放在了沙发的另一边。

"里面有个文件夹是α波音乐，对于你的情绪稳定和提高睡眠质量都有效果。刚刚你睡着那会儿，我搜了文献，还专门问了裴姐，都证实从理论上讲是有效的。"谢瑾收敛了撒泼的样子，换上认真温和的状态继续劝，"所以，算我借你的，可以收下吗？求你了，就让小生借给你吧，给小生一个机会吧……"

他模仿着俞韵喜欢的人物语调，却双手合十搓了搓，神态可怜巴巴、委委屈屈。毕竟从早晨的早饭事件就能看出来，扮猪吃老虎这招在小事情上对俞韵是有效的。

"那……谢谢你，你要用的时候随时来拿。"

"好，那在我来拿之前，你必须安心用着。"

一见目的达到，谢瑾忙起身把东西装进俞韵的书包里，像是生怕晚一秒她就要反悔。

扯了会儿闲篇逗她开心，也差不多到下午放学的时间了，因为要按照谎称的补课时间回家，于是谢瑾打车送她。

路途中，手机一直在振动。

谢瑾看消息，把夏封的暂且略过，才发现裴诗青除了在发预诊断和建议，同时还在疯狂嘲笑他撒谎的能力。

打了句"我故意的"发送出去后，他为自己之前合理的心机勾起嘴角。

因为不是晚上，所以家长不会出来接，谢瑾因此得以把俞韵送到了小区门口的花坛边,又再次感受到俞韵的情绪值逐步下滑。

"乖啦,不要悲伤。你就当自己是被我寄养在这里的小精灵,等到未来的某一天,我就会把你接到最好看的精灵球里去,好不好?"

幼儿园老师的口吻,俞韵却被这个设定点亮了眸子。

没有答好或是不好,她只抬眸,用食指在谢瑾的鼻尖上飞快点下一个指印,又转而点回了自己的鼻尖上。

奇异的动作如同某种拉钩上吊一百年的承诺,没来得及考虑什么,她想这么做,就这么做了。

少女的身影迅速闪进小区,谢瑾内心在"啊啊啊"大叫,他浑身的血液快速流动,震得指尖都在发麻。

方才她倾身接近时,随着独特气息飘近的,还有一句轻描淡写却意味深长的话。

那以往总在梦中勾人心魄的语调说着:

"谢瑾,我记得你。"

2

谢瑾的状态很难概括,大概是飘着回去的。

当宿舍门被推开时,夏封正在阳台晾着衣服。

他看着谢瑾一如既往挂着谁也不理的表情,欲言又止,直到这家伙坐回自己的桌前,趴在了桌面上。

和坐在床上的陈墨对视一眼,夏封把手中的衣服往盆子里一丢,几步就窜到了谢瑾桌边,去搭他的肩膀。

"哥,你别灰心啊,我不是说了吗,可以找陈墨的,他肯定会帮我们。"

夏封一边附在谢瑾耳边絮絮叨叨,一边疯狂朝陈墨使眼色。

"啊……"陈墨沉默了一下,"虽然我跟你不算熟,但是夏封昨天说的我相信。所以只要你有需要,我就去找我哥。他从来都无条件向着我,只要我说俞韵是我朋友,他必定会帮你的。"

陈墨一次性说这么多话实属难得,罕见程度堪比谢瑾昨晚热情地回复。

于是在这一刻,谢瑾终于接收到了令他生疑的信息。

他被迫暂时搁置了大脑里正过热的情感模块,耐着性子抬头去瞧夏封,反应迟缓地想问他们这是在说些什么。

"我的天,你脸好红啊!你发烧了吗?生病了吗?别去了吧?留得青山在,咱们不怕没柴烧啊……"

对方这一连串问的是为什么脸红，可谢瑾不由自主地思及原因，脑海里直接来了段走马灯似的情景回顾。宿舍多少算私密空间，他在私人领地一时间唤不回理智，居然还生出了点害羞的情绪来。

谢瑾心道误事，奈何依旧脸热得自己都不好意思，于是恼羞成怒，气势不减，张口就怼："我的好室友，你要是发消息也这么详细就好了。"

他想去冲个凉水，可他内心还需要几分钟平静一下，也就只好故作镇定，不动声色地拿出手机。

在夏封那看待负心汉的震惊眼神里，他把给这人单独设置的免打扰关闭，翻上去阅读了那十几条消息。

早上谢瑾拍在他肚皮上的纸，是拜托这位"八卦神"打听消息。

比如那天晚自习前去欺负俞韵的都是哪几个人，以及在哪里能偶遇这些人。

夏封是个好探子，不负所望，除了发消息像发暗码——还是连自己人也解不出来的那种，工作能力的确很不错。

消息里写着，二部校篮球队那个男生叫赵磊成，另外三个女生中，有一个是他自己相认、异父异母的好妹妹，剩下两个则是好妹妹钦定的"左膀右臂"。

赵磊成向来人混下手狠，是个连老师都会尽量避免冲突的高三学生；而俞韵又声名在外，是个连自家班主任都直言麻烦的存在。

所以，他将俞韵逼到走投无路，躲在天台哭的时候，其他人只能装作不知道，保持中立态度。

身高和体重的差距太大，当时赵磊成几乎是一路把俞韵从班里拖拽出去的。虽然俞韵一直在还手，可赵磊成威胁只要敢再还手，自己就会"动真格"了。

除此之外，他更是了解俞韵之前的做法，多次强调一旦报警，自己必定会报复得更厉害。

彼时走廊里的人或沉默或支持地对待着施暴者，大多是怪俞韵咎由自取，少部分面露不安，却也不够胆量去阻止。

赵磊成就这样站在一边，颇具威慑力地看着三个女生和另一个女孩单方面的"打闹"。直到最后好妹妹头脑发热掏出美工刀，俞韵终于飞起一脚踹远了她，而他也不敢再逗留。

当时俞韵的裤脚被划开了一道，人也被赵磊成一把掼在了讲台边的地上，撞得痛到有些爬不起来。

走廊上一阵喧哗，有人不顾其他人的眼神示意，赶紧跑去找了老师。

美工刀没有造成实质性的伤害，却会改变整件事情的性质。赵磊成没有傻到继续把事情闹大，拎起地上的好妹妹迅速离开了现场。

然而转天上午他被老师拎出去，只获得了一顿训斥。

没被停课的原因，是俞韵的班主任秦老师亲自出面，表示了和解。

这种转变在秦老师看来是某种以德报怨的引导教育，在学生群体看来却未免过分戏剧性，所以处理结果引起讨论的同时，也坐实了俞韵的所谓过错。

三个女生今天的去向不明，但撑场子的赵磊成下午还有校内集训，直到七点才会结束。

据说集训结束后他们会一起去聚餐，不知什么时候才能回他居住的中南小区，不好在校外捉人，可二部校队之所以不好招惹，就是因为他们"团结"。

廉价的义气，是不分对错是非的。

谢瑾单枪匹马去讨要说法，不管在校内还是校外，都必然会处于弱势。

然而巧合的是，陈墨的哥哥恰好作为二部校队成员，以高三学生的身份，在论资排辈的体育生中属于前辈。虽说陈白这人也同样是出了名的混，但弟弟的请求是必然都答应的。

只要成功分化了二部校队的内部，由陈白压制住其他队员，那么谢瑾的胜算就大了起来。

话痨发消息喜欢断句，好几分钟过去，谢瑾才总算是看完了。

他挑眉瞥向一旁并排坐的两人，发现夏封咬牙切齿，正和陈墨悄悄说着什么。

他刻意清了清嗓，出声提醒两人。而夏封一秒变脸，那副慌忙收起的愤愤神情让他直接确认了对方在八卦什么。

"吃完午饭我们出去玩了，路上俞韵在玩我的手机，不将你设置成免打扰，她就该看见了。"

这种解释的话突兀而合理，于谢瑾的处事方式而言，其实可说可不说。

但他第一次感到如此兴奋和雀跃，出于对俞韵的尊重和保护不能声张，却又实在憋得难受。

"哦，这样啊……什么？

"我听人说你去等俞韵放学了，合着你下午也是和人家在一起？

"我早上还给你选衣服，我好傻，真的，我这是在给他人作嫁衣裳啊！

"都怪我，太谨慎，终究是错付了，也错过了啊！"

说白了，夏封也就是干号着玩。他有自知之明，知道谢瑾单凭着守护俞韵的魄力就比他强了太多。

所以此刻说这么几句，开玩笑的意思翻倍，盖过了某种宝藏被发现的落寞。

这年没有杏花微雨，谢四郎的心思也很少用在解读他人的情绪上，读不出那么多隐藏含义。

但夏封不间断的鬼哭狼嚎，还是彻底满足了谢瑾的心理需求，他表面云淡风轻，实则整个人都在暗爽。

他美滋滋地想：这才哪儿到哪儿，她还收了我的MP4呢。

陈墨此刻沉默着，看宿舍里的另外两位室友发疯，一位是明显情绪不佳的戏精，一位是明显情绪很好的戏精。

他身处三个人的戏台，却没有角色，只能无奈道："扯远了，说说一会儿的事吧。"

毕竟"打架"有来有往，尤其扯上更复杂的校外，但凡有一方不服输，另一方就会像粘上了狗皮膏药。

谢瑾和俞韵还有大好的未来，绝对不能搭进去，如何一次解决没有后续，是非常必要的——他们没时间陪幼稚的人过家家。

"一会儿我去找他打球？

"在自己擅长的领域被打败，他应该能老实地安生好一阵。"

说完，谢瑾等了半晌，没有后文。

夏封和陈墨终于明白，这真是那位相传毫无运动天赋的谢瑾思考许久才想出来的、如假包换的 Plan A（计划A）。

他半开玩笑地抛出计划，结果计划……也确实像个玩笑。

原本谢瑾联系了本部校区武术队的裴安来做裁判。

裴安是裴诗青正在上高三的弟弟，作为特招类学生在本部就读。本部的武术队有真功夫，毕竟学生大多是从小练到大的，何况又是本部直属的校级团体，所以二部校队轻易不敢造次，总是努力和他们井水不犯河水。

这个安排固然是稳妥的，但牵扯上两个团体之间的矛盾，总不如二部校队的内部分化更方便。

谢瑾把原本的想法告诉了陈墨，陈墨也立刻提出了同样的观点，两人就此商定了新的裁判——专业人士陈白。

陈墨分析："可是谢瑾，有个问题你得想清楚。今天没关系，有我哥在，但是你万一输了比赛，以后很大可能会被找麻烦、被嘲笑。要不就直接让我哥好好训他一顿，让他去给俞韵道个歉好了。"

夏封也道："对对对，万一输了比赛心情不好，学习也会受影响。马上高三了，我觉得，不如还是按陈墨说的做吧。"

两人的顾虑并非毫无道理，甚至是关切的，但谢瑾自有打算。

"不用，我从来不打无准备之仗。"

当事人的决定，谁也不便干预。陈墨得了确认，便拿着手机去阳台打电话，只剩夏封坐在谢瑾对面，探头探脑地看着他给裴安发消息。

"你以前就认识俞韵吧？"

夏封这话是个问句，却用了肯定的语气。

谢瑾"嗯"了一声，并没有要说下去的意思。

夏封点点头，突然又冒出一句："那你好好对她，不然……"

谢瑾视线从手机屏幕上挪开，盯着他，没什么表情，甚至有种示意他继续说下去的错觉。

但夏封还是保持了缄默。

"她好歹也救过你，间接帮你下定了决心去重新生活。其他情况你自身难保，也就算了，可你现在怎么就连开玩笑威胁我一句都不敢？"

那晚谢瑾听完夏封的自述，又想起他面对王博宇诽谤俞韵时的反应，一直不能理解，现在终于找到机会讲出来。

事实上，帮他是俞韵自己的选择，他没有义务回馈，所以谢瑾这问话里并无不满，只有不解。

少年人的思维总有些直来直去，并不会过多地思考他人成长环境的影响，更多的是由己度人。

谢瑾性格使然，所有关于俞韵的选择都和夏封截然相反，的确共情不了。

说起来可能有些偏执，但谢瑾无法认同任何在针对俞韵的这场校园暴力里无动于衷的人。

在他眼里，于被加害的人而言，旁观者亦是施暴者的帮凶。

但话一出口，他又觉得自己有些失态，问题里有胡乱撒气质问的意思，所以没等对方回答，就又推翻了刚才的话。

"抱歉，夏封。

"没有想要道德绑架你，是我把自己的懊恼施加在了你身上。另外，还要谢谢你，这两天你帮我打听事情，也想了其他办法，你已经做了很多了。"

夏封对上谢瑾说话时真诚的目光，想说自己其实和他一样关心俞韵，却莫名难以启齿，突然意识到自己说不出口。

一直以来他都没告诉过别人，自己曾经见过一个完全不同的俞韵。

他想提醒旁人，告诉他们或许传言有误，但又不敢面对有可能到来的质疑；他想俞韵肯定明白有人在心里支持着她，却没想过这些人如自己一般不发声，意味着她永远不会知道。

像那些明明知道俞韵坐在看台上的人一样，夏封甚至更早知道很多事情都不对，可依旧选择了保持沉默。

他在崭新的生活中保全了自己，害怕受牵连、害怕被报复，唯一能做的，就是不参与进这场旷日持久的校园暴力中。

哪怕今天领了任务要去问个清楚，当别人问他怎么对俞韵的事情感兴趣时，他也只是回答好奇，而后在对方充斥着偏见的话语中，捡拾着有用的信息。

他没试过像昨晚一样去解释、去诉说，甚至没有勇气当面去安慰俞韵一句，告诉她，其实也有人相信她不是传闻中的样子。

他本能地认为是俞韵太不合群，也认为他一个人的力量过于微小，于是不听不问，权当自己不知道。

直到俞韵的境况已经到了这般地步，直到谢瑾对他问出这话，他早已麻痹的自我道德谴责才再一次涌现。

他立刻条件反射，想如同反驳自己的内心一样说自己一直有这份心，只是没有这种能力，话到嘴边却发现，其实自己连真正力所能及的都没做过。

他始终秉承着"不管别人说俞韵多坏他都不信"的原则，却同时又在无视、回避着她遭遇的一切欺凌。

一直以来，夏封自以为是个保护者，却在与谢瑾的对比中惊觉自己是个校园暴力中的局外人。

他似乎只是漠然地站在泥潭边注视着俞韵，却从不曾伸出手去。

"不然，我就想办法，取而代之。"

说完，夏封就想跑，几乎是使出了浑身解数才凭着毅力坚持着没动步子。

此刻的谢瑾早已又看回了手机，闻言，打字的手不由得顿了一下。

他笑了笑，可夏封感觉不像是嘲讽。

"做得好，"谢瑾头也不抬，竖起大拇指，"但是麻烦您照照镜子。"

3

说好了谢瑾晚上请客，于是三人决定随便吃点东西垫肚子，而一个不知哪里来的小面包，此刻被某人吃出了如品珍馐的架势。

夏封和陈墨依旧在原地排排坐，悄悄观察，不敢吱声。

要不是这人平日的吃穿用度总透着一副少爷派头，他俩怕是要当场落泪，掏出生活费来给谢瑾捐款。

时钟的指针一刻不停，再有十几分钟，就七点了。

谢瑾旁若无人，脑子里正构思着比赛中几种最有可能得分的方式——双方量级差不多，对方是专业球员，他要确保自己能够先发制人，才不会开场就比分落后。

他起身换了套运动装，在打开宿舍门之前，发现夏封和陈墨也已经安静地穿戴整齐，还是统一的全黑色系搭配。

他们甚至戴了鸭舌帽，手机外放着激昂的伴奏曲。

"我是去打球，应该不需要打手。"

谢瑾皮笑肉不笑，目光来回扫视着两人，不明白他俩怎么突然热血起来了。

看得出来，夏封佯装的镇定下实则充满了紧张，与他不同的是，陈墨几乎把兴奋两个字写在了脸上，亢奋得连眼神都有些飘忽。

没什么要达成的目的时，谢瑾一向懒得揣摩除俞韵之外的人的心理，所以眼下这会儿他的思维才终于转过弯来。

他心说，怪不得那晚两人下来看王博宇的时候，陈墨隐约还有点失望的样子，敢情是因为爱凑热闹。

"我们不打，我们去观战。"陈墨肾上腺素飙升，语调都不自觉变高了。

他不等谢瑾再说什么，拉开宿舍门就跑了出去。

跟在他后面的是夏封。

谢瑾看着夏封一路走到楼梯口，然后消失在走廊尽头。相比陈墨，夏封的步伐可以说是非常平静且自然的——

当然，假如他没有同手同脚的话。

真正要上场的谢瑾卑微地走在最后，完成了关灯锁门这项任务。下楼的时候没看到陈墨和夏封，他只能把钥匙扔在卫衣前面的兜里。

周末放假，校园里没什么人，走出宿舍楼，谢瑾一眼就看见了站在门口的裴安。

裴安小时候身体不好，于是被姥爷天天揪起来一起练太极，没想到后来还真喜欢上了，一练就是十几年。

他步伐大而稳，朝谢瑾走来时带起一阵风，刮过来似乎都带着力度。

"贤弟，这回你可不能推托了吧，正好你明天回家吃饭，也好跟我妈把给人转校这事儿先铺垫铺垫啊。"

回家……

谢瑾知道裴安刻意忽略了"我家"这种形容,把他也放进家人的范围里。

"行行行,说几遍了大哥,你是报时鸟?"他别别扭扭地扯开话题。

"布谷——"裴安坏笑着,捏着嗓子学了一声,没给谢瑾刺他的机会,又拍拍谢瑾的肩,摆出哥哥的姿态来,"怎么样,篮球没白学吧?还不快谢谢我当年力荐你去我师兄姑姑的堂弟的三外甥朋友那儿。"

"这么远的路,我还是谢谢李阿姨比较快。要不是她说让咱俩一起去补课,你还不会当天就替我联系好呢。"

"所以明天跟我回去吃饭,再当面道谢吧。"

"听见了听见了,我两只耳朵都听见了!"

谢瑾外表迷惑性强,却从来不是个文弱书生,裴安也不担心什么。

既然计划有变,他就不再适合一开始去露面了,于是两个人在走近操场时分开,他准备去较为隐蔽的看台附近。

然后,他就看到两个蹲在地上、紧盯篮球场的怪胎。

他们一个缩着脖子怕被发现,一个拿着望远镜,应该是生怕别人看不见。

"谢瑾到底能不能打得过啊?万一快输了,你哥哥会偏心发红牌给赵磊成吗?"

"这单人对抗赛是赌上面子的,就算我哥最后一秒连发三张红牌给赵磊成又有什么用?他们俩差不多高,谢瑾身材真好啊……所以我押赵磊成赢。"

"我押谢瑾,一顿早饭,不能再多了,再多输不起。"

裴安难以置信地望着两人手里的瓜子,火速离开了这块令人感动的吃瓜室友根据地。

另一边,篮球场上。

大半天的集训已经结束,一群人换了衣服,围成一圈勾肩搭背喝着饮料,商量着去哪儿聚餐。

赵磊成对情形一无所知,正说着同班女生的荤话,只有陈白坐在一旁的阴凉地,看着自远处而来的人。

他皱了下眉,觉得来人气势上确实泰然自若,但瞧着应该是赢不了赵磊成的。

空旷的操场上只有篮球队在训练,谢瑾颀长的身形其实很容易引起注意，但他们看见了也没放在心上，还以为是吃完饭来散步的人。

直到谢瑾带着侵略性，不紧不慢走到篮球场附近站定，他们才疑惑又不满地问他："有事吗？"

"赵磊成，哪个？"

来人直接叫名字，语气又不畏畏缩缩，那不出其右是有私怨的。

更何况谢瑾脸上摆满了不爽和鄙夷，目光掠过了队伍里最壮实的几个人。

他们看得火大。

二部校队虽然曾经受过这种委屈，却从没被数量为一、看起来孤零零的人欺负过。

教练已经离开了操场，学生们运动后的亢奋尚且饱和。这边还没等赵磊成发飙，就已经有几个人骂骂咧咧地走来，想推搡谢瑾。

回答必然得不到，可眼神是不被约束的。这些人都下意识看了队伍中的某个男生一眼，就足以让谢瑾确定目标。

他灵活避过几只挑衅的手，后退了几步重新站好，用堪称彬彬有礼的神色朝他们致意。

这动作看起来是无意与整队人交恶的，但随着赵磊成一句带着脏话的应声，也就彻底没人买账了。

他们站成一排，凶神恶煞的表情在谢瑾面前如同铺画卷一般展开。

"今天大家都累了，都歇着吧。人家的私事儿，咱们别凑热闹。"

陈白不知什么时候已经走到了距谢瑾一步远的地方，抬手按下了前面几个队员的胳膊。

他按得随意，被按的人却懂了言外之意。

二部校队这群人再怎么是队友，也还是各怀心思的。赵磊成仇家多，谁也不想多蹚浑水，何况陈白也是高三生，既然同级的队友都开口不帮，那就说明这事八成没那么简单。

陈白的话语权很大，没人非得跟前辈过不去，所以他这话一出，整个队伍画风突变，端的是一派安静祥和。

赵磊成很久没被人找过碴了，一时间也想不出来自己在哪儿欺负过这么个人，便慢悠悠地走过去。

对方虽然只比自己矮了几公分，但这带着书卷气的样子，怎么看也是打不过自己的。他越发莫名其妙，在离谢瑾几步远的地方站定，稍微保持着距离，想先盘问清楚。

"什么意思？"赵磊成回头问队友，可大家忙着收拾东西没答话。

于是他又看向谢瑾，吊着嗓子问："孙子你谁啊？找爷爷是来打球还是来挨打？"

"我是谢瑾。"少年平静答着轻贱自己的话，神色却是截然相反的不可一世，"找你打场球。"

谢瑾下颌微抬，睨着赵磊成。

他随意卷起袖子，露出肌肉匀称的胳膊，垂在身侧的手干净细长，就连尺骨的茎突都那么明显。

"跟个跳舞的小蹄子似的。"赵磊成回头跟其他人笑着说。

以为对方回他"打球"是被吓怕了，打退堂鼓。他便抬手朝着谢瑾点了点："你最好听我一句劝，一会儿记得护着头……"

不得不说，这话还真是句有效的劝告。

毕竟谁也没想到接下来的整场比赛里，这个来踢馆的人控制着整场得分，始终保持适当得分后送分的节奏。

那抹戏耍似的笑容气得赵磊成脏动作不断，招招都像是要在自己为主场打球的那三十秒里让谢瑾破相。

"事到如今，你也听我一句劝吧。"

谢瑾躲避得游刃有余，此刻和赵磊成明显的恼羞成怒不同，反而多了几分轻佻。

他这轮防守，篮球从指尖飞跃旋转扔向对方，语调却平缓有节奏，在吹哨前漫不经心整理着发带边缘，从容到气场全开，压迫感倍增。

"别再玩脏的，不然就先把项链摘了再咬紧牙。"

其实谢瑾不说，赵磊成也已经无暇顾及其他，长久的为人忌惮使他更经不得轻视，现在冲动到只想把眼前的人撕碎。

谁知他满含愤怒的拳风堪堪擦过对方的颧骨旁，还没来得及回身，谢瑾就突然发难。

谢瑾本想将球推到对方的怀里，却没想到那球忽然迅速而精准地落在赵磊成的鼻子上、下颌和喉结处，出手极快，看在旁人眼里几乎有残影。

赵磊成甚至没看清人，就被拽在混乱而有序的节奏里一招制服，铩败了锐气。

习惯性犯规的动势还没减退，他就这么毫无阻拦地一个踉跄扑在地上，篮球滚出场外。

没安好心的出手，倒是让他的鼻血浸过了自己的指缝，滴滴答答落在篮球场边红色的塑胶跑道上。

也有几滴不怎么有礼貌，随着篮球蹭在此刻面露笑意的白净少年身上，显得突兀又和谐。

"在你引以为傲的领域里，也需要犯规才能赢吗？"

随着谢瑾挑衅的话语，陈白作为比赛的裁判，吹响最后时长的预告。

谢瑾不失嘲讽，朝偷鸡不成蚀把米的赵磊成招了招手，同时不屑地转头看了一眼正在逐渐消散的晚霞。

他想：不知道俞韵今晚还做不做噩梦。

"起来，你还有账没还完。"

听到这话，赵磊成的理智很快被随之而来的愤怒冲散。他胡乱拽了拽黑色T恤，只是朝着谢瑾箭步上前时，脸不可避免花得有点滑稽。

一场比赛下来，明眼人都能看出来，这个从不在操场露面的谢瑾的防守姿态绝非野路子。

重心稳定，反应迅速敏捷，上篮爆发力强，就这么你来我往的几招下来，赵磊成完全在谢瑾的节奏里遭到压制，篮板也被抢了不少。

谢瑾仿佛越打越狂热，唇边噙着笑，观察对方。

他时不时故意出现漏洞，引着赵磊成进攻，而后再顺势截击，像猫逮耗子一样地玩。

陈白看得一清二楚，刚心道这家伙怕不是有什么毛病，谢瑾就已经结束了这场压制输出，徒留多次打脏球不成反被教训的赵磊成跪地不语，彻底放弃爬起来的想法。

"你到底是不是省队的……"

"嘘——"谢瑾居高临下抓着赵磊成的头发，强迫他抬起头看着自己，"周一去给俞韵道歉，以后离她远点儿。说，记住了吗？"

忽然明白原因的败方闭口不答，想起了卫衣口袋里的单把钥匙，某种恶作剧心态凸显，他把它拿出来，贴着对方的脖子。

谢瑾挑着眉，笑不及眼底，最后凑近对方的耳朵，轻声打出了一张致命牌。

"我愿意为了俞韵跟任何人来个鱼死网破。你也许在想着今天过去要怎么报复，但我得提醒你，这事儿得不偿失。

"既然你想好好比赛，就懂点分寸。是丢一次面子，还是赌上一辈子，你自己选。"

这几句话像在赵磊成脑子里炸开了烟花，冰凉的金属质感贴在赵磊成脖颈处的大动脉旁，凉得就像他听见谢瑾这段话的心一样。

他隐隐觉得，谢瑾威胁自己时的样子，像极了自己威胁俞韵时的模样。

一时间身份逆转，他心中生出了几分恐慌。

"记住了，周一我就去道歉，要我怎么补偿，你尽管开口。"

他不知道俞韵怎么搭上这号人的，但这人他恐怕惹不得。

其他人闻言一脸震惊，谢瑾则松开了赵磊成的头发，缓慢地向后退了两步，随意地将双手掌心朝前摊开在肩侧，表情戏谑，钥匙好似硬币般在指间翻飞起舞。

"看吧，我确实是来打球的，"他语调轻缓，神色冷漠，"只是不知道是打篮球，还是打浑球。"

看见赵磊成那张愣怔的脸，谢瑾低头嗤笑了声，觉得如同腐烂的肉一般令人作呕，正厌弃地想再说点什么，余光却瞥见裴安已经朝这边走来。

他一向知轻重，弯腰拿起跑道边的矿泉水瓶，拧开后，仔细浇在自己手上，然后由着指尖的水滴滑落，半蹲下来，盯着躺在地上的人。

"出于人道主义和情况对比，哪怕你手段肮脏，最终医药费还是得由我来付，多可笑。记得拿着单据到本部的高二（1）班找我。"

谢瑾抽了两张从赵磊成口袋里掉出的手帕纸，饶有兴致地一点点绕着指尖，顺便等裴安来。

卫衣上沾染的几点血迹已经干涸，并不那么容易被洗掉，谢瑾眼神扫过时颇为不耐烦，手上擦拭的动作却依然赏心悦目。

用过的纸巾被丢回赵磊成胸前的T恤上，物归原主。谢瑾整个人骄矜自持，贵气得好似是在将用餐后的领巾扔在桌上。

"裴安怎么到这儿来了？"

"今天这是怎么了？他又是来找谁的？"

"反正不是我。今天真热闹。"

周围逐渐嘈杂，裴安的鞋已经出现在视线内，谢瑾顿觉无趣。他敛了笑意，站起身来，拍拍手，正对上裴安那张礼貌微笑着的脸。

谢瑾还没有意识到将会发生什么，不承想，裴安会用自己的演技把尴尬推向巅峰——这位演员用近乎谄媚的语气，对谢瑾毕恭毕敬，又在众目睽睽之下双手递了包湿巾给他。

"谢少，想在明天中午请您吃个饭，不知可否赏光？"

又来？

谢瑾服了这只只会说一句话的八哥。

他眉头微皱，想说这句，又碍于场合咽了回去，敷衍地"嗯"了声。

嘀咕声自此没断过，他的无语和无奈会被解读成万千可能，成为裴安为他营造的"此人不可欺"的氛围里，不可或缺的一部分。

虽没料到是这样的戏码，可做戏就要做全套，于是他腹诽着转身离开，随手把擦过的湿巾扔在了裴安已经伸出候着的手里。

少年走得匆匆，风吹起额前的头发，印花的发带里籀着薄汗，几绺碎发衬得轮廓深邃流畅。

晚霞些微，他看起来放肆又张扬。

走出操场时，他摸了摸脸颊，卧蚕逐渐隆起，笑意和热意都压不住。

转来时，原本以为所有事情都将在他的可控范围内，可俞韵说记得他。

如果可以，他也不想脸红，可那是俞韵啊……

谢瑾胡乱拨弄着头发，舔了下有点发干的唇，忽而又忍不住乐了好久。

"不知道她现在在干什么。"他捂着眼睛，想着她的时候，心里仿佛有无数烟花一同盛放。

这世上最绚烂的光，永远只为她照亮。

4

哥：谢瑾看着不大对劲，你少与他来往。

收到陈白这条消息的时候，陈墨正和夏封小声讨论着眼前的人，他看了一眼手机，简洁明了地回了句"就不"。

望远镜是轮流使用的，两个人全程观察，互相解说，没错过谢瑾在篮球场上的一举一动。

当然，也包括了他各种阶段的神态和最后的碾压式得分。

他们见惯了街头式的浑不吝，却没见过这种轻描淡写又攻击性爆表的Bking（装酷王）。

对少年人来讲，谢瑾是真的很酷，可偏偏两人飞奔追上来的时候，他已经和酷无关了，反而有点像地主家的傻儿子。

他们讨论了半天，终于得出了相对合理的结论：应该是替俞韵出气，所以超常发挥，后劲太大，才导致他在"打完一架"以后，居然笑得这么真情实感难以自持。

"我听得见。"

开口讲话就中断了思路，所以哪怕对面的两人仿佛被按了静音键，谢瑾也没有独立空间可以继续回味了。

他放下捂着眼睛的手，后知后觉骨节僵硬酸痛，揣兜朝他们走去时，脸上还残留着尚未淡去的绯红。

站定，谢瑾就没再说话，夏封和陈墨也不说。两个人拿着手机疯狂打字，消息提示音此起彼伏。

如果这时谢瑾没有礼貌地侧一下脸，就能看到满屏幕的"饿"。

但其实他们俩现在还挺希望他能没礼貌的。

夏封恨不得把手机屏幕贴在谢瑾脸上让他看，但转念又还想继续做他哥手下老实的探子。

"哥，你是想等着看后续吗？"他试探着。

"等人。"谢瑾简洁而无效地回答。

后来篮球场上什么样，他管不着，也不关心，只是最后的戏着实是剧本上没有的——他在等绕路离开操场的裴安找过来。

他要拿回手机，顺便问问这位从报时鸟转为八哥的尬戏制造者为什么要给他立这么个易塌房的人设。

"我给我妈打了个电话，晚上我跟你们出去吃。"裴安把谢瑾去操场前寄存在他这里的手机还回去，还递来一件新的长袖，"你一会儿得给我妈发个消息，不然她不信。"

"哥哥们……"夏封恶向胆边生，已经饿疯的他强势打断对话，"咱们边走边说行吗？"

一路上，他看着谢瑾欲言又止地看了自己一眼、两眼……第三眼的时候，他终于忍不住了。

"哥，我能撑到饭店，你不用怕我晕过去。"

"不是，我想说你好像比我大几个月。"

夏封一言难尽地看着谢瑾，耳边是另外两人的无情嘲笑。

但他不仅猜错了之前频频看来的目光，这会儿还再次误以为对方是想要拨乱反正。

"可是……"夏封连眉毛都快耷拉下去了，"如果你叫我哥，我会害怕的……"

"所以你叫我谢瑾，我喊你夏封。"

"不行啊！"陈墨飞快接上话，语气真诚自然得让谢瑾以为这事真的有什么讲究。

许是各地习俗不同，他正准备求知探索，结果下一秒，陈墨面带娇羞，语调柔和地解释道："那样不够亲切，哥。"

谢瑾一愣。

怎么回事儿，今天都给他玩尬的是吧？

一路闹到烧烤店，他在包间换下了有些脏的卫衣。

新长袖上衣应该是裴安专程回宿舍拿的，基本住在训练基地而不住校的人，能找得到钥匙也是不容易。

所以虽然直到这顿烧烤吃完，裴安还左一个哥右一个哥的，叫得谢瑾脸都木了，但看在衣服的面子上，他没反过来讽刺裴安。

喝完裴安特意买的钙奶，又起身去结了账，谢瑾在走回桌的路上想起之前裴安说的话，于是打开李阿姨的对话框开始敲键盘。

"哥，跟谁聊天呢？"

这下，谢瑾心一横，直接删了打好的字，把手机锁屏放回裤兜里。

他心说：八哥学舌是挺快的，那就罚这八哥明天自己解释去吧。

桌上趴着两个用可乐兑咖啡，生生把自己灌出眩晕感的神人，谢瑾和裴安只好一人扛一个，艰难地往宿舍走。

一路上，夏封还跟陈墨一唱一和地聊着天。

夏封说"食堂阿姨给的米饭太多了，吃不完"，陈墨说"是啊，我也看王博宇不顺眼特别久了"。

风马牛不相及，但相谈甚欢。

把进宿舍前已经惺惺相惜、引为知己的俩人搬运到各自床上，饶是北方四月初的天气，裴安和谢瑾也都是一身汗了。

咖啡因配碳酸饮料确实上头，裴安拿起谢瑾桌上的杯子想喝口水，随即想到从前的事，又默不作声轻轻放下了。

"喝吧。"

谢瑾忙着给夏封和陈墨找点纯牛奶喝，这句话说得貌似不经意，可裴安听了有些愣怔。

高一那年的暑假，他和裴诗青去找外派邻市工作的爸爸，顺道找许久未见的谢瑾玩。

当时姐姐特意跟他说，不要碰谢瑾的杯子和碗筷。可他有天睡醒渴极了，跑进客厅，像小时候一样大大咧咧地用了谢瑾的杯子。

谢瑾当时正窝在沙发里，专注地翻着一本粉色册子，因此抬头晚了一瞬，手悬在半空，没来得及拦住他。

裴安到现在都还记得，谢瑾一句责怪他的话都没说，可自那天以后，他再也没见过那只杯子。

听姐姐说，谢瑾的"洁癖"有点渊源，好像是因为原来他爸妈经常告诉他，吃一锅饭、喝一杯水的家人是永远不会分开的。

或许是因为他太害怕分离，才会守着自己的那些东西，不敢多给一分，因为怕给了就收不回来了。

可他心中又隐隐有些期待，有人能与他一同吃三餐、过四季。

后来出了一些事儿，家长已经不记得了，但孩子记得清清楚楚，清楚得变成了心里的一根刺。

虽然裴安没姐姐那么敏锐，可就算他再爱开玩笑，也不会在这事上多嘴去问。

听到刚才这话，他只以为谢瑾本来也打算换杯子了，于是重新拿起来，"咕咚咕咚"喝了几大口。

所以之后看着谢瑾拿起杯子去涮了涮，在饮水机给自己接了水喝，裴安说不出是什么感受。

他鼻子有点酸，无端变得有些多愁善感。

还有点当大哥的包袱在，他并不想让谢瑾观赏猛男落泪，赶紧拿了手机去阳台打电话。

"妈，谢瑾忆苦思甜把自己气哭了，我今儿在宿舍陪他吧，不回去了。

"不是，我没出去玩啊，妈你知道的，我超乖。

"真的，他哭了好一阵，现在已经哭晕过去，不省人事了。"

此时"不省人事"的谢瑾正站在饮水机旁，被迫听着人胡说八道。

托裴安的福，他那几丝被引起来的感慨心绪，现在已经"咻"的一下杳无踪迹了。

满嘴跑火车的人拉开阳台门，权当谢瑾不存在一样，扒着夏封的床，拍拍他的脸。

夏封好像正在做梦，而且大概率不是什么好梦——毕竟这家伙对着枕头边的手机就是一声撕心裂肺的"哥"。

"听见了吧？叫我呢。不说了啊，我看看他去。"

挂了这通续命的电话，裴安试图装作无事发生。

他看也不看宿舍里唯一坐着的人，偷偷转身，想撒丫子溜回自己宿舍。

"裴安，你坐啊。"

谢瑾语调低沉沙哑，导致裴安下意识后退，生怕他下一秒就要咬破手指，暴起喊一句"塔塔开"。

猛地晃晃头把念头驱散，他准备说都是成年人了，彼此心照不宣一下行不行？结果话在脑子里过了一遍，发现谢瑾这会儿尚且没过生日，十七周岁，还真就不是成年人。

他本着不跟小屁孩儿一般见识的原则，坐下了。

"今天的事，谢谢你。"

对方态度骤然变得温和真诚，让裴安一时间不适应，差点摆出一张黑人问号脸，万幸还有大哥包袱在，才勉强稳住了。

"没事儿。"他抬头看了看睡相不佳的"醉酒"二人组，确认他们睡得很沉，"你老实交代，俞韵是不是那本小粉书的主人？"

"是。"

"所以你非要转到一中来，是知道她在这儿？"

"嗯。"

本就是想说句谢谢才让他坐下，怎么他还搞起访谈来了？

谢瑾一连答了两个问题，不想再深入多讲，一句"乏了"就把人赶回宿舍去了。

终于躺在床上了。

谢瑾想着俞韵此刻会不会在听着他讲的故事酝酿睡意。

他带着祈求各路神仙除她噩梦的想法沉沉睡去，自己却陷入回忆编织的旋涡。

其实一开始，谢瑾只知道俞韵在本市，初三在实验中学。他原本是想考上高中就转学过来的，所以这些条件对找个高一学生来说已经足够了，只是需要一点时间。

他想出现在她身边，每天都有机会看到她，想和她一起参加高考，永远在她在的地方。

他想哪怕得不到月亮，也可以做她周围的星星。

但谢瑾作为未成年人，不能单独立户，所以当时为了学区考虑，父母离异后，他的户口是跟随父亲的。

转学既需要户口，也需要监护人签字办理，可就是这两项，卡了他整整一年半。

他先是给李阿姨打电话，询问了一中转学的要求，而后试探着说想拜托她帮忙找个同学。

李阿姨答应他，不先去和他家长讨论转学的事，可作为长辈，她怕谢瑾一时冲动走错了路，还是直接给他父母打了电话。

被父亲劈头盖脸质问的时候，谢瑾有些措手不及。

他给出了当时能想到的、最符合逻辑的理由：自己想考南方的某所大学，那里需要的分高，而一中的教学水平比现在的学校更高。

后来李阿姨发消息问他，那天说要打听的人叫什么。谢瑾说，没什么，他也忘了。

转学的第一步，是需要监护人到场提出申请。

他一次次跟父亲约好了时间，父亲却又总在当天被中年得来的贵子牵扯了精力。

谢瑾也试过突然登门，却被保养得当的阿姨迎进去，以宾客之礼相待。

在一家三口充满幸福气息的房子里，他等待到无所适从，最后带着虚假的骄傲，灰溜溜地离开。

他给妈妈打电话时，女人一如从前的温柔，只是多了些莫名的距离感。

电话那端的人听完不置可否，只说自己正在欧洲小住，无暇顾及，让谢瑾好好跟爸爸谈一谈。

可当天晚上，谢瑾就接到了谢父很少主动打来的电话。谢父花了一个小时跟他分析利弊，说了一年以来最多的一次话。

说来也可笑，当初谁都不要他，可如今他真心想要远走的时候，他们又换了另一套说辞。

在本地方便关照他，在本地高考分数低……但最重要的，他们希望作为长子的他留在本地，以后继承家业，照顾老了的他们。

谢瑾想问，不是你们先扔了我吗？可话到嘴边又被咽了回去。

他忽而惊觉，自己吃穿用度所需的钱，父母一分没少过。钱和爱总得占一样，而他占了钱。

于是，他在很多个瞬间怀疑过自己，怀疑自己是不是得陇望蜀，是不是贪心不足。

可有一天，他看到爸爸晒出的全家福，又看到妈妈和路人小朋友的合影，每个人的笑容都那么刺眼，嫉妒得让他窒息。

谢瑾拉黑删除了他们，等缓过来时，桌上被泪水打湿的卷子已经干了。

他已经想不出一个可以帮他的大人，翻了许久的联系人，最后哭着给裴诗青打去了电话。

电话里，他无助的声音不敢掺杂急躁，以至于那声"姐"都变得有些小心翼翼。

谢瑾清楚地感受到自己讨厌照片里无辜懵懂的孩子，也恨着那两个无缘无故对他吝啬于爱的所谓家人。

他们把他捏成谢瑾的模样，又亲手摔碎。他们嫌弃他碎得扎手，满是人性的残酷。

　　谢瑾这颗黑暗里的孤星，靠着一弯月亮散落的光支撑到现在。他甚至不奢望触碰，只想站在暗处，偷偷借她一缕月光。

　　直到他望见了那弯月亮——她不复皎洁，不再居于高台，而是摇摇欲坠。

　　微弱光线透过碎裂的缝隙，他拼命想去托起、拼凑，甚至愿意把自己散作无数尘埃去填补她的裂痕，却挣脱不得。

　　这一座城市的距离，是十七岁的他，怎么也跨不过去的山川湖海。

　　他绝望地跪在地上，看着自己也随着月亮逐渐暗淡下去，甚至徒生一丝终可攀折的庆幸。

　　冷汗浸得衣服发潮，谢瑾猛然惊醒，却又比在梦中庆幸千百倍。

　　他曾经的确挣脱不得，但又在两个月前峰回路转。于是，他的月亮便永远不会再坠落。

　　宿舍已经停了热水，谢瑾迅速洗了个凉水澡。

　　在检查身上有没有瘀青或肿块的时候，他联想到俞韵，顿时又觉得自己在这场比赛中还是下手轻了。

　　当初在天台上见到俞韵时，她脸上没伤，只手背上有一道两厘米的划伤。但后来听夏封讲述大致经过，谢瑾立刻就觉得不对，反应过来她的伤怕是都在衣服下。

　　这种伤疼得厉害、好得也慢，他今天往俞韵怀里塞抱枕的时候试探了下，她明显是有意识地在避让腹部右侧。

　　下午交谈时，俞韵说得简略，一句带过自己防卫时扯到了肌肉，他居然真的以为她是腹部肌肉拉伤。

　　那时她朝他看似随意的一瞥，大概是在推测自己有没有蒙混过关，演技好到甚至他在此刻回想起来依旧无所警觉。

　　但后来看夏封发来的消息里明明白白写着她单方面被欺负……

　　所以，本该带她去医院的。伤不会只有一处，只是腹部那里最疼。

　　他并不能让俞韵掀起衣服来给他看伤口，却可以陪她一起疼。

　　谢瑾用力按了按手臂外侧因为今天防守而青紫的皮肤，力度大到他手都在颤抖。

　　他思维空荡，目光近乎偏执。

　　在这个噩梦散去的夜晚，他面无表情地承受着疼痛，无比心疼地企图以此感同身受。

5

时间如流水般划过。

周一的太阳出来时，一只耳机依旧挂在俞韵的耳朵上。

这个周末，她过得依旧乏善可陈。

没有手机、没有出门、没有时间看喜欢的书，坐在书桌前写作业也不得几时休息，幸好因为最近几天睡得很好，精力充足许多，不至于压力太大。

那天回家，妈妈以好奇为由检查了她的包。

明明是你知我知的事，却还要找个理由，俞韵不太懂为什么，但这不妨碍她陪着演一个乖孩子——既然说穿了就会吵架，不如维持着这份看起来有些脆弱的和谐。

她解释完MP4是借的之后，妈妈将信将疑了周一那天的饭钱。其实稍微多在意一点就会发现，她不会攒吃饭的钱买东西，因为吃是生活中不可多得的治愈，甚至值得清理好书桌，营造吃东西的仪式感。

之前坏掉的那个MP4只是校门口随便买的，加上内存卡也只要几十块，是她替人写检讨赚的——毕竟这么久了，她擅长写这个。

睡前，俞韵认真做完两套文综试卷，而后满怀欣喜地躺在了床上。

她又不是木头，不是没追求，实在是没钱，所以当时谢瑾拿出MP4的时候，她其实是很动心的，几乎要脱口而出一句"谢谢"。

她没去听拉娜·德雷，而是选择打开了某个命名为"大小姐必听睡前故事"的文件夹。

谢瑾轻缓念着故事，偶尔有翻页声。单纯的文字被录音时的轻微底噪赋予真实感，让她疲惫不堪的大脑开了个小差。

仿佛有双温柔的手按着她隐隐作痛的太阳穴，情绪被暂时抚平，获得了几乎要令人感动落泪的宁静。

心如止水这个词，是她许多年来从未体会过的。

然而，再完美的睡眠也是会结束的，只区别于是自然醒还是被吵醒。

如同那个做了美梦的早晨一般，俞韵再次用一巴掌拍哑了闹钟，而后又不同于那天的拖延，在短短一分钟内突然睁开了眼。

来之不易的优质睡眠固然重要，但想到每晚念故事的人也许正在门外等着，这就让人既紧张又期待，实在是没心情赖床了。

早餐一如既往没有胃口，清淡得让人提不起食欲，但她还是吃完了。

她尊重每一份食物，毕竟从前很长的时间里，只有这个时候能够放松而愉快。

本部校区有夏季校服。

俞韵从前嘲笑过那无脑的设计，却又在走近小区门口见到那道身影时，深刻怀疑自己的审美。

而同样怀疑自我的想法，谢瑾早就有过。

在经历了之前种种后，他不再相信大人这个角色。

或许这世上没有人比他更清楚俞韵经历过什么，无人托举她又如何，自己可以成为她能依靠的存在。

多番打听后，他终于转到了俞韵的学校。

不再盘算着拜托李阿姨帮他查学生系统，他准备按照最初想的那样去找俞韵。

这些年谢瑾看过太多次俞韵的笔迹，对她的字迹，他烂熟于心，名字写得以假乱真。

他先去了本部的教务处，在失物招领的地方碰碰运气。但本部的老师查阅了一遍系统也没找到人，便让他把书放在教务处。

于是谢瑾拿上第二本书，写了名字，去了二部校区。

沿途看到的校服和本部不一样，当时的他还尚不知晓是因为两个校区的云泥之别，只觉得二部的校服土气了些。

结果异常幸运，像是命运眷顾，二部教务处的值班老师只看了一眼名字就确定这是本校学生，随即打电话给高二（3）班的班主任，通知俞韵来拿。

近乡情更怯。

虽然知道俞韵不会记得他是谁，但他还是不等她来就跑出了教务处。

走廊里光线太暗，谢瑾紧张地站在办公楼门口，想看看一会儿是谁拿着书出来，确认是不是当初的人。

然而他低估了自己的记忆，当俞韵的身影朝他所站的方向而来时，随步伐轻动的高马尾仿佛一下下抽在他心上。

已经不需要确认，其实她在不知不觉的时光中被刻进了他心里，细致得连他自己都没意识到。

俞韵比从前还要高些，校服穿在她身上着实显得有些宽大，却又透着随意的自由感。

袖子被她撸上去了一点，皮肤白得依旧让他看到就条件反射般想打喷嚏。她一举一动间，全是清冷和慵懒的意味。

他挪不开眼，也不好上前，而俞韵的目光无意间扫过来，虽然好似定了一瞬，却又快得让他以为是自己自作多情。

她不笑时，还是生人勿近的样子，但谢瑾只觉得异常好看。

就连普通的校服穿在俞韵身上，都显得与众不同，他的所思所想，皆与她有关。

"不要每天都来接我啊，总那么早起，你上课会困的！"

俞韵眉头轻皱，伸手从书包里拿了一盒肉松小贝递给他。

"没事，我要搬出来住了，住到那天你去过的地方。"

谢瑾的话不过是在解释自己搬去哪儿，可听在俞韵耳朵里，总是带了点让人多想的意思。

她侧头看向路对面，脸颊因为有些害羞的笑而微微鼓起。

也许是天气有些干燥，谢瑾不由自主地抿了抿唇："俞韵，你想不想来本部上学？"

闻言，俞韵转回头来看着谢瑾，笑容有些僵硬，过了好一会儿又发现他没理解，只好委婉地提问："我不去北大是因为我不想吗？"

"但如果有机会可以进本部，你想不想来？"

他语气认真，不像玩笑话，诱导的意味有些明显，眼神里满是期待。

俞韵有些不解。

见她不答，谢瑾开始细数起本部的优点。

俞韵觉得他可真是个神奇的人。

自己哪里还需要思考，要真有这种机会，简直挤破头都要去试试，他居然还在循循善诱。

如果说，现在的她这么想完全是为了学习，着实虚假了些，但要说起摆脱二部校区的动力，那可能比让她考个好大学还要足。

但想是这么想，这事可没有那么简单。

每年只有高二期末考试的文理科前三名才能升去本部上高三，她的成绩……她心里有数。

"想有什么用？我的成绩考不进去的，真不是我不努力。"俞韵可怜巴巴地望着天，"我偏科很严重，是你想不到的严重。"

"没关系，我知道……"谢瑾难得默了默，戳俞韵的劣势让他有点不好意思，"我看过你课桌里的卷子，其实数学你如果看哪个顺眼选哪个，应该能再高几分……"

"谢谢你，和你聊天很愉快。"

俞韵步速加快，走出了虎虎生风的气势来。

她满脑子都是谢瑾那句话,不就跟"把答题卡放地上踩两脚都比现在得分高"一个意思吗?

可少年的"对不起"第三次围绕着她时,她余光却看到了他的手。

俞韵不由分说一把拽过来,盯着上面的小小挫伤,意味不明地问:"这是谁弄的?"

"我还以为你不会问呢,刚刚接你书包时,你都没注意到。"谢瑾歪头戏谑,慢慢抽回手揣进兜里,脑袋倒是离俞韵很近。

"是不是任铎那帮人去找你了?"

他的头发昨晚洗过,正随着走动的步伐轻摆,而靠近俞韵时,因为低头而垂下来,盖住了略细长的眼,居然显得说不出的柔和。

这人线条锐利的薄唇与俞韵完全相反,鼻尖倒是相似的精致,和毛茸茸的脑袋形成了反差萌。

俞韵一边说着话,一边有些手痒,想试试对方头发的手感。

这么想,就这么做了,俞韵在这方面的脑回路颇为直线。

"不是他们,是其他小事……"

一只柔软的手毫无预兆地搭在自己头顶,让谢瑾一时忘了要说什么。他想抬头看看她,却又被她掌心压下来的头发遮住了视线。

其实俞韵眨眼很慢,心有些软得发酸。

两年前的那天,在夏训营看到情绪低沉的少年垂着头,她想摸摸他,安慰他,只是没想到如今可以触碰到,却是以这样的方式实现了。

他们站在那里,谁也没有说话,周边是逐渐熙熙攘攘的街道,到处是赶着去上学的孩子们,谢瑾却只觉得这片空间寂静得令人心悸。

"不许问了。"

赶在自己的理智崩溃前,他睫毛微颤,敷衍地结束了上一个话题,捉住俞韵的袖口,拽着她往前走。

谢瑾始终领先一步,不答后续追问的话。

刚才故意卖惨,其实是只需得到这一点点关心就好,他并不想让她为自己的小伤小痛而难过,也不需要她因此而内疚自责。

路上行人众多,他指尖的小块布料很快就被主动抽离,他因此莫名烦躁,甚至想把路上的人都搜罗干净,打包扔出地球。

随后两人一路并肩而行,俞韵却总觉得有很多双眼睛在看他们,而上一次出现这种情况,还是她在校内参加大型活动之后。

这是探究又好奇的目光，她不知道发生了什么，却慢慢缓了步子，想离谢瑾远一些，再次惯性地不想牵连到身边的人。

她还没退后两步，谢瑾就反手按住她的后颈，顺势把她带回了原路来。

他想了想，还是隔着袖口捉住她的手腕拽着，展现明显他为主导的方式，谁也别想因此而造谣俞韵。

"这位客官，跑什么？"

他盯住俞韵，歪头勾起一边嘴角，旋即又抬眸望着她的眼睛。

"你总得对我这种路痴同学负责吧？"

与往日截然不同，谢瑾略弯腰靠近，呼吸之间，俞韵甚至能看见他为故意摆姿态，而无意识抵着牙齿的舌尖。

半眯的眼睛突出了鼻梁的笔直，他带着几乎让人服从支配的气场，在她的面前却卸下防备，示弱装乖。

俞韵的脸一下子红到了耳根，烫到自己都能感受到蒸腾热意。

她略微呆滞一瞬，激动到皮肤透出些许血管的颜色，脑子里有个声音大喊着：路痴？负责？是谁在夏训营跑进林子里还能自己摸索回来？又是谁翻墙买了瓶可乐都差点找不到门？

俞韵曾想过自己会喜欢什么样的少年。

干净淡然的少年，望着她时又充满侵略性，五官线条利落深邃，气质清冷……

诸如此类细节颇多，难以概括，可夏训营里，那人却每一项都狙击在俞韵的隐藏表格上。

后来有一天，她想安慰那个人，于是在众多文稿的最下面翻出了他的那张。

趁着互评的机会，她故作镇静地给了他一瓶饮料，说了几句不痛不痒的安慰话。可那天她不敢多看他几眼，生怕自己的示好被理解为同情与可怜。

青春期的心思懵懂又敏感，他们就这样错过了两年。

心理咨询那天，俞韵在谢瑾家里看到那本失踪已久的文集本，某些被尘封的记忆忽然翻涌出来。

那些曾因为害羞而被忽视的视线，那别无二致的不留名投喂方式，以及那本一看就知道被保存得很好的文集本，都在疯狂向她揭示一个事实——

或许不管错过了多久，该遇到的人，总还会相遇。

谢瑾不知眼前的少女在想什么，早已带着得逞的笑直起身来，继续在无数探究的视线里旁若无人地拽着她走。

他感受着指尖上对方无法隐藏的澎湃脉搏。

第四章 ·天降

/其实如果她愿意抱着他沉沦，
他也不是非要见到太阳。/

1

"烦死了烦死了，什么路痴，骗子……"

上学的路程在作业没写完时格外漫长，又在聊天时变得极为短暂。谢瑾走在俞韵前面，听着她的碎碎念，忍不住笑出声来。

事实上，他很清楚自己什么状态呈现着什么样的表情和动作。

毕竟视觉感受最为直观，他清醒地明白自己优势在此，便有意地加以利用。

一个已经足够好看的人，气质又为性格所影响，那么想要塑造出一个优质人设可以说是毫不费力。

于是同龄人用来玩游戏的时间里，谢瑾都在研究偶像团体是如何进行表情管理的。

他倒也不是不合群，只是大概真的缺了点电竞天赋——也许这就是上帝给他关上的那扇窗吧。

为了将每一个好看的姿态变成肌肉记忆，在那些孤独的日子里，他对着镜子反复练习，幻想着有一天能俘获那个在夏训营里聊天时自称是外貌协会的人。

那些评价颇高的秀场视频和时尚杂志，帮他融会贯通出了自己的穿衣风格。

在这个男生普遍对自己要求不高的时代，日趋精致的谢瑾简直如同校园偶像，甚至一度被传成了要准备出道。

镜子虽见多识广，却不会给他反馈，其他人喜欢的风格，不代表俞韵会喜欢。

为了能够靠近俞韵，谢瑾可以努力将自己伪装成更让她放松的样子。

也许自己是条狼，但如果能让俞韵放松的是奶乎乎的狗，他也愿意成为能讨她欢心的模样。

那是只属于俞韵，永远忠诚于她的守护者。只要能彼此靠近，他就绝不在意自己对外示人的样子。

好在从这几天的情况来看，他天赋尚佳，不算辱了那众多的师门。

他看见俞韵的嘴角终于扬起了轻微的弧度，以及那句记得他，这便足够了。

足够成为他心中一个不可磨灭的印记。

那时他原原本本，此刻他精雕细琢，但都无所谓，不管俞韵喜欢的是何时的谢瑾，那都是谢瑾。

一路上两人各怀心思，谁也不说话，却也不无聊。眼见还有十几米就要到校门口，他在俞韵抽手之前松开。

再次看着她走远，谢瑾的心情已经和以往大不相同。

他转身去本部，在迈入校门的那一刻，无比迫切地希望有一天他们能一起站在这里，等高考结束一起逃离这座城市。

终于，他们等到了这个机会。

它将和赵磊成公开的道歉一起，成为他送给俞韵的第一个礼物。

教学楼里依旧像煮开了的一锅八宝粥，高矮胖瘦的学生们都挤在最中间的楼梯上，企图抄近道进教室。

俞韵照例快步走向侧梯，跟着稀稀落落的小部队上楼——因为挨着高一的教室，这边只两层楼梯拥挤。

有同样想法的学生也不少，所以越往楼上走，她被窥视的感觉就越强。

高三在高二的楼层上面，应该走得更急些，然而楼梯上却有人靠着扶手向下瞧她。

俞韵权当没看见，以不变应万变。

可踏上熟悉的走廊，一切好像都变了样。

没人来"不经意"地撞她一下，也没人抬着垃圾桶"不经意"地挡住她的路，这种突然的变化让她还以为这层楼来了领导在视察。

她走进教室，同学们"嗡嗡"的声音戛然而止，仿佛生怕来人不知道他们在议论谁。

早已习惯了的俞韵把书包放下，又在课桌里摸出了一袋和往常一样"偶然"出现的零食。

想来是周日时某个住校生放的。

她轻轻笑了下,把袋子塞回桌子里,而后猛地抬起头。

十几束目光躲闪不及,被捉了个正着。

尴尬的气氛在教室里弥漫,他们纷纷转过头去,假装刚刚不过是一次偶然的回眸。

俞韵没那么大的耐性,扫视了一圈众人的背影,声音不大不小地发问:"又怎么了?"

前桌好像没料到她会开口,有些过于宽厚的肩背居然颤了一下。

俞韵这句话并没有指向性,可他还是在鸦雀无声中转过身来,有点占地方的身躯横着窝在两张桌子之间,憋屈得颇为滑稽。

"俞韵,我之前没有恶意的,跟你玩笑开得大了点,可我平常没太欺负过你吧?"前桌黑乎乎的脸上居然挤出了一点不好意思,"从前的事能不能算了……"

听到这话,俞韵呆滞一秒,突然笑了。

她的笑声很轻,但落在静如考场的教室里依旧很明显。

知道谢瑾不是头脑发热地揽事情,可她不知道这人究竟做了什么。仅仅一个周末的时间而已,大家连面都见不到,就算发恐吓消息也不至于反应这么大吧?

于是绕过自己不知道的话题,她继续在自己所知的范围里兜圈子。

"你也知道你们在欺负我?"

避而不答对俞韵来说是一段反应时间,可对其他人而言就像是某种威胁了。

她不动声色地观察着这些人的神态,迅速在脑子里计算着这件事的可能性。

然后,眼前的男生脸越憋越红,最后突然说了句超小声的"对不起"。

俞韵惊呆了。

她是不是把闹钟拍哑巴了之后根本没醒?这压根儿是梦吧?

这自嘲是腹诽,但表面上还是得稳住了。这事情虽然离谱,却可以借着东风吹弱其他人的敌意。

她有脑子,不会圣母光辉照耀大地,感动地来句"没关系"。

"嗯。"

话越少,可想象的范围就越大,但不管想象出什么,都不是她本人的意思。

深谙这个道理,因此她慢悠悠地靠在椅背上,一个字打发了前桌,也满足了那些支棱着的耳朵。

早读开始后,教室里终于恢复了往日的状态。

教语文的林老师安排好任务走下讲台,路过俞韵时,照旧顿了顿脚步。

"小俞,最近在看什么书?"

林老师温柔的声线总能让俞韵在校内的心绪变得平和柔软。

"欧·亨利的短篇集。"

她合了一下手上的书,露出封面来,神态里带着自己都没察觉的乖,也透着点这个年龄段女孩子的娇。

"好,另外《浮士德》你放错地方了,应该是放在我左手边的柜子。"

林老师低头瞧她,说她还书还得马虎,眼神里却是疼爱。

"啊!知道啦!"

聊了几句,林老师让她大课间去一趟独立办公室,有新的赛事卷子给她做拓展玩儿,她忙不迭点点头。

因为背过了课本上的内容,而语文又注重积累,所以她被林老师特许在语文早读上看些名著。

同样的,由于语文课上讲的内容她都已经领悟,便也会一心二用地看书,林老师曾试过在她低头很久后提问,发现她能融会贯通,作答质量更高。

其实在语文老师这里,这种"特权"谁都能申请,只不过能达到要求的只有俞韵一个。

林老师继续巡视,俞韵也接着看。其实这些短篇她已经读过很多遍了,但有些书就是这样,常看常新。

她总是习惯把喜欢的书读两三遍以上,像一棵疯狂吸收养分的绿芽,一次又一次萌生新芽。

甚至很多时候私下的沟通中,林老师自觉和俞韵更像是交流探讨,而非单纯的教授与汲取,所以这也是林老师那么惋惜俞韵这次不参赛的原因。

俞韵在语文科目上有完全自主的决定权,大胆做着其他同学不敢做的事,却又每次都考单科第一。

文学方向上的天赋型选手难得,而俞韵恰好是其中一个。

早读结束,班级门口有个脑袋探进来。

这脑袋搜寻过大半教室,才发现被魁梧前桌挡住、正低着头的高马尾少女。

"俞韵姐姐。"

这声音是个女孩的,干脆又很有底气,穿透力绝对跟俞韵有得一拼。

闻声抬头,俞韵看到一个高高大大的妹子。阳光透过窗户照过去,衬得这女孩像个排球运动员。

谢瑾早上说过,课间会有个女生来找她。那人脾气很好,话很多,是可以信赖的朋友,接下来会负责陪伴俞韵度过校园时光,不让她孤单。

把书签夹好,俞韵起身出去,而前桌有意往前靠了靠,示意要给她更大的空间。

俞韵虽说越发好奇,却也只能等中午再问谢瑾,于是等怀揣心事走近了,她才觉得这个女孩有些眼熟,却又想不起在哪里见过。

"俞韵姐姐。"

女孩见她走到身前,第二次叫她,声音却比刚刚多了些甜。

"我叫魏令仪,会一直陪着你的,你有什么事都能来找我。"

俞韵朝对方友善地笑了笑,而后指尖轻推着她,一起离开了同学们方便围观的区域。

倒不是她高冷,只是不知道怎么接这话,也不想在众人面前把女生和自己划归同个阵营,给别人徒增麻烦。

幸好魏令仪得了指令,早知道俞韵慢热又敏感,所以根本不需要她接什么,自己就能一直聊下去。

"我读高一,教室在你们楼下这层,课间我都会上来找你玩。

"我没来的时候,不要自己单独去其他地方哦。

"不用怜惜我这朵娇花,我超级厉害,连谢老板都害怕。

"收了钱的,而且是工资加奖金,所以随叫随到,不用白不用哈。

"谢老板说了,他不在的时候,我要让你保持心情愉快。

"除了不能离开你去跑腿买东西,你让我干什么都行。方便的话,麻烦美女给个五星好评。"

女生认真地碎碎念,俞韵有些愣神。

她想起自己也曾有过一些朋友,后来随着升学,各奔东西少了联系。不擅于维持亲密关系的她,已经很久没有这种女孩子间悄悄话般的交流了。

有了谢瑾担保的信任,一时间,俞韵对魏令仪的喜欢几乎达到了爆灯的程度。

认真观察了几分钟,她想起来了。

有次在楼梯上，俞韵被人推了一把，虽然每天爬楼她都会防备这种事，但也难免重心不稳跟跄一下。

当时就是面前这人瞬间伸手把她捞了回来，还挤到了她背后去盯着。可等下了楼梯，她想说句谢谢，这人又窜没影了。

找到了熟悉感的来源，俞韵心里的灯已经爆了二十盏。

她想搭魏令仪的肩，却发现自己比她矮了半个头，不由得估算一下，魏令仪可能超过了一米八。

和魏令仪站一起，俞韵居然显得有点娇小可人。

这个保镖果然选得不错，让人安全感满满。

俞韵甩开脑子里的吐槽，不服输地抬起胳膊，搭着魏令仪的肩——准确来说，应该算是挂着。

"虽然但是，不论情势如何，不可以动手。还有那天在楼梯上，谢谢你拽住我。"

"好的，姐姐。但你对我来说有点矮，放下来吧，别努力了。"

说着，魏令仪顺势拍了两下那只压住她脖子的胳膊，改为自己对俞韵勾肩搭背，这导致后者尴尬得脚趾在鞋子里疯狂蜷缩。

女生的友谊很纯粹，自此，两人很快熟络起来。

大课间时，俞韵去到语文老师的独立办公室，魏令仪就站在办公室外的走廊上偷偷玩手机，顺便和他聊聊俞韵在学校的日常。

"林老师。"

"小俞啊，先别管那个卷子，快过来，跟你说个好事儿。"

刚关上门，林老师的开心就浮现在脸上，几乎带动着俞韵也笑出来。

"刚刚李校长打电话来，说本部的特招班今年决定扩招，其中两个名额给了文学赛。

"除开本部不算，在所有二部学生里，只要能拿到比赛的前两名，就算有效的特长成绩。

"拿了名次的人再在本学期期末考进前两百名，就能特招升去本部了！"

结合谢瑾提前知晓、在路上意有所指的询问，这段话带来的信息量太大，让俞韵的大脑有些过载，说不出话来。

"所以你一定要报名，俞韵，这是属于你的机会。"林老师手里拿着其他地区的赛事考卷，语气坚定而激动，仿佛已经能预见最终的结果，"你不属于二部，你应该去更好的地方。"

十几分钟后，俞韵拿着一沓临时加码的集锦题走出办公室。

魏令仪瞧她眼眶红红的，以为是被训了，可安慰的话都到嘴边了，突然又看到她开始无声地笑起来。

俞韵就这么从无声的笑再到笑出声，转而呜咽了一会儿，如同获得了什么解脱。

她靠着墙壁，以手覆面，魏令仪只看到那些顺着下颌滴落的泪。

2

上午的课程总是显得无比漫长，每天都会有因为太困而站起来的学生。他们中有些是为了学习，有些只是担心被点名站起来太丢脸罢了。

最后一节是数学课，体育委员作为后者，困倦地站在位置上。

因为个子太高挡黑板，他被同学赶到了教室后方，百无聊赖之际，无意间透过门上的玻璃看到了赵磊成。

老师讲着卷子写着板书，教室里那些眼睛却都在偷看俞韵。

由体育委员开始，几句小声的"赵磊成在后门"口口相传。俞韵听到，心里"咯噔"一下，叹了口气，不明白这事儿怎么还没完。

赵磊成的背景还是个谜，谢瑾的情况俞韵又尚不清楚，她担心谢瑾放学来得太早，会独自遇上对方。

可下课铃不够懂事，准时响起。

俞韵犹豫了。

她记得魏令仪的话，更相信谢瑾，一时间不知道现在该不该出去。

想看热闹的人太多，她不动，他们也不动，二部居然久违地出现了学生放学不走做卷子的情况。

"俞韵同学，不好意思打扰了，方便出来一下吗？"

赵磊成站在开着的后门附近，但不露面，只有声音传进教室。

这话说得礼貌，俞韵却不知他葫芦里卖的什么药。

她下巴微抬，侧目，没什么表情，依旧按往常的习惯不答话，只有手中的笔转了两下被扔在桌上，让人察觉出她有些不耐烦。

她起身要出去，走廊上突然有些拥挤，瞬间出现许多做完了试卷，正蜂拥而出的"热心群众"。

俞韵因为没有手机，也就不知道论坛和班级群里的猜测与讨论，如今看见赵磊成的这一刻，她比在场观众们惊讶得多。

对方脸上花里胡哨，又带着明显的讨好，越发显得刻意而丑陋。

她挑眉打量着，这态度看在他人眼里有些狂妄。

其实俞韵只是在想,之前只听谢瑾说要保护自己,倒是没想到他能力可以至此。

但俞韵对施暴者的忏悔没什么兴趣,于是淡然得仿佛知晓经过,继续一言不发。

"我们去找个……"

"谢老板交代了,你就在这儿说吧,不用找僻静地方。"

魏令仪早已经上楼来,看着刚从球场解散还穿着队服的男生,不带半点诧异地截了他的话,拿起手机读着上级的指令。

大概是没想到有这一手,赵磊成一下变了脸色,随即又迅速下了决心。

"俞韵同学,对不起。"

他了解裴安,以那人的性情,没必要替谁撒谎演戏撑场面。

而更何况谢瑾提到的那件事,学校里没人知道。他周末专门问过朋友,几个当事人和谢瑾都没有过联系,却都被先后威胁要报警。

换句话讲,他踢到那块隐藏的钢板了。

心里带着这种顾虑,赵磊成也就不在意这点面子了,他顶着走廊里投过来的无数视线,直接朝俞韵深深一鞠躬。

"周五晚自习的事情给你造成了很不好的影响,是我的错,希望你能原谅我,以后我不会再来打扰了。"

俞韵侧了侧身,表情玩味,没受这一礼。

可赵磊成直接长躬不起,周围人神色各异,大有一副逼她原谅的架势。

随着她"呵"的一声轻噱,某人从楼梯的拐角处快步走来。

窃窃私语声不断,赵磊成无端浑身疼,暗自往一旁挪了挪。

"走了。"

谢瑾讲话总是带着不同程度的气声,这点和俞韵相同。

但不同的是,他习惯随意又干脆地结束,与开口时的柔和相应,听起来却是缱绻的,令人似是受到蛊惑般,不得不答应。

他面容干干净净,本部的夏季校服里套着纯白长袖,只有手背骨节的一点红展露在外面,和赵磊成对比鲜明。

谁都知道这情形是怎么来的。

可他自始至终看也不看赵磊成,让对方挪开的动作变得有些多余和怯懦,又莫名有种同时向周围人施压的俯视感。

"嗯,避重就轻的道歉。"俞韵说完,紧接着低头看向赵磊成,"但没关系,我收了。"

她手刚好垂在赵磊成面前，两指虚虚轻抬，做了个"起"的手势。

除了抑扬顿挫的语调，这话里既没有愤怒，也没有激动。

不等赵磊成再次道歉，她已经转身离开，周围人群略显拥挤，侧身通过时，动作熟练得没有挨到任何人。

看过了故事的结尾，走廊里的学生们终于散开。

魏令仪识趣地跟着人群离去，而俞韵随着谢瑾下楼时，还在自己的世界里思考着他究竟是怎么回事。

自见到第一面起，俞韵就认出了谢瑾，因此根据夏训营的事情和那天带她去的房子来看，她早知道谢瑾大概不与父母的任何一方共同生活。

那他是曾经遇到什么事情，走偏了吗？

"谢瑾，我们找个安静些的地方吧。"她此刻有太多的疑惑。

闻言，谢瑾歪了下头，好像听见了什么傻话。

他撑起手中的伞，给皱着眉头的俞韵挡住了已经越发刺眼的阳光。

"我也不想在热闹的环境里听你讲，"他在伞下凑近她，语气认真，眼睛发亮，"讲你记得我什么。"

俞韵慌忙扭头看向路边的树，懊恼自己这个平日里冷静到有些自闭的人居然在短短几天内频繁被撩动心弦，半点不复从前对人的生硬态度。

谢瑾先发制人，神色坦然却带着坏笑。

他那眼神如同洞悉了一点隐在深处的小心思，让俞韵本来想好的托词化作丝丝缕缕的慌张。

学校附近没有太多选择，今天又必定有太多话要说，跑远了反而浪费时间，好在谢瑾上午订好了包间，在俞韵犹豫着想不出吃什么时，他带她直奔烤鸭店。

这家店总是人很多，要提前预约，但谢瑾初来乍到，不一定了解这个城市的方方面面，然而俞韵刚想提醒他，就听他对门口的侍应生报出了手机尾号，顺利领着她上楼。

当俞韵把菜单推回给谢瑾时，他半点都不惊讶。

夏训营不到两个月的时间里，俞韵总在食堂门口犯选择困难症。

谢瑾总是最后一个去食堂，每每路过她身边时，鼻腔里都是她独特的味道。

最初，他烦得想替这烦人精选择。

后来逐渐地，他总在她身后望一会儿那些各不相同的窗口，等她选好了，再去盛和她一样的东西。

谢瑾在那一个多月里都以为是自己懒得去想每天吃什么，却在快要分离时恍然惊觉自己只是吃她喜欢的东西时才会感到愉悦。

大脑替他做出了选择，记住了那些日子里她喜欢的一切。

"准备很充分嘛，小伙子，还预约了。"

"嗯，蓄谋已久。"

谢瑾被俞韵的声音从回忆中唤醒，说话时故意把那些没来得及倾诉的感情都放在了最后四个字里，咬字轻缓又珍重。

旋即，他貌似漫不经心"啊"了一声，抬眸从菜单上方望过来，和俞韵对视，意味深长地轻声道："我可不是说的烤鸭。"

说起来，俞韵其实很会回话，但谢瑾的遣词造句总是语意不明，让她错过装傻充愣的机会。

有些话题过了时机就不好再继续，只剩下保持沉默一个选项。

"要一只整鸭，再加一份黄瓜拌拉皮。"谢瑾看向这个时而勇气十足、时而尿成鸵鸟的所谓"校霸"，笑道，"我记得你爱吃。"

"嗯，但是我们要半只就可以，他们家的烤鸭跟总店一个规格，个头太大。"

他知道俞韵说的是对的，另一边侍应生也适时附和，同样建议他选半只。

但谢瑾合上菜单，递回给侍应生，礼貌又坚定地说："不用了，就要一整只，吃不完我打包，谢谢。"

回头对上俞韵疑惑的脸，他说大抵是被大家称作占有欲的东西在作祟，太贪心，什么都想要全部。

谢瑾半开玩笑地讲着，却在暗自留意俞韵的反应。可眼前人耸耸肩没什么表示，他反而觉得对方始终挂着笑像是已经看透了他。

包厢门被带上，他往上挽了挽袖子，刚想说点什么又忽而停顿，状似不经意地顺手拂了下去。

"你说……记得我？"

"嗯，但还是先说你吧，赵磊成这种人居然会怕你？"

俞韵应该没看到他的小动作，表情揶揄着把皮球踢回他这边。

"谢同学，老实交代，难道你在什么奇怪的社会组织任职吗？"

听她换着花样的调侃，谢瑾笑了笑，多少有些无奈。

他一贯习惯开口时主导交流，却又在面对俞韵时，总是心甘情愿被她的节奏带着走。

"没有，你放心。"他仔细给她烫着餐具。

"魏令仪的表哥是我的篮球教练，本部武术特训的裴安是裴诗青的弟弟，他们姐弟俩是本部李校长的孩子，我刚来这里的时候就住在李阿姨家，以上是人物关系。

"裴安在他们队里听说有人撞见过赵磊成的一些事情，借着丢了东西的名义拷贝了监控，还找到了证人。所以周六我去找赵磊成打球的时候，那件事就成了确保他不会再招惹你的理由，也是他今天来道歉最主要的原因。

"二部篮球校队的队长陈白是我室友陈墨的哥哥，当时他在现场拦住了同队的人，让我能和赵磊成打一场对抗赛。

"本来说好了，裴安最后出现，我表现一下和他关系亲近就可以了，但……简而言之，他演戏上瘾，给我立了个家庭背景成谜的人设。不过，这样刚好一劳永逸，免得毕了业再有后续。

"你听过了，就当没有这事，毕竟这人设要崩很简单，因为事实上我除了钱，其实什么都没有。"

俞韵安静地听着他讲，想吐槽谢瑾这是 Buff（增益）叠满了。

可到最后听到他那些感叹，这话就说不出口了。

从前的事她了解一些，所以想得到谢瑾这一路走来也许并不容易。他必须懂得利用身边的每个附加值，才能活得像个有家的孩子，这是别人没有任何立场去嘲笑的。

"放松点儿，最容易崩的人设往往立得最稳，你要相信自己的演技，更何况你这种本来就半真半假的人设。"

"哦？那你还真是了解我不少。"

烤鸭上桌比预想的快，侍应生进屋之后，两人就都没再说话。

直到包厢门再次被带上，俞韵想不出还要说点什么安慰的话，谢瑾却已经卷了个形状规规矩矩的烤鸭卷饼递过来。

"该你了，俞同学，你记得什么？"

大致知悉了今天的故事梗概，她本也是打算转移话题的，但总有些不好意思说。此刻谢瑾这么一催促，她突然更不好意思说清楚了。

"初三毕业那年你和我见过。

"夏训营里作品互评，我给了你一瓶可乐。

"你刚转学的时候来过二部，站在办公楼门口。

"我陪着高三的那几个人去看过你，远远地，当时我已经认出你了。

"还有……天台上……我也没想过会遇见你，那里，从前一直都是我的秘密基地。

"虽然我只是想散散心,但还是谢谢你在那一刻让我感受到了善意。

"说出来你可能不信,在你出现之前,我觉得不会有人在意我,更不会在意我究竟为什么会出现在那里。"

俞韵摆出努力回想的样子,忽略掉最重要的,而后故意前言不搭后语地说完这些明明无须思考的内容。

为了躲避灼热的视线,她低头咬了一口卷得仿佛得了强迫症般整齐的烤鸭卷饼。

肉、酱和配菜的比例恰到好处,好吃得有点过分,她眼睛缓缓睁大,激动到给谢瑾竖了个大拇指。

于是后来这一顿饭的时间里,俞韵手边的盘子里总放着一个新的烤鸭卷饼。它们和某人如出一辙,都以最完美的姿态等待着她的青睐。

两个人吃得差不多了,俞韵猝不及防地伸手,直接拽住了谢瑾的袖口。

"以为我没看见是吗?给我看看你的胳膊。"

从相遇到现在,都是谢瑾去拽她的袖口,此时猛然反过来,但被抓包的当事人一点也不愿顺从。

可他不会甩开,不会挣脱,因为从很久以前开始,这世界上就只有俞韵离开谢瑾的份儿了。

3

袖子被谢瑾无奈地向上拉起,映在俞韵眼里的,是青青紫紫几片伤痕。

这人白得与她不相上下,连汗毛的颜色都浅,映衬着手臂内侧的伤痕更明显。

毕竟赵磊成是专业球员,个头和谢瑾差不多,体重却更重,训练强度也更大。

他在基本没有规则的对抗赛里输给谢瑾,面子必然挂不住,因此脏球的动作绝不会少,所以谢瑾要是半点儿彩都不挂,未免过于夸张。能在不同量级的比赛中赢得漂亮,就已经很好了。

俞韵想得通这一点,也看得出这是防守导致的,可心里就是说不出的难受,稍微动脑也能意识到这只是手臂上的伤……她手指动了动,想要去掀谢瑾的衣摆,又碍于礼貌放弃。

她在繁杂汹涌的情绪中无奈低头,试图忍住快要溢出眼眶的泪,明明藏不好情绪,还总以为自己能伪装得很成功。

谢瑾眼睛微弯注视着俞韵，随后轻轻摩挲几下指尖的衣料，就像是某种无声的安慰。

可俞韵垂眸不看他，本就承载不住的眼泪也因此滑落。谢瑾不复冷静，慌忙单手翻出袖口里衬，轻柔细致地拭去她的泪。

"俞同学，小哭包。"他摸摸俞韵的头顶，等她平复心情。

温柔缱绻的声线离俞韵也就寸许的距离，却似乎气息都浮在耳边，而看见对方侧脸时近在咫尺的鼻尖，她控制不住的心跳一下比一下急促。

好在匆忙转身深呼吸过后，一时间竟也没了那不知多少种情绪混合在一起的心绪。

由着她匆忙躲开自己，谢瑾双臂抱在胸前，懒懒向后靠上椅背，低头，用弯曲的食指抵了抵鼻尖。

手腕上感到了一点湿润，他愣怔间才反应过来，那是俞韵的泪沾染在了他的衣袖上。

他的指尖彻底将袖口按在手腕的脉搏上，无理由地想用这儿去暖干它。

"礼尚往来，我要你直接告诉我，你伤在哪儿。"

谢瑾适时抛出问题，让俞韵用来缓解心跳过速的喝水声戛然而止。她望着杯子，慢慢眨了两下眼。

这短暂的几秒里，她在挣扎着要不要善意地欺骗，但对方已经把这种想法猜得很透彻。

"俞同学，千方百计骗我……你舍得吗？"

谢瑾说得直接，侧过头不和俞韵对视。这话语里隐约有一丝嗔怪，让俞韵当真好好想了想自己骗过他什么。

"我也没骗过你啊，怎么就……"

"周六中午在校门口你说要去聚会，实际怎么样不用我说了吧？周六下午在客厅里你说自己只有挫伤，但我发现你的手一直覆盖在右肋骨的位置。"

看到她开始皱眉烦躁，谢瑾叹了口气，手臂搭在椅背上，轻点了两下她的肩膀，随手把她散落的碎发拢回耳后，指尖顺着她耳鬓的方向滑至颈后。

谢瑾封了她的退路，又循循善诱。

"我知道刚开始很难，但希望你学会相信，你值得被珍惜，或者，慢慢开始学着信任我。

"慢慢来，别担心，我有足够的耐心。"

低如呢喃的气息拂过俞韵，灼热中充满克制。他缓慢倾身，低头再次观察她的表情，留足了时间等待被拒绝。

俞韵因为紧张而睫毛微颤，但她一动不动。

轻笑过后，谢瑾忽然放手，在下一秒迅速撤回身："如果有天我靠近你，你可以呼吸。"

被打趣提醒，俞韵才惊觉自己在屏息。不动声色地恢复了匀速呼吸，她又学着谢瑾的样子微微歪头看他，不过这次，愣是看出了你奈我何的气势。

"没关系。"

她也抬手点了点谢瑾的肩，又拽拽他垂在耳边的发丝，依样将手滑至他颈后，迫使谢瑾朝自己的方向看过来，带着狡黠的笑，抬眸直视他。

"我肺活量五千五。"

不等继续辩论，俞韵又对自己的发挥不满意，改为站起来反问："PUA谁呢？以我们相识的时间长短来衡量，明显是你的耐心还不够，你呀你……"

俞韵支着桌子，谢瑾只好仰着脸，但眼神中难得出现了无辜这种情绪。

他不知怎么回答，又被她刻意拿捏的腔调引得发笑，于是干脆一言不发。他抿唇站起来，想要去结账，却不想压到了桌边她来不及缩回去的手。

在俞韵错愕的眼神里，他也愣住了。这件夏季校服里面还套着一件长袖衫，然而奈何抵不过沟壑明显的腹肌。

可俞韵意识到后，收回手时，甚至摇摇头轻"啧"了一声。

谢瑾一时间居然有些慌。

"这位小朋友。"

俞韵用着几年前的那句称呼喊他，却笑得模式化。她坐下后倚时，手重新搁在桌子边沿，以恍若洞悉一切的眼神仰头看他，十几秒都不曾继续讲下去。

谢瑾慌得很，甚至已经在心里给自己列好了加练的动作。

"比起你小心翼翼隐藏起性格里的锋芒，我更喜欢你不经意流露出真实的样子。

"就像你想让我信任你一样，不用怕我会被你吓到。

"我才不是温室里的娇花，或许凌厉的锋芒能够刺破所有的伪装，触碰到你真实而柔软的灵魂。"

短短的几十秒，谢瑾像是在坐过山车。他看着她装模作样地揩了揩人中，仿佛是确认没有鼻血后，才长长呼出了一口气。

俞韵憋笑憋得嘴都紧紧闭着，偷偷瞄过去一眼，发现他依旧站在那里，眼底带笑望过来，无奈又宠溺。

她终于忍不住，放声大笑。

她毫无防备，很松弛，谢瑾有许久没见过她这个样子了。

在这种氛围里，他想起去李阿姨家吃过饭私下聊天时，裴诗青给出的建议："找个周末带俞韵去做个检查，看要不要开些药，让她按时吃着稳定情绪。"

当时谢瑾不置可否，并不确定俞韵能否不借助药物治疗。

然而现下，他倒是真的有勇气说"不"了。

药物多多少少会影响俞韵的思维敏捷度，这对于一个在写作上极度自信的人来说，必然是个不小的打击。

何况副作用不止这一点。一旦开始服药，想要停药也会面临戒断反应，在现有环境下，俞韵反复的情况只会超出预想。

所以他想治愈她，甚至心甘情愿地成为俞韵的药。

毕竟他没有损伤身体的副作用，不会让人直接变得无悲无喜。

而且倘若有天俞韵要停"药"，戒断反应能够只由他来承受。

他一边卑微地做着最坏的假设，一边又无比坚信自己可以拽她逃离情绪地狱。

瑾鱼：姐，我还是想试试，我觉得我行。

知道午休时间裴诗青手机会静音，所以发完消息，谢瑾就锁了屏幕，他抬起眼，和俞韵目光相接。

对方显然没想到他这么快抬头，下意识转移视线，反应过来后又再次用"你奈我何"的眼神盯他。

"那俞同学是想使美人计呢，还是乖乖地说？"他不追问原因，将手机收回兜里，笑意骤减，"伤在哪儿？"

"不用威逼利诱，我全盘招供。那天我胳膊和右侧的肋骨被打到了，左膝盖扭了下，后来摔在讲台边还拉伤了脖子，所以晚上的时候怎么躺都疼。"

俞韵那些在当时因为没有倾诉对象无法宣之于口的委屈，在这一刻延迟传达到谢瑾的耳朵里。

可俞韵说着又扯起袖子，想让他看清楚自己的胳膊上只有两处淡淡的青色。

"但我本身还算会躲，今天已经好了很多，你也看到了。所以放轻松，好吗？"

以往都是谢瑾问这句"好吗"，今天反过来被问，他无论心里多么气，也依旧说不出拒绝。

"好。"他的声音低出了画面感,好像纠结都获得实体浮于空气里,"我问你个问题。

"如果我去找那三个女生讨要说法,你会讨厌我吗?"

"不会,"俞韵都没思考,直接给出了答案,"但我并不希望你去找她们。你已经帮我解决了最大的问题,至于小问题吧……我毕竟也有点生气,需要找几个人吵吵架去。"

的确如此,谢瑾差点忘了,之所以俞韵这次只能忍着被欺负,是因为据说背景复杂的赵磊成。如果当初没有这个所谓的"哥哥"在旁边,那三个人大概率也讨不到好处。

俞韵在传闻里是个太妹,但他知道,她只是个敢爱敢恨的小霸王。

"好,还有,这个周末我带你去七院确诊,把时间留给我。"

"去不了,我爸妈不会放我出门的,你不是知道?"

"嗯好,那说定了,就明天中午吧。"

俞韵满心疑惑,没明白自己错过了什么。

但既然是去确诊心理问题,她也就没再反驳,默认了这个安排。

不知道为什么,最近几天她的求救冲动突然变得很强,强到昨天把剩余的压岁钱汇总起来算算够不够去医院。

回到家就会被严加看管,所以她原本就必须选择某个午休的时间去,还要把病历交给谢瑾保管。

如果她拿回家,父母又将会掀起一场惊涛骇浪。

她抵得住同学的恶意,却不一定撑得过家庭的重压。

"特招班上次扩招是三年前的事情了,后来因为专业差距大不好管理,就不再接收除了武术和戏曲的特长生了。

"刚好现在最适合我的办法就是转校,刚好分管学生事务的李校长是你阿姨,刚好你早上言语间是在问我愿不愿意去,而不是我去不去得了。

"谢瑾,我惨淡的高中生涯告诉我,没那么多巧合的事情,对吗?"

大部分不回家吃饭的学生都是买饭到教室去吃,这是常态,并不稀奇,所以实际上俞韵和谢瑾都可以回教室休息,可坐在包厢里聊着天,两人谁也没提起回去的事,像是从来不知道有这种操作一样,一起消磨着这种难得安逸的时光。

"你不必想太多,或许那些你眼中的巧合是命运在未来给你备下的厚礼。

"高中最后一年,再难熬,都有我陪你。

"你如果能进本部,因为课程进度不一样,不会在特招班,而是直接来普通文科班上课,你想走专业或者文化课都可以再商量。

"但有一点你误会了,我更倾向于问你愿不愿意去而不是去不去得了,只是因为我相信你的实力。

"文学赛公开透明,我只能争取来机会,不过我相信,以你的实力,前两名不是问题。"

自俞韵提起这个话题后,两人就一直坦诚对视着,眼神不躲不闪,没有矫情的推拒,也没有过分激昂的情绪,却又在最后沉默几秒一同笑起来。

"真的谢谢你,谢同学。"

"俞同学客气。"

包厢里放的是小圆桌,谢瑾落座在俞韵手边,此刻只需要侧一侧身就能毫无阻碍地看见她。

"两个文学赛,你说,我们是棋逢对手,还是势均力敌?"

他转身朝向她,膝盖顶着她的椅子边,低头抬眸间让自己的神态更加具有引导性,嘴角挂着几分忍不住的笑。

"你先打败你们本部上届的第一吧,他诗词积累量多得过分,那是你的弱项。

"还有,以色侍人,色衰而爱弛。"触及荣誉之战,俞韵直接翻脸不认人。

瞧瞧,瞧瞧,他不过只是多说了几句,这人就这般模样,同他好一阵歹一阵的,他要是信了这玩笑话,怕是要哭断肠了。

满心凄凉的"谢黛玉"把一条腿伸直,侧身支着头抵在椅子上,平静微笑着看俞韵,脑子里的思维却在发癫。

奈何这人怼不得,就算恶狠狠地盯一盯,还生怕吓到她。

说好的外貌协会呢?怎么不讲道理呢?是他还不配吗?

有生以来,他第一次被气得嘴都歪了。

哪怕俞韵笑够了还又夸了他几句想找补,但毕竟他就为了这点能吸引她的外表白天黑夜地努力了那么许久,所以走出包厢时,他还有点委屈。

4

"俞韵,给我出来。"

下午的课已经开始,但因为请了假而姗姗来迟的班主任显然了解了新事件,正站在敞开的教室门旁,点名指着教室后排的俞韵。

正在讲课的历史老师思路被打断,并不清楚发生了什么,但俞韵作为平常事情最多的孩子,想必是又出现了情况,所以她挥了挥手中的卷子,示意俞韵可以出去。

历史老师提高了音量讲课，试图把学生们的注意力拉回课堂。而俞韵尽量小声，先轻轻挪开椅子才起身，走出教室时，还顺手带上了门。

历史老师讲着内容，目光随着俞韵的举动移动，怎么也想不通这个看起来很正常的学生，为什么在教学组办公室被说得一无是处。

走廊里还站着一位热心路人，以及周千雪。

热心路人是赵磊成的堂妹陆曼乐，周千雪则是成绩优秀的好学生。

想必添油加醋的告状，这两位一句没少，因此班主任看过来的眼神除了愤怒，还充满了不解。

"秦老师，什么事儿？"

秦老师虽然个子不高，但是盯着俞韵时很有长辈的架势。这种眼神让人压抑不舒服，但俞韵也只剩下无奈与疲惫。

今天可能有暴雨，她脚踝旧伤疼得厉害，刚好身后几厘米处就是墙，她便下意识靠了上去。

"你就不能消停一会儿？上次的事情我解决了，结果你又主动去招惹赵磊成？"

"我没有，是……"

"我也知道赵磊成做得不对，但已经教育过他了，得饶人处且饶人，你这样不依不饶，老师还要替你维护班级之间的和谐。"

秦老师最初声音压得很低，后来逐渐难以抑制地抬高了语调，在俞韵试图解释时，气得不容辩驳地打断。

"我堂哥本来没有恶意的，还想给她送礼物示好，结果她直接给踢走了，我们气不过，这才有了点小冲突。"

陆曼乐如同叙述一个已知的合理事实，却每一句都在撒谎。

"示好？"俞韵挑眉反问，"怎么，美工刀也能叫礼物？周五晚自习……"

"我已经说了很多遍了，周五的事情解决了，你好好改正上周测验的错误，结果你现在还提！"

气氛逐渐焦灼起来，俞韵还没能完整表达自己的想法，就在不断被指责，而赵磊成的堂妹适时开始表演，这也将秦老师的火气推向了顶峰。

"我们知道俞韵的家境和我们相比很一般，才想要给她送一些日常用品。她说的话再难听，我们也都认了这个委屈。"

"别演了，莫名其妙被欺负的是我，被你指着鼻子骂的也是我。"俞韵忽而鼻子一酸，却只能生生逼自己忍住，昂着头看向秦老师，"为什么现在对方都认错道歉了，被抓着不放的还是我？"

"小点声！这里是教室，不是你们吵架的地方！"

没有尖厉的嗓音，也没有高昂的气势，俞韵只有不解的无奈和掷地有声的质问，掺杂着许多愤怒和无力。

然而眼看着周边几个教室的门被任课老师一扇扇关上，秦老师连忙喝止，打断了她的话。

"老师您消消气，这事儿也不能全怪俞韵，毕竟上次您去解决的时候，赵磊成没有公开道歉，不太符合俞韵的想法。"

刚刚一直没开口的看客周千雪发表了所谓的劝告，也正是这些看似中立实则偏帮的话语，成了压死骆驼的最后一根稻草。

"根本就不是这样子的，秦老师，你能不能也听听我说的话？今天他来道歉是因为……"

俞韵气得浑身发抖，无法抑制音量。

秦老师被她的大喊吓了一跳，周千雪也猛然一颤，眼眶红红的，眼看着就要掉泪。

她怯生生地退了半步："秦老师……"

"你看看自己，大呼小叫的，像个什么样子？"

其实俞韵语速很快，但很可惜，秦老师还是没让她说完。

一旁的陆曼乐还在说话，柔弱的声音惹人怜爱。

俞韵双眼通红，胃也疼得厉害。

不知为何，她突然平静了，一句话都不想再说，只是靠墙借力，撑着最后那点无人在意只能安慰她自己的傲气。

"老师，我堂哥已经知道错了，以后也会好好对待同学，希望俞韵还能再给我们一次机会。"

陆曼乐在高三是有名的好学生，如今事情接近尾声，对方认错态度又好，连秦老师的气都消了一半。

本就是学生间推推搡搡的小事，大事化小、小事化了，秦老师一向觉得同学之间哪里有什么过不去的矛盾。更何况，在她眼中，周千雪是个好学生，就算有些事做得不对，也是无心之失，既然周千雪已经道歉，俞韵理所当然就应该原谅。

她根本不会想到周千雪的话中隐瞒了许多更为重要的事实，只觉得紧抓着公开道歉的俞韵有些咄咄逼人了。

"听到没有！你也学学这种宽容！别人道歉了，要以德报怨，这对你以后在社会上也有好处，明白吗？"

秦老师的话忽远忽近，旁人颠倒黑白的话语一句比一句戳心。

过往诸如此类的回忆顺着思维无序蔓延，那些一次次被推下深渊的狼狈和绝望，在俞韵心头快速重演。像个无知孩子般，在尚且抱有希望的时光里，她进行过很多次关于自己错在哪里的可笑思索。

父母激励她说，老师只喜欢好学生。可直到考进年级中上游，又拿了上届校级文学赛的第一，她还是极端偏科。

每两个班就会有一间教学组办公室，这一天里有课的老师都会在这个临时办公室休息。

学生们经常会凑在办公室外的露台上闲聊，于是渐渐地，其他任课老师看她的眼神也变得复杂起来。

她期待着换个环境会好一些，高二分班时，她毫无意外地选择了文科。

然而开学时张贴在学校门口的表格上写着她还在原先的班里，和那些学生继续相看两厌。她企图和秦老师沟通解决问题，却总是不被略显古板的思维理解。

许久之后，一班的老师无意间说起，秦老师是专门把俞韵选走的，说担心其他老师管不了俞韵，会让她在弯路上越走越远，不好好学习。俞韵在那一刻才惊觉自己是只被束缚的鸟，怎么也飞不出被误解的命运。

从盲目听从到彻底看破那些虚假，她已经试过很多种可能，如今也只剩下伶牙俐齿可以保护自己。

过度的悲伤和愤怒都容易被挑拨，俞韵本就心理问题严重，此刻更是不受控地无法冷静。

往昔的负面情绪太多，她并不能很好地控制——毕竟这一年的俞韵只有十七岁。

"别没礼貌，你和陆曼乐握个手，就当原谅了，好吗？"

周千雪是个很敏感的人，她观察到俞韵的反常，于是适时凑过来，假模假式地劝导。

可俞韵胃疼到抽搐，皱着眉靠墙，没有力气动弹。

"你这是个什么态度？这就是你对待老师、对待同学的态度？"

或许是先入为主的印象让秦老师对俞韵有些不满，同样是学生，成绩好的乖乖巧巧主动认错，而俞韵才一个学期就惹了这么多事，现在人家站在她面前，她倒好，连手都不动一下！

安排陆曼乐先回去上课，秦老师打算再教育几句俞韵，让这件事尽快过去。

可这个空当里,俞韵挣脱开周千雪不由分说拽自己的手,以不常有的神情歪着头盯住她,让后者心里有些发毛。

"从高一到现在,请问我有哪里冒犯过你们吗?

"或者你和现在坐在教室里的那些人有一个算一个,我有哪里得罪过你们吗?

"受害者有罪论,对我附加各种莫名其妙的罪状,你大可以问问自己,你们配做人吗?"

除了去上体育课的两个班,这层楼左侧还有两个班正在上课。此时的历史老师和一班的老师小心翼翼地探出头来,想说要不你们还是去办公室聊吧,却看见方才发问的学生正抖得厉害。

俞韵背抵着墙壁,缓缓低头,却又站得笔直。

她垂在身侧的指尖颤抖得不受控制,觉得周围的空气黏稠浑浊,而自己压抑且窒息,又有满腔恨意。

"施暴者被偏袒,只因为当事人是我吗?"

她声音不复激动,抑或是压抑着激动,语调闷闷的,冷静得几乎让所有人都以为局势稳定下来了。

然而下一秒,她抬头带着满脸泪水,声嘶力竭地质问:

"所以为什么是我?为什么是我!

"我想安安静静地读书怎么就这么难?

"你们到底讨厌我什么,倒是说清楚啊!"

激烈的情绪发泄会让人不敢靠近,但实际上俞韵已经脱力。

她不知道自己怎么了,头重脚轻,仿佛呼吸不到氧气,只能继续倚着背后的墙。

同学们纷纷交头接耳讨论着俞韵是不是疯了,老师们则很快反应过来。

一班的老师皱眉,上下打量了俞韵几秒,"砰"的一声关上了门,大概是没见过这种情绪失控的学生;历史老师则在短暂的愣怔后,慌忙抽了两张门口同学的纸巾,犹豫着要不要过去。

然而就在历史老师走过来之前,周千雪侧着上半身,看了眼俞韵靠墙的背,而后凑近她,用只有两个人能听见的声音道:"俞韵,你说在古代,什么人才会倚门靠墙?"

秦老师不知道周千雪面色和煦地说了什么,只看到俞韵剧烈地呼吸,身侧的手掌握拳又松开。

担心演变成暴力事件,历史老师快走两步扶住了俞韵,跟秦老师眼神交流过后,想带她去办公室调整一下情绪再说清楚。

"看来你……很有经验啊。"

俞韵迈了几步又回头,神情讥讽,下一秒就被历史老师迅速半扶半带着离开了这处。

身后,传来周千雪气急败坏又没头没脑的一句大吼:"好啊,俞韵,你敢骂老师!"

俞韵无意陪着总是试图占据道德制高点的人演戏,于是绕过几条走廊,赶在下课前走进了一、三班共用的教学组办公室。

林老师正坐在窗边的角落里独自喝茶,看见被扶着的俞韵时,急得杯子都没放稳,忙站起来看她。

俞韵脸色煞白,谁也不看就坐在了一旁的椅子上。她胃疼得要命,冷汗一阵一阵地冒,但还是尽量忍着。

"哟,这是怎么了?"

伴随着下课铃,教导主任浑厚的声音从办公室门口传来,他的脚步声带来更沉重的压迫。

"曹主任,您瞧瞧吧,学生吵架呢,那边认错了,但这边死活不肯改。"

"这小丫头我看着眼熟,估计没少惹事儿。"曹主任笑了笑,"说说吧,走廊里刚才喊的那嗓子骂老师是怎么回事儿?"

俞韵按着胃部,微微发抖,跟周千雪同时开口,谁说的都没听清。

但林老师观察几秒,主动接了话茬,直接把事情摊开讲:"走廊里那是一面之词,我们不好判断,俞韵你再说说吧。"

毕竟本质上先入为主的成见远比事实更容易影响人的判断,把话语权给俞韵是林老师一时间能想到的最有效的保全之策。

哪怕最后定义为学生闹事,也好过变成师生矛盾。

"周五晚自习前,高三的赵磊成和高二的杨甜、齐梦璐、刘菲到我们班教室来,赵磊成把我拖拽出去,威胁我敢还手就打得更狠。我踢飞了美工刀算是还手,所以赵磊成动手打了我。

"但秦老师去高三班级和解了,晚自习她在班上说,双方都有错,各打五十大板谁也不用道歉。后来我气不过,去教务处找你,你说这件事已经结束了,为了高三的学习,确实不好再起波折。

"后来谢瑾在路边遇到我,看我难过安慰了几句。我把这事告诉他,没想到他很有正义感,去警告了赵磊成,让他来道歉,我也已经接受了。

但周千雪和高三的陆曼乐又找秦老师说我不依不饶,把我叫出去恶语相向。

"至于什么骂老师的话,我从没说过。如果周千雪非要泼这盆脏水,那就让她复述一下我是怎么说的,再让当时离她最近的陆曼乐复述一遍。"

后续周千雪磕磕绊绊讲的话,曹主任听得见,同样也落在历史老师耳朵里,她皱眉制止了想继续辩驳的俞韵,自己出言证明道:"周千雪,你是不是听错了?当时我站在你们俩对面,没看见俞韵能讲出这些语句的口型。"

林老师的手一直搭在俞韵的肩膀上,掌心传来的颤抖越发明显起来。

她低头观察看似镇定甚至带着点笑的俞韵,只觉得小姑娘的状态很不对劲,可又说不出究竟是哪儿有问题。

"周千雪算我看着长大的,这小孩儿只顾着学习,不会撒谎啊。"一班方才关门的老师刚走进办公室,不清楚情况,此刻收拾着教案,下意识接了个茬。

而周千雪有意烘托氛围,更是借着由头哭得上气不接下气,让场面一时间有些僵持。

曹主任做教导主任的年头不短了,处理事情一向是以安抚学生为主,对很多事情大事化小、小事化了,学校里打打闹闹谁也不会吃太大的亏。

虽然他不明白为什么俞韵怨气这么大,也不好在这件事上停任何人的课,便准备按照一贯的解决方法,双方都各自教育几句。

"行了,赵磊成的事儿解决了,就不要再追究了。其实学生对老师有不满可以理解,同学间聊天说岔了听错了也都很正常,不管怎么说,你们彼此好好道个歉,各自写个一百字的检讨,这事儿就这么算了。"

"凭什么?"俞韵沉声喃喃。

曹主任一愣:"嗯?你说什么?"

"我说,我没有做的事,凭什么道歉?"俞韵抬头看着周千雪,眼神里有轻蔑。

带着同样的讥讽,她看着远处的教室窗户,看向办公室外假装路过实则带着笑意看戏的学生们,突然想明白了。选择始终都有,只是结果大相径庭。除了在漫长的几个月里考进本部,她也可以直接退学。

说到底,可能天台上谢瑾伸来的手,她本就没资格握住。

然而,办公室门口突然安静,小声议论的学生们四散开来,她听到门锁转动的声音,那人跑步而来的喘息声里隐忍着怒意。

她下意识看向来人的手,无端想去摸一摸。

谢瑾却比她所想更快一步，径直走来，站在了她身前。

少年以保护者的姿态出现，逆光而立，连那道投在她脚边的影子都诠释着安全感和归属感。

他毫无惧意，漠然地质问着："到此为止了吧。"

5

这一天，教学组办公室空前热闹。

曹主任气得联系本部教务处老师，林老师则悄悄瞄着俞韵，看到她旁若无人地伸手碰了碰身前人的校服衣摆。

谢瑾很快背过手去回握住，骨节微动，是非常明显的安慰动作。

林老师掌心下感受到的颤抖逐渐变得微乎其微，就仿佛俞韵身上那些万钧重担似的负累，在上一秒被人悉数拿去。

周千雪与门口的学生们在一个方向，和谢瑾分立两端，形成了微妙的对峙。前者的愤怒溢于言表，而后者在这种氛围下保持着云淡风轻，居然无端生出几分俯视感。

"俞韵，之前秦老师也跟你说过，同学们怎么对你也都是为了帮助你变得更好，你怎么能这样想大家呢……"

"闭嘴，"谢瑾侧目垂眸，"别演了。"

他眼尾红得厉害，像是情绪起伏过后的余色。

周千雪被驳了话，用纸巾擦眼角的泪，正欲借题发挥，又被林老师一句"都闭嘴"截了回去。

谢瑾不知道这老师是谁，但进来时看她站在俞韵身边安慰，想来是比较明事理的人。

此刻听她冷着语气呵斥自己，言语间却又摆明了站在他们这边，谢瑾收敛性子低头，朝着她乖乖"嗯"了声。

本部的学生终归属于本部管，曹主任就算有再大的火气，也得等本部来了人才能好好说道。而谢瑾同样在等人，并不欲多说多谈。

这就导致这几分钟的场面格外僵持，办公室外假装路过的学生轰走一批又来一批。

焦急等待的本部教务处主任还没来，一个气质文雅又威势极强的女人突然走进了办公室。

诸位老师立刻起身迎上去，询问李校长怎么到访。一边的谢瑾不动声色，却总算是松了一口气。

"秦老师,关于二部赵磊成和俞韵这两个学生的矛盾,你讲一下你从你们班学生渠道得知的情况吧。"

李校长着手的点并不是谢瑾,而是赵磊成这件事的始末。

和曹主任一样,她选择先听班主任秦老师说,但问话的时候,措辞却明显区分了"事实"和"老师了解到的情况"。

"高三那个男学生在校篮球队,课都是分开上的,大家都不算了解他,但都知道俞韵和他有矛盾。俞韵吧,一直不太让老师们省心,跟成绩较差的学生互相打闹是常事,平常也有不少成绩好的学生来告状。

"同学说她爱招惹男孩儿,但她说是赵磊成莫名其妙来找麻烦的,我去问了,人家又说是她先找事儿。其实两边各说各有理,都不合规矩,谁对谁错很难界定。孩子们打打闹闹的,本质上不是什么大事儿,双方各教育几句也就没事儿了。

"谁知道这谢瑾又参与进来,跟人家打篮球赛,让赵磊成道歉。就因为比赛里受了点伤,赵磊成今天进省队的机会也吹了。他的家长都找到学校来了,我为了不影响孩子们学习,我们才想和俞韵和解。"

被点到名字的谢瑾眯起眼,以不可思议的表情一一反驳。

"晚自习前他把女生拖出去打,叫打闹?

"俞韵严重偏科还能有年级中上游的成绩,叫差生?

"明明是我找赵磊成打球、是我让他来给俞韵道歉,这分明是我惹的事儿,倒有人泼起脏水来了?"

他还想继续说下去,李校长却做了一个少安毋躁的手势。

她找了张办公椅坐下,明确摆出了今天一定要处理这件事的态度。

"把那个学生找来,我今天有时间处理这个事情。谢瑾你也别挡着了,让小姑娘过来跟我说说,来。"

指派了任务,李校长侧过身,朝俞韵招招手,神情有些柔和,还有些许无恶意的打量意味。

可被提到的时候,俞韵还沉浸在自己的混沌里。

先前与秦老师对峙的时候,俞韵还能努力保持冷静克制,将自己暴戾的情绪控制在一个合理的范围内,可现在,那根一直拉扯着自己敏感神经的弦,"砰"的一声,断了。

那些混乱的、灰暗的、朦胧的如同星云一般躁动的情绪在她的脑海中疯狂滋长蔓延,吞噬了所有的理智。

像是每次发病一样,耳鸣声"嗡嗡嗡"震得她太阳穴发疼。

躁动的情绪在脑海中发出如机器启动时的尖厉噪声，似乎正在吞噬着她的理智，身体仿佛失去了所有的自控力。

俞韵看见了李校长不断张开闭合的嘴，可她什么都听不到，轰鸣声仿佛将她关进了一个密闭的空壳中，将她与现实中的一切隔绝开来。

她指尖冰凉，冷汗溢出的刹那，她也似乎成为一个囚徒，被迫吞下了哑药，失去了辩驳的能力。

她沉默着，如同往常一样等待着早已习惯的误解，可谢瑾的目光环住了她。

俞韵听不见他说了些什么，只看见他开口后，围着她的人让开了些。

新鲜的空气注入了早已僵硬的身体，意识终于挣脱束缚，苏醒。

"要过去吗？"

谢瑾熟悉的声音冲破那被困住的如铁锈般的阴沉星云，将她带离了无边无际的绝望。

那声音让俞韵重新掌握了身体的主控权，只要她现在想要离开，谢瑾就会不顾一切地带她走。

但俞韵看着李校长望过来的和蔼眼神，虽说点了点头站起身来，心里却不怎么相信对方会理解自己。

再次复述整件事，俞韵去掉了发泄情绪的不必要语句。

她从神态到语气都超乎寻常的平静，是那种讲述旁人故事般的状态，又隐隐透着疯狂。

谢瑾听着看着，越发心揪。

旁人只能发觉俞韵不对劲，谢瑾却更清楚她的病根所在。

俞韵的病已经越来越严重了。

这种病发病的时间不定，也没有原因，但如果没有周千雪的事情，以俞韵的毅力，她一定会极力忍耐，至少不让自己在人前发病。

但这样的俞韵已经足够让他心疼。

听完整个事件的李校长多问了几个问题，比如她怎么看待老师对自己的评价。

当问及她在学校有没有被不公平对待过时，秦老师终于坐不住了。

"李校长，我是俞韵的班主任。这个孩子的话您得一分为二地听，她描述的事情总是和围观的大家表述不一致。我知道您不愿意让任何学生受委屈，但……"

"秦老师，其实我真的希望你能对我一分为二地听，可我解释的时候，这二分之一你都没听过。"

俞韵骤然开口，李校长没有阻拦，反而转回头来继续听她说，像是某种无声的认同。

爱之深，责之切，秦老师总觉得自己所做的一切都是为了学生好，却忽略了关注学生的心理健康。

"那么多人不明就里地跟着讨厌我、孤立我，你一直让我从自身找找原因，努力改正，你愿意分出一点理解，听我说吗？

"那些用来污蔑的不堪入目的杂志是谁放在我桌子里的，你能愿意分出一点信任，听我说吗？"

俞韵就连提问时都看不出什么情绪，桌下的手却神经质似的抠着指甲边缘。

眼看事态发展超出预期太多，周千雪悄悄后退，靠在窗边，像是要把自己隐藏在阳光里。

"周千雪，还有门外在听的你们，难道午夜梦回的时候，真的没有哪怕一秒钟愿意为自己的恶意感到抱歉吗？

"相比我来说，你们才是真的朽木不可雕。"

毫不掩饰的嘲讽，在俞韵脸上减轻了恨意的表现，倒多了几分快意。

只是她神情中透出的几分病态已经让在场的众人将关注度从事件本身转移到了她有些不正常的精神状态上。

现在的俞韵看上去有几分危险，谁也不敢轻易靠近。

除了谢瑾。

谢瑾看着她苍白的脸色，心中涌出了一抹疼痛。有些事，他或许没来得及阻止它发生，但对周千雪这个始作俑者，他并不打算放过。

来之前，他已经和赵磊成好好谈过了。

相信赵磊成到时候也应该清楚地知道，有些实话要是不肯吐露，不还俞韵一个清白，那么他也有其他方式能够做到。

赵磊成是个聪明人，也知道在这种情况下和谢瑾硬刚没有好处，反而只会在真相揭开后让自己更加难堪罢了。

思绪回转间，谢瑾已经在俞韵的身边半跪下来，把握着不惹起不适的尺度，阻止着她用力抠着指甲的动作。

"午餐想吃什么？还是关东煮吗？"

他温柔地低哄着，面对俞韵时，他眼底的冷意尽数散去，只剩下了无尽的温柔。

俞韵站在那里，望着办公桌上摆着的那个保温杯，一股无法控制的力量在身体中不断叫嚣。

她想要砸东西，想要将阻碍她的所有东西都砸得粉碎。

脑海中凌乱的星云开始不断聚集，灰暗的压抑感不断压迫着她的理智，仿佛要将她溺进潮湿昏暗的情绪旋涡中。

可谢瑾询问的声音像是一根救命绳，让她努力从悲观的思绪浪潮中寻回理智，安静判断着什么才是应该给他的更合适的答案。

在这样的反复拉扯中，俞韵终于冷静下来，恢复了理智。

就在这个时候，赵磊成推开了门，走了进来。

谢瑾意味深长地朝他挑了下眉，嘴角的笑意似乎笃定他不敢说谎——

不过确实，他不敢。

"哦，看来你知道我为什么叫你来了。"

"知道，我周五跟其他三个人一起欺负了俞韵同学，这件事是我不对。虽然我的道歉已经被接受了，但让我写检讨或者停课几天都是应该的。"

赵磊成语速很快，像是怕被谁抢了话，一口气说完才抬眼望了下谢瑾，确定说得既能满足要求又能给自己留余地。

俞韵的讲述和赵磊成的自白高度一致，学生集体孤立是存在的事实，却在以往的时间里没有得到重视。

教书育人，教书总是放在前面，让成绩决定了一切，可本质上，育人才该是教育的重中之重，是人在成长中能最快规避岔路的方式。

从了解中也能得知，周千雪的撒谎陷害和秦老师的误解，与走廊里俞韵的情绪失控有着极大关联。

先前李校长只是凭着不合理的疑问和相信谢瑾的心理，在质疑这些事情的真相。可赵磊成的话就像一枚引信，串联起了所有的不可思议。

而好学生与差生的区分，也让李校长不由得思考该怎么让教育真正落实到教育本身。

这件事不再存在断不了纠纷，各打五十大板的可能性，李校长在处理几个人之前先安排了任务，让曹主任尽快去组织教师学习青少年心理课程。

她温和的声音带着不容置喙的深意，思忖良久，深深叹了口气。

接下来还有训练，李校长要先处理赵磊成的问题，可她看着他脸上的伤有些为难。

不管是怎样的篮球赛，谢瑾的对手都已经带伤了，同样是学生冲突，处罚这个不处罚那个总是不合适，但作为学校变相的和稀泥，也会寒了被欺负的孩子的心。

沉思片刻之后,她还是选择了对赵磊成做出停课处理。

提起刚才被秦老师打断的问题,李校长让俞韵仔细说说遇到过什么样的不公平对待。

想说的时候没人听,如今有人让她说,她又不知该从何说起。

俞韵把琐碎的小事简化了说,把复杂的事件归纳出条理,冷静得好似在做阅读分析题。

那些事情虽然细小,却深入俞韵生活的方方面面,也让人惊叹,这个十七岁的少女竟然承受了那么多本不属于她这个年纪该承受的非议与孤立。

"这些事,我真的都不知道。"秦老师看着她,开口,"在班上说些教育你的话是老师对你的期望比其他人要高,之前我对你的确有偏见,这件事是我不对,我当时觉得这只是你们同学之间的小矛盾,也怕随意处置了反而会让你与同学之间生出隔阂。既然不小心伤害到你,我真心实意向你道歉,老师的方式方法可能有误,但你是个好孩子,会体谅老师的良苦用心吧?"

此时,还没得到任何处置的周千雪再也耐不住了。

她仿佛已经身处断头台,只等谁的号令,可那弯路易十六看不到的刀刃却迟迟没有落下,于是她顺着秦老师的话,慌张到几乎是下意识开始了毫无逻辑的辩解。

"俞韵,刚才是我听错了,我仔细想了想,你说的应该不是脏话。

"我平常喜欢跟你开玩笑,没想到有时候反而让你不舒服了。我笨嘴拙舌说不明白事情,没想到导致老师误会了。

"你犯了错我去告诉老师,也不是针对你,只是想让你成为更好的自己。但听完你的话,我发现自己确实伤害到你了,我向你道歉,对不起!"

整个办公室越发安静了。

一片无言中,俞韵轻轻仰头,不想看见任何人的脸。

她的视线刚好捕捉到谢瑾额前的碎发,于是所有的不甘通通化作鼻腔的酸涩与喉头的哽咽。

手覆在胃部用力按着,可她还是端坐着的,仿佛被什么无形的气韵支撑着脊骨,一如那晚在天台上。

但她没哭,她笑了。

"哦,良苦用心。你自己听听,这合理吗?

"什么是道歉?

"我听说,只有把对方的痛苦都经历一遍才算道歉。

"可你就站在这里,流几滴泪,就希望我原谅你吗?"

6

然而就像没有证据能表明周千雪说的是真话一样,俞韵也同样没有证据可以证明自己讲的完全真实。

即便事情的真相在大家心里逐渐清晰,也依旧无可指摘秦老师的好心被误解。

李校长随机询问了几个学生,可他们只知其一不知其二,言语间坚定地相信着俞韵是所谓的坏孩子,更有甚者撒谎佐证了秦老师刚才在走廊里"被骂"这件事,主观上对俞韵更为不利。

没有确凿的凭据,也就无法定论,整个闹剧终究还是沦为了学生间的矛盾,以李校长言语训诫众人和安排俞韵转班结束。

每个老师都有自己的授课习惯,而转到本部去的第二个条件是关乎成绩的,俞韵主动提出留在三班,在这里度过暑假前的最后两个月。

说来奇怪得很,方才俞韵绝望得恨不得下一秒就退学,这会儿倒是莫名坚信自己能考进本部了。

没去思考自己哪儿来的自信,她忽然不再在意那些委屈了,只想快点回教室去看林老师给的材料,死活都要抓住这来之不易的机会。

自以为情绪平稳,俞韵起身给李校长鞠了一躬,但在说"谢谢校长"的时候,心中还是无端蔓延出了委屈。

"既然来了,我就多跟几个班主任聊一聊。俞韵你去本部等我一会儿,今天下午的课回头去找任课老师补上。"

虽然秦老师没有受到处罚,但俞韵终于有机会将这么久以来受到的委屈说出来了,心里也好受了许多。

更何况她现在明白了,自己不再是孤身一人。

她的身后有人。

有人能懂她的委屈和无助,也竭尽全力还她一个公平。

可听见校长的安排,她心中还是隐隐升起不安。

这种先与他人聊再找她的方式很常见,以她"丰富"的经验来说,这就代表着对方有错,但她依旧需要受罚。

这些原始印象让俞韵有些应激,她歪了下脑袋,像是不解,呼吸细碎,目光暗淡。

谢瑾侧头看她一眼，抬起手轻弹了下腕边的校服袖口。

俞韵漠然回神，见谢瑾以目光示意她没关系。可她只是盯着他，并没有第一时间反应过来。

此刻她思维混沌又不安，谢瑾清楚这点，便也不再等，直接隔着校服抓住她手腕，以很轻的力道带着她离开了办公室。

第二节课后是大课间，办公室外聚集着一些学生，交头接耳的，不用想也知道在讨论什么。

看到俞韵跟着谢瑾出门，走廊霎时安静得此地无银三百两。

二部闲人多，一直不时有人透过门缝观望情况，可只言片语组成不了故事，自然会有人以主观臆断把故事填满，不管是不是真相。

谢瑾想到这里，有点烦。

"这样认错道歉就可以了吗？既然问题都在她，你何必原谅她？"

自出了办公室的门，他们就被无数双眼睛偷偷注视，谢瑾便故意当着众人的面这么问。

俞韵的大脑还在恢复运转中，反应速度慢了一些，但还是明白了谢瑾的用意，便当众点点头，说："得饶人处且饶人。"

随即她不再作声，在假装漠不关心却好似夹道欢迎的场面里，由着谢瑾在前面迎着目光带她走。

谢瑾没有多看一眼周围的人，仿佛周围空荡得只有他们两人。

楼梯上，他回身对俞韵说的那句"小心"也落在他人耳朵里，大家震惊于他语气中倾尽的温柔。

于是直到两人消失在视线里，众人才恢复了交谈。

而此时，校长的处置还在继续，除了一班和三班的班主任，其他负责人从办公楼或者其他班级过来也需要时间，而之前听完李校长批评的秦老师一直在奋笔疾书记录心得。

周千雪在旁边的桌子上，洋洋洒洒写了份检讨书。

她姿态低微，浑身透露出悔恨懊恼的情绪。

她把俞韵话中可解释的部分归类为"误解"，无法解释的部分则归为不知俞韵为何这样说，言语姿态仿佛真的无辜。

拿着这份烫手的检讨书，李校长想了许久。

"秦老师，你教书几十年了，我认可你的能力。我们作为老师，思想更应该与时俱进，以后我不希望再出现孤立学生、校园霸凌的事件。"

秦老师的脸上也流露出了几分不自然："校长的意思我明白。"

校内，林荫道上。

在二部还处于一团乱麻的时候，谢瑾在听俞韵讲为什么听到李校长那句场面话后会失神。

他明白了那些应激反应，迅速解释了那句"一会儿找你"只是个托词。

与此相关的记忆太过重合，所以哪怕俞韵相信了谢瑾的话，也依旧忍不住来来回回确认了很多遍。

在确认了自己不会因此受罚之后，她才松了口气。

放下心来提起文学赛，俞韵蹦蹦跳跳、叽叽喳喳念叨了一路，丝毫没意识到自己的情绪有些不合时宜的高涨。

刚才在办公室中的她，只觉得周围的一切灰暗、陈旧，可离开了办公室走在了校园的林荫道上，忽然觉得眼前的风景美丽鲜艳，即将到来的文学赛也让她充满了期待。

等见到裴诗青时，她受到安抚的心绪近乎平稳，但依旧能看出状态上的过度兴奋。

而长达一个小时的沟通中，裴诗青不得不承认谢瑾恐怕是对的。

裴诗青的电话打来时，谢瑾正跑在去二部的路上，拜托她赶过来，又直言俞韵大概率并非单纯的抑郁。

以俞韵现在的状态来看，她更像是进入了躁狂期。

但确诊相关病症需要很多辅助参考，除了医生的面诊，还需要检查数据的支撑。

正当裴诗青想着怎么让俞韵去医院接受检查时，消失一会儿的谢瑾拿着热水和止痛药推门进来，额发还浸着汗意。

虽然知道俞韵的胃疼是心理投射的躯体化症状，但他不想看她疼。

校医务室里的止痛药过期回收了，新的一批还没到。他还不够熟悉这个城市的小巷子，翻墙跑到校外去找药店，跟着导航绕了不少冤枉路，又急着跑回来。

那时在夏训营里，俞韵和前后桌的人聊天，谢瑾就在不远处的窗台坐着。

他听到她嬉笑着说自己是个颜控，如果那人性情清冷就更好了，毕竟再好看，天热时黏腻的既视感都有些幻灭。

所以此时谢瑾递过去东西时，先抽纸巾擦了皮肤上的薄汗，一时间忘了说这是止痛药。

可俞韵接过后，却是问也不问就吃了。

她修长的天鹅颈仰起,线条优美利落,皮肤的拉扯使得血管颜色明显。而后她剧烈地皱眉,因为没能成功咽下药片而被苦得撇嘴角。

纵然是无数次精准定格过自己动作的人,可谢瑾依旧觉得没有什么比得上俞韵这一刻漫不经心的举动更戳人。

他眼看她毫不设防地信赖自己,内心充斥着无比微妙的感受。

但在裴诗青饶有兴致的打量下,谢瑾一闪而过的念头迅速回笼,只留下眼尾和耳尖的一抹淡红。

都说青春的记忆总是容易消散,可哪怕在长大成年后的某天,他还是以为,如果天堂像电影一样有预告片,那画面将是俞韵脖颈上那片洁白脆弱的肌肤、她慵懒而安逸的呼吸、她平直的锁骨和她舌尖上的毒。

他们商量好明天中午一起去医院时,李校长也回到了自己的办公室。这屋子里也算没有外人,她的面庞相比之前更为和善。

她问要不要她亲自通知家长说明情况,俞韵犹豫了许久,还是婉拒了。

李校长不置可否,宽慰几句后,让裴诗青送俞韵回去,只留谢瑾在办公室。

毕竟是他有求于人,加之裴诗青有意暗示他留下,于是他欲言又止地目送她们俩出了门。

"小瑾,我问你,那天你说最初转过来只是为了学习,偶然才遇到了之前的夏训营朋友,真的吗?"

"阿姨,我转过来是想掌控自己的人生,不管是哪个方面。我当初觉得,他们既然选择了不管我,那就彻底不要管我。"

谢瑾把真实原因掺进宏大的目标里,混合个人想法后,变成信念讲给对方听。

也不知李阿姨听没听懂,她只是沉默了几秒,转而说起了其他事情。

"两项文学赛都改为校级联赛了,之前很多学校提过方案找过我,只是我一直没想好,正好趁这次就改为联赛吧。"

全市十几所高中,联合赛事相当于给俞韵多找了十几倍的对手。

这个突然不确定的比例,让谢瑾心里一阵发慌。

"那天进门之前,诗青姐已经跟我说了,本部校区确实可以花钱进国际部。

"她的实力我知道,如果不是因为学校里那些同学没来由的排挤,她的成绩只会上升不会下降。

"只要她能安静平稳地度过高中最后的时光,我相信她能考上自己心仪的大学。

"俞韵恐怕一直都没有发现，她比自己认为的要强大许多。

"我不想再有类似的情况发生了，接下来的这一年至关重要，我希望能让俞韵有个轻松的学习环境。"

谢瑾有理有据一一陈述事实，而对面的李校长戴上新配的老花镜，从镜框上方抬眼，以长辈看小年轻特有的揶揄眼神看他："我跟她语文老师聊过了，她的实力的确不错。"

"但您也看到了，她的状态很受周围环境的影响，保护学生的心理健康本来也是学校的职责。"

"这个我明白，但你也要记得，你也是个学生，关爱同学自然是好的，但你也不能影响自己的学习。"

"您放心，我有分寸。不是每个人都需要在长者的监督下才能茁壮成长，比起被修剪枝叶，我似乎更适合在森林中野蛮生长。"

"你想要俞韵打破偏见服众，就得这么办。在你去二部闹过两次之后，大家还会不会觉得她是凭努力进来的？你刚来一中不清楚，本部对这种问题的八卦程度不比二部好太多。"

"好，如果俞韵发挥失常，我们愿赌服输，但您也应当保证照顾她的情绪，不让类似的事情再发生。"

听到这话，李校长笑得意味深长。

她点头说"好"，挥挥手，让他回去上课，又在他握住门把手时叫住他："小瑾，其实我知道你不是那么守规矩的孩子，从前是使心计哄我的。

"那天我试探你掌控自己人生的决心，也知道会让你觉得我和你父母没什么区别，都是一样的自私。

"可既然我和你的口头约定能变，那么我和你父母的也一样。

"我已经老了，管不住小辈很正常。

"两个对你关心还不如诗青和小安多的人，哪个又好意思怪我呢？"

谢瑾听着，眼睛忽而睁大，脸上的表情说不清是激动还是感动，抑或是两者皆有。

虽然没承认耍心机的事实，可他还是真心谢过李阿姨，才在她"你知我知"的眼神里走出校长办公室，轻轻带上了门。

走出门的他激动消散，余下的满是宽慰和庆幸。

宽慰于李阿姨从未支持过父母所谓的理论，庆幸于他不必在高考后如同自己所想的一般孤军奋战无人相伴。

谢瑾本就不是池中物、笼中鸟,却尚不能独立,很多事情受制于人。

权宜之计,转学时,他顺应着各方的意思说话,事实上,早已做好了填报志愿时孤注一掷的决定。

承诺于他而言,只对俞韵一人所做的负责。

于是一旦其他承诺与她产生冲突,便都可以抛弃,成为他们前行路上的养料,供养他贫瘠土地上的唯一一朵玫瑰。

第五章 · 小怪物

他愿做她身旁的那棵树，
陪她燃烧殆尽，抑或抵死纠缠。

1

三言两语间就走到了教学楼，俞韵谢过裴诗青才转身进去，而后者则掏出手机给人交差。

谢瑾回得很快，消息接连发过来，振得她手麻。

对方问及俞韵此时状态如何，裴诗青先是简短交代了路上的所见，又说了内心油然而生一种作为家长的新奇感受。

她怪谢瑾从前待人接物过分疏离，如今忽然体会到这种被孩子们信任的愉悦，她故作平静地走出学校五十米，还是没忍住，在人行道上轻轻蹦了两下。

此刻，站在班级门口敲门的俞韵无视了所有人的注目礼，表情没什么异常波动。

获得允许后，她回了座位上，听着放学前最后的十分钟课，抄写黑板上的笔记，却静不下心。

已经许久没被人这么呵护过了，她总是习惯独自扛着所有的痛苦生活，哪怕被压得喘不过气来，也还要强撑着一点骄傲。

有时候她能依靠自己的智慧和能力去解决，有时候又像那个周五和今天的遭遇般，被迫打碎了牙往肚子里咽。

最初与谢瑾重逢，她只觉得在这种境遇下是麻烦而混乱的，无比难堪于在最无力的时候被发现。

如果是她自己能妥善处理好的问题，就不会显得那么弱，也许还能继续和谢瑾印象中的俞韵一般，不至于这么难看。

可明明事与愿违，那人却依旧坚定地选择了她。

只要脑子不在听课，时间总是很快就过去了。

下课铃打断俞韵的思路，她刚刚尚且沉寂的情绪突然有了昂扬的意思。

她本来对晚饭吃什么也没兴趣的，现在忽然开始思考食堂里那些饭菜哪些是值得她翻牌的。

谢瑾来的时候，同学们已经着急忙慌出去买饭了，周围没什么人，俞韵放松了许多，和门边的他开玩笑。

"怎么，早中晚餐都跟我绑定了？"

"嗯，"谢瑾答话时笑得讨好又得意，"绑定了，以后就这么等我。"

"还真是不习惯呢。"

看着俞韵的笑脸，谢瑾心中却响起了警铃。他来之前问过她的同学，同学说她上课时情绪有些低落，也会莫名其妙地走神。

而现在情绪又有不正常的高昂。

谢瑾又想起了裴诗青的话。

但他又隐隐地希望俞韵的变化和她的病症无关，只是因为见到他很开心。

俞韵当然不知道谢瑾心中的想法，只觉得单独跟他在一起的时候，自己傲娇的本体总会显露无遗。

她这个意识的闪过使谢瑾得到了极大的满足。

"那你就从现在开始习惯。"他径直走进除她以外别无他人的教室，自然而然地勾住她的袖口。

俞韵不接话，勾着一边嘴角，任由谢瑾指引她的动向。

她忽然发现，其实除了情势所迫，这人都只会捉袖口。然而只有谢瑾本人知道，人的欲望是会得寸进尺的。

他永远会选择她，却不愿强迫她选择自己。

前进一步就会开始贪心不足，他怕自己想得到的太多，怕自己再也无法后退一步，在未来某天站在她和别人的身旁默默看着。

晚自习前时间不多，原以为是两人一起去校外的小吃街买晚饭，可俞韵被谢瑾领着朝人烟稀少的大礼堂走去。

大礼堂的楼上原本有个小礼堂，最初是给职工幼儿园的孩子们准备的。

后来幼儿园搬去了独立校区，小礼堂也就闲置成了大礼堂的后台，平时很少有人来。

而此时的小礼堂里已经坐着一个人，又或者说，已经坐着一个坐立不安的人。

"同学,你好,我叫夏封,是谢瑾的室友。我们之前见过,可能你不记得……哎,不行不行……

"俞韵你好呀,我是夏封,在本部上学,是你在一条小胡同里……

"哎呀,夏封你是不是脑子不好使!"

…………

面前临时拼凑出来的桌子上,早已摆好拆开的外卖和餐具。夏封不安地在椅子上组织词汇,又按捺不住站起来踱着步否定。

放学时,谢瑾跑来截住他,可从他激动地跑去拿了外卖到现在,居然连自我介绍怎么说都没想好。

通往小礼堂的楼梯上传来脚步声,夏封一秒坐、一秒站,重复整理了几下头发和衣摆,自觉忙活得如同马戏团的猴子在做开幕表演。

静音门被轻轻推开,谢瑾的长腿率先迈了进来。

他侧身时,胳膊还留在外面,迅速提前扫了两眼夏封的状态,而后才撑着门慢慢收回另一只手臂,让门口多出一个人。

傍晚夕阳昏沉,已经柔和到几乎暗淡。

少女逆着微弱的光线站在半敞开的门边,轮廓和那年的模样迅速重叠融合,但映在夏封眼里,依旧明亮如昼。

这一眼望过了那几年的岁月,也没错过现如今的细节。

夏封的目光顺着两人的肩膀下移,一瞬间捕捉到谢瑾和她的手腕。

不同于升入高中后,在食堂里远远看到俞韵的那些时日,这次她脸上带着笑意,望着谢瑾的背影,好似满眼都是他。

夏封的表情逐渐变得放松而自然,将近两年来的纠结与不知所措仿佛在这一刻消散。

他突然明白了自己该如何自我介绍,又该如何自处。

"我是谢瑾的室友,夏封。"

"夏封,我室友。"

谢瑾是看夏封愣怔好几秒都不说话,只好轻声简单介绍,而夏封则是上一秒才酝酿好的轻快语气。

一个低音一个中音,两人的声音在小礼堂里同时响起,形成了略有些悦耳的共鸣。

此前俞韵发现这里还有别人,就把自己隐在了谢瑾身后,直到现在才真正注意到夏封。

她突然探出身子歪过脑袋，略显讶异的神态敛去，渐渐化作缓慢呈现的微笑。

身边的人呼吸均匀平缓，谢瑾察觉不到她的情绪，便也侧过身，歪着头去看她。

这场面让理解力爆表的夏封感到困惑，他睁大双眼，但头还是在迟疑中移动，朝着那两人的方向倾了过去。

可他刚这么做，俞韵就笑出声来了。

联想到三人同一种怪异的姿势，谢瑾跟着莫名其妙地笑。

夏封不明所以，可很快又被传染得忍不住。

然而还没等他加入尬笑团队，俞韵已经收敛了神态，正色道："之前不好意思啊，夏封，我是俞韵。"

"之前"这个词并不是用来形容前几秒发生的事，因此算突兀出现。

夏封的语文是弱项，听不出来，只一个劲儿地说没关系。谢瑾却知道，俞韵不会轻易犯这种错误。

安排好俞韵，谢瑾转身去反锁了门才走过来。

他想，她没有问自己为什么和室友一起吃饭，可能是因为当面不好说。

可联想到夏封说曾在食堂被俞韵用并不友善的眼神打量，一个情理之中却又让他不爽的猜想浮现在脑海中。

应着夏封絮絮叨叨介绍晚饭菜式的背景音，俞韵发觉谢瑾似乎隐隐有些不开心。

她正放松地靠在椅背上，手臂舒展，撑住桌边点了两下，侧脸抬眸示意他坐过来。

谢瑾习惯了下意识注意俞韵的一举一动，于是即便她时常神色姿态皆随意，却总让他无故有种被撩拨了的感觉。

例如此刻，他呼吸停了一瞬，就连喉咙也发干。

"你刚刚介绍自己的时候也能这么积极就好了。"

谢瑾三步并作两步过来坐下，说着话，还深深瞥了眼夏封。后者活像是被施了个什么禁制，一个字都没往外蹦。

"谢瑾，你好凶啊。"俞韵想要开句玩笑逗逗这个不高兴的人，便转过头去跟偷笑的夏封八卦，"他是不是你们宿舍的小霸王？"

没能搞清状况的俞韵和状况外的夏封在一旁聊得正开心，谢瑾却只在意俞韵因为别人而说他凶的事，方才压下去的不爽又翻上来。

一个是此前怂得要命，不敢上前和恩人搭话的大聪明室友；一个是从不知晓有同学始终相信她,看谁都要防备七分的梦里人。

两个笨蛋没有一个在意他的小小醋意,气得他肺疼。

谢瑾一边敷衍假笑和撇嘴生气无缝衔接,一边顺手拿走了俞韵碗边的餐具丢在桌上。

他从兜里掏出个扁扁的盒子来,将精致的小勺子搭在她碗沿上,再迅速组装好一双金属筷子。

看着大部分时间都是留给自己的后脑勺,谢瑾直想拽拽她的马尾给点教训。

可最后抬起手,他还是轻轻搭在了俞韵的头顶,施力迫使她转回来看向自己。

"听话,吃饭,乖一点。"

他拿过她团在手里的校服外套,随意搭在自己腿上,语气温柔而认真。

几道菜里的胡萝卜被尽数挑走,去掉独刺的鱼肚肉被谢瑾一块块放入她碗中。

夏封余光瞥见俞韵的脸越来越红了,想着是不是被小礼堂的不透气给闷的。

可他刚转身要问问她,就被谢瑾手疾眼快塞了个汤包进嘴。

没想到他哥照顾俞韵的时候还没忘了他,他倍受感动,眼神里写满了"我哥好暖,我哭死"。

俞韵一直让谢瑾专心吃饭,可直到她爱吃的堆成了一小碗,谢瑾才开始安心吃自己的。

这让俞韵刚刚想要说的话有点不好意思讲出口了,但想到自己兜里的钱,她又不得不说。

"其实不用每天都这么丰盛的,我们到后街买饭就行了。"

闻言,谢瑾咀嚼的动作顿了一下,这才恍然意识到这句话的原因。

奈何夏封还在场,他并不好借此表明某些想法,不然总有种要把俞韵赶鸭子上架的感觉。

"我吃不惯那些,就想你陪我吃些更好的,但既然你喜欢食堂和校外的小吃街,那我也只好勉为其难,委屈我的胃了。"

谢瑾装模作样叹了口气,低头摸着肚子继续使苦肉计。

"可怜我的胃,每天只能吃那些,都不能吃喜欢的东西……"

"可以了,谢同学,再演下去就不礼貌了。"俞韵夹了一筷子水煮肉片给他,刻意打断了他的自白。

谢瑾坏笑着吃掉，点点头，乖巧地朝她伸碗表示还要，但并未被理会。

如此安静片刻后，夏封的声音终于磕磕绊绊传来。

"俞韵同学，我其实……我曾经……你有一次……"

"嗯？"

俞韵打断了夏封的话，偏过头看了谢瑾一眼，发现他淡定地吃着东西。

确定了他已经知道夏封要说什么，她这才转回头去，望着比从前长高了些的夏封。

"小孩儿，你紧张什么？"

夏封蒙了，谢瑾的猜测也被证实了。

他抿唇压着嘴角，低下头去，消化着俞韵不仅记得自己，也还记得夏封的这个事实。

他从来不是独一无二的那个。

谢瑾缓缓喘了口气，舀了勺虾仁，突然觉得酸得很。而更可气的，还要算他今天亲手把柠檬本人给截过来。

"俞韵，今天的饭好酸啊。"

这句话算是彻底让俞韵明白，整个晚饭时间萦绕的无端难过来源于什么了。

她有些无措，慌乱地以为他要哭，只好去戳他桌下那只手。但谢瑾只是摊开手，继续低垂着脑袋。

她注意力都在这里，于是眼看着夏封愣愣地把一块姜放进嘴里，没来得及阻止。

赌气似的拍手喷声时，俞韵动作太大，不经意轻挠了下谢瑾的手心。

也不知道这个动作戳到了什么开关，谢瑾突然转过头来盯住她。这一眼存在说不出的偏执，却歪打正着，刚好盯在了俞韵的心上。

好在她擅长拉扯，只微抬下颌慢慢勾起一抹笑，指尖掠过谢瑾的耳垂，不曾碰触又带来微风，而后指尖抚上他脑后的发梢。

可还没等夏封从半封印的状态中反应过来，谢瑾就已经率先败下阵来，迅速与她拉开了距离。

指尖从头皮划过的细微感觉很陌生，却让他头脑不是很清醒，呼吸快到浑身发麻，无意识地往上扯了扯腿上搭着的校服。

看着此刻俞韵耀武扬威，赢了般反过来盯住他的表情，他气得想笑。

他抬手捏了捏鼻尖，不再关心自己是不是唯一一个被记住的了，只求自己是唯一一个能离她如此近的，就够了。

谢瑾早知道的，自己是个"俞韵脑袋"。

"你记得我！哥！俞韵记得我！"

震惊后的半封印状态解除，夏封的鬼哭狼嚎让俞韵庆幸此处僻静无人，同时也后悔自己为什么坐在夏封与谢瑾之间。

如果她有罪，请法律制裁她，而不是让她受这种犹如耳边撞钟之刑。

随即，她被谢瑾朝他的方向拽了拽。

耳边拂过几道气流，俞韵听到他轻笑，声线轻佻，也不知说的是谁。

"嗯，她记得你。"

2

高一那年在本部的食堂，俞韵和当时尚在读高二的任铎一行人吃饭，无意间认出了夏封，还发现他朝着自己走来。

身穿本部的校服，夏封脸上满是一切都很好的样子。

但如果他搭上自己，即便她管得住身边这帮人的嘴，也管不了往后那些喜欢闲言碎语之人对他的调笑。

所以俞韵以不屑的眼神扫视着夏封，让他知难而退。

她选择了把自己孤立于所有靠近的人之外，而绝大多数人都在理解或不解中离开了。

虽然难过，但这是她想看到的。

其实同样的保护也曾被用在谢瑾身上，很多次，但他选择了直面所有尖锐，用力将她包裹起来。

这是她不想看到的，却又是她无数次在心底渴求的。

这一份饭加上几个菜式实在有些多，虽然饱了，但俞韵还是和夏封聊着天，准备努力在晚自习前解决掉。

谢瑾看了她两眼，三两口吃完自己的，随后抽了她的筷子放回盒子里，直接把碗拽到了面前。

俞韵轻"啊"一声拦着，他却懒散地用筷子顶端支着太阳穴，勾着唇朝她笑，神色晃得她皱着眉头忘了要阻止的话。

"我待你这么好，你却连口饭都不给我吃。"

谢瑾毫无逻辑地胡说八道，神色却不曾变化。他是来讨俞韵饭的心机小狐狸，可姿态像极了电视剧《封神榜》里等着狐狸喂葡萄的纣王。

席间，始终默默观察的夏封惊呆了，哪见过谢瑾今日这架势。

因此在俞韵的思维被带偏的那几秒钟里，他一不小心，辣椒呛进了鼻腔，涕泗横流，咳了个昏天黑地。

事有轻重缓急，俞韵忙着给夏封递纸和水，于是等到夏封恢复正常时，谢瑾已经面色自然地吃了大半她碗里的饭菜。

"怪我忘了咱俩饭量不一样，下次我先盛给你。"

总觉得这事情尴尬，俞韵一边说着找补的话，一边跟着夏封一起收拾外卖盒子和塑料袋。

谢瑾挡了她的手，干净利落地收拾了桌上的东西，交给夏封去扔掉，等人出去后，才转身对上她好一会儿之前的话。

"我希望你拥有的都是你喜欢的，能让你开心的。

"至于那些让你不开心的一切，都交给我吧。

"我不要你一个人强撑，更不要你对我说话时还要权衡这样负面的情绪传递给我是否会不好。

"如果知道你独自承受这些，我会难过。

"你应该也不愿意我难过吧？

"我想成为你生命中那个最特殊的人。"

谢瑾这些话说得半点心理压力都没有，很坚定，不存在任何停顿思考，始终俯身平视着俞韵的眼睛。

他就是要给俞韵他的一切，想要她真真切切感受到自己毫无附加条件的偏袒。

他不需要回应，也不需要亏欠，所有的一切都是他愿意的。

是他乐在其中。

相处总是两个人的事情，没得经验可借鉴。俞韵虽是第一次听人如此直白地表达这类实质内容，却是个倾向于"意识流"的人。

没人能拒绝，于是她顺从本心，在谢瑾的注视中点头。

"不舍得，我不舍得你难过。"

谢瑾原以为点点头就已经是她能回答的极限了，于是毫无心理准备地被这句话砸了个眼冒爱心。

他直起身来，抬手碰到她毛茸茸的脑袋，没想到对方也是一样的打算。

将近一米九的谢瑾自然而温柔，轻抚过俞韵的发丝。

刚刚一米七的俞韵努力踮起脚，拍着谢瑾的天灵盖。

谢瑾微微低头配合着她的动作，感受着俞韵从盲目的自信到气急败坏。

夏封进来的时候，看见的便是这般情形。他不懂这是什么古老的仪式，也不明白为什么他哥顶着一头杂毛笑得发颤。

"我要回去了，去找那几个小怪物。"

俞韵胡乱整理了两下头发，直直掠过谢瑾身旁，拍拍夏封的肩膀就出门去了。

她的思维变化总是太快太跳脱，根本不在谢瑾的预设里。他没捉住俞韵，只得跟在她身后出去。

鼻腔里充斥着少女的独特气息，渐渐在风中扩散，让他沉迷上瘾。

魏令仪正在教学楼前散步消食等俞韵，虽然知道这种情况下称得上万无一失了，可谢瑾依旧很想跟着俞韵上楼去。

被她们以"那就和赵磊成一样了"为由赶走时，他想起自己曾笑过魏令仪的哥哥太过担心她。如今在俞韵这里，他体会到了此番感受，竟也只剩了同样的无可奈何。

行至高一楼层时，俞韵停住脚步，让魏令仪回去。

她原是为了让谢瑾放心才拽着魏令仪，但真到了要"惹是生非"的时候，并不想把无辜的人牵扯进来。

然而谢瑾早料到了这一点——魏令仪的手机适时振动，谢瑾打来电话特意叮嘱她不要离开俞韵身边。

不管现在姐姐跟她说什么，她都要唯老板的钱马首是瞻了。

这边刚挂断电话，高一的巡视老师就出现在了走廊里。眼看着老师疾步而来，魏令仪拽着俞韵一步跨上三级台阶，恨不得直接把她拖上楼去。

"下午我打电话报信的时候，太急了，没找好角度，刚好被楼下路过的巡视老师发现，她警告我再发现一次就没收手机。刚刚还好跑得快，不然真要换新手机了。"事无大小地念叨着，她忽然停顿，幽幽转头看向气喘吁吁的俞韵，"要不你就当不知道吧，我再回去一趟，好让谢老板给我换个新款。"

不知怎么想到刚刚谢瑾说他就是自己的，俞韵狡黠一笑，果断说了个"不"。

"好的……"魏令仪看她开心起来，假模假式地叹着气，"可恨我脑子太慢。"

她们沿途嬉笑打闹，等走到那三个女生所在的另一个高二楼层时，俞韵还是只让魏令仪在一旁的拐角处等着。

分别敲了敲三个班敞开的门，她又冲不同的方向招了招手。

处分结果已经下来，停课前，三个女生还要写千字检讨，如此一来，大家都以为事情已经过去了。

因此见俞韵找上门来,几个班骤然喧哗,又随着她们各自起身出门而肃静。

再见面,情势已经逆转。

大家都听说了赵磊成的遭遇和俞韵现如今的保护伞,两个当晚被叫去"帮忙"的女生对视一秒,立刻把赵磊成的好妹妹往前推了一把。

三个班的好事者都堵在门口关注着进展,无视杨甜瞪过来的视线。

观众换了一批,麻木而兴奋的状态却没什么不同,与当晚俞韵所见的如出一辙。

另外两人推出了杨甜这个可供集火的靶子,一边推脱责任,一边忏悔自己的行为。

她们像极了前桌男生道歉时的样子,几乎要落下虚伪的眼泪,看得俞韵不由得发笑。

"没错,就是我看不惯你,我胡乱编了个理由去找你麻烦。我知道你现在后台硬,所以要打要骂随你,但我绝对不会承认什么美工刀……"

"啊啊……"俞韵半仰着脸,食指轻摆,两声发音抑扬顿挫,像布谷鸟的鸣叫,打断了杨甜破罐子破摔的话,"别害怕,我最近怕处分。"

本就是仗势欺人,她们清楚自己这边单拎出来哪个都不是俞韵的对手,所以俞韵这句话让在场的三个施暴者都松了一口气,天真地以为不必偿还了,不必体会那种身心的痛苦。

"但众所周知,我没有白受的委屈。"俞韵温和一笑,却没人感到暖意。她凑近她们,柔声吐露冷漠的话语,"所以赎罪式的自我惩罚,达成君子协定,如何?"

这份协定达成得很顺利,执行得也很迅速,等曹主任赶到的时候,俞韵早已扬长而去,只留下走廊里倒立高喊"对不起"的三人。

没有了赵磊成和众人互相包庇的恶意中伤作为避风港,她们只能闭口不谈,眼看着风暴来袭,自行为之前的所作所为负责。

像是偷师了其他人擅长的做法,方才俞韵为了将自己摘出此事,始终在故作惊讶地轻声阻止。

在这种流于表面演出的伪善里,她们第一次作为施暴者与被施暴者的集合体而存在。

这种以往总属于俞韵的被加害处境,对所有人来说都很新奇,却无人想体会第二次。

林老师在晚自习课间正式公布了两项文学竞赛规定的变动，想报名的人都在哀号。

参赛范围的扩大虽然有些出乎俞韵的意料，但她没什么紧张情绪，走向讲台边的步子也依旧轻快。

在统计参赛人员的表格上写好名字，哪怕转身回座位时对上全班的视线，她也还能保持着一点笑意。如今她不在意任何讨论，心下只有轻松和隐隐的期待。

为了少一点无用的压力，俞韵没打算提前告知父母这件事，但回到家却发现家庭氛围正披着高兴的外衣，用力朝她倾轧。

父母问及能不能考进本部，俞韵回答自己会尽全力。直到她再次受到一连串的责问，这才想起来自己只能回答"我可以"。

无论何时，回答必须最好，等做不到的时候，再被冠以"不自量力"的罪名供人教育。

她的不知所措与无可奈何几乎写在脸上，内心冲动到幻想自己在砸东西，但只要现实里她稍微透出一丝不耐烦，那么打压和贬低——那些所谓"鼓励的鞭子"就会落到身上。

从父母的言语间，她明白是李校长亲自打电话来向父母阐述了她在校的情况。

李校长没办法过多处理此事，于是安抚家长时提到了俞韵有机会考入本部。

因为有这种可能，所以父母自然都在关注她怎么能在擅长的领域一举夺魁，并没有对同样提到的遭遇过多关注，甚至在几句话带过的安慰里，流露着审视的表情，责怪她性格不好，去招惹那种人。

他们阐述着对俞韵的付出，描述着一直以来的失望，又诉说此时重新施予她的期望，最后遵循一贯所谓"知耻而后勇"的教育理念，与许多这个阶段的父母一样，以与别人家孩子全方位比较的方式督促她学习。

这就导致俞韵第二天中午的医院之行十分"顺利"。

因为她再一次身负重担、情绪冲突，精神窒息得没道理可讲。

陷于情绪困境的她放大着内心的一切悲观思维，一边满心愧疚于父母的种种付出，一边又愤怒不解于自己的生活为何沉重至此。

除了各项功能检查，面诊是医生最主要的诊断依据，而这场情绪极不稳定的面诊在裴诗青看来，几乎是双相情感障碍教科书般的范例。

俞韵被带着去各个楼层检查，交钱的事都是谢瑾在跑上跑下。俞韵把这几年攒下的钱给他，又被迫在对方不满的目光里收回去。

谢瑾深谙如何调控她的情绪，皱着眉头要她复述他在小礼堂时说过的话。

而秦老师自那天后请了两天假，回来时如同无事发生过一般自在。好在她虽然采取了无视俞韵的策略，但也终究不敢再于众人面前捏造是非。

最近高二的学生都有些跃跃欲试，主动和俞韵搭话的不少，但俞韵没什么交朋友的想法，尤其本身目的就是来窥探的朋友。

所以她的回复通常视那些人从前对自己的态度而定，点个头或者应上一声就算了。

她无意与谁诉说自己的痛苦，也无意成为谁了解谢瑾的踏板。

结束了这场千回百转的闹剧，日子就这样朝着几周后的比赛流去。

俞韵一点点与过往的糟心事割离，自以为如此是借了心中某个神明的光，实则她自己也好似在这几天里陡生出了几分勇气与希望。

考试前的那天，谢瑾照例送她回家。

走到一半，他煞有介事地从书包里拿出顶渔夫帽，一边扣在俞韵的头上，一边念叨："让我们来问问谢老师的低配版分院帽，俞韵小朋友会被分到哪个院呢？"

谢瑾俯身凑近，贴着她的耳朵轻声叨叨："啊，它说，你将在下个学期出现在本部院。"

他缓缓直起身来，低头望着俞韵，却又在下一秒被俞韵拽了回去。

"你没听懂吧？"她学着谢瑾的样子微微侧头，在他发烫的耳边，慢慢咬着字，"它说的是……

"俞韵小朋友啊，要么被分到阿兹卡班……

"要么被分到你们班。"

3

这次的文学联赛一项是创作赛，一项是学科知识竞赛。

因为分别安排在同一天的上午和下午，所以参加比赛的学生今天都不用到校报到。

这相当于凭空多出几个小时假期，被明知夺奖无望的人戏称为"参与奖"。

俞韵早上抓住这种不常有的机会想要多睡一会儿，却还是被父母给按时叫了起来。

他们念叨着让她抓紧时间再多看一会儿书,所谓"临阵磨枪,不快也光"。

好不容易熬到了该去学校的时间,父母也该去上班了,俞韵没有背书包,只揣了两支笔就先一步出了门。

于是刚一见面,她便抓着谢瑾的胳膊匆匆跑远,生怕晚个几分钟就会被出门的父母撞见。

起初还算是她带着他跑,后来她就彻底成了拖油瓶。如此直到走上与父母相反方向的道路,她才用手支着膝盖,努力顺气。

"怪我没想到这点。"从安稳伫立到飞奔躲避,谢瑾也略微喘着,但还是施力把她扶起来,"别这么弯着,对肺不好,我陪你慢慢走。"

俞韵摆摆手,想说就乐意弯着,但呼吸不畅还没能讲出来,她就被迫喝了两口谢瑾递来的水。

谢瑾低头看着无精打采的俞韵,感觉她好像比平常早起还累。还没两步,她又快挂到他胳膊上了,活像个树懒。

谢瑾心道最近投喂的东西也不少,怎么也不见她气色比往日好些——他开始琢磨着是不是该煲点汤给她喝。

可虽然本部那边的离校申请已经通过了,但谢瑾想要回自己的房子住,还得等这个学期结束。

夏封和陈墨现在天天惦记着以后溜去他那儿吃火锅,他却绞尽脑汁也没想出怎么才能让俞韵常来。

"昨晚做噩梦了吗?"

"一点点片段吧,跟早上我爸妈喊我起床比起来,就没那么可怕了。"俞韵的语气像是刚找回来魂,直起身来走,步伐也依旧懒洋洋的,"每隔一分钟叫我一次啊……别说正常沟通了,就算发火都没人听。从初中到现在,我连寒暑假的懒觉都没有过。"

"所以你周末的数学试卷上有鬼画符一样的线条,是因为这个?"

"对呀,数学没什么要写的字。我困得不行,写睡着了也能看明白。如果写其他科目,可就真成鬼画符了。"

俞韵跑得早就清醒了,也慢慢开始有了精神聊天。

平日里她没人可说这些,如今絮絮叨叨地抱怨着,看得谢瑾简直想当面和俞家父母聊聊人生理想,问问教育意义。

但显然,她的父母不会理解,他暂时也没那个立场。

他抿唇思量了一会儿以后的计划,再引开话题还没说几句,两人就已经走到了考场。

这次联赛的奖励太诱人，哪怕不是一中的学生，达到要求也能不动学籍，直接进入本部随堂学习。

不少人都来试试运气，熙熙攘攘的人群，看得谢瑾心堵。

一中这边的考场只有两个校区的考生，安排在本部的几个阶梯教室。

两人不在一个考场，通过检查点，谢瑾看着俞韵进了考场才转身上楼去，坐下就发现自己前面是周千雪。

和谢瑾的无所谓不同，周千雪此刻正心头冒火。

在外面看到这两人同时出现时，周千雪旁边一个女生轻声说了句"不管怎么说，他们好般配"。

她回头想反驳，却从其他人"嗑到了"的表情发现，这么想的远不止一个。

于是在看到身后桌子上贴着的准考证信息后，她便想好了要在众人面前说点什么。

最好能一边占据道德高地，一边抹黑这两人的风评，以报赵磊成的停课处分之仇。

因此，谢瑾刚到教室，她便趁着监考老师还没来，转过身打招呼。

"又见面了啊，谢瑾。"

周千雪的音色偏细，又刻意咬字拖音，旁人听着骨头都要酥了，谢瑾却忍不住烦躁。

他皱着眉头，把笔扔在桌上，斜斜抵着后桌沿，抱臂自处，就这么一言不发地看向窗外树上的叶子，脸上的拒绝之意快幻化出字来。

"我想明白了，你之前那么对我，是因为那天看见我撞到了俞韵？我那是不小心的，这种事情在人多的地方很常见呀。

"我理解你关心则乱，所以虽然她也故意把我推在墙上报复回来了，但还是对不起啦。"

周千雪既然是刻意为之，音量必然是周围人都能听到的。

二部考生心知肚明在听八卦，盘算一会儿考完要跟朋友怎么讲，可本部的人却不知道这女生是谁。

瞧着谢瑾一副爱搭不理的样子，再转念想想最近的传闻，旁边几个男生终于"理清"了思路。

听说过俞韵名声的人并不在少数，在周千雪一眼又一眼的秋波里，他们都露出些为她打抱不平的意思了。

谢瑾听着只想笑，心想这段话真可谓是滴水不漏。

简单来说，这至少既加深了众人对俞韵一贯以来的印象，又把他的正当维护说成了是小肚鸡肠般的报复，最后还试图卖一波迫于压力的惨，赢一把温柔善良的路人缘。

感受到几秒钟内周围安静下来的气氛，他深呼吸，叹了声气，不明白自己到底是作了什么孽才遇上这种麻烦精。

谢瑾转过头来，淡淡看着周千雪，蹙眉的样子仿佛这事儿还没窗外的叶子更具有吸引力。

他懒散又充满质问意味地低头瞧着她，瞬间阴沉的情绪在抬眸时尽显，让人不由得犯怵。

"本部不招戏曲特长生，别吊着嗓子说话，难听。

"就凭你最近看我怎么去接俞韵的，你该不会还以为我是在你撞到她的时候才刚好站在拐角的吧？

"走廊人再多，也不常见从最右侧'不小心'撞到最左侧的人。你倒不如说你刚学会走路，控制不好那两只脚蹼。

"道歉就不必了，我替她拒绝。从没有规矩说唯仁者能好人、能恶人，所以她被欺负了不会吃闷亏。下次再惹到她，你且等着吧。

"有这个时间跟我玩心思，不如好好想想自己停课那一星期都面壁思过了点什么。想不清楚，我可以再送你回去一次。

"还有……"

谢瑾随手拿起刚才扔在桌上的笔，把周千雪搭在他桌上的胳膊扒拉下去，才继续讲。

"别再让我看见你欺负……我们家小孩儿。"

这些话的语调不像往日那般清清冷冷，几乎可以算是咄咄逼人了。

搭配着从说第一句起就逐渐明显起来的笑容，他控场输出，半点儿不存在友好交流的样子。

自始至终，谢瑾都卡着节奏，不让周千雪插话。

说完，看她没有接着耍心思的能力，他这才恢复了散漫的神色，看着老师走进考场。

毕竟当时周千雪环顾过四周，才跑上去撞的俞韵，她被推在墙上后，看到拐角处的谢瑾，自然而然地以为他没有看到全部。

原以为能赚个信息差，谁承想，赶上对方清楚的自知并不理亏。

她努力半天没能插进一句准备好的说辞，佯装的温柔样子在此刻狰狞到险些土崩瓦解。

既已了解事情的大概，也就没人再有替她解围或是打抱不平的意向了，纷纷收敛心思,忙着接试卷看题目。

围观者遗憾于监考老师来得太快,周千雪反而庆幸监考老师来得正是时候,能给彼此都留些余地。

谢瑾强势却聪明,又自视清高,这种少爷做派的人,让他在大庭广众之下跟妹子互扯头花,恐怕是不好意思的。

奈何她忘了少爷们还有种特性,那就是我行我素、随心所欲。

她还没来得及庆幸完,就被谢瑾用笔杆戳戳点点好几下,阴阳怪气地让她赶紧传卷子。

因此等谢瑾的文章写完,前面那人呼哧如牛喘的气息还没结束。

他倾身向前,以手支头,用只有周千雪能听到的音量呵笑了一声又一声,直到气得她摔笔才笑着起身交卷。

因为写得过快,旁人或多或少有些羡慕的神情。当他走到考场门口逗留时,连俞韵都诧异地歪着头挑眉看了他一眼。

最后的作文里写进了她的话,像是怀里揣了一块糖,又因刚才被俞韵看了一眼,他心中十分甜蜜,就有些不好意思地下了楼。

在等待俞韵交卷的时间里,他坐到花坛边,好好回味了一下"我们家小孩儿"这个称呼。

其实他原本想说俞韵名字的,可不知为何,突然就想起那天她喊夏封的那声"小孩儿"。

和姐姐对弟弟的意味不同,这称呼从他口中说出来用以形容她,带着莫名的亲昵和庇护感。

唇齿间低声又过了几遍,总归是多了些缱绻。

这段才过去不久的回忆烧得他面红耳赤,虽然等俞韵走近时,他已经只剩脖子是粉红的,却还是被问及为什么会像一只煮熟的虾。

俞韵看起来应该发挥正常,这让谢瑾不由自主地开始遐想以后的每一个规划点,而很显然,这些都逃不过同一个问题。

"你想考什么大学?"

过去的经验告诉谢瑾,相比寄希望于父母的自省,还是逃离更加有效。无所谓可耻不可耻,和万千家长一样,孩子们的人生也只有这一次。

"我的成绩考不到一本吧,能上二本就不错了。"俞韵舔唇时透着点不好意思,"所以只想过要去外地,没想好具体去哪儿。"

"你想过走艺术类吗?"谢瑾试探着问。

俞韵沉默了好一会儿,没回答这个问题,倒是抓着他去买了份关东煮。

虽然便利店的小哥看起来心事重重，甚至有些疲惫，但还是没忘了多加汤。由此，谢瑾有意多看了他一眼，赫然发现他手边的柜台上除了一本笔记，还倒扣着高一的英语书。

兴许是关心则乱，那封面上的字迹倒过来看，跟俞韵写名字时一样龙飞凤舞，让他一时间眼皮直跳。

他挑着眉凝神看了好一会儿，才发现写的是"魏令仪"三个字。

谢瑾一下子就放心了。

没打算告诉魏令仪的哥哥，他并不想掺和不知经过、不知对错的感情——这一点在自己身上就能理解。

他想，是谁家的人，就让谁的眼皮跳去吧。

中午几个人约好了一起吃饭，两人就在便利店坐着边吃边等。同样的位置同样的人，短短一个月过去，如今却是截然不同的心情。

这些时日，谢瑾每件事都围绕着俞韵，仿佛她是这个世界的中心轴一般。明明她从前能忍让也能包容，现在却被惯出了许多小脾气，越发娇纵任性起来。

深入接触后会发现，面对令她卸下防备的人，俞韵的情绪并不稳定。

发病时，一丁点小事也会发火，而后又开始自怨自艾，害怕自己会被讨厌。

可偏偏他就这么受着，也并不觉得委屈，反而每每都知道该如何哄好她，总是能保证自己情绪无比稳定地陪她度过。

"谢瑾，我好羡慕你，居然可以情绪那么稳定。"俞韵戳着碗里的鱼籽福袋，真心发出感叹。

吃东西时，谢瑾始终会看着俞韵，闻言，他立刻笑着回了句"不是"，随后便卡了壳。

像是思量了下什么该说什么不该说，他欲言又止了几秒。

"我只对你这样，所有你面前的我，都是仅你可见的。"

"或许你以后会发现，我有些与生活常态相悖的思维。"

他盯着俞韵的眼睛，长久压抑的狂热几乎带出了几分侵略感，他不想吓到她，开口却犹如警告。

"那也许就是我永远情绪稳定的代价。"

俞韵不走心般地"哦"了一声，看似随意地把最后一个鱼丸插起来递到了他嘴边，却又意味深长地和他对视着。

在两人之间无数次产生过的某种张力，在这一刻再次显现。

少女坚定而骄傲的声音宛若天籁，敲打着谢瑾的耳膜，又传到胸腔里的心脏处。

"喏，没关系，这代价我付了。"

她扬起的下颌线条圆润，双眸微垂，似笑非笑。

4

门口的迎客铃响起。

魏令仪朝着俞韵飞扑过来，又被谢瑾用胳膊挡开。

她从进门起就不曾看过便利店的小哥，倒是那小哥的眼神从没离开过她。

有意让俞韵在可控的范围内交些朋友，所以夏封来的时候遵照他哥的命令，带上了陈墨。

但同时带来的，还有他那张急着八卦的嘴。

"哥，听说你打周千雪了？"

谢瑾一愣。

俞韵也一愣。

陈墨有些无语："你分得清打脸和打人的区别吗？"

"啊……对。"夏封怕谢瑾听不明白，还往前站了站，"听说你打周千雪的脸了？"

谢瑾的脚尖都抬起来准备踢出去了，又在刹那间反应过来，顺势点了两下地面。

转学过来前，他也没有什么塑料朋友，几乎算是孤立全校的存在。如今夏封和陈墨毕竟只跟他相处了这些时日，他拿不准别人开玩笑的尺度，就只剩下了皮笑肉不笑的表情。

"没打她，只是戳穿了她几个谎言……你那脑子实在不行就捐了吧。"

他解释得笼统，剩下的都由夏封添油加醋地给俞韵说书了。

好在剧情走向没变，关键词也没落下，而谢瑾本人并不想邀这个功，就听之任之由着他去了。

毕竟他不想告诉任何人，自己只是歪打正着，蒙对了。

真相是那天他到了走廊拐角时，只看到俞韵将周千雪推在墙上。她看起来很生气，是他从未见过的气愤，所以他后来选择了让那人被顶格处理。

周千雪认为他所拥有的那些矜贵骄傲，在她试图抹黑俞韵的时候，就已经完全被他抛下了。

他无所谓自己的什么傲骨与品德，自知有例在先的人话语权会更高，于是利用这一点，直接编造了所谓的事实来反驳。

之所以觉得今天的事不值得被提起，是因为从在天台救下俞韵开始，他就一直在前后串联那些自己所看到的、被忽略的细节。

他不断做出假设，比如自己要是能更早注意到那些端倪，或是更早站在那一个个类似的拐角处去发现，那么俞韵就无须遭受后来的任何痛苦。

他把造成俞韵处境的一半错误都归结于自己，在夜晚安静时后悔，却遍寻不得弥补的机会。

不让周千雪插话，是因为他怕自己说得不对被拆穿。

语气笃定而压迫，是因为他需要让旁人哪怕目睹他被拆穿，也分不清谁说的才是事实。

那天俞韵对他说，君子与美食，不可辜负，但在这世界上，只有她敢称他为君子。

他用视频威胁赵磊成时，裴安就曾开玩笑说起这事儿。

况且即便谢瑾自己也很清楚，在任何会对俞韵不利的事情上，他都能毫无心理负担地做个小人。

他在这段时间里想了太多，直到夏封这说书的瘾过去了，起身时依旧有些不敢看俞韵的眼睛。他只对她招招手，话则是朝着其他人说的。

"魏令仪去跟人打个招呼，我们几个出去等你。"

除了魏令仪和便利店的小哥，谢瑾这句话没人听得懂。俞韵扫了两眼店里仅有的几个人，敏锐地领会到了意思。

她推了一下目瞪口呆的魏令仪，又仔细看了看便利店小哥的模样，刚心想魏令仪这眼光还是可以的，陈墨就示意她看看玻璃门外盯着她的谢瑾。

"看来你不知道。"谢瑾等人出来，笃定地在她耳边下定论。

"你是怎么知道的？"她浅笑中满是好奇。

面对这种询问，谢瑾自然地省略掉了自己之前的内心戏，施施然道："他手里那本书的封面上写着名呢。"

没过一分钟，便利店的门就再次被推开，一个称得上高大威猛的女生"嘤嘤嘤"着朝俞韵飞扑而来。

但这次，谢瑾连挪动的趋势都不存在，只用了一个眼神，就让魏令仪颤颤巍巍定在了原地。

"姐姐，"她故意站成内八字，绞着手指看向俞韵，"能不能让谢瑾别告诉我哥……你使个美人计，他肯定听你的。"

魏令仪没那么了解谢瑾，只好求助外援。她想着故作可爱的样子兴许能博俞韵一笑，指不定替人烽火戏了诸侯，就能换个知情者的封口。

还没等俞韵回答，谢瑾有些不自然地咳了一声，扫了一圈在场的这几个人，不耐烦似的挥挥手。

"不用，我不会说……"

魏令仪的目光落在了俞韵的身上，片刻后，又将目光转回到了谢瑾身上。他唇边扬起的笑容有些意味深长，却也不再点破。

没想到这人如此好说话，魏令仪对着他双手合十就开始拜。

谢瑾没什么表情，转身就朝订好的餐厅走去。而得了许诺的魏令仪迅速朝便利店的方向比了个"耶"，也随几个人一同行动。

某人给自己留下的印象太深刻，俞韵边走边回忆，调笑时抑扬顿挫拿捏着腔调，眼神若即若离看向身旁的谢瑾。

她并没有想要说下去的意思，以至于夏封还在一脸认真地等着听下文。

陈墨看出了气氛的不对劲，明目张胆地戳他，叽叽喳喳八卦了起来。

明知这说的是自己当初在烤鸭店被怼得没话说时靠美色蒙混过关的事，但谢瑾还是强撑着，假装自己并不在意。

消除恐惧最有效的方法就是自曝，挣扎了半天，他还是选择占据主动地位。他神态随意淡然地提起俞韵的袖口，将她的指尖略略悬于自己的胃部前方。

"不就是美人计？有第一次就有无数次。

"但你不得不承认，这个计策对你管用。"

他语调寻常清冷，此刻除去笑意，还多了些阴阳怪气。

每讲一个字，他都更加靠近俞韵，直到她脸颊漫上绯红，才勾着嘴角压低了气声，悠然打出最后一张牌。

"千万别客气啊，小哭包。"

当初俞韵心疼他的伤而落泪，现在他为这声"小哭包"而赔罪，逞一时之快的后果不算太严重，顶多也就是哄人哄得口渴。

到了餐厅，给俞韵涮完餐具，谢瑾坐在包厢里灌了两杯水，听着夏封介绍新朋友，掏出手机翻了半天通讯录，最后还是打开了文件传输助手。

瑾鱼：我费了好大的劲才造出个温室，她要是没被养出点无拘无束的任性和原来那种恣意妄为的劲儿来，那姑且都得算对不起我。

瑾鱼：赶紧来个人问问我为什么吧，我好说一句"我惯的"，都等了好些天了，怎么就没个有眼力见儿的呢？

他看似毫无波澜地发完疯，刚准备放下手机，夏封的消息框却适时弹了出来。

谢瑾点开扫了一眼，顿时来了精神。

封考必过：你有没有觉得俞韵最近快乐了很多？

瑾鱼：想知道为什么吗？

瑾鱼：我惯的。

瑾鱼：我惯的。

瑾鱼：我惯的。

封考必过：哥，你能不能别在这里发癫？

可能怕他哥的回复太过刺眼，夏封迅速锁屏把手机收回校服兜里。

他动作幅度很大，像是在提醒谢瑾，就算现在发了消息自己也看不见。好在谢瑾此刻正内心膨胀，压根儿不在意他回的什么。

中途陈墨借故出去了一趟，直到一行人差不多吃饱了，谢瑾抽空去结账时，才知道他们这桌已经结过了。

看到他出去，陈墨也跟出了包厢，此刻正背靠着包厢走廊的墙壁。

谢瑾回头看到陈墨，神色自然地收了手机走过去，脑子里却是一团乱麻。还没等他迅速找出个不痛不痒的说法，对方就先开了口。

"谢哥，你不收，我只能这么一点点慢慢还你了。"

"说了是因为赵磊成那事儿，谢谢你哥帮我。"

"既然打过照面了，裴安肯定跟你说过，陈白是免除学费的，之所以这么混是因为还独自拉扯着一个弟弟，也就是我。所以你打这个数不只是谢谢，就别坚持了。"

"裴安还真没说这些，至于为什么是这个数，你应该也听说了。我有些小背景，所以出手就是这样，少了连我自己都不好意思。收着就是了，我以后还要靠你们给俞韵调节心情呢。"

并不熟悉散发什么善意，谢瑾硬着头皮瞎编。陈墨听得认真，却猜到了似的轻笑。

"谢哥，你跟我以为的谢瑾不太一样。"

"嗯，估计夏封也这么想。话说，你想不想知道为什么俞韵最近变得跳脱了？"

"啊？这是我见她的第一面……"

"没关系，我先告诉你，我惯的。"

好不容易岔开话题，谢瑾在陈墨哑口无言的神情里，一边聊着，一边跟他赶紧回了包厢，生怕他再剖析自己。

作为一个要父母没有、要钱管够的孩子，这对谢瑾来说只是几件衣服、几双鞋，并不算什么。

或许是因为他一直独来独往惯了，听见陈白和他弟弟的事，忽然有些羡慕，没说什么，便帮了他们。

几人又聊了一会儿，便先回去上课了，就只剩下俞韵和谢瑾两个人。

大家都在时，虽然俞韵是看得出来的开心，但话依旧少，唯有在与谢瑾独处时，才会显露出天马行空的想法，以及密集的碎碎念。

等彼此的分享欲得到了满足，时间也差不多该去考试了。谢瑾看她笑着走进考场的样子，忽然感到莫名的骄傲。

学科知识竞赛和完全主观的创作赛不同，字词释义、诗词填空，以及阅读理解这一类，都是有标准答案的题目。

一张卷子里能有多少自己会的，很多学生认为纯靠运气瞎碰，但对于"非酋星人"俞韵来说，足够多的积累和足够深刻的理解力，可破所有坏运气。

为了获得晚自习的假条，哪怕下午这场考试的难度高，不参赛的人也很少。考场位置不变动，令人意外的是，周千雪也来了。

这考场里的大部分人都不太明白，她为什么经历了上午的波折还有勇气来，但谢瑾很清楚。

他专门查阅过以往的比赛，研究过俞韵的几个劲敌，好巧不巧，周千雪还真就是其中之一。

上次的校级赛同样是这两项，创作赛上周千雪没有名次，但学科知识这一项，得分仅比俞韵少两分。所以下午的比赛，她一定会来。

谢瑾交卷的时候有一半都是空白的，路过周千雪的座位，发现她卷面上的空白要少很多。

一般情况下，这种卷子大家都写不满，而谢瑾又着实不擅长这一项，所以当俞韵考完说自己空了五六个时，他也只是以为这下应该比周千雪稳了。

学科知识的考卷要经过打乱顺序才开始判分，据说还是两轮打分，创作赛的文章更是在初审后交由几个学校联合的判分组讨论。

到这一步，谢瑾不得不承认，李校长说得有道理。

如果俞韵是通过这样的赛事考入的本部，必然要比简单一个校级赛更加服众。

但他更担心的是，她一直引以为傲的实力，万一在这种到处卧虎藏龙的情况下受挫,很难说会不会打击过甚,加重她的心理问题。

可能是谢瑾心里的忧虑让他的动作有些迟缓,俞韵很快就发现他心情不如考试前好。

"麻烦你给我这种偏科的人留点活路吧,没必要拿自己不擅长的去跟别人擅长的比。"她随手从兜里掏出一支棒棒糖递给他,"你看我,我就不会拿自己的数学跟你比。"

她还想说点什么来安慰,谢瑾却三两下撕开糖纸,把糖贴在她唇边。

这会儿并不想吃甜食,她犹豫了下没去接,还没开口拒绝,谢瑾就又把糖收了回去。

他妥帖地将它包进刚撕开的糖纸里,不慌不忙地装进口袋。

打车时,谢瑾试探地看了俞韵几秒,没得到必须回家的指令,便径直带她回了自己校外的房子。至于今天有没有跟家里说不上晚自习的事,俞韵不说,他也就不问。

思维在醒过来后便永不会再沉睡,俞韵对自由安逸的向往如同冲破土壤的藤蔓,尽力朝着水和光生长。

而他愿做她身旁的那棵树。

5

这一年还没到六月,天气比往年都要炎热。

也不知是怎么回事,从小区门口走到谢瑾家,不算长的距离,俞韵却头疼得厉害。她说不出地难受,几乎快要吐出来。

走进门那一刻,因为空调已经制冷许久,她一下子被凉意包裹住,跨踏间还以为这屋子里早有人来。

"谁在呀?"她悄声问谢瑾。

"嗯?"看着她呆头呆脑地站在玄关,谢瑾愣了几秒才恍然大悟,"没人,是我刚刚用手机开的。"

俞韵后知后觉"哦"了一声,反射弧长得有些少见。

但还没等她继续问出一知半解的问题,就又被拉回了门边。

谢瑾调试几下,把她的拇指轻按在密码锁上。

俞韵低头时,无意间看到这条录入信息自动生成的名称为"指纹二"。

录完指纹录面部,凉气通过敞开的门向外涌。冷气流经她四周,冲掉了闷热潮湿的空气,减轻了一丝她的偏头痛。

"这房子的中央空调要等暑假我才有时间让人来清理,平常我自己用也就算了，但你有过敏性鼻炎。"谢瑾给她示范如何开门，突然明白过来俞韵没接触过全屋智能，"所以我用手机远程开了柜机，毕竟制冷慢一点，关着其他门也得提前打开。"

"我确实有鼻炎，但你怎么知道的？"

"看到的。"谢瑾推着她进屋，"我刚转来的时候正飘柳絮，你课间戴着口罩还在打喷嚏。"

"哇，这么关注我？"俞韵竖起大拇指揶揄他，"说你转学不是为了我都让人难以置信吧？"

"嗯。"谢瑾望向她的眼神认真，却转头突然笑了声，语调轻佻，不知在阐述哪种意思，"确实如此。"

"避重就轻，"俞韵假模假样地带着点笑意睨他，"还不快给我老实交代。"

虽然她遣词造句如同玩笑，但这虚虚实实的问话若是落在旁人耳朵里，也许会觉得她过于强势。

可显然，谢瑾的感受总与旁人不一样——他比较盲目。

眼前人困惑也好，生气也罢，无论什么样子都可爱，包括现在这种出尔反尔，由隐晦问询直接快进到逼供的奇妙态度。

"你希望是什么？"

谢瑾性格使然，聊天的节奏并不容易被他人掌握。

不过，他现下轻飘飘地反推回这个问题，盯着俞韵看了短暂的两三秒，手心却无端出了层薄汗。

他俯身拿出拖鞋，刚要蹲下，却见她两脚互蹬，把运动鞋迅速踢到了一边。

没等来答案，谢瑾倒是等来了拒绝换鞋服务，俞韵耀武扬威般坐在玄关柜子上，仰起脸，朝他"哼"了一声。

"我希望什么呢？"

她想了几秒，悠然眨眼，伸手去够谢瑾拎着的拖鞋，卷边的小熊袜子在他的余光里摇摇晃晃。

"我希望能永远第二个录入你房子的指纹。

"从今以后你做第一个。"

谢瑾愣怔，随手刮了下她的鼻尖，而后单膝跪地俯身捞过小熊袜子包裹的脚踝，确定她左脚踝的积液相对上次没什么变化。

"答非所问。"他轻笑一声。

如同被施了定身术,俞韵任由谢瑾给自己把拖鞋穿好。被偏爱和保护的快乐,作为她无比陌生的东西,在这一刻同时横行在她的心脏里。

谢瑾笑着把手机递过去,让她自己去沙发上玩智能家居的软件,他则去厨房翻冰箱,给上周末被冻起来的提子一次上桌的机会。

俞韵坐在与上次相同的位置,不经意间悄悄看向放着那本文集本的地方——东西已经不在原地,想必是某人收起来了。

然而她依旧不理解,为什么谢瑾会一直保存着,又为什么如此害怕她知道。

被控制的电器发出此起彼伏的"嘀嘀"声,谢瑾回头看她在手机上左点右点,笑得宠溺。

他拆开酸奶的包装盒,已经开始构思未来两个人的房子里,家居该如何配置才能让她更舒适了。

自己果然是越来越贪心,他想。

许久前,还只是奢求能远远望着不打扰,等她高考后再试探着剖白自己,精心算计着一点点侵蚀进她的世界。

如今所有的计划都被未曾预料的事态骤然提前。

他一步步小心翼翼筹谋着,居然也敢肖想起以后。

没过多久,智能家居恢复了原样,玩烦了这些的俞韵许是无聊,正拿着上次没看完的书看。

紫提榨成的冰沙和酸奶各居一层,冰冻的青葡萄对半切开点缀于最上层,谢瑾抛开纷乱的思维,端着装点好的奶昔杯朝她走去。

他脚步不算轻,俞韵却没什么反应。

她总是沉浸在自己的世界里,哪怕四下无旁人,也如同人群中的谢瑾一般,周围恍若有个结界。

正因如此,她看起来实在不算好打交道。

于是传闻里,除去那些恶意编造的故事,所谓"装清高"也成为她的罪状。人们总是从经验、从推断、从别人的口中了解她,从未认识过的人也仿佛对她知根知底。

故事出现纰漏也没关系,总会有狭义的推断来补足。大家把信息拼凑整合,互相交换,宣之于口,就好像那是真的她。

从前,谢瑾在夏训营里和俞韵相遇时,便察觉到自己对她感受的不同,这种异样的情绪出现在脑海中时,或许是因为太过陌生,让他有些本能的抗拒。

可谢瑾越是想要逃离，越是深陷其中，到了最后，只能清醒地看着自己沉沦。

俞韵吸引他的并不仅是她美丽的外表，更致命的是她隐藏在平静外表下那汹涌炙热的灵魂。

而能看见俞韵真实另一面的人似乎也只有他。

站在原地出神了一会儿，他怕贸然出声吓到俞韵，只好无意义地围着沙发绕了个圈，确保沙发上那人能感知到他的存在后，他才轻轻把杯子搁下。

"所以你为什么转学？"俞韵头也不抬地轻声问。

"这事儿还没过去啊？"谢瑾向前推了推甜品，不作答复，"按照提问顺序，你先回答我。你想过走艺术类专业，对吗？"

俞韵"啧"了一声，流露出觉得他有点难搞的神情。她眼神游离间故意频频看向他，又像是演给他看的。

但谢瑾依旧以尽数知悉的洞察目光凝视着她，非但不为所动，甚至还歪了歪头以示催促。

"行吧，曾经想过。"

俞韵垂眸时显得有些不以为意，端起奶昔杯舀了一勺，冰得有些不舒服，但她没在意。

"上学期刚开学的时候，音乐老师来问过我，后来被我爸妈否决了。"

"因为是艺术类，还是因为钱？"

谢瑾的话接得又快又直白，俞韵少有跟人交心的聊天，闻言不由得挑眉观察他，顿了一瞬，有些尴尬。

"都有。"

她此时所展现的云淡风轻大抵是种表象，谢瑾直觉如此，却还是平静地应了声。

最近一个月，他研究了俞韵的大部分考卷。

他发现她所有的偏科都在于基础有问题，她喜欢与不喜欢的科目之间的分差，就如同市三好与二部最后一名的差距。

高三逆袭的故事并不少见，但也不常见——多数都存在于开班会时老师的鼓励中。

好在有人天生不适合这样的学习，却在其他方面拥有着过人的天赋。

来自父母期望的压力已经够大了，艺术类专业绝非所谓的捷径，而是最适合俞韵的选择。

谢瑾以为，与其赌她累死累活地扛压提分上一本，倒不如让她保持稳定的心理状态，把兴趣和擅长的发挥到极致。

"现在还有兴趣学吗？"他微微带笑，诱导的意味明显。

"有心也晚了，且不说我爸妈……以及钱，就连基本的乐理知识我都没学过，高三零基础学音乐，简直天方夜谭。"

头痛再次缓慢折磨起俞韵来，她微微咬牙，搅动着冰沙，没注意到谢瑾的若有所思。

原本他只为她规划了几个文学相关的专业，于是在得知俞韵意在其他方向时，便改变主意，所有的准备都为俞韵的喜好让路。

然而，此路不通。

"文艺类专业呢？比如戏剧影视文学、艺术学这种方向，你愿意试试吗？"谢瑾自认周全的安排里，还缺少一个必要条件，那就是俞韵的首肯。

"嗯，语文老师跟我说过这个，我是感兴趣，但……"

察觉她接下来要说的话是什么，他抢先一步拿起桌上果盘里的青提投喂，笑眼透着蛊惑人心的意味。

"抛开你爸妈和学费，俞大小姐只需要说愿不愿意。"

"我愿意呀。"

俞韵说完还在慢吞吞嚼着，她虽觉得有些事情不对，可思绪在被投喂的澎湃心跳中纷乱远飘，一时捉摸不透。

直到抬眸看见谢瑾压抑不住的嘴角，她才忽然感到这句话怪怪的。

在这种氛围下，作为情绪主体的当事人，俞韵一时间以为他只是故意引自己说这话，于是恼羞成怒，翻了个白眼不再理他。

谢瑾虽然一边道歉，一边依旧不厚道地笑，心里倒是真松了口气，毕竟这对话彰显的含义深究起来着实有趣。

那些早已超出朋友闲聊程度的不断追问，认真而迫切。

或许只有将他真实的意图隐藏在这不经意间的玩笑中，才能掩藏自己心中真实的想法。

然而，俞韵的心思太过敏锐，她还是能轻而易举判断出他的真实意图。

他知道，如果俞韵想要拒绝，无论自己做些什么，都始终走不进她的心。

他执拗地将一切归结于灵魂相向，以期看她的选择与自己完美契合，所以蛊惑、套路、激怒……他想尽办法让她没机会思考。

她的思维因为病情而如同缠绕的丝线，只要熬过一段时间，这件事就会成为某个微末的分支，在她心中尘埃落定。

谢瑾寄希望于此，企图在一切无可推拒前不必因此焦虑，再像转学走投无路时一般，无奈地向上天祝祷。

"啷"的一声，俞韵把没吃完的冰沙放在茶几上，中止了他的情绪。

她整个人弹了起来，紧接着又突然想起这儿还有个人，放缓了动作，偷偷瞄他。

姨妈提前报到，还刚好没拿书包，现场有且只有一个人能帮她。

窘迫导致的气血上涌使俞韵脸颊通红，谢瑾没明白她怎么了，慌忙起身想去解决，没走两步却被故作冷静的她勒令不许过去。

眼看俞韵状似不经意地挪动着后退一步，悄悄瞥向沙发上自己刚刚坐过的位置，谢瑾突然福至心灵。

他的慌乱在轻咳一声后被悉数压下，剩余的只有淡然和温雅。

"不要慌，有我在。你先去二楼的浴室，柜子里的东西随便用，都是干净的。"

他说得令人安心，可俞韵再不复佯装的冷静。

肉眼可见的紧张从少女紧皱的眉头蔓延开来，映入谢瑾眼里，看得他心软又乱。

"买哪个牌子？"

他语调轻柔，仿佛是在游乐园里问小朋友，冰激凌选什么口味。

"……随便。"

得了回答，他微垂眼眸竭力保持斯文，背过身去才无声吐息，迅速复盘之前了解过的知识点。

为了可以照顾俞韵，他理论知识储备良多，可到了这一步，他还是莫名有些慌张。

听着身后的人争分夺秒般跑上楼梯，谢瑾匆忙回身从沙发角落捞起了手机。

吊桥效应的机会猝不及防，年少的慌张作祟，他解锁了两次手机才打开。

浴室里，红着脸的俞韵正坐在马桶上不安地咬着唇。

虽说生理期并不羞耻，可是在喜欢的异性面前有如此经历，又不得不寻求帮助，这让她实在没办法以正常的情绪对待。

幸好她站起来得够快，外面的裤子并没有沾染，但贴身衣物没有那么幸运了。

简单清理过后，柜子里柔韧舒适的洗脸巾无奈被先顶上了前线。

头疼的根源此刻已经明晰，但伴随而来的还有小腹疼。

俞韵丧着情绪，开始苦中作乐，想着那个人的白净脸皮会不会正在超市的货架前泛着红。

二楼浴室听不到一楼的声音，她疼得错乱，不知为何默认谢瑾已经出门，于是深深地弯着腰，猫起身子爬出了浴室。

不得不说，出来的一瞬间，她就后悔了。

本该出门的人安静坐在浴室外的走廊上，屈起一只长腿，修长的手指正轻轻转着地板上那杯红褐色的水。

他背抵墙壁，微仰着脸，垂着眼眸，薄唇微张，神情看起来怏怏的。

俞韵呼吸滞了一瞬，莫名感受到一种孤独。

就好像他一直如此，坐在空旷的房子里，形单影只地等着谁。

谢瑾好像在思考着什么重要的事情，回过神来看见她扭曲的姿势，他慌忙起身，迅速跑来扶住她的肩膀，甚至是心疼得想要抱起她。

"别别别！"

现在的她没有装备护体，实在不敢有大动作。可这事儿又不好解释，情急之下，她只能疯狂摆手后退。

也不知身旁这人脑袋里接错了哪根线，谢瑾就这么停下动作，被指挥着拿过装着红糖水的杯子递给她。

他紧张地注视着俞韵缓缓靠过来，看到她神情无比郑重，却气若游丝。

俞韵奇异的举动折腾得谢瑾几乎窒息。

俞韵喝完红糖水时，恰好外卖员按响了门铃。

洁癖如谢瑾，依旧把外层的袋子打开扔掉，直接拿出里面的东西递来，平静得近乎冷漠。

对方都已经如此大方，俞韵的心情自然也安稳许多。穿上安心裤，心底那股焦躁逐渐被抚平，等她整理好心情再开门，谢瑾已在二楼的书房唤她。

书房的温度比客厅里高一些，因为不是卧室，俞韵走进去也并不会拘谨得难为情。

暖水袋被捂在小腹上，她舒服地半躺在柔软的沙发里。

两人有一搭没一搭地轻声聊着，精神的放松和身体的疲惫就一股脑朝她席卷而来。

谢瑾缓步从书架上抽出一本《浮士德》，坐在沙发边的地毯上。

少女的呼吸逐渐平缓，手指无意间搭上书角。他调低了书房灯光的亮度，许久不曾翻页。

若要他献上灵魂，何须魔鬼的赌约。

只消身旁的指尖一勾，他便心甘情愿，乐意至极。

他将如同浮士德所说，抱着这种高度幸福的预感，享受这个最高的瞬间。

第六章 ·荣幸至极

/世界终于舍予他慈悲，
赐予他此间所求的最高礼遇，
而他将彻底归顺，永不抵抗这宿命。/

1

这幢四周住满了正常家庭的房子，一如往常的安静。

俞韵透粉的指尖还搭在他膝头摊开的书角上，在睡梦中逐渐调整到了更舒服的姿势。

始终萦绕着的淡淡压抑在呼吸间散去，她神态舒展，看起来乖巧而安逸。

谢瑾小心翼翼地拎过手机，轻点几下，反扣在俞韵脸颊边的沙发上，静默着等待时间的流逝。

这段录音会像他手机里留存的俞韵的短暂哼唱一般，永不可见天日，可它们足以驱逐他的所有悲伤，在终归寂寥的每个夜晚引他入梦。

隐秘而疯狂的念头皆需藏好，但如果可以，他也希望有一天能给俞韵看看自己这颗痴妄缠绕的心。

最初被发现存在问题，是因为那时他试着学习催眠，不分昼夜地去做清明梦。梦里他构筑着有俞韵存在的世界，随心所欲操纵季节与地点，逃避着一切现实，整天处于恍惚的状态，就快要分不清现实与虚幻。直到寒假，他与裴安和裴诗青见面，裴诗青很快就察觉到他的异常。

裴诗青不加掩饰的询问，让他有些措手不及。

无奈之下，他只能说出大部分的事实。

虽然自此再没有尝试过，但上次他发消息说，决定还是以自己来治愈俞韵的时候，裴诗青还是意有所指地劝告他，俞韵的情况持续时间会很长，状况跟他的固有印象完全相悖。从理论上讲，这对他的焦虑并无益处。她要他放弃产生的救世主情结，置身事外地去开导俞韵，接受药物的副作用。

谢瑾理解裴诗青作为旁观者和姐姐的想法，却也不想贬低感情去敷衍地应和关心。

他说自己没有救世主情结，只是听从本能地靠近俞韵。

而且无论如何，他都选俞韵。

他无数次羡慕过那些欢声笑语的喧闹，却又不得已享受着他厌恶的孤独。他像是被世界无情抛弃的弃儿，又在某个瞬间拥有宇宙慷慨的馈赠。

没有救赎者能忘记自己的信仰，亦没有朝圣者会吝惜自己于殉道，那世间独一无二的瑰宝被他紧紧抓住，哪怕掌心会攥出血来，他也要。

膝上的指尖微动，俞韵弱弱地哼唧了一声。

她醒来缓缓坐起，眼神有些迷蒙。

谢瑾淡定地收起手机，想着不知哪天才能光明正大地伸手去抚平她微蹙的眉。

见他眼尾红得厉害，俞韵便倾身向前去看，这角度有些居高临下，却因为对方下意识的迎合而距离骤近。

谢瑾抿着唇，无端想要托着她的脖颈将姿态转换，此刻却只能敛眸，将骨节按得发白，指尖用力嵌进地毯里。

"嗯？"他侧身隐在黑暗里，声音喑哑，看不清表情，"还不到晚自习下课的时间，你可以再睡一会儿。"

"不了，其实我也不知道为什么，刚才只觉得很安心，就睡着了……"

俞韵说这句话的时候，尴尬得脚趾都在蜷缩。她自觉失礼，更不好意思讲出来。

事实上，何止是安心，她已经很久没睡得这么踏实了。对于长久以来被睡眠折磨的人来说，她几乎有些留恋这里。

也不知是留恋谢瑾家书房的沙发，还是某个令她如此安逸放松的人。

谢瑾没有接话，却笑得颇宠溺，起身去倒热水时，带回了早已从冰箱拿出散过冷气的小蛋糕。

俞韵之前嘴唇发白，睡醒了才好些。谢瑾自觉今天给俞韵做冰沙实属愚蠢，更是懊悔，所以刚才特意给她暖水袋，好让她手也热着，加速活络血脉。

现在贴上已经在发热的暖宝宝，俞韵捂着暖水袋的手终于得以解放。

谢瑾坐到她旁边，递过拆好的小蛋糕，偏头支着颧骨看她吃。

他从来都不喜甜食，却总会准备很多不同种类的在住过的房子和宿舍里。以往想她想得厉害，他也会强迫自己尝一尝。

现下想来,却是已经有一段时日没有碰过了。因为这份寄托的主人终于仅仅离他一步之遥。

"唔!"

俞韵眼睛睁大,是吃到美食的表情,而且往往是首次吃到。

听着她问自己这是什么牌子的,谢瑾终于察觉到了不对劲:"你之前没吃过吗?我放在你桌洞里的零食。"

卡壳了半天,最后她还是没找到合适的安慰借口,只好如实回答。

"从前不知道,你现在也该知道了,这种常见的匿名零食投喂活动,是不会有我的份——有也不会是正常的。

"我离开过桌子之后,水杯都不会再用。

"对不起⋯⋯"明明不算什么重要的事情,俞韵却越说越辛酸,"浪费了你的很多心意。"

毛茸茸的脑袋在谢瑾面前沮丧地低垂,他只好手忙脚乱地胡噜着,像是要给受伤的小老虎顺顺毛。

"是我不好,我都没有想到这些简单的防范意识。"

谢瑾搜刮着这种情形下哄人的句子,只好稍稍施力,迫使她抬起头来看着自己。

"俞韵小朋友真棒,谢老师觉得她做得很好!"

"嗯,我也这么认为。"

俞韵一秒变脸,恢复了正常,神色间带着点耀武扬威的傲娇,侧脸回眸瞥了他一眼。

"怎么会有人连这么简单的防范意识都想不到呢?"

嘲讽的笑声轻轻响在耳边,彻底宣告了谢瑾跳进圈套的事实,却也勾得他摇了摇头,不由自主跟着乐。

年少经历所致,谢瑾难免心思重,此刻被戏耍而不自知,倒是少有的失策。

但许是这件事让俞韵忆起某些往事,不得已为心理所迫,逐渐沉浸在了那份感受里。她微不可察地冷笑着,望向地面某个角落。

这份回忆必然不够美好,她单薄的身躯分明透出几分凌厉,刺在谢瑾心上,待到细碎的疼痛散去,只留下密密麻麻的难过。

"我转学有两个原因,明面的、实际的,俞大小姐要听哪个?"

谢瑾神态自若,直接抛出一个以自我为主导的问题,既是引她脱离沉溺,也是兑现先前交换问题的承诺。

"明面上谁不是为了学习？"

俞韵斜斜靠着沙发，轻抬下颌睨向他。那些情绪抽离得很快，她再不复首次在客厅与裴诗青交谈时的状态。

改变微小难察，却让谢瑾隐隐愉悦。

"也可能是来寻找弄丢的碎片吧，"他别有深意地注视着俞韵，"或者成为可以被谁丢掉的碎片。"

少年早已自愿抛弃骄傲，他迫切地想成为她的药，甚至愿意承受某天她不再需要自己的"戒断反应"。

但如果渴求能被允许，谢瑾哪怕与命运对抗，也想要诱她对他依赖上瘾。

俞韵眼神飘忽了一秒，嗔怪得甚至有些刻意。天生的性情与后天的境遇使然，她常在亲密关系中惯性拉扯。

但显然两个人旗鼓相当，谢瑾也不遑多让。

见他始终不慌不忙地轻笑，吊着胃口却不作答，俞韵不明就里，索性不再跟他拉扯，自己按捺不住先急了。

"赶紧的，别废话。"

谢瑾被凶了也面不改色，只敛了没正形的神情，骤然拉近距离眨了下眼，转而起身拿过她手里空了的蛋糕托。

直到将眼前人不耐烦的样子欣赏够了，他才回身迈步，语气淡淡的，敲定了她的猜想。

"你。"他人已经离开了这片区域，可声音再传来时还一如咏叹，"为了你呀，我的小白眼儿狼。"

那咏叹的腔调念着不够优雅的词句，却好似穿透了俞韵的皮囊。

他念出的每个字都在沿途轻轻叩响她脆弱的肋骨，最后在胸腔里浇筑出一颗糖。

"我可是近乎用尽全力才得以靠近你啊。"

那些抗争与无助的感受如同噬骨之痛，谢瑾这句最后的剖白没让俞韵听见，似呢喃低语一般，飘散在他缓缓走过的每一步里。

追问终于得到了回答，俞韵反而有些怕。

为她而来，就并非如今的临时起意，然而虽算不得时过境迁，她也已经不是那个存在于他记忆中的俞韵。

悲观厌世的心理，只需要些许遗憾就能轻易点燃。

宛若一个人对抗世界太久了，千疮百孔，只剩一副空荡荡的躯壳苦苦支撑。

她落寞地拢了拢头发，告诉自己，世间万物，落差感积累太多，再深刻的情感都会被一点点消磨，而谢瑾大抵也是如此。

她把校服外套拿到手边，就像自己真的还能做到随时离开。

此时俞韵并不知道，故作平静地说出这个事实，于谢瑾而言也不算易事。

他扶着楼梯扶手，深呼吸了许久，努力压下心里大喊着"你配不上她"的声音，才重新回到书房。

他立于门旁，看俞韵正托着那本他刚翻过的书。

看起来姿态慵懒随意，可她周身漫溢的却是某种易碎与无力，就像是刚做了什么答案为否的抉择。

主动的独白太具有迷惑性，让他忽略了这并非主观可控的清明梦，后知后觉的惶恐涌上心头时，他已经预见自己即将迎来的下场。

执行审判的人在这时发现了他，拎起校服外套，朝这个方向走来。可走到书房门边，审判者又突然转身。

达摩克利斯之剑高悬于头顶，谢瑾突然明白自己错了。

那些理智中遭到拒绝后的温柔设想、对她未来交男朋友的假意接受，全部早已溃不成军。

他压制不住的欲壑围剿如攻城夺垒，在这一刻占据了最后的领地。

过去所有的偏执与狂妄皆不敢示人，此刻他却只想锁上这扇门，永远困住她。

"谢瑾，谢谢你，可我早就已经……"

"嘘。"

谢瑾轻轻带上书房门，顺势抚着她的后脑勺，微微用力将她按在自己肩膀上，拼命祈祷怀中人不要再说下去。

"嘘，我都知道，你所想所担心的我都知道。"

他沉稳规律的心跳声仿佛一剂安定，俞韵总觉得那心跳像是在告诉自己什么。

可她共情无能，怎么也读不懂，只无声地滑下一行泪来。

"我没有别的意思。"他像是要把什么融进骨血中，紧张得在颤，"求你，别拒绝让我进入你的生活。"

耳边是与谢瑾本人完全相悖的、卑微的祈求，于是俞韵再发不出一个音节，唯有点头。

她无端地想：没关系，再不济还可以模仿那个从前的自己，以此营造出最后一点光，直至那些幻梦全部殆尽。

"你刚转学来,在教务楼外面,我就知道那是你。因为很久以前,我也曾想要靠近你。

"可是谢瑾,现在的我,好像只剩下呼吸这一种能力了。

"但如果你愿意,我就不离开你,努力去试着靠近你,把你当作解药,学着去你的世界看看。"

俞韵清晰的咬字发音却带着灼热的气息,每个字对于谢瑾都重达万钧。仿佛两缕破碎又重组的灵魂相拥,他的呼吸犹如溺水之人重获氧气。

恍惚间,他想,被命运之神眷顾的感觉,原来如此。

"很久之前我就知道我想要靠近你,进入你的生活,留在你的身边。

"所以俞韵,我何止愿意,我荣幸至极。

"学不会也没关系,我的世界很小,我把它都给你。

"但你说了努力,就不许离开我……"他亢奋得睫毛微微颤抖,再次给足了拒绝的时间,而后道,"不然我真的会捉你回来。"

黑暗沉寂的湖面升起星月,蒸发的热意氤氲了眼睛,他们心跳共振,任由浑身血液澎湃到皮肤都发麻。

谢瑾十八岁的生日这天,世界终于舍予他慈悲,赐予他此间所求的最高礼遇。

而他将彻底归顺,永不抵抗这宿命。

2

其实就如同谢瑾内心对自我的定义,在他看来,自己的生日也总是称得上不合时宜的。

初见俞韵的那年,他生日临近中考,而父母正忙着离婚清算,分割除去他以外的所有财产,所以他在模拟考场外吃了一块三角蛋糕,识趣地没有提起。

他等待着谁说句抱歉或是安慰,又担心成为谁也不愿再背负的累赘。

遇到俞韵的第二年,爸爸不愿见他,妈妈不会见他。

他生日那天,裴家姐弟一个进修一个比赛,却还是寄了礼物来。父母杳无音信,不过好在他本就没有期待。

放学取来的蛋糕在那时偌大的房子里,看上去依旧很壮观,谢瑾把甜腻的奶油刮干净,切出许多蛋糕坯喂给流浪的小猫小狗。

他笑着告诉它们,因为我们都一样,所以今天谢公子买单。

然而终于找到俞韵的这一年,生日这天,居然重新与欢愉画上了等号。

他系好围裙,回头望着坐在操作台旁边,捧着杯子,尚且红着眼睛的,他的小精灵。

原本婉拒了裴安与裴诗青,谢瑾存着私心,不敢告诉俞韵他生日只有两人。

他想着不管自己在她心里是什么样的存在,在这种特殊的时刻,她总归会心软陪他一会儿的。

因为她的存在,让这个原本乏味的日子变得有意义,就如同在这无人知晓时,侥幸拾得了神明的眷顾。

无论这眷顾是逆境中的依赖也好,感动时的垂怜也罢。

他的确奢求着俞韵所承诺的一切,可哪怕终此一生都得不到,他也是这世界上最不会辜负她的存在。

许是亢奋的劲头过去,两人的视线相遇时,俞韵总会不自然地逃避,气氛变得有些微妙。

这种微妙来自心照不宣的好感,取悦着谢瑾的神经。

他脑海中那些关于自己配不上她的念头暂时被封印,又为患得患失的飘浮感所占据。

担心压力骤增导致她过分回避,谢瑾迅速恢复了往日的状态,回身认真处理食材。

家政阿姨按他所说,在昨天已将新鲜的蔬菜和肉放进冰箱,同时被冷藏起来的,还有一个刚好两人份的小蛋糕。

独自生活了许久,从一开始的天天随便买来吃,再到做些辨认不出种类的家常菜,现如今,他已然能做出一桌年夜饭。

可这两年的春节,他都是一个人过,吃不了那么多。

"听夏封说,那时候你跑去救他,左边的脚踝还受了伤。"

好一会儿没说话,又思虑许久的骤然开口,让今天本来就很少喝水的谢瑾声音越发沙哑。

他将话真假掺半着说,衬得这句表达有些意味不明。

"救他是因为刚好有人在旁边的巷子找我麻烦,脚踝受伤倒不是因为他,是后来高一跳远时被人故意绊了一脚。不过他怎么知道是左边……"

"高中的谁?你们班的?"

"啊,这个你熟,周千雪。不过当时在场的都是她朋友,她不承认,没办法咯,不过我后来用力踩了她一脚。"

谢瑾叹气声略微重了些,在俞韵看不到的地方,他皱眉想起了那些过往,跟着一起心痛。

"那初中是什么人找你麻烦？像现在这样吗？"

"说来话长，简单来讲就是他们欺负我同学，我当时又虎得很，冲上去救她，结果那几个人就想教训我。不过放心，我打赢了。"

俞韵边说边起身，想要给这位声带如沙砾磨过的人拿瓶他喜欢的冰水。

眼看着她越过自己身旁来到了冰箱前面，谢瑾双手都不得空，没来得及拦她。

"俞韵。"

他旋身倚在冰箱门上，站得笔直，虽然拦住了人，却还是架着手，生怕脏污蹭到她。

"我发现你还挺喜欢救别人的。"

谢瑾离得太近，俞韵抬眼只能看到他线条流畅的下巴。

她想起那时自己在餐厅里曾摸过的小小胡楂，颇想回答一句"你不也是吗"，却又觉得难免伤人，一时间把话咽了回去。

"我、我的意思是……"

情急之下语气生硬的口不择言，让谢瑾觉得自己是个闹脾气的醋精，慌忙限定着句子的含义。

"假如你只救过我一个，那该多好。"

只救我一个。

让我做你生命中并非微不足道的存在，或者唯一微不足道的存在。

但身前的人后退一步，他心领神会地从俞韵的表情里读出了一句：你没事吧？

"唔……"俞韵沉吟一瞬，"六年级的时候，我在马路边拽住了两个小孩子，因为没经验，力道太大，导致自己往前走了一步，下一秒那辆公交车几乎是擦着我过去的。

"如果当时有人提前告诉我会发生什么，其实我也会怕、会犹豫，但我不知道，所以下意识就去做了。

"我没有救任何人，我只是做了每个瞬间里自己认为对的事情。

"很少有人会记住我的好，不落井下石就不错了。

"所以谢瑾，你很特殊。"

她坐回操作台旁，望向他，目光却并不聚焦。

俞韵的眼神里透着悲悯，嘴角却勾着嘲讽，似是在告诉谢瑾，也似是在给自己强调。

略过她的不愉快,谢瑾过了一会儿才仿佛不经意地转身,借着过去拿调料的机会,问出了心底叫嚣着的期待。

"那如果,当时知道那些话会沾上我这种甩不开的人,你会犹豫吗?"

"会。"

俞韵回答得很快,快到谢瑾还没来得及心凉,就又接着嘲弄他。

"会犹豫着要不要再多说几句,或者多说一会儿,干脆啊,直接给你开场脱口秀算了。"

谢瑾的心情堪称跌宕起伏。

他一会儿甜得发齁,一会儿苦得心颤,两相对冲,在开口回她的时候,几乎没好气儿,称得上咬牙切齿。

"你,以后去游乐园开过山车吧,这工作挺适合你。"

这么互相调侃的气氛太好,于是到几个菜都摆上了餐桌,谢瑾也没能想出关于蛋糕的理由。

死猪不怕开水烫,他索性一言不发地把蛋糕从冰箱里拿了出来。

"谢大厨,您这是要拴住我的胃?"

没注意到谢瑾的小动作,俞韵正眼巴巴望着诱人的菜肴。

她拿着筷子跃跃欲试,又在看到蛋糕时瞪大了眼睛,缓缓放下:"你过生日?"

"嗯。"

不知为何,谢瑾这声"嗯"明显理不直气不壮,强撑得厉害。

俞韵飞速眨了几下眼,难得从这人简短的应声中获得这么复杂的感情。

"怎么不早说?我都没有准备礼物……谢瑾,你好过分啊。"

"我……"

今天的事,桩桩件件都不是他计划内的。

谢瑾语塞到一定地步,最后直接豁出去了,一脸认真地顺着她说:"那你给我补上,"他强调,"月底之前必须补给我,我会等着的。"

"等一下,朋友,你在强行撒娇吗?"

"嗯。"

熟悉的硬撑语气,熟悉的复杂感情,谢瑾一回生两回熟,此刻已经丝毫不觉得尴尬了。

在这一天,他耍赖、撒泼、孩子气,因为不必再担心俞韵会厌烦,所以他可以。

蛋糕属于甜食,谢瑾不怎么吃,之所以每年都会买,是因为有愿望要许。

而这一年,他闭上眼睛前突然想到,上一个愿望居然就这么实现了,倒还真是意外的灵。

俞韵看着他双手合十,睫毛微颤,那模样不像是寄希望于渺茫的信徒,反而是施虔诚以祈愿的神祇。

窸窸窣窣的声音在耳边响起时,谢瑾许好了新的愿望,睁眼却看到面前左右摆动着的小小项链。

这像极了电影里的催眠,他如被蛊惑般缓慢伸出手去握住,感受着坠饰上还尚且留有的体温。

"后补的礼物寓意不好,我现在只有这个。谢瑾,生日快乐。"

俞韵松开手,那条总是悬于她脖颈的细细链条就这么垂在了谢瑾的指间。坠饰里架空的水晶玲珑剔透,一如他此刻的心脏般颤动着,不得平静。

"你锁骨好看,戴女款项链倒也不违和。啊,忘了你有洁癖,一会儿拿水冲一下吧,别嫌弃它。"

"不,没有洁癖。我喜欢,很喜欢,特别喜欢。"

谢瑾垂眸说着,那态度仿佛怕天赐被收回,迅速将卡扣在颈后联结,妥帖收进了T恤领口里。

"但是,你还是得补偿我。就……明年补给我,行吗?"

谢瑾犹豫中透着一不做二不休的不讲理,自暴自弃般胡乱攀扯,只是想让这种如此刻的梦境时间再多几次,多一点。

"明明是你没告诉我,讲点道理成吗?"将切蛋糕的餐刀塞到他手里,俞韵以为做得天衣无缝,悄悄抹了一下外圈的奶油,"你怎么不说让我把前面十七年的也补给你?"

"可以,一言为定。"

趁她尚且没反应过来,谢瑾迅速沾了一丢丢奶油,横抹在她颊边,躲去一旁笑得眼睛都眯成了线。

淡漠下的幼稚心性在生日这天显露无遗,他成功把俞韵气笑了。

饭毕,还有些时间休息,谢瑾陪俞韵窝在宽大的沙发里。

这种没什么压力的状态,让她看起来毫无忧虑,有些古灵精怪的乖。

他试探着开口,想顺势减轻一点她即将到来的重压。

"俞同学,要开始好好学习了吧?"

"嗯,偏科太厉害,进前两百名不容易,怕是要玩命学。"

"别有压力,太累就算了。到时候你家那边我来解决,高三直接送你去国际部,我也转过去,怎么样?"

"少爷,有钱不是这么花的。"俞韵歪头抵在沙发背上嘟囔,咸鱼似的翻了个身背对他,"我既还不起你,也经不住我爸妈在强烈期待后的失望反噬。"

"用不着你还。"

什么叫强烈期待后的失望反噬?

谢瑾微微起身,皱着眉,琢磨着俞韵话里透露的信息,下意识掏出手机才发现录音还没关。

他退了软件,盯着那颗毛茸茸的后脑勺思量许久,终于想明白这几周俞韵肉眼可见的疲惫是从何而来。

把手机扔到一边,谢瑾皱着眉低下头去,第一次如此厌弃自己这个与她同龄的身份。

他何尝不想包揽一切,哪怕没有立场,至少能不受制于身份与年纪站到她父母面前洽谈,不必将事情的任何环节托付于旁人。

"别怕,"他扶着俞韵的肩膀,将她扭向自己,"我会一直陪着你,为你赶走所有令你不快的情绪。"

"不用,我还是努力学习吧,"俞韵挑眉瞧他,"不然跑到国际部去,那开销,我可真得结草衔环地报恩了。"

"……倒也不必,你也可以……"

再说下去就不礼貌了,于是这个话题谁也不想继续,就各自装了一会儿小哑巴。

其实可聊的有很多,文集本、特招名额……谢瑾有太多秘密。但除了转学,其余的他不主动说,俞韵便不问。

他们从诗词歌赋聊到人生哲学,两个文科生甚至还讨论起地理算不算文科,以及生物算不算理科。

直到晚自习下课的时间快到了,两人才出门。

俞韵有些不好意思,做贼似的拿上那一小袋垃圾想自己丢掉,却被谢瑾的手指勾去,闲庭信步扔到了门外的垃圾放置点。

有他在身边,回家的路程总会变得短暂。而在这短短的二十分钟里,她看谢瑾抬手摸了六次锁骨,以及那里搭着的小小坠饰。

他还含着那支在口袋里藏了许久的棒棒糖。

深夜的街道依旧熙熙攘攘。

谢瑾笑着,说出的话却从容宛若低吟,浅浅的,试图撩拨谁的心。

"俞韵。

"别总记着要还我。

"真想还,就攒着吧,等你攒到无以为报,我再告诉你怎么报。"

3

"你记得我也考试了吗?"

"嗯嗯,想起来了。所以俞韵考得怎么样?"

"要不,你先让我进去?"

夏封恭恭敬敬,一个不标准的立正,侧身给谢瑾让出了进门的空间。

为了给说书人创造舒适的环境,他一边打着请进的手势,一边还吆喝着陈墨去给谢老板倒杯水。

"全世界最帅的谢哥,求你。"

他仰头看他哥谢瑾一直别扭地转动脖子,踮起脚尖提起衣摆,差点上手给谢瑾捏肩捶背了。

好在某人不喜欢肢体接触,为了避开这双勤奋的手,迅速走回位置坐下,说起了他最想知道的事。

"考得挺好的,看她情绪就知道,不用担心了。"

"怎么能不担心啊?这可是过了这村没这店的机会。"

"不会的,有我在。只要她愿意来本部,不管是村还是店,都会一直有,你放心。"

"哥,你好酷。"

夏封由衷发出感慨,却还是没明白他哥为什么一直转脖子,还时不时抬手摸一下喉结正下方。

毕竟刚才在宿舍门口就忘了关心一下人家,他也不太好意思,于是清了清嗓子,认真发问。

"哥,你这是落枕了,还是胸闷啊?"

饶是陈墨那人如其名的沉静性格都没能忍住,开口就笑到隔壁宿舍的人差点来敲门。

"你看谢哥的脖子上是什么?"一个循循善诱引导重点。

"有点红,过敏了?"一个天马行空把握不住。

"项链项链项链!莫泊桑的文章你学过吗?项链!"

没错,这是当事人说的,他急了。

"哦哦,我知道了!谢哥眼光真好,选得真适合自己!"

于是在后来的很长一段时间里,某个小可怜都再无缘获得与俞韵共进晚餐的殊荣,直到他参透了禅,悟懂了道,才难免发酸地说出那句"俞韵对你可真好"。

虽然这段时日对于夏封来说有些许摸不着头脑的难熬,但对已经全身心投入学习的俞韵来说,如白驹过隙。

文学联赛虽然参与者众多,但由各学校组成的评审团速度更快,还没等父母给她这头骆驼放上足量的稻草,结果就出来了。

早读开始,看到林老师兴冲冲地走进来,眼神扫向自己的那一刻,她就知道自己不负众望地赢了。

"让我们恭喜俞韵同学,在经过教育局备案的市级文学联赛中,以 92 分和 89 分的成绩获得了创作赛和学科知识竞赛的双项第一名!"

掌声实属寥寥无几,最卖力的大概是上次心惊胆战许久的前桌。

但俞韵没在意这些,高一那场校级赛后,那么多的无端磋磨在前,她已经做好准备来迎接这一次了。

曾经,她称得上意气风发,也不明白什么是先捧后杀。

高一开学,俞韵就一举斩获了文学赛的两项第一,人称"小文曲星"。

虽然只是校级的内部赛事,可单单打败了本部众多学生这一点,就很值得老师们私下里骄傲了。

然而人的震惊可以大大方方展现在脸上,妒忌和不屑却不好轻易显露。

可能是在有意无意的引导下,太多此类的情绪无法直白彰显出来,于是纷纷化作了孩子们从众的排挤。

向来都是众星捧月的俞韵,一朝跌落至泥沼。

所有的夸赞都变了味道,成为"爱出风头"的罪状;所有的善良都被利用,成为"很心机"的佐证;所有的慢热都被曲解,成为"假清高"的呈堂证供。

"你说谁?俞韵……啧,她啊,人不大行。"

"怎么不行?"

"呃,就是……嗨,你懂的。"

"哦,明白了。"

诸如此类的交谈随处可见。

慢慢地,已经不再需要谁来指引,层出不穷的名头就会自动落在俞韵身上,还会有各方的想象力去为她补齐过程。

所以后来，他们改叫她"小扫把星"。

可那又怎样？

俞韵曾经难过且恨，如今却也觉得快意。

无论如何，她就是第一，只要接下来足够努力，她就有希望考出去，离开这个城市，再不见这些将青春耗尽也没能清醒的人。

父母曾经问："早说了要韬光养晦，可你又是文学又是声乐的参赛，不好好闷头老实学习，现在后悔了吧？"

彼时的她已经学会了口头顺从以求安宁，却还是沉默了一下认真回答道："不后悔。"

自始至终，任何方面的优秀都从来不是她的错。

况且年少时恣意选择所伴随的后果她已经承担了，那么既知是他人的过失，她又何需后悔？

这一次俞韵已经彻底不在意究竟是谁的错，只记得那天谢瑾说，如果环境不懂得欣赏，那就换个环境。

奖状和奖品预留着，要在周一的升旗仪式上由李校长发放。

但不记名的恶意早缓过了之前被警告的劲儿，带着"祝福"来得比升旗仪式快许多。

"马上高三了，多做几道题。你们又没有什么一技之长，好让人专门给你们搞个比赛走捷径。"

班长收拾着试卷，声音不大不小。

"我拦着谁报名了？"

俞韵一改往日的得过且过，直接出声问了过去。

撕破脸的同学关系没什么维护的必要了，倒不如摆在明面上让所有人都盯着瞧着，免得谁阴招频出却还能卖惨。

"以我上学这些年的经验啊，那种大部分人都讨厌的同学没什么好果子吃。你先别急，等真去了本部，再跟我们这些白丁划清界限也不迟。"

"原来你上学这么多年获得的经验，居然不在学习上，而是在跟同学闹僵这方面啊。"

俞韵从来不在别人的交谈节奏里，总是另辟蹊径。

班里一群人想笑不敢笑，愣是憋出了"扑哧扑哧"的声响。

但班长有意贬低其他同学，也激到了不少人，后续说些不痛不痒的讽刺，她也就不再搭理。

如同当年的气氛一样，语言作为利刃对准了俞韵，其他人丝毫没意识到自己是被利用的刀。

好在俞韵而今梦有所期，心无旁骛就足以百毒不侵。

中午谢瑾来的时候，手里拿着一枝不知哪儿来的花，他把它插在课桌靠着的窗边，看她满目惊喜地凑过去闻。

人比花娇，和以往所见不同的是，现在这一片都充斥着生机和希冀。

"我就知道，我们俞同学最厉害了。"

都目空一切地孤傲一上午了，此刻听到这句简单的陈述，俞韵却红了脸，也红了眼。

"你怎么不问我考了多少名？"怕她喜极而泣，谢瑾忙把自己拖出来转移话题，但还没等人问他，他又主动贱兮兮地补了句，"不告诉你，到时候自己看吧。"

"行啊，那就快走吧，我今天也有几道题不会。"

对方的语气一听就证明至少有一项考得不错，可优秀试卷的复印件马上要印出来了，俞韵还真不急着知道。

和最近几天一样，俞韵拿起手里的纸质资料，推着谢瑾赶紧回去。

原本只负责每周打扫的张阿姨，本月工资翻倍，也多了新的工作——给谢瑾和他的"妹妹"做饭。

中饭只需要做好放在桌上，晚饭则是装在保温盒里送到学校，谢瑾负责给她打好来回的车，还总会跟她道谢。

在张阿姨眼里，小雇主礼貌到过分客气。

他没什么忌口，除了不喜欢辣。

他的妹妹则恰好相反，非必要时不怎么搭理人，忌口多一些，还特别爱吃辣。

然而这做哥哥的真是宠得很，总是偏依着妹妹的口味。

这周里，他只有一天发消息来说要小米粥，菜也要清淡养胃，千万不能放辣。

原以为是他终于撑不住这么造了，结果第二天中午，她无意间听见谢瑾按住妹妹伸向沸腾鱼的筷子发问。

"大小姐，您这胃还疼不疼了？"

想起自家那对至今还能因为最后一个鸡腿吵起来的活宝兄妹，张阿姨的羡慕溢于言表，每天都会给谢瑾多炒个不辣的菜式。

"辛苦了，张阿姨，您去歇着吧。"

谢瑾打开门，照例先让伞下热到小脸通红的女孩进来，而后客客气气地跟张阿姨打声招呼。

去拿瓶冰水喝的路上，他还要顺手给妹妹把椅子拉开放稳。

"俞，要西瓜冻、樱桃冻，还是草莓冰？"

张阿姨不清楚小雇主的家庭情况，也从不好奇，谢瑾说是妹妹，她就信了。

她从给他们做饭开始，谢瑾不是高声喊"大小姐"，就是轻声叫"俞"，所以这么久了，她还以为小姑娘叫谢俞。

"哎呀，不要总给妹妹吃这些！女孩子不好总吃冰的，你现在不懂。"张阿姨说。

俞韵眼睁睁望着夏日里的救命药被谢瑾放回去，激动地张牙舞爪，就差再大喊一声"不"了。

于是等张阿姨转身收拾了包准备出门，再趁两个孩子不备猛地回头，刚好捉到俞韵正蹲在冰箱前偷拿草莓冰。

"谢俞，怎么不听话呢？哥哥不懂，你也不懂？这都连着吃了一个星期了，过几天你肚子疼怎么办？"

两个人以往没什么交流，俞韵都是温柔笑着点头就算打招呼了，最多再喊声"阿姨"。张阿姨也总是随着谢瑾的身份，叫她"妹妹"。

此刻来自长辈的关爱促使张阿姨叫了所谓的全名。

俞韵挑眉笑了下，看谢瑾没主动解释，她也就没反驳什么。

"好的，阿姨，我不吃了。"

夸了句"听话"，张阿姨又折返回来盛了碗绿豆沙放进冷藏室，叮嘱谢瑾十五分钟以后拿出来给俞韵解暑。

临了出门，她也没忘了再数落他这个不懂事的半大小子两句。

房门被带上，俞韵在谢瑾轻轻的叹息中，率先笑出声来。

"你为什么说我是你妹妹啊？"

因为房子不是我买的，因为他们知道我住在这儿——谢瑾还是将这话咽了回去。

"谁知道呢，可能是想做你哥哥吧。"

他筷子佇在菜盘边，选不出先给她夹哪道菜，于是抬眸，突发奇想选择了半真半假的玩笑。

"来，谢俞，叫声哥哥听听。"

"得了吧，谢俞的哥哥，关我俞韵什么事？"

"确实,"谢瑾盯着她傲娇得意的表情,倾身向前幽幽道,"妹妹的话,就不太合规矩了。"

这一句话,让俞韵老老实实吃完了一顿饭,以及听完了一午休的习题讲解。

往常周五结束,俞韵都是只拿作业回去,这周却把包塞得鼓鼓的,就连谢瑾接过时,都不由得惊讶地看了她一眼。

他征得她的同意后,逐本查看了俞韵准备复习的书和资料,而后精挑细选留下了两本,又从自己包里拿出两本笔记放进去。

"喏,谢大学霸专供的提分笔记,这个周末先给你两科。看不完就只选一个,千万不要贪多哦。"

他说话时专注于核对资料,弯腰的动作大了些,项链从 T 恤的领口跑出来晃荡。

俞韵这才发现他一直戴着。

冷淡强势的少年和精致秀气的女士项链,居然真的搭出了几分奇异的美感。

"好看吗?"

每次她注视着谢瑾,这人总会眨着眼慢慢凑近,问出这句话。

不管她是认真回答好看,还是赌气断言不好看,他始终都维持着似笑非笑的神色,让人看不出情绪,但好在往往这个时候,他也是完全注视着她的。

于是俞韵踮起脚尖凑近他的眼睛,两人目光交接,甚至呼吸相闻。

谢瑾喉结滑动,呼吸也滞了一瞬。

"好看吗?"

她反问这句话,仰头看着眼神像玩躲避球的谢瑾,施施然远离了他身边。

轮到她摆出那副一贯的表情。

俞韵优哉游哉地想:耶,我赢了。

4

"考得怎么样?"

"还不错。"

客厅里,站在父母面前的茶几旁,俞韵头顶的白炽灯依旧亮得刺眼。

"哦,你不会以为自己做了这些八字没一撇的努力,进本部就十拿九稳了吧?"

"没有啊。"

"那你今天为什么晚了五分钟回来？"

俞母微眯起双眼盯着她，眼神锐利，不等她解释，直接伸手来拿今天看着格外轻便的书包。

"你知不知道，人家问起你学习的时候，我都没脸开口。放了学不赶紧回来，还在外面瞎晃，不走正道……"

"走得慢了点而已，和平常比就晚了五分钟，没必要这么每天掐着点等我吧？"

俞韵默默叹气，态度略有不满的表现，却还是松开了抓着包带的手。

方才回家前，她就已经想好要怎么解释这两本有着不属于自己字迹的笔记，然而准备好的说辞在这时终于派上用场了，她却只感到一丝无力的窒息。

"哟，这是谁的啊？字怪好看的。"

"不知道，语文老师给我的，本部文科生的笔记。"

"那我一会儿打个电话，"俞母探究的眼神继续落在俞韵身上，不会错过她每一个神情变动，"谢谢人家林老师对你的照顾。"

俞韵习惯了这种莫名其妙的不信任与试探，也知道林老师不会拆她的台，她不以为意，面不改色地轻笑一声："可以。"

戏码告一段落，周末还是照样过。

如果抛开持续来自家庭的微妙打压不说，俞韵这两天的心情还算是不错的。

大约是照顾她的基础水平和薄弱环节，谢瑾对于历史和地理两科的整理独特翔实，串联的知识点条理清晰又不啰嗦。

地理是文综里让俞韵感到痛苦的科目，因此，她凭着喜好，首先选择了历史来补。

笔记整合与被标记的课本页码一起看，谢瑾甚至考虑到了兴趣衰减规律——他总会在推测到她大脑开始疲惫时，突然写几个搞笑的段落，不走寻常路地来解释题目或思路。

在这种引领下，俞韵事半功倍，第一次发现文综科目的解题思路居然真的有规律可循，不复往常的复习般枯燥没有头绪。

她不知道如此用心的笔记谢瑾准备了多久，又准备了几科。

最后在周一开学前的晚上挑灯夜战，她翻到了历史的最后一页，才看到那里写着两行字，孤零零的。

——按照你强迫自己的进度,现在应该已经凌晨了。

——乖,别撑着,去睡觉。

要复习的太多,俞韵还没看到地理,但兴许是某种期待在作祟,她蹑手蹑脚跑到课桌旁,找出了另一本笔记。

那里同样写着两行字。

——别看了。

——这本想说的一样。

隽逸的字迹书于纸上,跨越着时间与空间,却意外的完全相对应。

因此适得其反,她根本没敢再打开"睡前故事",而是听了很久的拉娜·德雷,在慵懒颓靡的心境中摆烂了好一会儿才睡着。

同一片星空下,没来得及关闭的录音记录了周五那天的对话,此刻谢瑾尚未入睡,耳朵上同样挂着耳机。

从那年随意的哼唱,到不久前书房里平稳的呼吸,当那句"把你当作解药,学着去你的世界看看"在耳边响起时,他忽然睁眼。

他点亮屏幕,安静地将进度条滑至几秒之前。

就这么听了一遍又一遍。

成绩优秀的考卷会打印出来以供学生传阅,两个赛事的前十名都有此待遇。

改为联赛后参与人数那么多,谢瑾少见的吊车尾,只有一项比赛卡在了第十名。

分数差距太小,大家都没什么实感。直到他拿到那一沓复印纸,对比学科赛第二名的卷子,才真真切切明白了俞韵那句空了五六个题目是什么意思。

那是说,只有五六个题目会扣分。

另一边校区的俞韵此时也在震惊。

她手里拿着谢瑾创作赛的复印件,看着那句曾经自己随口说过的话,正以文字的形式一字不落地向她诉说着当年就已经深埋下的羁绊。

——那些被憧憬的星星,都闪烁在黑暗里。

昼夜更替从不停歇,期末考试不远了。

一切都在有条不紊地进行着,直到谢瑾发觉自己连日熬夜赶工的这些思维导图式的笔记导致眼下居然也泛起了青色。

提升成绩真是一件很难的事情，尤其是偏科如俞韵。那天谢瑾对着宿舍的镜子，叹了口气。看着自己的黑眼圈，他有一种自己这个绣娘熬瞎了眼，才勉强给清秀的书生俞韵捐得一个芝麻小官的惆怅。

皮囊和金钱，是他自认拿得出手的唯二筹码。常理中的肤浅表象被寄予了逃避似的希望，给真相的揭示制造着缓冲地带。

也许某天俞韵会知道，那些他清冷人设下无法掩盖的内在，是渴望、觊觎、贪婪，以及私以为大概率不会有好结果的占有。

俞韵不止一次要谢瑾好好休息，挑明了说自己可以独自复习备考，不许他熬夜。

但他不肯。

他说了要亲手把俞韵领进本部校区，就一点都不肯落下，生怕哪里还有需要她自己寻求解决的方案。

炎炎酷暑还在持续，方才额间热出的汗与此刻透心凉的水两相冲突，激得俞韵狠狠打了个寒战。

她来不及抬头去看是谁，马上躲到墙根附近避免二次伤害，然后迅速把书箱最外层的资料拿出来把水抖掉。

隐隐有几声快门声响起，又都以心虚的咳嗽掩盖；四周有男生的口哨声响起，又都以窃窃的笑揭过。

最近受的磨难着实不少，俞韵蹲在地上，不由得鼻子一酸，抬眼间居然也被久违的委屈泪意侵袭。

她惯性地骄傲和害怕，强逼着自己摆出了有仇必报的冷漠姿态，以免当众展现直白的不安与无措。

可不远处，那个代表着安全感的身影逆光而来，奔向了她正濒临崩溃的世界。

泪水滑落使眼前骤然清晰，俞韵无端地想，谢瑾是称得上字如其人的。

只可惜这笔记跟了她，此时那原本干净的纸张上已然洇开了淡淡的墨迹。

可她一转念，那又怎样？

那些字迹与她可谓一致，原本是美好而无辜的，所以哪怕事到如今被水洇染，也一如谢瑾周身折射的光彩绚烂。

临时被李校长叫走导致今天谢瑾午休赴约略有些迟。

他左右不见人，便藏着担心按俞韵可能走的路线去找，然后在这场小规模的喧哗中，再次捡到了他遭人欺凌的小精灵。

水滴顺着俞韵的马尾频繁坠落，一绺绺碎发贴在颊侧，她面无表情地抬手,将暗度陈仓的几滴泪随着水渍抹去。

在旁人看来俞韵下一秒就要暴起的氛围里,只有谢瑾知道她虚张声势后的苍白和脆弱。

自从在天台相遇至今,她在他面前哭过很多次。

谢瑾像居无定所的旅人般,试图触碰这些流体的珍珠,却也像囤积居奇的商人般,希望这稀有的东西再无下一批。

可如今是夏日,来英雄救美的骑士身无盔甲,只着本部独有的夏季单衣,到底该怎么保护他的公主殿下呢?

"任铎,"谢瑾笃定地抬头望着窗边那个人,"校服。"

"OK,记得替我把事儿了了。"

任铎回应的话语带笑,像是解决了什么心头大患,把几乎没怎么穿过的校服包着课本扔下去,被谢瑾稳稳当当接住。

但在给俞韵披上之前,谢瑾还是抖了抖。

白色 T 恤原本是清凉的选择,此刻却透出清晰的内衣颜色和边缘。

纵使俞韵并不以此为耻,也不想在校园论坛里看到自己的照片被广泛传播,供人胡说八道。

宽松的校服外套遮到了大腿,她并没急着跟谢瑾讲话,而是先站起来环顾头顶上方的几个教室窗户,默默记下。

她收回视线,冷冷扫过看热闹的人群,将不屑浮现在眼底,刻画在嘴角。

谢瑾一如往昔,好似一扇羽翼稳稳立于俞韵身后,由着她将好似睥睨天下的气场发挥到极致。

"不用看了,我来处理。"

他语调低缓可靠,柔和召回了俞韵这个战斗状态的小喷火龙。

俯身拾起被打湿的笔记,谢瑾略过她伸手接过的动作,随手放回了书箱,就像这些费尽心思琢磨出的东西并没有那么重要。

"不可以任由自己头发上的水就这么流进眼睛里,跑去先整理这些。"他怀里抱着箱子往前走,也没忘了紧紧拽着她的袖口,"笔记毁了我再写给你,东西坏了我给你买新的,从来就没有什么比你更值得优先照顾,明白了吗?"

"嗯。"

"乖。"

最后,这箱书并没有被安置在语文老师的办公室,而是由谢瑾抱着上车,一路回到了那幢房子里。

照例和做好午饭准备离开的张阿姨打过招呼，他放下书箱，三步并作两步跑去了二楼的浴室放热水。

"不是说好了这些事都让我来吗？这么重的箱子，为什么不等我？"

"之前都是我自己搬，我可以，就没等你……下次不会了。"

等待浴缸装满水的时间里，谢瑾听着这话抿唇蹲下，检查俞韵的脚踝，结果仰头瞧她的反应时，却发现她真的皱了下眉。

"疼？是不是刚才又扭伤了？"

"不是……是因为负重，过一会儿就不疼了。"

看着俞韵底气不足的样子，谢瑾居然不着边际地产生了自家熊孩子不听话的无奈。

"很好，很好。"他虚假地朝她笑了笑，"嘴上说试着依赖我，现实是我连当个催巴儿都不够格，不配让您使唤。"

"我没有……"

"哎，得嘞！"

谢瑾突然改换了阿谀奉承的恭维样，扶了扶不存在的窝边瓜皮帽，又撑了撑同样不存在的袖子。

"温度适宜，物品备齐，时长不限，女客一位，您哪，里边儿请——"

说完，他弯着腰退下。

雾气氤氲，俞韵看不清他的脸。

为她关好浴室门，谢瑾便不再是那副吊儿郎当的模样。他抬手在墙边的控制面板上关了中央空调，垂眸凝视着烘干机作用于那双湿透了的鞋。

二部的人大多直接或间接地伤害她很久，现在因为先前的事情，变得安分了许多。虽然无论如何他都不会让俞韵高三继续留在二部，但她的未来，却并非离开就会安宁。

只要这些痛苦的创造者还在毫无惩罚地活跃着，她就难以放下过去的痛苦。

那些漫长的磋磨回忆不灭，就必将裹挟着俞韵，占据她以后所有的黄昏或午夜。

一套全新的运动装叠放在台子上，干发帽和毛巾摆在一起，直至发现洗面奶的包装分了男士与女士，俞韵才忽觉不对。

和上次来时不同，现在这浴室里所有的东西，她用起来都得心应手，就连沐浴露的味道都和她常用的接近。

如此安逸舒适地泡了会儿，俞韵包着头发准备换衣服，发现果然是她的尺码。

然而感叹谢瑾家中预备齐全的同时，她唯独找不见吹风机。

推开门想问一下，她看到谢瑾依然像上次那样坐在地板上等着——活像是宠物蹲守主人似的。

谢瑾起身，轻柔地抬手，替俞韵整理好干发帽的边缘。

"有吹风机没？我头发还没干。"

"去你最喜欢窝着的沙发上坐好。"

书房昏暗，湿漉漉的触感从谢瑾指缝滑过，他不发一言，直到护发精油均匀沾染上每一寸发丝，这才给俞韵吹干了头发。

被风吹热的指尖小心翼翼，却总是不经意挨到她的皮肤。

那条重新干燥起来的发绳垂着小老虎的坠饰，正悬在谢瑾修长均匀的白皙腕间，随着腕骨轻盈晃动。

两人都奇异地保持着沉默。

他不想还她。

5

谢瑾侧过头，随手摸了摸已经蓬松柔顺的长发，让它们重新在掌心混乱起来。

为此，他不安分的爪子挨了一巴掌，但好在下一秒，俞韵就饿得拽起他去了餐桌旁，忘了继续追问上一个话题。

此时，腕间的发绳已经消失不见，谢瑾坐在桌旁，内心天人交战着，看俞韵慢悠悠地找。

虽然不似当年搜寻文集本时急切，但两个时刻的身影却在回忆与现实中投射融合。他思来想去，手指慢慢收紧，还是决定把藏起来的发绳拿出来。

没等他有动作，就见俞韵忽然转回身来，随意拿起桌边的备用筷子，干脆利落地给自己绾了个发。

青丝过分垂顺，卷起后可能还有些晃动，她便又拿了另一支来，倾斜着穿进去辅助固定。

两者形成了几十度夹角，又看起来每支都与俞韵上挑的眼尾线条平行。

这画面落在谢瑾眼里，颇感她不似温婉的旧时淑女，反而莫名有几分神性，像是尊杀气凛冽的冷面女武神。

吃过饭，谢瑾热了杯牛奶，看着俞韵喝下，报备说自己要去物业交各项费用，随后抽了她发间的筷子，催她去二楼房间睡一会儿。

今天所经历的太让人疲惫，俞韵不疑有他，难得听话地去了。可谢瑾出门后，在别墅外的阴凉处站了五分钟，却只是拿出了手机。

"你好，任铎的事情，我来和你联系。

"对，你们约架他没去，但我也并不是来跟你赴约的。"

处理过事宜，缓声叫醒俞韵的时候，谢瑾摊开手。几根不同颜色的发绳正躺在他掌心，等待着女武神的挑选。

然而不待俞韵拿走那个幸运儿，谢瑾就合拢了手指，献宝似的按照刚学的方法，亲手给俞韵扎了个高马尾。

"妈妈，头皮疼。"

"嗯？什么？"

"没什么，哈哈哈……"

原本的衣服早就被扔进了洗衣机，现在和鞋一样，已经烘干了。俞韵在出门前换回了自己的装扮，免得还要回家解释太多。

再次把换下的运动装放入洗衣机，她就要按下开始按钮时，头顶的灯却熄了，机器也没有如期运转。

"不要动，我上来找你。"

俞韵怕黑，轻轻应声后，果真一动不动，直至谢瑾手机的光线打在脚边的地板上。

"走吧，今天这里要检修线路，所以停电了。"

一束不会扩散很远的光，一只温暖又骨节分明的手，那晚的奇幻梦境在这一刻几乎融于现实。

谢瑾望着俞韵，看她的神色由讶异到欣喜，凝视自己许久过后，才仿佛缔结契约般握住他伸来的手。

电光石火间，他恍然大悟。

或许契约是双方的，不单是那天坐在书房的地毯上捧着那本《浮士德》的他。

所谓契约，就是互为神明，又互为心魔。

下午的阳光毒辣，到往常该分别的地方时，谢瑾依旧没有把伞递给俞韵，而是继续和她走入校门。

赶在保安大叔捉住他这个身着本部校服的乱入者之前，他先甩出了一张校区签发的出入条，成功堵住了一句"那个学生你给我站住"。

"哟，"俞韵侧头，"谢少爷有何公干？"

"降妖除魔。"谢瑾目不斜视。

然而不承想,上午的事情还没结束。

就在两人路过高三年级的教室窗口时,大量的水再次泼下来,还伴随着挑衅的口哨声。

很多人的声音从四面八方传来,各具特色的嗓音却在不约而同地说着同样的话。

"俞韵,你的好日子在后头呢……"

那天中午校园论坛里活跃的热帖,赫然约定了这场大型的恶魔狂欢。

幸而谢瑾反应够快,当即甩开了俞韵,于是这次湿透的,只有他。

他随意抹了把脸,将人送到教室门口。

他赶回本部宿舍,听着夏封气愤念出的帖子内容,换了身干净衣服,又顶着来不及吹干的湿发回到了二部高二的年级办公室。

俞韵下午第一节是秦老师的课,那么课代表周千雪此刻一定在那里。

在小教室截住抱着卷子的周千雪,谢瑾不语,就这么静静盯着她。

"谢瑾,上次话都说开了,这次水是从高三楼层泼的,不至于找到我身上吧?"

"你跟陆曼乐怎么认识的?"

"当然是因为我们有同样讨厌的人啊。"

周千雪笑得俯身,语调抑扬顿挫,透着一股子阴阳怪气的意味。

谢瑾心说:这时候给她一把瓜子,这人准能嗑得比村口八卦组好,壳都能吐得更远。

"哦?那这个人做了什么,让你们不惜放下自尊去诬告?"

"呵……"周千雪肆无忌惮笑出声来,"因为她是俞韵呀,因为我才是大家公认的好学生呀。"

"也就是说,你在过去两年的时间里,根据主观的喜恶,对俞韵进行了不公正的迫害,对吗?"

"没错,我就是讨厌她,要毁了她。"

周千雪伸手从谢瑾身边拎过手机,对着点亮的录音界面一字一顿。随即,她删掉进度条正缓慢推进的语音备忘录,清理云端,一气呵成。

可脑容量被嫉恨占据,她只以为是正面交锋谁技高一筹,没想过为什么谢瑾并未与她争夺。

"录音有什么用?我大可以说是你胁迫我的。你觉得跟老师都会相信的优秀学生相比,我故意整俞韵的可信度大吗?

"就算俞韵真的进入本部,这次升高三的暑假补习,她还是要在二部待够一个多月。你以为她能有多好过?"

"县官不如现管,我明白,反正录音你已经删了,没证据,我也拿你没办法,"秘密武器被抓包,谢瑾像是只能低眉顺眼寻求答案,"但我实在想知道,你到底因为什么讨厌她,又都对她干了什么。"

刑事放罪嫌疑人往往会返回第一现场,目的是欣赏自己的"杰作"。

施暴者则常常回味自己最具支配力量的时刻,通过被加害人无力辩驳的所谓罪过,来为那些无端的暴行注入"合理"。

周千雪在人类进化中掉了队,不能免俗。

面对一个束手无策的人,她可以拿起戳人心的刀,体会犯罪后的快乐。

如果在这基础上再加之谢瑾不甘的眼神,那莫名的胜负欲就会一点点蚕食控制她的理智。

"猜不到吧?因为我不喜欢她的眼睛。

"具体一点说,那个眼神里的随意、骄傲、气势,那种存在感极强的状态,这些东西在我的童年里,都是我的噩梦。

"永远在各处都是焦点,永远在各方面压我一头,永远得到我想要的一切……

"好在上天待我不薄,居然补偿了我,让我报复得痛快。

"我为刀俎的时候,她们这种人,就成了鱼肉。

"我,就是她们的噩梦。"

周千雪快意地陈述,字字句句都钉在谢瑾心上。他来不及心疼,脑海里只剩下了"离谱"这个词。

不等供认不讳的嫌疑犯欣赏够受害者家属的神态,谢瑾咬牙推门离开了。

原来这如此多的责难、如此多的压抑,归根结底都是因为孩子的外表下藏着屠夫。

他走得飞快,生怕自己忍不住替天行道,把能和俞韵一起虚度荒废的大好青春,搭给一个总要下地狱的人。

手机语音备忘录的最新记录已经被清理,谢瑾轻哂一声,在旁边完全被忽略的小挂饰里,取出了一枚小巧的内存卡。

他说过的,他不打无准备之仗。

其实为防万一,他甚至在中午请好了第一节课的假,却没想到,和审讯室里的重刑犯一样,常年无人可说的周千雪应说尽说,简直不留退路,配合至极。

走廊上，谢瑾偶遇了准备去上课的秦老师。

在这里看见谢瑾，秦老师倒是不显得意外，反而主动叫住了他。

"今天上午的事我听说了，刚才我去调了监控，但高三教室里的监控都没开，围观学生的话不好判定真假，根本找不出是谁泼的水，算了吧。"

"如果我能找出来呢？"

"这种事情无凭无据，就算同学指认也可能是诬告。"

无法反驳的论调，只可惜秦老师没能用在俞韵最需要的时候，而此刻的幡然醒悟，早已经无法弥补俞韵心底的黑洞。

那是个教育生涯中微不足道的小小错误，却是俞韵无法终结的痛苦。

接下来，谢瑾直奔高三年级所在的楼层。

那时，赵磊成的事情传播飞快，任铎衡量了自身能力，就清楚俞韵身边的这人最好不招惹，自然没再像当初说的一样跑去找谢瑾。

然而在几个最有可能是泼水地点的角度盯了一会儿人，谢瑾主动探头到隔壁班，点名让任铎出来。

"事情了了？谢了。"

"还没。"

"怎么？你脸上没伤。"

"中午没去。我是好学生，没必要打架。"

"啊？合着堂堂谢瑾，是来反悔赖账的？"

任铎看似气笑了，实际正迅速想着对策。

虽说他帮的忙不够换谢瑾摆平一次相对严重的祸事，但为了自己的安全考虑，他怎么也要让对方认下这个人情。

"你发给我的短信，我没回你，第二天俞韵就在特定道路被水泼。

"论坛上有人说你当众出声阻拦过，而你是个一放学就不见影的人。

"我在二部认识的人不多，在场能求助的只有你一个，而你开出的条件，是那条今天中午就要赴约的短信……"

谢瑾语速不慢，思路倒很清晰。他以冷漠审视的目光落点，应和着似笑非笑的表情。

"任铎，你不会在利用不该利用的人吧？"

在谢瑾骤然变缓的这句话里，任铎愣住了。和谢瑾微眯的眼睛对视十几秒，他咳了好几次才像找回了自己的声音。

"怎么说呢，谢瑾，如果我不是任铎本人，我真的要信了。但事实就是巧合太多，而我又刚好想趁机抓住你这棵救命稻草。"

闻言，谢瑾不置可否，却也没有继续追问。

"泼水的，指给我看。"他目光凌厉。

可能是为了证明自己与此事的谋划无关，任铎没有指给他看，而是直接进教室把人拎了出来。

很奇怪，那是个畏畏缩缩到不合常理的男生，眼镜片小而厚，从外面看几乎如同树木的年轮。被任铎气势汹汹拎出来的时候，他甚至攥着衣角，哭都不敢出声。

"你胁迫他了？"谢瑾皱着眉。

"我这么做不等于说自己是幕后主使吗？"任铎翻着白眼，感觉心累。

"你好好说，到底怎么回事。"他拍了下小眼镜的肩膀，这画面像极了恶狼以威势欺压替罪羊，"快点儿，别坏了我的清誉！"

"不是你。"谢瑾抛出结论的语气淡淡的，可任谁都听得出来，他有些不耐烦了，"说出来是谁，我不找你麻烦。"

有那么一秒钟，小眼镜明显动心了，他猛地抬头，又被身后砸在讲台黑板上的粉笔吓了回去。

"是、是我自己看不惯俞韵，我想……看她、看她衣服透出来……"

"最后一次机会。"

谢瑾冷下脸打断，嘴角绷得有些紧。他富于压迫性地睨向小眼镜，带着无法言说的厌弃。

"是安稳考上大学，还是从现在起，因为这件事让自己卷入是非中。

"之后想要过什么样的生活你考虑清楚。

"十、九……三、二、一……"谢瑾抬眼时，轻咬后槽牙，嘲讽地勾唇。

"是徐辉耀、陆曼乐和高飞干的，昨天放学的时候，周千雪说俞韵马上就要攀上高枝了，要给她留一些照片等着以后发。"

小眼镜肾上腺素飙升，激得脸通红，急忙拦住谢瑾要进身后教室找人的步伐："我说了，我都说了，你们要保护我，我真的什么都说了……"

谢瑾承诺似的点点头，没再理会对方的眼泪。

"带着和解协议书来，你要向他们赔礼道歉。"他侧头看向任铎。

"什么？我凭什么道歉！"任铎的叫声响彻走廊，"你要是不管我的话，我见到他们的那一刻，有可能会被抓去打断腿。"

"你急什么？我总得确定你是不是幕后的黑手吧？是你吗？"

谢瑾这会儿突然不急着找人了，门内是纠结着向外张望的三人组，门外的他倒有工夫扯起闲篇来。

被指认的这几个人跟任铎极其不对付，现在才能确定，的确不是他指使的。

随后在对方疑惑的神情里，谢瑾像是想起什么好玩的事儿，笑了几声，又扭回头去不看他。

"逗你的，我只说了三句话，就跟他们和解了。下午和解的协议书就会送到你手上。"

说着，他拍了拍任铎的肩膀，挑了下眉，仿佛在嘲笑对方刚才的焦虑。而此刻，他也等到了想等的。

看向高三教室满怀心事主动走出来的三个人，谢瑾目标明确地整理眼前的碎发，还不忘笑意盈盈地回头对任铎说："哦对了，校服你重新买一件吧，俞韵穿过的，不还你了。"

6

许是没想到这么快就会东窗事发，陆曼乐出来，抬腿要给出卖他们的小眼镜来个侧踢。

"哎？这可不行。"

谢瑾打量着三人小团体，顺手一带将小眼镜拨出攻击范围，转手把他扔给了任铎。

"附赠小跟班一个，高考前后这些天都归你罩了。"

显而易见，今天谢瑾会当着任铎的面打击和那天校门口的他们大致相似的混混三人组。

当时他强势切断了俞韵和他们的联系，如今又亲自把这个小眼镜扔过来，就是告诉任铎，其实自己不留余地的时候，想收拾他也是如此简单。

谢瑾笃定了任铎不光不会欺负小眼镜，反倒会因为有心结交自己而认真履行委托。

当然了，最重要的是他担心清算前尘旧账。

满目错愕了没一会儿，考虑到种种互相纠缠交错的理由，任铎应下得十分痛快。

不知为什么，他知识储备量不高的脑子里，飘过了"恩威并施"四个字。

小团体尚且不比俞韵曾经拿来凑数的狐朋狗友队团结，他们主动出来，各自站位，却互相推搡着向前去，谁也不想先同谢瑾搭话。

陆曼乐作为女生，无奈推不过另外两个男生，瞬间烦躁地直接拖了所有人下水。

"整俞韵的办法是周千雪提的,说任铎已经跟她闹掰了,你又找不到我们。帖子是徐辉耀发的,照片是高飞在楼下拍的,都存在他手机里,水是眼镜儿泼的,我只负责威胁眼镜儿。"

说着,她狠狠瞪了战战兢兢的小眼镜几秒,转身就要回教室。

"站住。"

谢瑾听不出是什么情绪,伸手虚拦在她的必经之路上。

"怎么,谢瑾,难不成你要打女生?"陆曼乐早就想好了说辞,"我是打不过你,尽管来,但你好意思吗?"

"你们泼水的时候,有想过俞韵是女生吗?"

谢瑾面不改色,此刻才缓慢摘掉手腕上早就引人注目的小小发绳,轻声发问。

"没有,但就算下次想了,也还会这么泼,满意了吗?"

"那我也回答你,一旦伤害到俞韵,那你是男是女,就没有半点关系了。"

因为陆曼乐一直以来的关注度居高,所以或多或少有形象包袱的。

想要达成目的,往往只需要架高他们的格局,这些人会为可能下降的风评所迫,不得不顺从地吃下哑巴亏。

然而俞韵早就反了这种套路,如今谢瑾也是。

"跟我们在这儿大闹一场,然后各自收拾东西滚蛋。你可是在本部都名列前茅的人啊,本来能申请自主招生的,值吗?"

陆曼乐以退为进,既然嘴硬不成,那就换个说法。

好看的人可以不在意形象,优秀的人却总是会在意前程,因为对于他们来说,外在是唾手可得的。

"呵,看来三模之后没时间八卦了啊,"谢瑾颔首,继续心理战,"你凭什么觉得我会和你们一起受处分?"

其他两人不说话,任凭陆曼乐独自扛着,气得她翻了个白眼,顿觉自己参与这事儿就是个天大的错误。

"想起来了,太子爷,你这是明摆着要仗势欺人?"

"奇怪了,你们做了小人,又为什么要求我做君子?何况刚才被泼水的,如果没记错的话,好像是我本人吧?"

像是听见了什么笑话,谢瑾睁大眼睛,皮笑肉不笑,平静反问:"……你威胁我?"

简直油盐不进,陆曼乐明知没有挽回的余地,也不愿再和他来回踢皮球,横下心想,不如直接强硬一把,没必要长他人威风。

"对，我在威胁你们。"

她摆出一脸这还要问的表情。

谢瑾无视她发怒的状态，淡淡回复，顺便还扫了眼一直装缩头乌龟的两个男生。

"那你说，你到底要怎么解决？"

眼看矛盾要激化，徐辉耀终于硬着头皮发问，其实心下慌得很，几乎想立刻站出来服软。

欺侮一个永远都和自己没关系的女生，在暗地里看着对方出尽丑态，怎么想都让他们觉得刺激。但奈何任铎中午不知为什么没出校，刚好撞了个正着。

本以为眼镜儿还是和以前一样不敢供出他们来，结果什么都没按照以往的剧情发展，谢瑾直白的威胁更是不按套路出牌。

既然嚣张如赵磊成尚且还要忍气吞声被眼前这人按头去道歉，那他们这种跟任铎一个程度的，就更不必强撑了。

"很简单。"

谢瑾快要憋坏这些等待裁决的人时才满意微笑着吩咐。

这场全体"自愿"的游戏，本就不会有赢家。

俞韵与谢瑾，他们一个是众矢之的，一个是高岭之花。

从前，看似是她将他拉下了神坛，如今倒是有了新的说法。

此刻，陆曼乐深色的衣服已经湿透，头发上落下的水珠如同瀑布。

体量的差距摆着，她毫无疑问是被泼得最多的那个。

虽然最后任铎确保了他们三个人一样的惨，可恼怒间，她还是控制不住自己，狠狠把刚才放在中心点供水的几个桶踢向了另外两人。

随着曹主任的怒喝，众人都作鸟兽散，只有谢瑾笑意盈盈对着楼下的一片狼藉长舒一口气。

"走了，"他没再跟任铎有什么交集，而是回头对俞韵说，"接下来就是惩恶扬善的部分了。"

"喂，说好的钱记得转啊！"

"啧。"

谢瑾没说话，只回身瞥了任铎一眼。

下楼的空当里，俞韵果然问："说好的什么钱？"

"校服，他让我原价买下来，我买了。"谢瑾脸不红心不跳地说谎。

"……他这么缺钱吗？"

"谁知道呢。"他笑了。

胆敢串校的学生谢瑾再次惹是生非，曹主任还没来得及对他前仇旧怨数罪并罚，李校长就代替本部教务出现在了熟悉的教学组办公室里。

存储卡里只有一段长长的音频，却听得她眉头紧皱，手都捏上了桌角。

俞韵如果在此时发病，谢瑾也很难顾全，所以他递过去的是耳机。俞韵听不到，看着李校长严肃到马上就要发火的神态，一时间搞不清楚原因。

还没等她悄声问，身旁的人就找到了机会，拜托了角落里的林老师带她去隔壁空教室。

起初空教室这一片区域都很安静，可十几分钟后，周千雪尖厉且歇斯底里的吼叫从办公室传来。

天热了，这无比快意的两年，她也该还了。

从一开始入学，她就觉得俞韵身上萦绕着令人厌恶的优越感。这位同班同学是那么恣意放肆到刺眼，和那些让她在过去黯然失色的人一样。

有些事情是可以有意引导的，她作为好学生，拥有这种不易被察觉的特权。

十几岁的孩子缺乏完整的是非观，谣言一经传播甚至无须多说，担心孩子近墨者黑的家长就会主动帮她补齐原因。

没人会问为什么，就像俞韵的父母无条件地信任秦老师一样，秦老师也会更相信成绩优秀的她。

俞韵从奋起反击到一天比一天消沉，每次不服输一样的挣扎都会刺痛周千雪密密麻麻的自尊，于是她加倍利用舆论、利用老师的信任，倒要看看俞韵还能撑多久。

能够轻易把所有人化作利刃，不分青红皂白就会被坚决选择的感觉，真的很好。

享受着这种从未有过的体验，她忘了自己尚且是个有着赤子之心的青少年，却沦为了欲望的行尸走肉。

也许那里有无理却声嘶力竭的狡辩，也许那处有自知无可挽回的彻底发狂。

总之当办公室里安静下来时，谢瑾推开这扇门的样子，如屠龙救出公主的骑士。

"孩子，来，听你应得的道歉。"

李校长站在走廊里，坚定地望着俞韵。

也许正义来得有些迟，但俞韵在即将离开二部校区的前夕，得到了。

道歉是秦老师提出的，和那天依旧存疑的困惑不同，她同时递交了辞呈。

而俞韵听完后点点头，她说不出是什么感受，只是被迫继续站在那儿，等着下一个人下一句无关痛痒的"对不起"。

"你一直想知道我为什么这样对你，今天我就跟你说。"周千雪观察着俞韵稳定的神情，慢慢走向她，"从来就没有无缘无故的恶意，俞韵，是你这个人令人讨厌，就因为你是你。"

早在周千雪哭着也要道歉时，谢瑾就觉得不对劲。奈何李校长认为学生的委屈应该被昭雪，到现在也只剩了愣怔。

谢瑾怒气上涌，准备不再管什么斯文，却被俞韵轻飘飘地伸出两指拦下了。

周千雪这番折腾一箭双雕，让俞韵情绪崩溃，也要谢瑾犯学校的大忌。不知谢同学觉得值不值，反正俞同学显然是觉得不值的。

"哦，是吗？"俞韵丝毫不受影响，淡然地朝周千雪走去，"每天活在臆造的假想敌身边，你还真是可怜啊。"

"同学们都恶心你，老师们都厌烦你，谁更可怜？"

"那现在，是谁要灰溜溜地滚出学校？"俞韵掩了掩鼻尖，语气刻意而轻佻，是谢瑾从未见过的刻薄模样，"是谁，谁就可怜。"

发现俞韵不再像往常那样轻易被扰乱心绪，周千雪那不甘心的旧时记忆便开始卷土重来。

眼前这个似过去似现在的人，带着孤傲与气势，摧毁了她最后一丝居于高位施虐支配的愉悦感。

这天下午，没人再见过周千雪，以后也不会再见到。

她拿着学校的转学文件，被家长带走了。

秦老师的辞呈被批准，连跟学生们的告别都没有。

这象征着俞韵最痛苦的两年消失在了她的生命轨迹里，消失在了那些午夜轮回的噩梦中。

筹谋许久，谢瑾终于换来一夜安眠。

第七章 ·愿者上钩

普度众生？度天下的那份好心，我没有。
尘世茫茫，我只想度她一个。

1

是我，因为是我，就因为我是我。

脑海中盘旋着这些对方困兽犹斗时企图激怒自己的话，要说真像看起来似的没受影响，对俞韵来说是不可能的。

唯独谢瑾清楚，她正在另一个极端疯狂沉溺，半点不是方才交锋时表现出来的嚣张模样。

她装得很好，语调没有丝毫颤抖，以至于他替俞韵向历史老师请假时，新班主任的犹豫都写在了脸上。

"她一直在补课，现在进度跟班里不一样，我带她去图书馆接着复习，老师你可以随时来找我们。"

一通化复杂为简单的解释后，考试前的下午最后一节课，在李校长略微了解过病情的默许之下，他们坐在了空荡荡的图书馆里。

四目相对，谁也没翻开书。

"你看资料的速度很快，背得很流畅，总让我有种那些笔记也不算为难你的错觉。"

"的确是错觉，"俞韵支着脑袋继续假装自己正常，"最近我没在深夜三点钟之前睡过。"

"但因为你是俞韵，我就觉得你什么都能做得很好。"尤其见不得她这样心事重重又情绪紊乱的状态，谢瑾心疼到焦虑，干脆主动提起，脱敏的举动对发病中的人来说略显激进。

"可他们讨厌我，也只因为我是俞韵……"

"嘘——你听。"

将耳机安置好，他点开已经导入手机的那段音频。

但因为要尽可能地保证自己心态平稳，他没有陪她一起听。

一句句无理又合理的剖白响彻在俞韵的意识里，一点点冲淡了对"因为你是你"的执念，但同时也将"这是什么破原因"的呐喊压抑进她心底。

她眼神落寞，听到音频尾声时，也没能缓过情绪来摘下耳机。

一阵短暂的安静后，耳边传来轻缓的呼吸声。

她听着那拥有自己声线和音色的梦中呓语，呼吸都暂停了。直到谢瑾匆忙抬手点亮屏幕，她才心脏狂跳着关了录音。

"这是什么破原因？"

没等谢瑾红着耳尖，想出是该坦白从宽还是沉默是金，俞韵已经漠然开口，主动换了话题。

他有点嫌弃自己怂，又不得不就坡下驴，等到一个合适的时机再负荆请罪。

"想不明白正常，"他笑了，"你我都不是这种人，当然理解不了。"

"可这么说起来，她讨厌我，是因为我像她说的这样？"俞韵思维转不过来，"那其他人也是吧？"

"为什么要他们讨厌或者喜欢？或者说，为什么要关心他们为什么讨厌或是喜欢你？"谢瑾抛出终极问题，"这么关心这种问题，怎么不问我为什么喜欢你？"

"好，你为什么喜欢我？"

"因为你是你，是俞韵。"

闻言，对面的人抿唇暗笑。

谢瑾看她此地无银三百两，打开了已经翻过许多遍的笔记，终于得以松了口气。

记忆是有覆盖规律的，当同一个因素既有难过镜头又有快乐镜头的时候，大脑往往会勒令快乐去抵消难过，代替这份留存的画面。

或许以后再想起这句话，俞韵还会有一股莫名的失落，但只要她深究起来，一定会率先想起此刻谢瑾为她营造的情景。

"俞韵。"

"嗯？"

"还是那句话，不用给自己这么大压力，无非是普通班和国际班的区别。"

他本意是让俞韵放松些，结果俞韵没有正面回复，转而列出了需要某种必要条件的结果。

"我想学戏文专业，想当个作家。"
"你可以的。"

考前不上晚自习是惯例，所以俞韵没有托词，必须回家。谢瑾送她到小区门口，特意叮嘱今晚要洗个热水澡，早些睡觉。

可天不遂人愿，假以父母手。

"复习得怎么样？"

"挺好的。"

"别考前就不看书了，一会儿去复习，明天好好考。我们这工薪家庭给不了你什么帮助，你要靠自己出人头地，就把不该有的心思收一收。"

"嗯。"

"我和你爸这一辈子就这样了，都贡献给你了，你不能辜负大人对你的一片期望。"

"知道了。"

"去把冰箱里的蓝莓拿出来，我和你爸都没舍得吃，给你留着呢。"

"……不用这样。"

"怎么可能呢？什么好的不是都给你啊？我们辛辛苦苦赚钱，累死累活，不就为了让你吃好、穿好、学习好嘛。"

为了这几句话，俞韵硬着头皮学到了凌晨一点，最后实在累得不行才去睡觉，还有些连她自己都感到无语的愧疚。

这种情绪消磨不掉，它们来自付出型人格潜移默化的感恩教育，是原生家庭亲密关系里，明知是束缚却还是挣脱不开的枷锁。

不知是这天的冷水浇在身上太过刺激，还是最近熬夜复习导致了免疫力下降，最后，俞韵发烧了。

早上，迷迷糊糊中，她抬手关闭闹钟都觉得胳膊酸痛，后知后觉发现自己在打冷战，于是哆哆嗦嗦爬起来，想偷偷去吃药。

奈何一打开门，父母已经早早待在客厅，等着她这个要考试的人出来吃饭。

"你怎么了？发烧了？"

"有点……"

"你这身体病恹恹的，今天怎么考试？让你别对着空调吹，让你别喝凉水，好了这病又是那病的，你还考什么啊，算了吧！"

她每次生病都要吃药、挂水，但先于这些而来的，除了量体温，还有来自爸爸的失望与责骂。

往往难受的时候，人情绪中感性的一面就被无限放大，会想要被理解、被呵护、被照顾。

但似乎学业的压力越大，俞韵能获得这些的次数就越少。

她努力规避掉那些不舒服，反过来劝慰父母，告诉他们自己吃了药就可以，尽量不影响考试。

左思右想，妈妈拿了不会犯困但效果弱一些的药，像看队伍中拖后腿的队友般看俞韵吃下去，又亲自送她去学校。

谢瑾正站在小区门口等，见状没敢贸然上前，刚看俞韵悄悄摆手朝他示意，就听到她咳得厉害。

她蔫巴巴地跟在家长身后，面色透出不自然的红。看到这一幕的谢瑾立刻反应过来，飞快从街道另一边向学校跑去。

进考场前还有一个早读的时间，俞韵裹着不合时节的外套，昏昏沉沉地坐在座位上等着退烧。

林老师刚得到消息，就从办公室快步赶来把她带了过去，看着她喝热水。

这种吃了会犯困的强效感冒药是谢瑾不久前跑着买来的，而止热贴则在止咳药剂的下方压着。

本部和二部同时开考，他这次的成绩很重要，不能久留，只好省去那些哄她的想法，无奈地说如果坚持不吃药，就用这个法子。

不得不说他很了解俞韵。

俞韵心情不好，接过那药只看了看副作用，就皱着眉把谢瑾拆好的胶囊扔进了外套口袋里，灌了口川贝枇杷膏。

其实骗她吃药对谢瑾来说非常简单，但他没这么做。

俞韵心气高，等这场考试等了太久，努力程度是旁人不可知的，可人因此消瘦是显而易见的。

获奖后的期末考试名次决定着她能否依靠自己升入本部，换作谁如此拼命，又在这一天感冒发烧，都要强撑着搏一搏。

他只需要做一个细心布局、收拾残局的人，不需要代替俞韵做违背意愿的选择。

拿着谢瑾塞过来的小米粥，俞韵迈进了高考前第一个决定她命运走向的考场。

虽称不上下笔如有神，但经过谢同学的悉心教导，俞同学对数学和文综的把握度都有很大提升，不再是两眼一抹黑地凭运气了。

如今她也能理直气壮地反驳谢瑾当初的话，说"看哪个顺眼选哪个，远不如自己做的得分高"。

昨天亲手送走了噩梦的来源，所以现在就算体温跟她开了个玩笑，俞韵居然也能有勇气拒绝躁郁的侵袭。

当然，她早上进考场前还是没忍住发脾气了，因为谢瑾过分盲目，滤镜加得太厚，还以为她在撒娇。

高三前的暑假安排过于丰富，老师紧赶慢赶改试卷，学生们返校拿成绩只需要一天半。

出成绩这天，坐在不同校区的座位上，他们等待着以后能否正常坐在同一校区的宣判。

俞韵紧张得手在出汗，谢瑾也没比她好太多。两个人的成绩各有用处，哪怕再有心理准备，真到了快要发下名次的时候也会慌得不行。

幸而，她成功拿到了踏入本部大门的通行令。

另一方，手中有名次对赌的谢瑾则站在本部无人的露台上，简洁明了地给他爸打电话。

"我，谢瑾，年级前十，打钱。"

"你很缺钱？"

本部藏龙卧虎，可几次考试都没能用成绩下滑换谢瑾回来，对赌到满盘皆输的谢父不由得不安，问了个没头没脑的问题来缓解自身压力。

"不缺，但想让孩子乖乖听话就得先把家长做好，给钱或者回来当个好爸爸，你选？"

"好儿子，过会儿记得查收。"

"好爸爸，恭喜你做出正确的选择。"

父慈子孝，谢瑾想起几天前两个成年男人之间各怀心思的对话，冷笑了声，看见钱到账便收了手机去接俞韵。

他早已通过魏令仪看到了俞韵的成绩单，盯着二部表格上面高亮的九十五名，比自己在本部标注的第七名激动太多。

每次期末拿成绩单都很快，没什么问题就可以放假了，即便自高三前的暑假开始有补课，也会先象征性放一周。

这是父母知道的，但他们都在上班。为了给自己庆祝一下，俞韵心一横，决定出去玩。

"你要去哪儿？"

魏令仪走之前一句无意的话问住了她。

说起来，她许多年没去过什么有意思的地方了，除去家和学校，谢瑾的房子必定入选。

学校与家之间的两点一线，仿佛就是她青春岁月的所有目的地。她也许某天途经游乐场、电影院，却不知道那里面和小学时的摆设有什么不同。

"新上了电影，去看吗？"

可能是见她呆愣住，像打开手机却不知该玩什么的那天一样，谢瑾试探着给出建议，让她空白的可选项里多出一条下划线。

"去。"

于是，两个小时过后，俞韵乏善可陈的观影史里，多了一个从前只听说过没了解过的动漫形象。

此后，她抱着在影城买的周边，胡噜着那只戴帽还带毛的玩偶，一路上都没消停过。

"午饭回去吃吗？阿姨做了一桌你喜欢的菜。"

"皮卡！"

"嗯，那再加一个京酱肉丝，还要什么？"

"皮卡丘？"

"……你真的有点皮。"

"皮卡皮，皮卡丘，皮卡皮卡，皮皮卡丘！"

客厅的茶几上摆着一大束花，是谢瑾上午让人送来的。

原本考试顺利这种胜利与美好的时刻，该送郁金香的，可他思考了一下，依旧选了玫瑰。

俞韵不需要多次强调胜利，只需要反复感到被爱。

站在俞韵身后，他看她想摸花瓣又收回手，弯着腰闻了又闻的样子，忍不住揉了揉那颗晃来晃去忘乎所以的小脑袋，就像她轻抚那只令他羡慕了几个小时的黄色电耗子一样。

他不小心勾到她的发绳，然而她回手一抓，精准拿走，意有所指地暗示他。

"这个还我，不许再扣下了。"

"好。"

楼上，谢瑾房门紧闭着的卧室里，枕边摆着一根带有独特香味的发绳。

那发绳上坠着一个小老虎，正放在房子主人手动拉闸假装停电，才得以保存下来的运动装上。

2

了却心头大事，环境又极其放松，俞韵凭空多出了好些要嗨要撒欢的念头。

可她脱离正常孩子的生活太久，空有一颗想玩的心，却不知道玩什么。

谢瑾把代号"女武神"的Xbox手柄放在她面前，还拿了个一看就是为女孩子做过涂装的游戏掌机，供她选择。

摆齐了御三家，原以为她会喜欢剧情类的游戏。

可此时的谢瑾站在一旁，看俞韵用颇具工业风的模拟方向盘玩到不亦乐乎。

她既开心又惭愧，正疯狂刷新着他在赛车游戏里撞坏路障的纪录。

一路撞到目标区域，电视屏幕上清晰展示着这辆勉强还能称之为"车"的东西。

在俞韵的操纵下，它轻松地没有了挡风玻璃和车门，甚至连一处完整的车漆都没有留下。

她不愿承认地抿唇，也没好意思笑出声音，偷偷瞄向一旁已经坐在地毯上的谢瑾时，却发现他根本没在看屏幕。

他那直直望来的视线没了掩饰，可能到了某种偏执的程度，好似这一瞬间，她就是这世间万物。

"哇，大小姐好厉害！"

谢瑾没收敛自己相对于往常的失态，边说边缓缓转过头去看屏幕。

不分事实地夸赞是必需的，但随即，在目睹游戏内的惨状后，他开始真心实意地鼓掌。

"果然是高手，这一趟跑下来，不仅车的空间变大了，连视野都开阔了呢！"

这赞美发自肺腑，既像阴阳怪气，又像是俞韵干什么他都可以夸，很快将她最初的尴尬化作了该死的胜负欲。

"对，拜师吧，磕仨响头我教你搏一搏，跑车变摩托。"

然而匆忙扶起顺势单膝下跪的谢瑾后，俞韵茫然无语，觉得果然真诚才是必杀技。

回来的路上买了包糖炒栗子，谢瑾拿过随意剥着，认真看他的"大哥"教他技能——豪车如何通过暴力拆卸零部件来改装成外骨骼。

"大哥"技法娴熟，跑一路换一辆车，绝不放过任何墙壁和路障。

不一会儿,他的车库里就只剩了车架子,仿佛随时可以拉去跑F1方程式赛。

眼见游戏界面疯狂弹出"美化景观"的加分项,谢瑾挑着眉心想:这玩意儿比我还能睁眼说瞎话。

剥好的板栗仁放在茶几上的小碟子里,俞韵扭身够了下,没够到,再抬眼,谢瑾已经状似不经意地抬手,直接将其喂到了她嘴边。

他嘴角噙笑,眼睛半眯,光线透过客厅的纱幔照进来,给他的眉骨和鼻梁落下了阴影。

时间似乎定格在这种注视里,鬼使神差地,俞韵就吃了。

一直到她起身要赶在父母前面回家去,谢瑾都没有提起艺术类专业的事,可父母一回来就接到了李校长的电话。

她约俞韵的父母第二天上午在学校见面,核对一下特招转校区的材料。

父母挂断电话,商量了一会儿,最后还是决定不让俞韵走特长生的路子。

既然已经努力进了最好的学校,就更应该化压力为动力,凭文化课考个重点本科出来。

"爸爸、妈妈知道,你一直想走专业,但这不可能。"

"别想着跟人家有钱有势家庭的孩子一样。你就生在这种普通工薪家庭,考不上大学就只能去打工,家里没能力供你学艺术。"

"家里好吃好喝供你上学,砸锅卖铁也会让你读书。人家的孩子父母没这么操心,最后都能凭文化课考上好大学,怎么你倒不行?"

"也没对你高要求,就考省内的一本,离家近,妈妈好跟着你去陪读。毕业再考个公务员,端个铁饭碗,你找对象都能好好挑。"

"家长不好讲,明天你自己跟李校长说清楚。路都是你选的,最后过得好不好那也是你自己的事儿,别等以后赖我们。"

动不动力的不好说,但这边特招转校区的手续还没办,艺术类专业的事还没正式提,俞韵的压力就已经呈几何式增长了。

"没必要说这些话,活像个搭伙儿的项目团队,还是三观不合的那种。"她嘴边的许多形容都过了一遍,最后也没能讲出来,"真的是我自己选的路吗?我不理解,你们生我就是为了有个提线木偶?"

哪怕最想发泄情绪的语言没说,但这一天晚上,俞韵依旧和父母大吵一架,不欢而散却又无可奈何——她没能力独自负担费用。

她不是宁可在省内上大学、继续被家庭控制,也要维护自尊的人。

怎么说服自己都没用,俞韵当下就决定找谢瑾。

走出这个地方,逃远一点,去做真正的俞韵,是她对于高考与大学全部的期望。

由于她一个人包揽了两项比赛的第一名,抛开本部的学生再根据名次顺延,还有两个二部的学生能有机会,可惜只有其中一个进了前两百名。

所以推开校长办公室的门之前,俞韵还以为另外一个同学也会来核对信息。

可办公室里除了严肃又温和的李校长,就只有一个正在悠然沏茶的谢瑾。

见到她进来,他温柔笑了笑便不再和她有交集,转而招呼着她身后的俞家父母坐下,如同老师的助理一般,周到却又不过分热情。

"这是谢瑾。"李校长瞧他一眼,"俞韵之前补课一直是他在带。这次的特招很少,文学类更少,所以不开新班,俞韵高三就归到他班里去。"

俞父俞母填写着必要的材料,没明白之前的补课是指什么时候,还以为是那些笔记,于是谢了他几句。

俞母倒是抬头多看了他几眼,总觉得在哪里见过。

但很快,熟悉感就被对青春期少男少女的担心代替。

两个人都很出挑,自家孩子又是老师都盖章了的"不稳重",她开始忧虑他们高三时会不会有超出同班同学的情谊。

"材料填完就没什么事了,暑假补课俞韵不需要再去二部参加,本部已经对接了戏剧影视文学的老师,要赶在过年之前完成很多事情。"

"李校长,俞韵吧,她不太想走专业。"俞母柔声细语,暗暗用手肘撞了撞俞韵,"宝贝,你自己跟校长说你怎么想的。"

"俞韵妈妈,你家孩子很适合,天赋摆在这儿,不学考个普通本科,学了能走得更远更好。孩子看得不全面,你们不能只听她的喜好。"

这最后一句话不是为了劝说家长,而是李校长的理念一直就是如此,所以她才会一而再、再而三地去跟学生家长沟通,哪怕给人不太好的印象,也想让家长更全面地替孩子考虑好、做决定。

谢瑾极其清楚这一点,也几乎是画着思维导图,拐弯抹角地加以安排。

因此在谢瑾的计划里,整件事情其实已经基本尘埃落定,只待李校长一点点不知不觉地帮他完成了。

"毕竟是艺术生,不如人家谢瑾同学这种凭真本事的……"俞父也自知这是偏见,支支吾吾半天也没再说下去。

"我倒是想学,可没这个能力。作品是一起发过去的,人家老师不收我,只愿意收俞韵。"谢瑾安然地自贬，不经意间给李校长递着话。

"俞韵爸爸你不要这样讲，艺术生要学的东西更多，还要在这个领域能力拔尖才能在校考里拿到名次，和走文化课的学生一样辛苦困难。"

"是……"俞母点头应着，说出心中的担忧，"我们也想支持，只是不知道她是不是这块料……"

李校长继续说道："原来班里的林老师，你们应该知道。前几天她找我说，俞韵很有天赋，如果你们能支持她，让孩子去追求自己的梦想，或许她会给你们带来意想不到的惊喜。要为了孩子好，不要只看自己的期待，总是忽视孩子的心理需求和真正热爱。"

"您打电话给我们说了校园暴力的事情后，我们两人就反思过了，是我们对孩子的关心太少了。您放心，我们会全力支持她，专业培训的费用、艺考的钱，我们都准备好了。"

李校长的脸上露出了欣慰的笑容，说道："现在，涉事学生也转学了。孩子的倾诉欲很可贵，咱们做家长的也该好好想想，是不是无意义的冲突把这种亲密关系之间的联结给消磨掉了。"

"是啊，我想，我们都欠孩子一句道歉。"

艺术生的事告一段落，毕竟想要进本部就必须答应李校长的条件，俞韵的父母不得不让步。

他们甚至因此怀疑，是不是俞韵和其他人串通好了，可主动提出负责艺术开销的老师也不是傻子，没必要这样配合她。

于是回家之后左思右想了许久，他们才终于决定相信她。

可他们不知道，那些培训费中，有不小的一部分是俞韵自己的，她想要逃离这个家的想法不是一天形成的。

那是她所有的积蓄，压岁钱、打工的钱，一点点地攒，攒的是她对未来的期望与向往。

早已在他们不知道的时候，真正的俞韵早已逃脱了他们的掌控，成为真正的自己。

而这个事实的真相，她甚至连戳破的欲望都没有。

忙活了这些时日，俞韵总算走上了自己想要的路。

谢瑾在空荡荡的房子里，把自己摔在床上，终于安稳闭上眼睛，准备好好大睡三天。

毕竟这些天他左右奔走，还要抽空应付他爸的某些事，着实疲倦。

找到林老师的时候，谢瑾说得很直白。

唯有由林老师作为语文老师站出来支持俞韵，肯定她的天赋，李校长才会认可接下来的筹备，说服俞韵的家长。

手握转校成功与否的权力，由李校长来说这件事最为有效，但想要打动俞韵的父母，光靠有人认可是不行的。

对于俞韵这种距艺考只有不到半年才来临时抱佛脚的学生，培训机构一听她要考的还是戏文专业，都不敢收，毕竟他们每年的通过率有保障，也是因为从生源这一步就开始了挑选。

放弃了班级制教学，谢瑾早在联赛时就拿了俞韵的作品四处奔波拜访，去寻找适合带她的专业老师。

写作并不是戏剧影视文学的所有，可对文字的把控能力，以及思维的深度和宽度，却是在这个领域发展所必需的天赋。

看过俞韵的多篇文章本打算不再带艺考生的闵老师还是收下了她，作为关门弟子。

当然，这件事李校长也不知道，而是林老师同样受人之托，谎称自己主动投稿为俞韵联系到的。

也许见俞韵真是可塑之才，又被林老师的"精心"安排所打动，她主动问起对方为何要如此大费周章。

经过林老师一番陈述，李校长大致了解了俞韵本人和家庭观念之间的冲突，欣然接受了林老师拜托她说服家长的请求。

而谢瑾终究不放心，硬是要去接待转校同学的家长，勉强跟整件事扯上了今天这点微不足道的关系。

手机突然响起，他迷迷糊糊摸到，还以为俞韵专属的二十四小时热线被拨通了，结果是裴诗青例行回访病情的慰问电话。

"最近怎么样？要跟姐姐聊聊吗？"

"不用，我现在就想睡觉。"

"怎么放假了还这么困？听我妈说，俞韵转去本部了，她父母的态度转变了很多……是你小子又耍我妈吧？"

"姐，阿姨那个性格，我不敢赌。"谢瑾语气有些意味不明，"俞韵不能再经风浪了，给她铺好所有的路，是我必须做的。"

"你这普度众生的劲儿，不出家可惜了。"裴诗青笑着逗他，"说真的，不如就报考心理学吧，去做更多人的光。"

"我成不了谁的光,做她旁边藏在黑暗里的小星星就挺不错的。"

针对俞韵的病情又聊了几句后,谢瑾挂了电话坐起来。

他随手捞过床头俞韵没办法带回家的皮卡丘,揉了揉它肚皮上那天让他嫉妒的毛,又开始想念他被迫还在寄养的小精灵。

想了想,他给文件传输助手发消息。

瑾鱼:普度众生?普天下的那份好心,我没有。尘世茫茫,我只想度她一个。

3
谢瑾是海上的孤岛。

他本身是个意外,而妈妈生下他后最初泛滥的母爱,也一点点随着被迫常年封闭的相夫教子生活消散,只余下对自我人生的渴望。

离开后她找到了灵魂契合的归宿,却不会再创造一个生命来磋磨自己。她利己地享受着自由,却拒绝孩子拥有相应的自由。

因此这个原本名为生下谢瑾的错误,在这时作为她放心的"老年投资"终于不再需要丢弃,而是需要知道自己生他时的不易。

丈夫惯例哄骗着妻子"只负责生",转头就在小家庭需要他的时候变得工作忙、事业重。毕竟赚钱是为了更好的生活,谁也不能说他失职。

而女性万般劳累诞下生命体,即便有育儿嫂和保姆的加持,也总会有各种的"不适应"和"不得已"让她们舍弃自己的追求,回归家庭。

因此对于所作所为与许多男人如出一辙的谢瑾他爸来说,做一位父亲是很轻易的。

其实谢瑾一直知道,这两人彼此之间都早有二心。

他们只待抛开他这个累赘,就能各自开始崭新人生,给他前十几年平静到普通的人生炸出一朵水花来。

在新的家庭里,妈妈获得了梦寐以求的轻松与安逸,爸爸则终于汲取了失败的教训,成为其他孩子像样的父亲。

每个人都有了更自在的"家",除了他。

像他妈妈这样单纯的玩乐会规避掉许多矛盾,可他爸爸这样的感情一旦牵扯上太多利益,就会疑心生暗鬼。

最终,半路夫妻的猜忌,让那位至今没有反思过自己的"合格家长"振振有词地和大儿子打起了商量。

"高三了,我再说一下,毕业后还是要留在本地的。我和你妈生了你,把你养大、养得这么优秀，你不能没有知恩图报的心。

"何况再怎么说，你阿姨也比我年轻不少，动机本来就不一定单纯。等我老了，她还有点姿色，难免有其他想法。

"你是我儿子，豪豪也是，我这大笔的财产以后就是你们两个分。但我私心想多给你啊，所以估计等你毕业成人，他妈妈就该耍心思要钱了。

"豪豪离成年还早得很，分多少都是监护人的。再过个几年，她带着孩子一跑，你也不在身边，我就成孤家寡人了。

"这周我去你那里一趟，你成年了，先把现在住的房子过户了。等你考上大学来公司历练，我再给你其他的。资产转移了哪怕再离婚，她也分不走我太多东西。

"说起来啊，你们两个孩子之中，爸爸肯定是更爱你的。你是我第一个儿子，在你身上投资了不少，也该收回点利息了。"

谢父商人惯性的谈判手段逐渐显露出真面目，他话说一半，其他的留给谢瑾自己想。

这样的留白使对方第一反应是事件对自己的影响，再考虑到其中的可得利点，更容易觉察不全，忽略不利的部分。

毕竟一脉相承，爸爸刚提起这事，谢瑾就已经明白了。

一时间，他突觉当初离婚时，爸爸口中那所谓"迟来的爱情"在自私的人性面前被提防得好生可笑。

"快要老了，开始担心自己老无所依，思来想去也没什么可招安我的，于是道德绑架，再拿钱砸。

"你想把集团给我，分红给你小儿子，资产等你百年之后按遗嘱分，对吧？

"就因为我跟谁都不亲，反而成了你最放心的继承人选，没错吧？"

谢瑾近乎冷漠的腔调，把爸爸隐晦的表达完全平铺直叙出来。

可能是习惯了居于上位的交流，谢父对这种打直球的架势有些陌生了，一时沉默不语，怕说了什么让对方来一句砸场子似的"我不稀罕"。

"像现在这样'见钱不见人'地做家长，直到我毕业一共二十二年，换我做个孝子鞍前马后的四十年，生孩子还真是门稳赚不赔的生意。

"可为什么你给我的是集团呢？为什么要等立遗嘱才多分我呢？因为拿钱的能走，咬着诱饵受制约的走不了，沉没成本大，你就不用担心我卷款跑路。

"你安心有人养你老，可我还要辛苦赚钱养着你那小老婆和小儿子吃白饭，那我多不划算啊。"

所谓养儿防老，有此观念的人是为了自己。孩子是个工具，出生是一种恩赐，要背负着感天动地的恩情去行走，而父母是等待报恩的债权人。

那是会权衡有无亏损的不等价交换，所以"投资不少"，所以"收回利息"。

普天之下，父子之间的电话少有如此复杂的纠葛，但当有人亲手将利益的诱惑展现于亲情的面纱下，那谢瑾就不介意撕开伪装，和这位父亲一样，把商人的宗旨摆在前面。

"既然我是你唯一能依靠的人，"他的轻笑没什么温度可言，"那这就得是另外的价钱。"

…………

那天，接完电话的谢瑾蜷缩在角落，静静把脸埋在胳膊里，手却无端颤抖。

早先，谢父和谢瑾搞了个名次对赌协议：谢瑾高二的期末考试排名必须在年级前十，否则就乖乖回本市上学。

谢父押谢瑾做不到，所以谢瑾一旦完成，他就必须答应一个要求。

站在本部的露台上，谢瑾丝毫没有犹豫，选择了让谢父打钱。

而在那之前，他已经狮子大开口要了一笔，作为谢父一年后亲自给他提交高考志愿的交换。

所以年级前十那通电话的另一端，谢父胡乱找话，开口却是问他是不是很缺钱。

他虽然拿半出气半搪塞的话回答了，但事实上，他真的缺。

他想方设法地要钱，不是为了现在，而是为了毕业后逃离这枷锁。

他买了些昂贵物件的复制品，告知家长自己的消费方式就是如此，所以每次打款总挥霍得没有多少剩余。

谢瑾以此来消除他们的警惕，好多捞几笔。

毕竟只要高考志愿的结果出来，经济供给就会全部断掉。唯有在这个还没撕破脸的时期，他才能给自己和俞韵多准备一些上学和生活的资金。

创业势在必行，但在当今社会，启动资金就是艰难的第一步。他不需要俞韵陪自己先共苦再同甘，他只想在她身前铺好最平稳的路。

为了安逸度过学生时代，从父母那里薅到的每一笔钱，谢瑾都记了账。

不管怎样，亲情与家庭都是矛盾而复杂的关系，他听过"天下无不是的父母"，也会被"家长供你吃穿用度就该感恩"的纠结所笼罩。

既然不确定自己是不是贪心不足，那么就姑且把这项东西当作本不该有吧。

倒不必像苦行僧一样去生活，只是快点独立起来，等足够确保两人的生活，就连本带利一并还回去，从此再无所欠。

一周后，暑假的补课如期开始。

俞韵专业课的进程已经安排妥当，教学地址选在本部的空教室，方便俞韵在一天的艺术培训后接着上晚自习。

本部只有两个文科班，为了均衡特招的比例和成绩分布，学文科的艺术生都要抓阄决定分在哪个班。

百分之五十的概率，可不被看好的俞同学毫无悬念被分到了一班。

大部分人都知道俞韵的所谓来头，不屑过一阵子。

可最后又不得不承认，虽然有种捷径搭到了家门口的感觉，但人家确实是凭自己的实力考进来的。

哪怕暗地里交头接耳几句，大家却不会放到明面上来，基本都对她和和气气，这让她心情好了不少。

谢瑾原先一直坐在第一排，跟同桌八辈子说不了一句话，全靠那个理科班的夏封天天在对面班级门口喊着跟他对话，才能向众人证明这人不是个自闭症患者。

可转校的特招生一来，谢瑾立刻表示自己个子太高，会挡住后方的同学，申请调到教室最后一排去。

后面几个同学迟疑地看着因为空出一段距离，根本不会挡视线的桌椅，最终还是点头说："看不清。"

单人单桌的排布下，这列座位简单顺移，让谢瑾如愿以偿成了俞韵的后桌。

前方的课桌在白天总是空的，只有晚间才会出现一个安静的高马尾少女，她偶尔因为题目太难而歪头苦思冥想。

最后一排的视野很开阔，开阔到谢瑾偶尔泛起焦虑，想把教室里那些有意无意瞄向俞韵的目光全部掐断。

小老虎挂坠会摩擦桌面，谢瑾把它取下保存在那幢房子里，只剩下鹅黄色的发绳，明晃晃地圈在他手腕上。

跟那条因为天热而逐渐频繁露出的项链相呼应，它们在违和又和谐的气质中，无声宣告着谢瑾和俞韵彼此的归属。

早就知道是他偷偷藏了发绳，俞韵第一次见到他戴着也并无讶异，一副"被我发现了"的表情。

谢瑾则是随她看的神态。

可晚自习的课间，他会给她讲题，做笔记的整理。当那只戴着鹅黄发绳的手在俞韵眼前不断微动，不知为何，她的心有些发紧。

"哥，你是不是被蚊子咬了？"

夏封如今没办法再和谢瑾隔着走廊"对山歌"，只好跑来教室的后门找他们说话。

"有蚊子吗？"谢瑾从包里拿出驱蚊的花露水，起身想拽着俞韵去露台喷上。

"有吧，你两个耳朵尖儿都超级红！"

本部的课间虽然自由度高，但并不算乱，这句话前几排的人都能听见，他们却比夏封更容易明白个中缘由。

周围窸窸窣窣，不知道是在笑那个大智若愚的人，还是在笑铁树开花。

"俞韵，你有数学题不会吗？我学理科，比我哥会的多，我教你。"

见谢瑾不理他，夏封乐得找他的太阳女神聊天，疯狂拉踩，剑锋直指某人这段时间最重要的地位。

"怎么，是我提不动刀了吗？夏封，你要是嫌自己过得太舒服，晚上就别开宿舍空调。"

没等谢瑾继续抱着他内心的"铁饭碗"发狂，陈墨已经来把那位每天都在挨打边缘疯狂试探的好室友拉走了。

关上教室后门之前，陈墨回头说了句："哥，你耳朵挺红的啊。"

"蚊子咬的。"谢瑾一脸认真。

俞韵文艺常识背得流畅，影评思维也构建出了自己的体系。

从闵老师给谢瑾的反馈中，不难看出她对这个关门弟子很满意，对艺术校考更是有信心的。

可如此过了一段时间，谢瑾却发现俞韵整个人越来越单薄，午觉醒来的起床气严重，痉挛型的胃疼次数更是多到他害怕。

"你晚上几点睡？"

"一点。"

谢瑾不置可否，直接伸手掏出她包里的 MP4，打开使用时间记录，翻了几秒就转过屏幕给她看。

"说谎。"

他避过俞韵想拿回的动作，将东西按在课桌上。

"四点睡，六点半起，你要干什么？"

"睡不着就起来背书了。"俞韵错开视线不看他。

"骗我。每天的记录都有，说明你要睡时一定会打开这个。如果真是睡不着才起来，不可能没有最初的时间点。"

不知为何，同样是对她的行为逐点分析，同样是对一切不合理的地方了如指掌，可谢瑾这么说出来，俞韵并没有父母质疑她时的类似烦躁。

她不想承认，被眼前这人呵护着，甚至是管着的感觉，似乎也不错。

她低头伸手抓住被他以虎口固定在桌面的MP4，少见地在抬眸间笑得轻佻，旋即施力一转。

谢瑾控制着，不敢太用力，于是被俞韵轻易反过手来钩住了他胳膊上曾属于她的发绳。

"谢同学，我不要你发挥失常，我要和你考去同一个大学。"

4

"嗯？什么发挥失常？"谢瑾扮傻充愣。

"高考。"俞韵一语中的。

"嘘，要说吉利话。"谢瑾食指弯曲支着太阳穴，意味深长微笑着望她，"小没良心的，你怎么还盼着我名落孙山呢？"

"谢师爷，"俞韵以同样的姿势盯着他，"您哪，是装糊涂的高手。"

这事儿当然要装糊涂。

谢瑾想：俞韵这敏感程度不是说着玩的。

上次在李校长的办公室，她瞬间就反应过来，是谢瑾专门去找林老师说出了她难以开口的话，背地里为她铺平了道路。等再见到时，她连着好几天欲言又止，像是不知道该怎么回馈那份"恩情"一样。

可他不需要回馈，也不需要感动，更不想看她一个人犹犹豫豫，总也不知道该如何面对自己。

"俞韵，那天怎么说的来着？别总记着要还我。

"真想还就攒着，等你攒到无以为报，我再告诉你怎么报。"

那时到最后，还是谢瑾旧话重提，才勉强把这茬揭过去。但他们都知道，在此刻的情境下，这句话已经化作了某种托词。

这托词被递向俞韵，以供她在以后无尽的漫长岁月里去考虑心底真实的感受。

她说了去学，谢瑾就等。他说了她学不会也没关系，就必然等得起。

那些不可说的、隐秘的愉悦在俞韵心里积累着——其实欠着谢瑾的，也不错。

就好像拥有了什么割舍不开的羁绊，确定自己再也不会是孤身一人存在于世间，自此总有人念着。

心理问题带来的不只是情绪波动，更多是共情力的缺失和对自我情感的把控。

她既没去思考自己为什么这么想，也不会真如普通人般能思考得明白。

手心触到的脉搏跳动，谢瑾望着俞韵，再一次在这种不自知的状态里，读懂了令人心潮澎湃的潜台词。

他既知她早已沦陷，期望必将得到满足，却又总会被对方一点点的靠近纵容，期待着能再多一些。

自始至终，他都没说过自己要考去什么地方。

因为俞韵的艺考成绩尚未可知，哪怕文化课的学习成绩再提升，艺术专业成绩最终能报考哪所学校，谢瑾也不知道。

但可以确定的是，她去哪儿，他就会去哪儿。

向来如此。

"我想跟着你去任何地方，"谢瑾眼睛半眯，带有几分审视，"可你呢？为什么反过来也选择和我一起去？"

他知道，她心里乱得很。

逃避的认知对俞韵的情感盲区来说正合适，不复杂地去看待朋友关系会成为惯性。

可谢瑾不想做她的朋友，或者说，是想做她有且只有一个的某种朋友。

俞韵看起来出奇平静，也不说话，只沉稳地呼吸着，还顺手弹了几下指尖捏着的发绳。

她只是敏锐地感知到谢瑾试图孤注一掷，却又不知缘由也不论缘由地想要陪他去到更好的地方。

"好，和我去同一所大学，如你所愿。你知道我准备考哪里吗？"

问题给到就可以了，没必要逼着做出回答，谢瑾控制着聊天节奏，将她快烧爆的 CPU 抢救回来。

"还没来得及问，打算等我艺考报名的时候再说，免得我现在知道了，压力大到直接躺成咸鱼。"

"不用，我现在告诉你。"他并不否定俞韵的想法，"我要考你拿到的专业合格通知单里最好的那个。"

明明是自己要努力考谢瑾所在的地方，可谢瑾三言两语说来说去，依旧是他来走出那最重要的一步。

俞韵懒得和这个偏执狂争辩,就势顺着此番的意思来解释方才的情况。

"所以我在玩命地学,"她抽了抽手,没挣动,便作罢,"得考个最好的,才不至于委屈了您这个人才。"

"从现在开始,你说的'玩命'只能是形容方式,不能是叙述事实的词。"

"谢瑾,还有几个月就要独立校考,每个学校的侧重点都不同,我没有太多时间了。天赋也是要靠努力补齐,才能成为百分之百的。"

"艺术联考那么多学校可选,你抓着那些校考的大学干什么?压力大了胃疼得很舒服吗?"

谢瑾已经关心到焦虑升级,然而第一句话说出来,那股发疯的劲头过去,就骤然醒悟。

因为艺术联考的院校是普通本科,而独立校考的大学是重点本科。

"艺术联考的学校对我来说是可以了,但对于你,并不是。"

她拒绝着他的心甘情愿,却又知晓他的执迷不悟。

于是俞韵倾尽自己此刻所有能做的,想要提升自己踏上的阶梯,以这种无声的力量送谢瑾回归他的正途。

一个生怕对方是只差最后一根稻草就被压死的骆驼,一个唯恐对方会一条道走到黑地自弃前途。

他们都在拼命为彼此的未来负责,于是在同一条道路上,互相奔赴。

谢瑾碰到她手腕微微泛红的皮肤,触到越发纤细明显的骨节,那些要她放轻松的话再也说不出口。

即便忍不住道一句"你太累,我会心疼",可他也明白,俞韵想做的事情,从来就不允许自己做不成。

蝉鸣短暂,原本就没多少时间可供两人消磨。

转眼间,高三已经正式开学四个月。

谢瑾看着MP4上几十日如一晚的使用时间记录,只能每日让张阿姨将昂贵的食材做成各种滋养的补品,企图维持住俞韵的身体现状。

在最初的紧张追进度后,他终于偶尔能在设备里发现两点前的记录。

睡前故事总在更新,"谢老师"的提分笔记也从没有断更过,他能管束的一切,都在尽可能地为她提供有效帮助。

俞韵几乎榨干了所有的可支配时间,每次午觉被叫醒时,她就好似刚上路的游魂。这些落在谢瑾眼里,很多次他都默默站在去喊她的楼梯上,心里止不住酸涩。

本部只有两个文科班。两个班原本各三十人，又在高三开学时，分别加进了不同专业的五名特招生。

高三寒假前的那次期末考试，俞韵不出众人所料的吊车尾，稳稳挂在两个文科班总排名的倒数第十。

可这位第六十一名的分数堪称相当震撼。

她和另外九个特招生的分差超过了两百分，只与普通学生中的第六十名相差五十分。

谢瑾的班主任是个资历颇深的老教师，带过的特招生不少，知道他们能去高等学府的大致成绩标准。

李校长过目各班成绩单时，专门问了一句俞韵的情况。这位老师思量许久，表示或许今年能有特招生进入毕业后的统计名单。

寒假时间短、事情多，一中不会再次补课，俞韵却依旧不得休息。

她彻底抛开了文化课的一切，每日如同集训般进行着艺术专业的最后冲刺。

这两周的时间，俞韵带着那部几十分钟一通电话的老年机，在这幢父母以为是老师家的房子里上课，方便谢瑾更好地照顾她。

这是谢瑾第一次看到她全部的专业课资料。

那些默过的名词解释，有一本书那么厚；看过电影掐着时间写的影评，足以称之为卷；不同学校的历年真题，多到快要把她埋起来……

而她还要额外准备几个学校的面试，包括但不限于才艺展示，以及如何临场将几个关键词编成一个故事。

谢瑾在客厅的沙发里，拿着超厚的高考模拟卷圈圈点点，忽然觉得俞韵比她难太多了。

独立校考的时间地点不同，需要去许多省市，俞韵的父母始终不怎么太相信孩子的自制力，所以并不想放俞韵跟着本部带艺考队的老师们去。

最近这些时日，俞韵存在不少谢瑾不知道的压力，她一个人默默忍受着，可想到这些时内心又突然暴躁，万般不想要家长的陪同。

不等她想好怎么周旋，一番交谈后，谢瑾已经替她找好借口解决了。

闵老师亲自给俞韵的父母打去了电话，表示自己会单独带俞韵去，方便考前重点的补充。

第一场校考在邻省，离得不远，只是高铁站建在郊区，不太方便。

下高铁后，谢瑾接过俞韵的背包，先给她喂了一粒晕车药，再递过一杯略微热了些的水，使她不得不喝下去。

犹记得夏训营时，学生要先在一个地点会合，才会统一去往那所很远的学校。

当时大巴上有个女生，明明提前吃了晕车药，可依旧吐得昏天黑地。

那时的谢瑾闭上眼睛只觉得烦躁，可现在想起来恨不得穿越回去踹自己一脚。

司机是闵老师的丈夫，被叮嘱了行驶要稳，加上药物很快因为过热的水而起效，俞韵最初居然还能跟谢瑾嬉笑两句。

但困意才是药效的终极，很快，她开始不自觉合眼点头。

一双手扶着她的肩膀，微微转动了角度。

俞韵的背不知不觉抵在某个坚实可靠的温热胸膛上，倚在后排，安心寻找到了最舒服的补眠姿势。

一个小时后，闵老师轻声问："小谢，胳膊麻吗？"

说话会引起胸腔共振，更何况他离熟睡的人太近，谢瑾不愿开口，只笑着微微摇头。

一路没停靠服务区，三个小时后，他们赶在晚饭前到达了目的地。

而后排的座位上，谢瑾依旧保持着那个动作，甚至眼神都还在望着那个睡梦中仿佛由安全感包裹住的女孩。

直到车停稳熄火，他才柔声唤她醒来。

闵老师带着一脸姨母笑，刚戳了老公的胳膊让他看，就瞅见谢瑾的手被"啪"的一声拍开了。

"好啦，打也打了，"谢瑾吹了吹俞韵的手指，就像怕她打自己弄疼了手一样，"走吧，我带你换个地方睡。"

后来，某个暴躁的人一声不吭从车上下来，都不敢和闵老师对视，也不知道是谢瑾版本的绕指柔起了效，还是俞韵版本的起床气见了鬼。

谢少爷半个月前早已预订好了房间，独自拿着几个人的身份证去办了入住手续，回来时手里是三张豪华套房的房卡。

但闵老师夫妇和他们俩不在同一层，也就没能看到少爷亲自给俞韵铺上自备床单的样子。

他面容平静，心里却炸着烟花，最后看着干干净净的大小姐困意不散，一下子把自己砸进柔软的床垫里。

"苏胡（舒服）。"她假装奶声奶气地说。

5

再醒来时,窗外华灯初上,长夜未央。

回顾式的梦境消散,俞韵瞥见躺在沙发上根本没离开的谢瑾,突然鼻子有些发酸。

此前,两人早已约好,除夕在谢瑾家过。

那天闵老师并不会来上课,但俞韵本也意不在此,只是习惯了每天朝夕相见,希望在这天也能如此。

许是没料到这一天还会有人出现,谢瑾始终没休息过来的神经完全放松,正沉沉睡着。

见二楼某间卧室的房门敞着缝隙,俞韵便蹑手蹑脚去看,直到听见均匀的呼吸声传来。

俞韵不愿叫醒他,可内心深处总有个声音大喊着:这种看似清冷的家伙,睡着了一定很乖吧?

所以,是脑回路的错,是手的错,是谢瑾睡着了的错,总之,绝对不是她的错。

她轻轻推开门,看到某人的睡相奇佳,着实很乖。

谢瑾的脑袋上竖着几绺头发,睡衣略有些散乱,腕间和颈部的小装饰依然安静待在各处,随着呼吸起伏。

但另一侧枕边,除了一套熟悉的运动装,还有被扯掉了的耳机线和正稳定外放着的录音机。

那年俞韵以干净却不算成熟的嗓音安静唱着那首 *California*;那年她上台去念自己的作文,读得嗓子发紧,声音还颤。

不久前她在书房里安逸睡着,醒来时只见谢瑾隐于黑暗,殊不知,他一直在记录自己的呼吸与呓语。

也是在那天,她说了"我会把你当作解药,学着去你的世界看看",而后被翻录在这盘复古纪念一般的磁带上,陪着谢瑾度过了不知多少坦然接受爱意石沉大海的夜。

可能潜意识感知到了旁边有人,怀里抱着那只属于俞韵的皮卡丘的谢瑾睫毛微动。

可他有些累,睡不醒,再次把头埋进了皮卡丘的肚子里。

俞韵屏息许久,睡梦中的人终于安静下来。她心神难宁,以最快的速度退出了这片领域,无声带上了卧室门。

在客厅玩着游戏等他醒的时间里，俞韵却先等来了张阿姨。

张阿姨原本今天也是不用来的，可一想到这房子里只有两个孩子，怎么都于心不忍。

又过了会儿，门铃又响了。

两手空空的裴诗青见到俞韵开门，颇为有趣地挑眉愣了下。

随即她转身介绍两手全是东西、脖子上还挂着一个女士包包的裴安，问也不问谢瑾在哪儿。

门铃再次响起来的时候，俞韵已经在腹诽自己是不是有点多余了。

打开门，夏封穿得活像个年画娃娃，和与往日没什么区别的陈墨则拎着火锅食材，他们叽叽喳喳，正费力地拿起手机，核对这个之前从没来过的地址。

于是那天，当谢瑾终于察觉到声响不对，从床上起来时，发现客厅里是他已良久不曾感受过的热闹。

昨晚已经确认了所有的行程、机票和酒店，又过了一遍路线全程的美食标记点，他准备好好睡个觉。

可脑子太活跃就容易失眠，毕竟听了好久的磁带才去见周公，上午自然醒得晚。

当然了，瞧着如今这架势，其实也可能没醒——

不光没醒，还做梦了。

因而那天除了做好饭就回家团圆的张阿姨，剩下的六个人打打闹闹，一起吃了顿十分丰盛的大餐。

谢瑾一会儿觉得他们吵闹，一会儿又和俞韵吐槽夏封自告奋勇调的火锅蘸料，结果被陈墨听完传给了玻璃心的当事人。

只是天下没有不散的筵席。

越到下午，气氛越容易冷场。

他们知道自己该走了，谢瑾也知道他们必须走了，所以他率先说："朋友们，我好累啊，你们不累吗？"

俞韵硬是拖到了七点钟，最后一个离开。

她走的时候，老年机几乎都要被父母打爆，她却还是开着静音，假装不急。

她拒绝谢瑾送自己回家，因为去是两个人，回来便只剩他了。

在传统上特殊的这天，两个人一起走，再一个人回到空荡荡的房子，是必然不会开心的。

出门时，俞韵转身，谢瑾刚好用自己敞开的长羽绒服将她裹起来，不无期待地低头,等她说句"新年快乐"。

"谢瑾,再等一年。往后的每一年,我都会陪你过完整的除夕。"

"我记住了,不许爽约。"

最终,谢瑾还是没有听话,执意出门送她回了家。

走进小区拐角处前,俞韵回头望了一眼,终于理解了一眼万年的概念。

那道身影修长而孤独,也那么望着她。

他刻意站在俞韵回身就能看到的地点和角度,就好像这件事情成为习惯,而他已经重复了千百次。

彼时她情绪低落,不敢表露,而此时,她不知不觉滑下一滴泪来。

无论俞韵什么时候回头,什么时候醒来,谢瑾都在她身边。

可无论谢瑾什么时候回头,什么时候醒来,他都麻木地接受了仅此一人的痛苦。

"哭什么?"谢瑾有些头痛,揉捏着鼻梁坐起来,显得有些茫然无措,"饿了还是不开心了?"

"我没哭。"俞韵嘴硬一秒,扭过头去不看他,"除夕那天你回去干什么了?"

"写了几套卷子,睡觉。"

其实是在黑暗里坐着发呆。

"骗人。"在枕头上蹭干了泪,俞韵扭回头来,"那天我看了你的复习进度,跟两天后我再看的时候一模一样。"

"卷子嘛,总有你没见过的。"

"编,接着编。"她装模作样地咬牙切齿,"最后那套卷子做一半就不做了,怎么,是题不合心意吗?"

"你怎么记得这么清楚……"谢瑾无奈。

"我连第一次见裴姐姐的时候,她最后问你的话都记得。"俞韵声音越来越小,"我查过,那应该是焦虑症的情况,裴姐姐也没否认。"

"你跟我的主治医师聊得挺好啊?"走到床边,看着蒙在被子里的她,谢瑾弯腰撑住床的靠背,"还聊了什么?"

"没有了。"俞韵直直盯着他,裹着被子,理直气壮,"再说,那也是我的主治医师!"

"那我呢?我也算是吧?"

"你当然不是,你……应该算特效药吧。"

当俞韵怕被拆穿的时候，就总会说些话主动讨好，企图让谢瑾不要再继续追究上一个问题。

他心里清楚得很，却每每都让她得逞。

这是俞太公的钩，谢瑾这条鱼被钓，是自愿的。

谢瑾没让酒店送餐上来，离开那座城市的第一天，谢瑾想带俞韵出去散散心。

插科打诨几句，他收拾好了出门要带的琐碎小东西，俞韵也终于不再为被子所绑架。

可谢瑾环抱着她的羽绒服，停下脚步，皱了皱眉。

"你冷不冷？"

问句，但只有一个答案。

"不冷。"

回答错误。

作为艺术生，俞韵为了在面试时好看点，准备的衣服可谓只求风度不求温度。不仅贴身的搭配并不保暖，外套居然摸起来也不算厚实。

谢瑾叮嘱了她乖乖等着，然后跑下楼去找闵老师拿车钥匙，把自己准备的另一件羽绒服取了出来。

他原本是怕有什么意想不到的问题，当作自己多想似的，在车里放了备用，没想到真能派上用场。

他回来推开房门时，俞韵正坐在沙发扶手上无聊地晃着脚。

见他回来，笑容和活泼瞬间在她身上显现，让他体会到某种她在等他的愉悦。

犹豫两秒，他没有把新的羽绒服给俞韵，而是脱下自己穿着的这件，轻柔地披在她肩上。

衣服上还带着谢瑾的味道，难以描述，却总可以抚平她的情绪。

这味道唯一的缺点，在于时常让她心跳过快，担心自己哪天是不是就要写份遗嘱，指定谁来继承自己的课本笔记了。

温度透过单薄的内搭迅速传导在俞韵的皮肤上，莫名暖得发烫。她好似在雪天泡进了热水里，舒适到整个人都柔和起来。

看她在原地发怔没有跟上来，谢瑾略微沉吟，开始如同幼儿园老师一样迈起了小踏步。

"俞韵小朋友，跟上我——"

同样如幼儿园老师般的语气，在他满是宠溺笑意的目光里，显得幼稚且娇惯。

于是，俞韵真的难以抗拒，像个幼儿园小朋友似的，跟他一起踏起了小碎步。

谢瑾一边往前走，一边回头望着，如果眼神有实体，那么俞韵将溺于温柔。

褪去了校服，在这个临界点的年纪，没人知道他们是高三考生还是大一学生。

两人之间无半分尴尬，混在肆意牵手、同吃一份东西的真情侣中，却也不见违和感。

谢瑾黑色宽大的羽绒服包裹着俞韵，让她没了往日那样冷冽的气质，现出仅他可见的软来。

她因为冷而越发白净，鼻尖微红，机智地抓着烤番薯暖手，却又被烫得不时摸摸耳垂。

俞韵少有逛美食街的机会，一路上这也稀罕那也好奇，这个吃一口那个尝一下。

谢瑾也不拦，默默做个推土机。

等回去的时候，她吃得餍足，他倒是快吐了。

接下来，谢瑾搜过这学校的网站，大致了解了考试所在楼栋的具体方向，在俞韵听闵老师强调重点时写写画画。

园区内给考生发的是文字版指引，等俞韵这个路痴看得干瞪眼时，他便拿出一张精简而详细的路线图，换走了她手中那份无用品。

路线图上没有东西南北，而是一律以"向左""向右"标注，在立体的建筑线条旁格外清晰。

按照这么一份耐心爆棚的指引，俞韵顺利在没有任何人提示的情况下，找到了隐蔽的考试楼。

她狂喜，"社恐"不需要问路，这是什么天堂福音！

其实赛道上的发令枪早已打响，只是他们一直在跑。

不管前期领先还是后期发力，总归都拼命到现在才准备冲刺过线。

不习惯与旁人待在密闭的空间太久，谢瑾找了个借口下车，在不易被闵老师发现的校内休息处坐下。

周围都是家长或带队老师，他一个俊雅的少年在其中很显眼，吸引了不少无聊等待的视线。

"同学，你是来参加下一场考试的吗？"

记者提问的采访麦克风递到了谢瑾的嘴边，摄像机抓住机会对准他的脸猛拍。

这必然是一条有效素材，哪怕为了收视率，后期也不会鼠标一点把这张脸删掉。

"实在不好意思。"

谢瑾一开口，记者的心就凉了半截，开始想着怎么争取一下。

"我不想上镜，还是辛苦你们删掉吧。"

"没关系的，同学，你长得这么好看，上镜出了名被学校看到，说不定对你考试也有帮助呢……"

两秒钟后。

"我迟到了，没赶上上一场考试。"

谢瑾胡说八道得认真，让记者分不出真实与否，却知道这段属于无效素材。

于是对方讪笑一下，收回了紧追的麦克风，带着删掉素材的摄像师离开，赶去寻找下一位幸运儿。

周围的不少人也听见了这句话，讶异和低语在耳边响起，可谢瑾不为所动。

他手冻得发僵，却还是拿出手机，给陌生的大学校园拍了张照片。

长达两个半小时的笔试结束，考生们神色各异，陆陆续续走向迎接的人。

俞韵赶着回车上暖和一下，而谢瑾正独自立于显眼的位置，静静等着她出来。

方才毕竟被不少人注意到，此刻颇为好奇，悄悄等着瞧那位帅哥要等的人。

眼见谢瑾小跑过去接俞韵，拿过她手中的准考证放进大衣兜里，一脸笑得不值钱的样子，记者在一边翻了个白眼儿，终于明白自己被这小子耍了。

而在千里之外的某个院子里，与谢瑾和俞韵此时为了梦想奔波不同，夏封同学正帮奶奶把摇椅搬到阳台上，正陪着老人家一起晒太阳。

他打开手机刷了会儿朋友圈，眼前突然蹦出来他哥一小时前发的照片。

配文是：

——我们都离梦想近了一步。

第八章 · 大小姐

莹莹烁烁,光芒万丈,它美得丝毫不含蓄。
古希腊人以为,那是天神的眼泪。

1

说来惭愧,俞韵落泪。

作为一名真实的穷学生,她给谢瑾准备的新年礼物是一本典藏版的书。

而作为一名虚假的大少爷,谢瑾准备的新年礼物是她万万没想到的。

过年之前,他以艺考报名为由,要去了俞韵的身份证,顺便还带她去办了张银行卡,以备不时之需。

原本是要在过年后才有机会还给她的,没承想,两人除夕那天就见了面。

从楼梯上下来时,表情还有些蒙的谢瑾看了俞韵一眼,立刻转身回了卧室。

再出来时,他除了将外表收拾得干净清爽,手里还多了两张卡。

谢瑾把身份证和银行卡交还给她,便再没多提起,只嘱咐了一句艺考期间用处多,让她自己拿着,不要再让父母代为保管。

其他人拎着食材来聚餐吃个饭,并不会想那么多,更何况平辈之间也没有压岁钱一说。

所以除了俞韵把书藏在书房,没有人想到"新年礼物"这个在当地不算常规风俗的存在。

所以一直到当晚告别时,她才悄声说自己在书房藏了东西,企图以此让谢瑾回家的路不算太孤单难过。

彼时谢瑾挑眉睁大了眼睛,满足中还带着一丝微妙的得意。

"这怎么办?"他倒也没看出有多少愧疚,"我忘了给你准备。"

沉浸在"连我也要离开了,他应该很希望我留下吧"的内心戏里,俞韵慌忙摆手。

她想着,这些年都没人给他准备,忘了这件事确实情有可原。

这话甚至不经细想,简直惨兮兮得要命。

"没关系没关系,我准备的礼物很简单,都没怎么用心的,你不要太当回事儿。"

"怎么会,你准备的我都喜欢。"

说完,谢瑾默了默,神色晦暗不明。

俞韵歪头看他,总觉得这人不像难过,倒像是在忍笑。可眨眼间,那种怪异的氛围又消失了,稍纵即逝。

"以往没人送我礼物,脑子里就没有这种概念。所以都怪我不好,对不起。"

他原本是没什么低沉之意的,结果为了遮盖那抹笑,越演越入戏。

又因为此句收获了俞韵走心的安慰,被夏封浸染许久,逐渐也偶有脑干缺失之美的谢瑾不无担心地想:我可真不是个东西啊,等真相大白了,我这是不是要被浸猪笼的啊?

至于这真相什么时候大白……

别问,问就是现在。

眼见俞韵每天用着字体巨大、声音也巨大的老年机接打电话,谢瑾是真的很烦躁。

艺考期间好不容易出来了,他赶紧去买了个新款的手机,将设置全部调试好,这才换上手机卡给她。

最初考试的安排紧张,俞韵也没时间玩。

可等前两个学校紧挨的时间段过去,适应了这种节奏的她,也开始蠢蠢欲动试图玩一会儿手机。

聊天软件有八百年没登录了,打开界面的时候,她有些蒙。

然而盯着联系人的红色提醒标志,俞韵居然一下子就想到了是谁。

——同学,你的文集本我找到了。

——俞韵同学,我是谢瑾,不是骗子,麻烦加我好友吧。

——夏训营里我坐在最后一排,你还给了我一瓶可乐,记得吗?

——俞韵,在吗?

…………

不同时间不同语气的好友添加信息摆在那里,她说不出什么感受,只是在点下同意时,难过得手指发僵。

好友申请通过的那会儿,谢瑾刚好在自己酒店房间的浴室洗澡。

俞韵心绪不稳,等了一会儿没人发来消息,突发奇想要发个红包提醒对方,可点开才发现自己没绑卡。

手头现成的银行卡摆在这里,里面还有当时预存的一点钱,于是她想也没想,输入卡号就绑上了。

一个红包发过去,谢瑾的消息还是没来,银行的扣款短信先来了。

看着短信上余额的数字位数,俞韵猛地一下从床上坐起来。

来回数了好几遍后,她又躺回去了。

洗洗睡吧,应该是系统疯了。

关了灯,五分钟过去,俞韵瞪着铜铃般的眼睛,拨通了银行的电话。

在漫长的语音提示后,她点点按按,终于听到电子女声冷冷播报出相应的数据。

这证实了她账户里余额的存在,也让她忽然醒悟,那天谢瑾仿佛忍笑般沉默的由来。

这种大额转账至少也要两天,存款短信却一条都没有。

因为那时候她正在那幢房子的二楼书房上专业课,手机就扔在客厅的桌子上,没有密码的老年机谁都可以打开,删除短信只需要几秒钟。

无须考虑其他情况,俞韵很确定这是谁干的。

除了出错概率堪比彗星撞地球的银行,会做出此等惊天地泣鬼神之事的,就只剩一个为她痴、为她狂、为她"哐哐"撞大墙的谢公子了。

所谓"我忘了准备"的新年礼物,实际上在那天的初始就被交给了她。

可这太多了,俞韵有些承受不住。

电话无人接听,她犹豫了一会儿,起身裹了羽绒服去找谢瑾。

他的房卡每次都会给她一张,但她还是敲了敲门,安静又无措地等着里面的人打开。

她靠在套房门外的沙发靠背上,惊觉自己里面只穿了件浴袍,在这种朦胧而暧昧的时刻,无端更像是来投怀送抱的。

好巧不巧,她刚转身要走,房门就打开了。

谢瑾手里拿着手机,头发湿漉漉的,还在滴水,临时穿上的大衣内是从家里带来的浴袍,和给俞韵准备的一模一样。

刚看到红包的那一刻,他挑挑拣拣选了许久,想找一个可爱又不太过黏乎的表情包发过去。

十八岁的谢瑾,颇具仪式感地,打算替十六岁的自己发出这迟来两年多的第一条信息。但表情包发出去的那一刻,他悲从喜中来,瞬间悬起的心也跟着飞出去了。

他飞速拾起衣服,心想:完了,这次是真的浸猪笼警告了。

打开门,两人面面相觑,带着同样的不知所措。

"进来。"

看俞韵将羽绒服裹得死紧,谢瑾还以为她是冷,赶紧拽着她进房间。

他不能请人家到自己的床上去暖和,那不够绅士,恐怕对方会觉得这人有辱斯文。

但山不就我,我去就山。于是他跑进卧室抱出被子来给俞韵盖上,还贴心地掖了一遍又一遍被角。

外面是室内暖气加持的厚实棉被,内里是单薄亲肤的单件浴袍,中间是谢瑾保暖效果极好的羽绒服,俞韵活像个拟人化的奥利奥,只不过冬日火辣版,还保存在烤箱里。

"我看到你的好友申请了,所有的,都看了。"

"嗯,文集本当年放在老师办公室,我刚好拿到了。只是在家里放了太久,搬来搬去的,大概有些难找了。"

俞韵在心里翻了个白眼,无声道:别逗了,那东西跟价值连城似的,你宝贝着呢。

但她不能说,毕竟说了这人也是用自暴自弃的应对方式,万一恼羞成怒再爹了毛,这境遇下使个美人计,那可不好搞。

"谢瑾,银行卡里的钱……"

"那是我的全部身家,你不要嫌少。等毕业我把房子卖掉,还会再打进你账户里。"

"打住,别演。其他的我可以配合你收下,钱真的不行。这数额十几分钟前差点让我心跳骤停。"

"好,我认真讲。"装不下去了,谢瑾收敛了神态,转身坐在俞韵对面的沙发上。

他一只胳膊搭在沙发背上,长腿安稳地半屈着,再抬眸望向她时,多少有些素日未见的不羁和放肆。

"俞韵,我在等你给个号码牌。等待需要诚意,那小小的卡片就是我诚意的一部分。

"从我爸那儿薅来的钱、平常没花完的生活费、委托诗青姐去投资的收益,还有以后卖掉那套别墅的钱,都会打到这个卡上。

"这是我们未来的保护机制,但现在我把未来交给你来支配,因为我的未来,只忠于你,也只属于你。"

"俞大小姐,还请您笑纳。"

自我情感的剖白,是一件很容易给人压力的事情,可谢瑾总能把它表述得清清楚楚,又全部归结于自身。

他把自由的选择权归还对方,以破釜沉舟的勇气直面因果,不把责任化为愧怍转嫁于他人。

"跟 MP4 一样,随时来找我拿。"

扔下这一句话,俞韵飞也似的掀了被子,卷着羽绒服的衣领就逃出了房间。

她也不想矫情,可实在太热了。

那些衣物、被子,连同谢瑾的赤子之心,热得她鼻酸眼涩,快要忍不住汗与泪皆如雨下。

谢瑾没有追过来,只是站在走廊,看红着眼睛的少女一路跑回去关上门。

聊天软件里,谁也没再提起那张卡、那些钱。

但他知道,在俞韵的内心里,彼此已经属于某种无法分割的关系。

天蒙蒙亮时,俞韵才睡着没多久,可谢瑾已经敲响了她的房门。

他同样没怎么睡,但今天日期特殊,没有考试,却安排颇多。

直打哈欠的俞韵坐在餐厅里,那股非考试日被强行揪起来的起床气还没过去。

她暴躁地把手机随意翻转着玩,屏幕也因此不断亮起。她无意间朦朦胧胧扫到日期,骤然清醒。

今天是她的生日,成年生日。

她忙到不记得了,父母也许担心她考试分心也没有提及,好似所有人都忘了她今天满十八岁,可谢瑾始终挂念着。

点的钢琴曲一首接一首弹着,谢瑾从口袋里拿出一个精致的小盒子,俞韵看得眼皮狂跳。

没有太多思考,俞韵本能地想跑。

幸而谢瑾打得够快,证明盒子里不是她此刻所想,虽然也差不多就是了。

他温柔地为她扣好项链,于她身后弯下腰,贴着她的耳朵道:"生日快乐,俞韵。"

谢瑾俯身时,颈间所戴的那条项链垂下,显出与手中这条的不同。

他送她的项链上，坠饰并非水晶制品，而是拥有标准而优雅的切割，在光线下璀璨夺目流光溢彩的钻石。

那不是逛街时，一时兴起随意买回家的首饰，而是想起俞韵时，精挑细选购置的珠宝。

莹莹烁烁，光芒万丈，它美得丝毫不含蓄。

古希腊人以为，那是天神的眼泪。

纵然无须猜测就知价值不菲，可俞韵作为如龙一般喜欢"布灵布灵亮晶晶"的存在，霎时也在天人交战的心境里难以抗拒这份礼物。

"别想了，生日礼物是不能拒收的。"

"……真的要无以为报了，"俞韵最初有些无奈，可很快又被女孩儿获得喜爱之物时的兴奋所盖过，"那我继续攒着了。"

"嗯，攒到二十岁，哦不，二十二岁。"谢瑾坐回她对面，摸了下鼻尖，意味不明地笑了声，"没办法，还得麻烦你反过来等我两年啊。"

2

游乐场的过山车有很多种，俞韵只尝试了一个。

整个轨道上都是众人的狂欢叫喊，偏偏她紧闭着嘴和双眼，没有一点声音。

这是第一次体验失重感，俞韵恐惧地抓着谢瑾，指甲无意识地嵌进他掌心，又被牢牢抓住。

"我不想玩这个了。"

这一路，她深刻理解了什么叫人在前面跑，魂在后头追。

踏上平地，终于找回了情绪表达的能力，俞韵开始在谢瑾又拽她去玩跳楼机的力道里耍赖。

"就玩一次。"

他望过来的眼神太过笃定，所以哪怕俞韵不知道为什么非要玩，但还是去了。

依旧是闷不作声地经历了整个过程，而后她用力甩开谢瑾的手，转身就要发火。

"从高处坠落的感觉怎么样？

"这是被绑在座椅上，真实的情况很可能是头朝下，血液在你的身体里失重逆行，可你的大脑在充血。

"身不由己,什么都不受控制,你也许会后悔，但没有机会抓着我的手。"

谢瑾摊开手掌，几道深到表皮都略微鼓起的抓伤由点到线，醒目到刺眼。

"俞韵，我知道你在天台想过什么，也知道你沉默发呆的时间里经常会想些什么。

"既然一了百了的方式最终都这样难挨，不如就当作刚才已经实现过了吧？

"今天你十八岁，彻底告别了过去。所以从现在起，悲伤、难过和痛苦都会离开你。"

拢了拢她鬓边的碎发，谢瑾轻轻抱着她，让自己的心跳一点点感染她。

"姑且将今天算作死而复生，那就拜托你……以后像我为你而活一样，也为了我活着吧。"

敞开的大衣包裹着两个人，他没期待她会说些什么。

可他霎时心脏猛跳，甚至连呼吸都要停滞了。

"拉钩上吊，一百年不许变。"

她声线闷闷的，像是鼻塞，抓住谢瑾腰际衣衫的手悄然放开，几乎在用尽全身力气索取存在的意义。

他回抱着她，几乎要将她揉进怀里。

过去想得到而不可得的有很多，好似某种新生的补偿，生日这天，俞韵买的布偶多到谢瑾不得不当场寄快递寄回别墅去，但乐此不疲。

两人商量好了要如何布置俞韵午睡的房间，仿佛已然奔向梦寐以求的自由。

在这个陌生的城市，没人知道他们究竟是谁。

时过境迁，如今他们已是成年人，可以光明正大、肆无忌惮地分享同一份冰激凌，再在冻得打哆嗦时，笑着闹着换个地方继续放肆。

或许对于现阶段无法言说的感情，能够如此无拘无束地度过这么一天，是在十八岁的年纪里最幸福的时刻。

地点不断变，考试还在继续。

以艺术联考为保底，俞韵选择的独立校考学校有九所，各有领先之处。

最后一场考试在某所学校的新校区，地势高且略偏远，除去考生之外的人一律不准进入。

照样拿上谢瑾画好的指示图，俞韵踏上这场征途的最后一段。

这学校的安排很奇特，笔试结束紧接着就是面试。

所以这个时间段里，校园里全是戏文专业的考生。路线图俞韵在笔试前必须丢掉，于是面试只能跟着人群的大部队走，过了好一会儿才找到早已排成长龙的集合点。

因为其他专业正在面试，又没有能容纳下很多人的考场，戏文专业的考生也就没地方可去。

在验证过准考证后，她和同样穿着相对单薄的其他考生听从安排，站在考试楼外的空地上等待。

这场面试有四项内容，每组五人，却又不都是同时进行的，所以相对慢很多。

冬季的寒风刺骨，早春的潮湿浸人，两相交替夹击。时间一分一秒过去，俞韵的脚趾有些麻木，腿也快没了知觉。

刚下过雨的楼外，空地不干净，考生们不敢轻易坐下弄脏了衣裤，可手头除了准考证又没有任何东西可垫。

陆续有人硬着头皮去询问什么时候能到楼内候考，但都只得到耐心等待的回复，无法得到准确的消息。

他们像是市场里等待被挑选的土豆考生，吃些苦是被装进结算袋子前的宿命。

既紧张又期待自己的未来。

终于在笔试结束的四个小时后，轮到俞韵所在这片区域的考生了。

他们进入大楼内进行面试前的最后等待，脸上写满了饥饿和疲惫，却丝毫不敢大声抱怨，生怕行差踏错一步，就会给自己留下一辈子的遗憾。

楼层里有六个舞蹈房作为候考室，满满当当挤着刚刚有幸进入的考生，大家可以席地而坐。

却依旧不见面试有在进行的迹象，大多数人甚至连水都没得喝。

舟车劳顿半个月有余，俞韵早上就有些不舒服，到此刻更是不断累积达到顶峰。

她握着已经喝完的空瓶，开始皱眉腹诽，怀疑是不是身体素质也是这场面试的考核标准之一。

在笔试结束的第七个小时，俞韵终于完成了面试，得以结束了校考的全部进程。

她露在外面的皮肤冰凉，喘出的气息却灼热，整个人有着说不出的蔫儿，走出校门时恨不得扎进谢瑾怀里去取暖。

考试进度总会有变化，谢瑾虽不知为何这么久，但想得到俞韵会有多疲惫和寒冷。

他手里拿着她近来常穿着逛街的那件羽绒服，顺势把她包起来。

"唉……"

也不知俞韵这声音是无奈还是喟叹，总之，她没动。

原本心事了结，值得庆祝，却不想走了没几步，俞韵就失去了意识。

谢瑾慌忙停下打车，幸而车辆驶达医院前，俞韵就醒了过来。

两人回了酒店。

闵老师年纪大了，不适合在外面吹着冷风等人，见他们很长时间没回来有些担心，于是在大堂里等着。

看见俞韵被抱着进来，闵老师还以为出了什么问题。直到谢瑾歪头听了句什么话，微微弯腰放人下来，闵老师才松了口气。

但这方才放松，那方的心却瞬间提了起来。回忆刚刚摸到的手腕，谢瑾只觉那里简直热得发烫，烫得他心慌。

打过招呼，他带俞韵进了电梯，指背抵上她额头的瞬间，已经能够确定她在发烧。

回房间没多久，酒店服务员把谢瑾要的粥汤、饭菜送到，温度适宜，但某人没胃口吃，小声嚷嚷着要他回自己房间休息去。

"不回，"他继续解袖口的扣子，"我回去了谁照顾你？"

"随便谁，都可以。"

谢瑾一愣。

您不觉得自己有点叛逆吗？

"算了，你还是留下陪我吧。"瘫在外间的沙发上，俞韵又推翻了自己的理论，"我好难受啊。"

不跟生病撒泼的人一般见识，他几下给熊孩子脱了鞋和外衣，一把将她拉起推在床上。

大概是被这一套动作整蒙了，俞韵欲言又止，难得有力气抬头望向谢瑾，又随即在被子里被卷成了寿司。

他离得太近了，灼热气息喷在了俞韵的脸上，俞韵觉得，该吃退烧药的应该是他。

谢瑾带来的安全感里混合着些许压迫感，总是那么强势，却又那么温柔，让她有种莫名的依赖。

"我们不是人吗？凭什么要我们站在风口等那么久？"

"站在那里不允许我们动，坐在舞蹈室里，也不知到底什么时候才能轮到我们……"

已经过去的事情,谢瑾无法挽回,此时只能不断换着她额头上的毛巾,安慰着人,等待外卖送药来。

俞韵感性上头,甚至流了几滴猫泪,倒也不反感如此的安慰方式,反而逐渐透出平稳的情绪来。

"你不懂,是真的好累,还饿。"刚说了这句,她望了一眼套房外间的清粥小菜,撇撇嘴,把头埋进被子里,"现在不饿了。"

一声轻笑,来自床边正俯身听她讲话的人。

谢瑾秒懂了她的话外之意,但就是不接茬。

"这儿还有吃的呢,你可千万别去给我买辣炒牛河和梅菜扣肉。"

"嗯,好,"谢瑾认真接话,"不去。"

俞韵愣了愣。

是我暗示得还不够明显吗?

看着那颗问号猫猫头重出江湖,谢瑾最初因心疼积累起的难过被压下去不少。

俞韵生病时会变得有些黏人,他回望着开始预备卖惨的"寿司卷",盘算怎么才能让她老老实实吃些好消化的。

"这样吧,晚上九点之前你能好起来的话,我带你去吃夜宵。"

偷瞄过一眼时间,显然俞韵也发现了,如今离九点只有两个小时,他摆明了是在逗她。

"如果晚上九点你没能生龙活虎,那就等回了本市,我在家给做你那两样赔罪,而且外加酸汤肥牛、照烧鸡腿和炭烤牛舌。"谢瑾勾起嘴角,一副胸有成竹的样子问她,"怎么样?"

"那什么……我觉得吧,这次生病挺严重的,九点前我是好不起来了。"

"嗯,"得逞的谢大厨应声道,"我看也是。"

依偎着身后庇护感拉满的人,俞韵喝了一小碗米粥。

谢瑾坐在枕边任她靠着,房间里静静的,谁也没说话。

有那么一瞬,俞韵想:就这么停止吧,就停在这里,不要回去了。

可是原因呢?

有个想法在她脑海里一闪而过,又不确定地消散再聚合。

俞韵又想:如果这便是他的世界,那自己真的很喜欢在里面待着。

回本市的机票是第二天的。因为准考证父母都看过,俞韵没有借口在外面多待一天。

其实如果不是没有车，父母半夜不方便来接机，他们甚至想让她考完试的当天就赶回去。

飞机落地滑翔的过程中，谢瑾为俞韵收拾好了随身的物品。舱门打开，他陪她走到接机的地点，并没有跟出去。

一切都在安稳地前进，他再傻也不会在此时一同出去，给俞韵父母的心里留下疑问，凭空设置出亲密关系带来的情绪障碍。

转校区到现在，俞家父母不断想找机会请林老师吃个饭，但林老师都推托了。如今在机场遇到闵老师，他们也是一样说要"谢谢"人家。

俞韵心下轻哂，心知肚明。

在很久以前，她并不会说谎，可那种无时无刻不被怀疑，无时无刻不需要自证"问心无愧"的异样感，始终留在她心里。

从小到大，俞韵说过的话、做过的事，父母都会多方求证，百般证明一下是否真实。

为此，他们美其名曰，没做亏心事，就不怕别人反复提问和证实。于是但凡俞韵有情绪，那就是"我猜中了你的错处"。

她不能表现出不情愿，然而闵老师直接婉拒了。

有再多问题，终究也只是疑心，毫无证据的揣测总与事实背道而驰。父母每每诈问或阴阳怪气打压她时，俞韵都能面不改色，毫无破绽。

可他们转而嘲讽她文化科目在本部倒数，念叨几个别人家的孩子，再念叨那些苦累的付出，试图以此找到"激励"点。

其实俞韵也不知道，这种所谓的激励，究竟是为她好但用错了方法，还是父母在给自己营造一种认真负责的家长状态。

抑或是二者皆非，不过是为了以此来抚平作为成年人的平凡焦虑。

等省内艺术联考顺利过线，校考的名次也接二连三发布了。

俞韵报考的九所学校里，除去一所没有过线，其余八所有三个第一名、两个第二名、两个第四名，以及一个相对简单的合格。

本部一班的班主任小跑着来给她报喜，年级里甚至决定给她拉个小小的条幅，但报备时被李校长否了。

一如大半年前的转校，现在俞韵半只脚踏入了重点本科，还差另外半只。

李校长较为传统，她为学生的好成绩而喜悦，却又更信奉"事成之前不宣扬、不声张，方能成事"的旧训。

说到底，本部校区的人，不管在明在暗，都是真心为了孩子们好的。

转眼，一模考试已经结束。

高三学年仿佛是整个世界唯一加速了的时间点。

"朋友们，"文艺委员弱弱出声，"高考后有个毕业典礼，现在不需要准备节目。我冒昧问一下，咱们班有想要参加的吗？"

"我，"俞韵正叼着豆浆做卷子，头也不抬道，"报个独唱。"

3

作为本部校区新晋的风云人物，俞韵也从没让大家失望。

转校前，那一堆八卦还捎上了另一位大佬谢瑾；转校后，期末考试她居然紧咬班里原本的第三十名。

后来艺考生回归，有人说起，曾见过谢瑾出现在某处考点。

而更震撼的是，俞韵这位市级联赛里的第一，放在全国的本专业艺考生当中也是凤毛麟角的存在，出乎意料。

再到如今，她金口一开要报个独唱，大家已经颇有些波澜不惊了。

都不是小孩子了，没人会把毕业典礼当作K歌舞台。

更何况那时候，作为观众的学生心都野了，这就难保唱不好会像前几年的学长学姐一样，被挂在历史的耻辱柱上，聊够整个同学聚会的生涯。

所以敢于潇洒报名的，都是有两把刷子的勇士——至少在本部学生眼里是这样的。

谢瑾在她身后同样埋头做着卷子，闻言挑眉笑了下，不以为意地继续写着。

他神情中除了不易察觉的宠溺，没有任何可供众人推敲的点，只在不同班的夏封得了线报跑来时，才抬头不情不愿地介入对话。

"俞韵，你想好了没啊？脑子发热还能撤回的。"

夏封凑在俞韵桌旁，乖巧地提出建议，还顺便回身仗着自己有人撑腰，拉踩谢瑾一句。

"哥，你也太不用心了，前几年的学长学姐，不少都因为毕业典礼闹成餐桌上的笑话了。"

"哦？所以呢？"谢瑾白了他一眼。

"所以你怎么不拦着我们俞韵啊？"

夏封一嗓子把谢瑾连日来发奋图强的困意都驱散了，一时间，他嘴边全是话，却不知道先拣哪个说。

"我们？我们俞韵？"

他拉开校服外套的拉链，笑眯眯的。

这一幕看在夏封眼里，着实有点心惊肉跳。

"我还没问过你呢，"谢瑾撸起袖子，又整理了碎发，"为什么叫我哥，不叫她姐？"

"我允许的，我允许的。"

感受到一旁频频飘来的求救眼神，俞韵横插一杠截了谢瑾的话，扒拉开他的手。

"不许欺负我们夏封。"

谢瑾拖长音调"哦"了一声，缓慢坐回位子，脸上没了开玩笑的神色，多了几丝悲凉。

"原来如此，我好多余。

"你们只是短暂地爱了我一下。"

谢瑾这么演的次数多了，俞韵见怪不怪，甚至想说句"啊，对对对"。

可夏封不一样，他没见过他哥这小狗样儿，一时间急得就快给谢瑾磕一个了。

"姐……"

他笨嘴拙舌，转而求助一旁安静冷漠的俞韵，甚至没忘了换称呼。

"哥，我渴了。"她淡然开口，生怕自己再说点什么，某人就要哭给她看。

"再叫一声。"

"哥。"

"好的。"

谢瑾瞬间抄起杯子施施然离去，一分钟后又端着满杯水飞速回来，像是生怕自己错过什么。

夏封满脑袋问号："在我缺席的时间里，你们已经发展成这样了吗？"

"是的。"谢瑾悠然回答。

"我们还一起去过游乐场、看过电影、数过星星，她脖子上那条项链看见了吗？你可不要再以为那是谁眼光好，那是我送的。"

"为什么我今天才知道？"夏封瞳孔"地震"，"哥，我不是你最好的兄弟了吗？"

"哦，我的傻孩子，"谢瑾阴阳怪气道，"我只是短暂地爱了你一下。"

这天，夏封一如既往被陈墨拽走。

然而他不再挣扎，可能是想学他哥演个"哭唧唧"的戏码，却用力过猛，显得若有所丧，活像被谁抽了魂。

而在如此愉快的校内生活中，俞韵的笑容多到其他人都暗自惊讶。

许多人都没想到，声名远扬的这个人不仅没有想象中那么凶神恶煞，反而是个面冷心热的开朗女生。

话虽如此，却没有人会因此在学业上谦让她。

俞韵学得再快，也难以超越这些过五关斩六将才得以考进本部的六十个文科生。

她在拼命，别人拼命得更久。可即便如此，等三模过去，俞韵已经只差年级第六十名十分了。

按说这个分数称得上很好了，但父母还是吝于给出一声夸赞，怎么也要挑出些错来唠叨她，生气过后还要教育道，这是为了让你别骄傲。

她心想：这种教育方式下哪来的骄傲，我不自卑就不错了。

其实谢瑾想了很久，怎么才能在高考的那三天里不让俞韵受到父母的影响。

但显然，他们是将孩子的学习当作人生跨越阶层的目标。这种境况下想让父母不去送考，难于上青天。

因此，俞韵趋于稳定的心理状态难免不会出岔子。为了缓解显化的情绪，谢瑾选择在某一天的中午带她去了寺庙。

夏季多雨，入寺的时候刚下过一场。

走在柳树下，枝叶上的雨滴纷纷扬扬飘落在俞韵身上，也只飘落在她身上。

谢瑾无助时也曾经胡乱祷告一通，实则骨子里本是个唯物主义者。

可这次在佛前跪坐，他突然叩拜许下愿望，虔诚而恭敬。

唯祈愿俞韵所求的一切都能如愿以偿。

高考结束的那天，俞韵告诉他，稳。

谢瑾看着她，心里又酸涩起来，他何尝不知她为什么敢说这句"稳"。

按俞韵这么久拼命复习考来的分数，发挥不出意外，足以超过几所重点本科往年的艺术线将近一百分。

"毕业了，你想出去玩吗？旅游好不好？"

"出不去，我爸妈不让。将在外，军令有所不受，现在跑了还得回来拿东西，赶着马上就能自由的空隙给自己找麻烦，不划算。"

"在本地能出来玩吗？"

"能，就算不让，他们也得上班不是？"

俞韵笑得窃窃，调皮的神色让谢瑾想起几日前裴诗青向他讨教，如何把躁郁的她变成了现在的模样。

当时他刚跟裴诗青说"Love and peace"，电话就被对方挂断了。

其实谢瑾概括得简略，但说得认真。

让俞韵感受到被爱，毫无保留地去爱她的美好与破碎；以她最缺失的平和之心待她，确保自我情绪极度的稳定与松弛。

这就是他的良方，只是这方子只能开给俞韵，度不得天下人。

后来的几日，俞韵天天出来玩。为免起疑，她隔三岔五报备过，得由魏令仪这个女生上门接人。

扣下一个便会买一送一，谢瑾的别墅那么大，偶尔也会多出某个便利店小哥，还带着关东煮。

但没过多久，魏令仪就被她哥发现了。

而之所以谢瑾会知道，是因为魏凌岚半夜打电话给他，说要去打断小哥的腿。

但那时小哥找到了愿意接收他的学校，正一心一意努力学习，准备和魏令仪一起高考。

谢瑾跟魏凌岚说："算了吧，你看你妹妹每天过得多开心。这开心啊，就是人一生最难得的东西了。你这么大年纪了，怎么还不懂？"

魏凌岚回复得言简意赅："滚，死'恋爱脑'。"

挂了电话，谢瑾想：现在这些人都这么暴躁，那到时候俞韵她爸是不是也得来打断我的腿？

于是第二天早上，陈墨在陈白大学训练的篮球场外，偶遇了打着哈欠来跑步的谢同学。

"哥，你怎么开始健身了？"

"说来话长，"谢瑾看着有点牙疼，"保命重要。"

就这么玩了二十天，准大学生的高考成绩出来了，几家欢喜几家愁，还有几家在battle（战斗）。

俞韵成绩很好，用闵老师的话讲，就是专业过线的学校可以随便她挑，像挑菜市场里的白菜一样。

在坚决拒绝父母让她放弃专业，去报本省师范学院的提议后，俞韵迅速申报了提前批志愿。

她坚定选择了专业录取中最好的那所学校作为第一志愿。

谢瑾的分数更好看，离文科状元就一步之遥，一样是在菜市场买白菜的待遇，但他笑不出来。

马上就要开始自己最后的征程，他将费尽心思和魄力去打赢这场持续了几年的"恶少不做提线木偶"仗。

如果志愿填报限制次数，直接上线给自己把次数用光就好了，一旦修改次数为零，到时候就算天王老子来了，它也是锁定的。

然而本省的高考志愿填报可以不限次数修改，这对谢瑾来说并不友好，甚至是地狱模式。

填报志愿这一周，谢瑾回了邻市。

谢父抛却了以往的避而不见，每天就算跟家里那位吵架，都要来找谢瑾吃饭。

但谢瑾只见了他一次。

那顿饭让他俩的气氛和谐了一些，谢父一高兴又要给他钱，拉近一点父慈子孝的关系。

估量了几秒现有的资金，谢瑾像纨绔子弟似的往椅子上一靠，颇为不屑。

"就这点儿，不够我买几幅画的。

"这样，等我上了大学去你那儿熟悉公司的时候，你多给我些吧。"

他的吊儿郎当和唯利是图，让他爸更为放心。

权宜之计，周旋之策，谢瑾拿捏谢总心理的本事很大。

另一边，俞韵最近在参加毕业典礼的彩排，从不迟到，可填报志愿截止的那天却请了假。

她在下午准时被裴诗青从学校接走，来到几乎所有知情者都到齐了的别墅。

裴安坐在那台本时代顶配的电脑前，一遍遍查看着网速，只为了卡着时间改个志愿。

魏令仪在最后的五分钟里几乎要控制不住紧张，一直叭叭个没完，被魏凌岚忍无可忍捂住嘴按在沙发上。

可是俞韵看到魏凌岚和裴诗青这两个大人，其实也在偷偷蹭着手心里的汗。

几百公里外，谢瑾在跟他爸优哉游哉吃饭。

今天是儿子长久以来主动的邀请，谢父诸事缠身，早忘了今天是提前批志愿填报的截止日期，毫无怀疑地赴了宴。

席间，谢瑾果真是他的亲生儿子，对他的财产算计得处心积虑。

但谢父对此很满意，彻底放下疑虑——对钱有贪婪的执念，才会更容易为他掌控。

他每天都会看一看自己亲手填报的"养老未来"，接近下午六点的时候还拿起手机来登录扫了一眼。

他想：很好，这么多天了，这小子没耍心思。

没过多久，他刚放下手中的酒杯，谢瑾的手机就响起了闹钟铃声。

这是在提示谢瑾，现在已是18时，高考志愿提前批的填报截止。

这方的裴安早已和谢瑾商定好了万全之策，卡在17点58分登录，17点59分30秒终于确认了提交。

在这两分钟里，裴安可能不记得自己的手机号码，但对刚才生死时速填报的学校代码绝对可以倒背如流。

"呵。"

谢瑾收到几个人发来的胜利手势，冷冷笑出声来。

他从包厢走到餐厅门口的时候，谢父已经反应过来。

奔向老年的男人不能承受如此戏耍，打开手机查看一遍，发现已经不能再更改。他气得发狠，将手里的东西用力砸向了谢瑾。

不得不说，挺准的。

谢瑾的额角瞬间渗出了血，沿着眉骨蜿蜒滑落。

一小阵惊呼中，他婉拒了大堂里的顾客递来的手帕，随手抽了两张纸巾揩去眼周的血迹。

重新整理了自己的T恤领口和下摆，他摸着脖颈间的项链，使自己完全冷静下来。

"爸，你给我的那些钱，我会扣掉这次的医药费再还你。"

谢瑾再次开口，比谢父见过的任何一次都更像个冷血的商人。

4

简单处理了伤口，谢瑾要连夜赶回本市去见个人。

他有一周没见俞韵了，此时越发想她想得厉害。

可登机前，看到手机屏幕映照出隐隐透血的纱布，谢瑾思量再三，还是特意私聊裴诗青，要她送俞韵走。

"小俞，"裴诗青接到消息，寻了机会，面色如常道，"该回家了，今天我送你回去吧。"

246

"不是说了要一起等谢瑾回来吗?"俞韵疑惑。

"他走得晚了一会儿,没赶上飞机,得坐下一班了。"

明明谢瑾走之前还说回程的时间充裕,如今骤然发生变化,俞韵心底顿觉奇怪。

她没答话,掏出手机来翻看航班班次,发现下一班要在晚上十点多到达,的确等不得。

"走吧,你爸妈都十几分钟打一个电话了,听话。"

裴诗青知道谢瑾不想让俞韵看到他受了伤,可这无意催促的一句,反倒让俞韵起了疑。

原本家里那边不好再拖下去,她准备走了,可不知为什么,总觉得有哪里不对劲儿。

好在总有些突如其来的叛逆会替她的第六感制造条件。

"没关系,裴姐姐。"俞韵起身时拽过魏令仪,拉着她转而向二楼走去,"一周没见到了,我……很想他。"

当时高考的考场安排极度巧合,两人刚好被分到了二部的区域。

结束最后一场考试,谢瑾穿过人山人海的喧嚣,踏着沉静淡然的步伐而来,安静地停在她身后。

处于往日的致郁之地,俞韵居然感到安然和释怀,仿佛那人一路走来踏碎了黑暗的旧时光。

她意识到,在情绪极度兴奋又放松的这一刻,自己最想见的人是谢瑾。

而谢瑾听说后十分淡定,表示早就知道了这件事。

所以从那天起,有些事就不必再藏着掖着。

她喜欢他,想见他,这不意外,也不论发生什么意外。

客厅里,裴诗青震惊于俞韵慢慢恢复的情感自知力,也知道自己拦不住,就给已经找借口去接机的魏凌岚发消息,让他告知谢瑾现如今的情况。

而楼上,俞韵午睡的房间,魏令仪正满脸纯真笑容地给俞家父母打视频电话,为俞韵争取时间。

"对,我今天一个人在家害怕,想让俞韵陪我一晚上。"

"是的,家里就我们俩,一会儿我们看个电影就睡觉了。"

"明天彩排结束,吃了饭我陪她回去,阿姨您放心。"

俞妈妈盘问得仔细,中途好几次,魏令仪都害怕对方让她去拍一下所谓空无一人的家。

好在俞家父母本就更容易相信除了俞韵的人,加之考上大学的喜悦充斥在心头还没过去，不曾注意到魏令仪的卡顿，勉勉强强答应了。

明天回家会面临什么责难，俞韵心里门儿清。

但现在顾不了那么多了，她心里只有一个念头——想见他，想抱抱他。

飞机落地，谢瑾接到了妈妈打来的电话，又在女人一反常态的怒骂中挂断。

他像第一次来到这座城市一般，孤身一人，却又像逃离了束缚牢笼一般，拥有了唯一想要的温暖。

魏凌岚随意抛着车钥匙，在接机口百无聊赖地等待。

看见少年碎发下透着血迹的纱布，他微微一滞，终于明白为什么方才裴诗青突然要送俞韵走。

"哟，跟老头儿打架了？"他故作轻松地调侃。

"被动挨打，"谢瑾没什么笑意地乐了声，"就他那身子骨儿，我哪敢还手啊。"

"散打基本功嘛，抗揍，你也算没白学。"

两人絮叨着坐进车里，谢瑾算了下别墅里的现有人数，开始下单宵夜。

驶出机场后，还有一段距离才能开进车水马龙的道路，周围很暗，只有手机屏幕的光打在谢瑾脸上，额角的纱布衬得他有点丧。

"其实说不定过几年，他们这些做家长的就……"

"岚哥，不用拐弯抹角地哄小孩，我有俞韵就够了，不在意别人。"

毕竟是不愿提及的家事，魏凌岚缓和气氛似的干笑两下，不好再多说什么。

就在这时，谢瑾突然"啧"了声，捻了两下额前的发丝，终于看出些颇为不爽的意思。

"一个星期没见她了，本来今天能见到的……谢海明这临了都不给我留个念想，真闹心啊。"

这句抱怨真情实感，让魏凌岚张口就想说俞韵没走，她在等你。

可转念一想，他又闭了嘴。

但凡他说了，谢瑾哪怕不回家，都不会让俞韵看见自己这副惨样子。

于是他都没用两秒思考，就低头默认了。

魏凌岚莫名觉得，此刻的谢瑾应该很需要俞韵。而这一点，兴许俞韵更早想到了，所以坚持要留下等他。

毕竟几个小时才回来，谢瑾没想过要谁填报完志愿还等着他，可看到魏凌岚站在接机口的那一刻，他就知道另外几个朋友也没走。

开门踏入客厅那一瞬间，他依旧没能料到全部事实，一时间堪堪驻足。

额角上的纱布透着点点殷红，伤口微微作痛，可温香软玉却扑了满怀——既温柔，又缱绻。

无端浪漫的氛围逐渐弥漫在玄关处，直到魏凌岚和裴诗青忍不住相视一笑，谢瑾才从这个猝然的拥抱中回过神来。

忽视掉戏谑的声音，他的手正搭着俞韵的背轻拍，刹那间几乎想要过河拆桥，赶着这些人快点走。

幸而他回来前，裴安正无聊搭好了牌桌，三缺一等着人。

此刻魏令仪识趣，拽走了杵在门旁的她哥。四个闲人眼里全是戏，勾肩搭背到一楼的空房间里搓麻将去了。

"裴姐姐说你没赶上飞机。"

俞韵这话前后毫无关联，称得上是没头没脑，很突兀。

但谢瑾听得懂，她在怨他。

"怕你担心。

"也怕看见你现在这副难过心疼的样子。"

不理会谢瑾的低声解释，俞韵小心翼翼地拨开他刻意甩头遮挡伤口的碎发，轻轻触上那一小块染红的纱布边角。

一周未见，感受着这种柔缓的肌肤之亲，谢瑾觉得自己快要疯了。

他想她按下去，让这种疼痛被覆盖掉，让记忆幻化美好，这片段便仅存于她细腻的指尖。

但不给谢瑾手把手教她按下去的机会，俞韵已经顺势滑过他发丝勾勒的曲线，双手钩上了他细长的后颈，踮起脚尖。

可谢瑾似乎早有准备，抬手把她压制住了。

主场交换使得动作幅度过大，俞韵剧烈喘息却又不敢发出声音，唇色潋滟。

谢瑾目光灼灼，可灯光偏向打来又显得面色苍白冷厉，无故添了几分令她着迷的病态。

俞韵被迫倚着光洁的墙面，手还搭在他脖子上。

看着怀中人微颤的睫毛越来越清晰，谢瑾强撑着自己微薄的意识，低头轻轻吻了她的唇。

蜻蜓点水般，短暂接触再撤开的时候，他呼吸沉重。可仰着脸的俞韵眼神里竟然暗含了些许挑衅。

再强撑，也还是不禁撩拨的年纪，到此刻，谢瑾再也克制不住自己。

他捉住俞韵在此时好似柔若无骨的手腕，单手按在墙上，随后托起她的颈骨，偏头重重吻了上去。

月白风清，目成心许。

他不许她躲，似是将压抑不住的占有欲和盘托出；更不许她跑，只一味疯狂索求着，以安抚偏执的心绪。

谢瑾在热烈的吻中不断试探，怜爱到疯魔，却又贪婪到窒息。

背包早就被扔在了玄关的地面，两人在一楼越发吵闹的麻将声中迅速跑上二楼。

俞韵得承认，当房门关上的那一刻，自己有点慌了。

"我……我给你重新消毒包扎一下伤口。"

"现在害怕了？我们的俞大小姐，刚才不是还很会撩吗？"

本也没想做什么，谢瑾看俞韵垂眸不语，以为她尿了。

他刚想见好就收，可还没等他靠近再逗一逗，俞韵便如同用这小半会儿下定了什么决心似的，踮起脚尖向他靠了过来。

几分钟后，谢瑾抽回理智，俯身制住了她。

"喂……"他哭笑不得，"你以为我要干什么？或者说，你要对我做什么？"

"做春天对樱桃树……"她弱弱道。

"乖，停，"谢瑾毫不犹豫，"现在不是时候。

"初吻我也没想在刚才、在这里，但我没能控制住，对不起。"

俞韵明白自己会错了意、下错了决心，顷刻间尴尬到无所适从，转身想要逃离这个小空间，单独出去冷静冷静。

可谢瑾不敢给她反应的时间，将她拽了回来，一把抱住。

"你没有会错意。我比你以为的还要更想，想一千倍。

"可这里不是我给你的家。

"我不能让你在这个地方度过人生中美好而重要的时刻。

"那会让我觉得自己是个浑蛋。"

冲动的劲头过去，人就没有那么大胆奔放了，偏偏谢瑾非要认认真真给俞韵讲出想法，导致俞韵根本不好意思抬头看他。

想必这种情绪很容易通过神态表达，谢瑾说完，郑重地在她唇上落下一吻，像是某种无声的承诺。

几十分钟过去，等谢瑾洗完澡换了家居服，再次推开这扇门的时候，俞韵已经在不知不觉间睡着了。

最近毕业典礼的联排与设备调试她从不缺席,这让毕业后已经习惯晚睡晚起的人有些吃不消。

谢瑾知晓这点,也不打扰,只挪开不知何时拿来的药箱,替她脱了鞋,安静坐在床边。

内心挣扎许久后,他终于还是悄悄躺到了床的另一侧,慢慢凑近,将俞韵翻过来抱着。

她的呼吸绵软悠长,此刻打在他的皮肤上,让谢瑾刚消下去的邪火复燃。

他伸出手指,指腹轻抚上她的颈动脉,感受着一次一次的血液流动,让这些爱意随着他的触碰,最后汇于她的心房。

"谢瑾,"指尖下,声带震动,俞韵的声音微微喑哑,"别忍了,吻我。"

5

"傻瓜,"谢瑾起身拿过一直"叮叮"响的手机,"我是你男朋友,这话烫嘴吗?"

男朋友……

哪怕接吻过、拥抱过,可这词在俞韵嘴边过了好几遍,依旧不好意思宣之于口,如同这一切皆为虚拟而美好的幻象。

酒精涂于伤口,谢瑾先是忍着一声不吭,过了几秒又突然龇牙咧嘴,委屈巴巴地来求她吹吹风。

像是形成了某种早该拥有的认知,俞韵终于真真切切地感受到他是她的男朋友。

涂好了药,她扯过谢瑾腿上的抱枕蒙住脸。

听见这人说要出去吃夜宵,俞韵恍恍惚惚走到房间门口,等回神才发现谢瑾自己没动,反而倚在一旁的浴室墙边,背对着她。

俞韵脑袋缺氧,感觉这屋子也缺氧,一时间呆呆指着门把手,懵懂地看向他。

"不是要出去吗?"

"嗯,你先去,我等下就过去。"

"啊,为什么啊?那我等你一起吧,我又不饿。"

闻言,谢瑾那张薄唇开开合合,一个字也没憋出来,于是认输般叹了口气,低头翻起通讯录。

他好不容易寻了个理由,在刚刚消息不停的新群里"艾特"了个人上来。

直到和领命而来的魏令仪一起分着烤串，俞韵才终于反应过来原因，脸红得似乎在气温四十度里跑了个八百米。

"想什么呢，小耳朵这么红？"

姗姗来迟的谢瑾洞悉原因，坏笑着问俞韵，还顺手用自己刚冲过冷水澡的手碰了碰她的脸颊。

许是已经太久没被一巴掌拍开了，他再次如愿以偿挨了打，很是满足。

嬉笑了一会儿，几个人谁也没提及谢瑾的伤和家庭，倒是提前祝贺了大学录取之喜。

裴诗青嚼着肉随口问："你们毕业典礼的时候，我们能不能混进去？"

"直接进去，不用混。"魏令仪接话，"但是得早点去，今年两个校区一起办，好些人都赶着要来看俞韵。"

"怎么？"谢瑾皱眉，"他们想干什么？"

"别紧张，就是大家讨论得挺欢的。还有学姐从前的同学，说学姐高一参加歌手大赛拿过一等奖。另外，学校里大部分人也都知道你们俩在一起了。"

"你说什么？再说一遍。"谢瑾面无表情地发出命令。

"就……说学姐高一参加歌手……"

"不，不是说这个。"

"说你们俩在一起了……"裴诗青撇嘴，替魏令仪答。

"继续继续。"

"你们俩在一起了。"

裴安一惊："啊？你们俩在一起了？"

"没错，就是这样，"谢瑾两手一摊，"我们俩在一起了。"

他表情管理近乎失控："你们也太聪明了，居然连这都猜得到，哈哈哈……"

当天晚上，魏令仪就把这段对话挂在了论坛里，引来不少人嬉笑。可学生们大都觉得这是瞎掰，毕竟谢瑾怎么可能这么"机车"。

但见识过谢同学两副面孔的人，其实看第一遍就相信了百分之八十，剩下的百分之二十，是怀疑魏令仪写得过分简略了。

说是讨论得挺欢，其实很委婉了。

严格说起来，两个校区的毕业生齐聚一中论坛，撕得不可开交，这才是最近这段时间的真实写照。

原本只是大家聊聊近况，说说从前不敢提起的八卦，可已难以考证最初是谁提了一嘴俞韵，居然就这么引起了毕业后的轩然大波。

二部的学生们多数是刻板印象一箩筐，可本部的那些学生尤其以两个文科班为主，竟然一反往昔的只看不发言规律，纷纷站出来力挺俞韵。

在一旁暗暗下好软件，终于潜入据说对她期待满满的论坛时，俞韵都没来得及搜自己的名字，眼见的就是如此场景。

——扒一扒今年的某个艺术生，懂自懂。从入学开始就没老实过，不过命好，钓上个瞎的，一手给她送到好地方学艺术去了，临走还摆了他们班主任一道。听说她后来艺考了好几个第一，不知道是不是面试官拜倒在了她的石榴裙下。嘻嘻……毕业了终于能喊话某瞎眼帅哥，选她还不如选我，我好歹干净。

2L：好像知道你说的是谁，联赛第一？亏我还以为是她自己考进去的，合着还是干老本行卖进去的？

3L：本届艺考生来了，别的不清楚，但最后的揣测可谓极尽恶意，让我这个路人都想抽你两巴掌。

4L：嗨，人家有那本事，能豁得出去。咱不行，哪有那么厚脸皮啊？

5L：听说报名参加了毕业典礼是吧？上去干吗？干老本行吗？那我得去看看。

6L：她别的不行，唱歌挺行，可能金主要求多，或者卖艺不卖身吧。

7L：我是本部学生，作为她的同学，将会发帖驳斥诸位现在的一切造谣行径，除此以外，我已告知本部学生大群和校管，你帖子没了。

8L：本部学生闻风报到，选你才是眼瞎，楼主是个什么脏臭酸鸡，也配跟我们人美心善的大小姐相提并论？

9L：转来没几天就发现了，她压根儿不是二部传的那样，小姑娘谦逊有礼、与人为善，说起来真不知道眼瞎的是哪些人呢。

10L：楼上一群乌合之众，毕业典礼都给我滚来看本部学生给她捧场。
…………

56L：八楼别学那谁讲话，一会儿理科班的小孩儿又来无差别喊哥了。
…………

108L：我不许你在这儿造谣！大家去看我的帖子！她就是我夏封的光！有胆子你跟我线下"掰头"！（八楼是不是我哥？）
…………

只有两百多人的本部校区本应该显得楚楚可怜，此刻却带着自己眼见为实的底气，放出了有理有据的言论，喷遍二部无敌手。

最热的帖子下,以夏封为首所发的澄清帖占据了半壁江山,大家在质问造谣者,言辞之犀利,令第一次刷论坛的俞韵叹为观止。

奇怪的是,如今再看这些,她内心已经没什么起伏,徒剩感动。

俞韵在魏令仪找她干杯时收了手机,开开心心一口气喝到微醺。几个人又开始玩转酒瓶,直到喝醉的人都被运回自己房间去。

把俞韵放在床上,谢瑾发消息拜托裴诗青来给她换衣服,可小醉猫这会儿借着酒劲儿撒泼打滚,就是不肯乖乖躺下。

"拦我干什么?我还要和小魏魏喝交杯酒!"

"你别发疯,"谢瑾轻轻弹她额头,"那是我才有的殊荣。"

"哦,你哪位?"俞韵假装不认识眼前人。

"……你终于拥有姓名的正牌男友。"谢瑾刮了下她的鼻尖,无奈陪演。

"天哪,谁进贡的面首,本宫要重赏!"俞韵一下起身搂上谢瑾的脖子,毛茸茸的脑袋挨着他清晰的喉结蹭啊蹭,"长得还怪好看呢,今晚就由你侍寝吧,不翻牌子了。"

"好,乖,先松开。"谢瑾环着她,生怕不小心掉下去,随即俯身轻吻一下,转而深情望着她,"容臣先去更衣,一会儿就来陪公主,可好?"

随着门外脚步声的迅速临近,俞韵瞬间松开了他的脖子,一股脑钻进了毛绒玩偶堆里。

所以裴诗青推门进来时,看见的就是某人颇有几分鸵鸟般逃避的喜感画面。

"姐,麻烦你了。"

谢瑾皮笑肉不笑地将俞韵拖出来,轻轻拽开抓着自己衣角的手,塞了个布偶给她抱着。

"去吧,裴安在客房的第三间,但你得找一件宽松点的睡衣,他最近好像胖了。"

"嗯,这个是俞韵的睡衣,这儿还有一套备用的,一会儿拜托你去看看魏令仪要不要换吧。"

沟通完具体的安排,裴诗青偏头示意谢瑾出去,可谢瑾刚一动脚,就发现自己的衣摆不知为何又被俞韵抓在了手里。

小醉猫困得耷拉着头,一晃一晃的,可手上力度不小,快把他的T恤拽出花边来。

"乖,我一会儿就回来,等你换好了衣服,就会发现我在这里。"

"真的吗?"

俞韵眼睛亮亮的，又有些迟疑般不相信。

"真的。"

他心里阵阵发软，深知一刻也不能再多待。

任凭酒量再好，可酒不醉人人自醉。

伴随着一句"那你等等，我现在就换"，谢瑾逃也似的跑出房间，待到头也不回跑下楼去，差点数错了客房。

裴安不如女孩子香香软软，脱了鞋的屋内空气堪称生化武器，让谢瑾没几秒就醒了神，忍着开窗通风的念头再次溃逃。

换过睡衣，他在二楼走廊的老地方待着，听到那总是穿透力颇强的御姐音在此刻变得软乎乎，正和裴诗青有一搭没一搭地交谈。

"裴姐姐，你说他会一直喜欢我吗？"

谢瑾小声在外面答着："会。"

假如人有灵魂，那不论他化作意识体或是混沌体，升入往生抑或堕入轮回，被聚合被打散、粉身碎骨重来一遍……无一例外，他都还是会喜欢俞韵。

"裴姐姐，如果有一天，他觉得我无趣怎么办？"

谢瑾答不出了，皱着眉思量许久。

他从没想过爱本身有趣或是无趣，因为意义是无须趣味性来增添筹码的，而俞韵就是他存在的意义。

假设意义只能归结于某天的无趣，那么谢瑾就失去了存在的必要。

终于挨到裴诗青出来，谢瑾匆忙站起身，调整睡衣的边角，因此迎来了她的一句吐槽。

"你看起来很像渴望被允许进主人房间的大狗狗。"

"嗯，我就是。"

他骄傲得很，笑也很甜，转身就进去找主人了。

俞韵正懒洋洋地倚在靠背上，拿着手机"噼里啪啦"打字。

她在群里侃大山，半点没有方才拽着"谢面首"衣摆挽留的状态。

"谢面首"不满，抽了手机扔到一边就压了上去，直到吻了个气喘吁吁，直到不得已拽过夏凉被遮盖——

他一时间又有些搞不明白这是在惩罚俞韵，还是在惩罚自己。

"臣更衣再回来才不到十分钟，公主怎么就不看我了？"

"啧，因为我酒醒了呗。"

"可我醉了。"

美人计使得顺手，谢瑾也不知自己想达到个什么目的，撩人的话与神态不断，他无端平静不下来。

也许就是想看身旁的人羞涩，也许就是长久的克制让他紧张到无处可排解，仿佛停下就会是无尽的不知所措。

好在俞韵很会顾左右而言他。

"好啊，正好说说以后的规矩——喝醉了就去睡沙发，不许上床。"

于是为了获得留在她身边的特许，谢瑾找了三篇故事，才把喝醉了异常黏人，黏到他心神荡漾的女朋友哄睡着。

原本应该一同入睡的，可惜抱着枕在臂弯的人，他无意间看到了她忽而亮起的手机屏幕，解锁后盯着内容，皱起了眉。

半夜，一个新号发布的帖子被发到学生大群，由毕业即熬夜的本部同学顶了上来。

——看你们很闲，不如来找点事儿干。

但凡脑子不是摆设的，就能看出来我这么做是为了俞韵。

我耗费了两年才转学过来靠近她，所以很久之前就想过，我谢瑾宁可以后做她见不得光的任何存在。

所以，是我在拼命勾搭她。

本部学生就这么点，相处时间也就一年，照样能拿事例让你们无话可说。

你们拿不出证据，是因为卑鄙者只会从好似牛皮癣广告的嘴里听说，从自己仿佛打过除皱针的脑袋里臆造。

别逼我说得更难听，懂？

各种诽谤类的无稽之谈，我无意对此进行任何回应，已搜集取证要求披露信息，在应诉之前，你们可以开始手写道歉信了。

啊，对了，我将同时索赔一元，以供案底录入你们暂时还干干净净的档案。

毕业不是任何人可以针对她散发恶意的开始，只要我在，只要你敢，就试试。

2L：哥！你是我唯一的哥！

第九章 ·度我

他是那样的虔诚如神祇，
却又不度众生，偏偏度我。

1

睡前喝了一杯蜂蜜水，嗓子总会有些甜得发腻。

俞韵半夜有阵子呼吸不畅，喘气的节奏奇怪，不由得半睡半醒间挣动了一下。

谢瑾睡得熟，但感受到她的靠近，就醒了。

他轻轻抚摸着俞韵的头发和侧脸，不知到底是醒着，还是梦里下意识的。

"我在呢，"像是以为她做了噩梦，谢瑾拥着的胳膊收紧，"我在呢。"

这是一剂并不对症的药，却有奇效。

俞韵一夜无梦，等再想起这句安慰时已是日上三竿。

早上，她习惯赖床，所以谢瑾起身后还调了空调的温度，以免她会冷。他和同样早起的魏凌岚一同做了简单的清粥小菜。

他们挨个房间叫人，然后坏心眼儿地推着一脸蒙的裴安去敲他姐房门。

直到第二声拖长的"姐"喊出口，横遭飞到实木门上的拖鞋声打断，裴安咽了下口水，这才算彻底清醒。

躲着恼羞成怒之人的掌风，谢瑾嬉笑着跑回二楼，待到柔声唤醒床上的睡美人，其结果似乎和裴安也没有太大的区别——

胸口结结实实挨了一抱枕。

俞韵紧闭着眼睛哼哼唧唧，胡乱把他这个人形闹钟推到了一边去。

"乖，已经九点了，你今天有最后一次联排……"

"你烦不烦！"房间里猛然开灯，俞韵被气得翻身盘腿坐起来推他，眼睛半眯着砸玩偶。

有两下砸偏了,她怒气值飙升,被人一把捞过去胡噜爪子。

"你笑什么笑?我都生气了!你还笑!"

"嗯……宝贝,你凶起来太萌了。"

谢瑾笑得猖狂,一如两人那年在教学楼前般不可自持,但面对的是不同状态的俞韵。

"就好像一只小野兽,还是刚睁开眼的那种。"

小野兽本兽:"谢瑾,你有病吧?你……你……"

她被搅了睡眠,还没适应光线,又知道离联排的时间也不远了,一时间想不出什么适合发脾气的说法,气得直捶皮卡丘。

谢瑾笑着坐在旁边,看俞韵把皮卡丘当他似的揉圆捏扁重拳出击发泄一通,又悄悄将它拍拍打打复原。

他侧过身笑着展示了手心与手背,像在跟峨眉山的大野猴示意自己手里没东西。

等坐回了床边,他也不敢乱碰她,慢慢靠近。

轻抚俞韵因为发火而凌乱的头发,谢瑾语气宠溺而温柔,情绪稳定到让冷静了些的她再也生不起气来。

"好啦,我的小野兽,我来带你进入文明社会。"

为俞韵梳顺了头发,他又半抱着她起来穿拖鞋。

结果峨眉山的大野猴撒气似的,打着圈乱晃脚,皮到直接把谢瑾气笑。

虽说是同一具身体,却是截然不同的活力。

小瞌睡虫点头如捣蒜,上半身始终栽在谢瑾怀里不愿动弹,最后在他揽着自己刷牙时,才勉勉强强把眼睛睁开。

"崽崽,"小瞌睡虫耳边有人轻声道,"起床了。"

俞韵嘴里满是牙膏泡沫,正在心里谴责自己怎么被惯得这么能耍赖。

听见这个称呼,她迟缓地停顿几秒,可很快又为甜甜的粉红泡泡所包围,只剩下遮不住的笑意。

"嗯?"她佯装不闻,学着昨晚饭桌上谢瑾的冷淡语气说道,"再说一遍。"

"崽崽。"

他温驯配合。

洗漱过后,客厅里除了今天休班就是不起来的裴诗青,全员都在。

没看贴吧的和已经毕业许久的,都安静吃着难得遇见一回的谢瑾牌爱心早餐，只有魏令仪一脸想八卦又不敢八卦的样子。

思来想去，她还是没找到机会发问，观察许久才在心里默默感叹，学姐这种能拿捏谢瑾的人就是不一样。

魏令仪心道：昨晚嗑 CP 的糖要是搁到自己身上，现在自己可能已经是一种雄赳赳气昂昂、要在毕业典礼手撕人渣们的状态了。

可俞韵居然能丝毫不为所动，不被有人撑腰的庇护感所迷惑，依旧是一贯以来"人间不值得"的风格。

也许她接过谢瑾递来的粥时，还带着三分凉薄、四分无心、五分不以为意——哪怕实为客厅窗户的光线刺眼，却让魏令仪大呼学到了。

直到联排前有二部的人跑来，以为她尚且不知来龙去脉，假意安慰她，俞韵才知道后续谢瑾那篇帖子的事。

把那几百字和本部同学的留言都看了一遍，她轻笑一声，收了手机，没给试探的人任何回应。

恶人预期的心态影响并未达到，毕业典礼真正演出的那天，俞韵上台的眼神里除去轻松，别无他物。

好似天神睥睨众生，也好似经历了涅槃重生。

关注这场毕业典礼的人目的不同，但大都以为俞韵至少会选首颇具深意的歌。

某首以此来反击的歌、某首有关自身悲观或乐观心理的歌，或是某首充满了女王般耀武扬威的歌……

可她对自己所选曲目的保密工作做得很好，不仅联排走位试麦等用的其他歌曲，甚至连身边的人都没有透露过。

越是保密越想知道，好奇使然，盼好与盼不好的，都在抓心挠肝地期待着。

相当短暂的前奏过后，俞韵随意而慵懒的嗓音透过了礼堂的音响。

看到观众纷纷拿出手机去听歌识曲时，谢瑾垂眸会心一笑。

West Coast，电台剪辑版本，依旧来自她喜欢的拉娜·德雷。

它或许小众，又或许仅仅是在这群刚毕业的孩子中不太流行，却意外极其符合俞韵的声线，带着倦怠的轻狂和恰到好处的颓靡。

与整个典礼精致的礼服相左，她是简单的柔软 T 恤搭配直筒牛仔裤，应和着沉溺于整首歌的氛围，好似游荡于世间凡尘里朦胧热烈的浪子，又仿佛摇曳于众生浮屠中无悲无喜的魂灵。

旁人看过词便开始小声起哄，误以为这是唱给谢瑾的歌。

只有极少数人才能听懂，这竟是俞韵此刻心境最完美的诠释。

她曾因卸去负重后的勒痕而疲惫，如今却只剩坦然与从容，那是被曙光照耀着的人，而温暖总会伴随着舒适的昏沉。

言语诉不尽复杂的含义，谢瑾沦陷其中，感受着俞韵情绪的特殊表达。

本部的学生在俞韵出场前高呼她的名字，谢幕时更是热情到有人上台献花。

巨大的花束由本部的人暗地商议后购买，藏在了礼堂后才瞒过了台上的人。此刻愣是需要夏封和陈墨合力才能抬上去，看得俞同学不由自主后退一步。

"别走啊，"她微笑着关了麦，"小花童们，这我哪抱得动啊。"

"哎，对哦。"花童夏封开了窍，带着花童陈墨脚步不停直冲后台。

谢瑾挑眉无奈。

他在此时起身离开，脸上挂着丝丝缕缕的笑意，手上还甩着串车钥匙。

俞韵神态淡然，向全场低头致意，却不曾鞠躬。

行至幕布，她对着这片由本部占据的方向微微欠身，在掌声中消失于台前。

"姐，你知道赵磊成出事儿了吗？"

俞韵刚到曾经几人一起吃晚饭的那间休息室，谢瑾便已经上楼推门进来，可被其他的演出人员挡住了，一时间没赶上夏封那张快嘴。

"什么事？"

"他涉嫌故意伤害还有其他几项罪，今天已经正式逮捕了。"

俞韵点点头，示意他继续讲，习惯发散的思维却不再蛰伏。

"赵磊成已经毕业一年了，据说还是被人举报的，抓了好一批人。"夏封凑近了问，"俞韵，你说，这是不是我哥干的？"

"动动你那小猪脑子吧，谢哥上哪儿知道他校外的事儿去？"陈墨让过身边放着宽敞道不走、非要拥挤过去的人，拽着花束的底部迫使夏封加快移动，声音却相对平稳而清晰，"再说，要是谢哥的话，肯定等姓赵的刚毕业就举报了，哪容得下他在本地上一年大学。"

听完这解释，夏封若有所思地点点头。他刚又想张嘴，俞韵便抽了枝离她最近的花，瞬间吸引了这位身负花童使命之人的注意。

等走上僻静的校园林荫道，夏封才终于冒出一句："对哦，陈墨，果然还是你聪明。"

闻言，陈墨闭了下眼睛，不知该如何回复这份夸奖，于是缓缓道："哪里，你是真的大聪明，美中不足附带了些许的愚蠢。"

"所以聪明，但不多。"

夏封咬牙心想：早该明白的，毕业就是宿舍散伙的冲锋号，我本就不该抱什么期待，面前这两个全是友谊堪称年抛型的室友。

然而伤春悲秋还没持续半分钟，他就被陈墨两句话点明了问题所在。

后台人多口杂，隔墙有耳的道理被急于表现的夏封短暂忽视，差点相当于拿着大喇叭宣传他哥的光荣事迹了。

"不是，谁说是我举报的？

"我今天也才刚知道，正不知道谢谁呢。

"你们俩想象力这么丰富，不去当编剧真的可惜了，不如弃理从文重新考吧，我跟俞韵在 W 大等你们。"

谢瑾几句话否认彻底，让另外两人开启了漫长的窃窃私语——俞韵都觉得那花束的直径可能过大了，有些阻碍两颗迫切八卦的心。

虽然谢瑾的语气和往日揶揄没什么不同，但她能确定这就是谢瑾的手笔，因为方才向他人解释的话太多了。

一行人快要走到校门口时，魏令仪的电话慌忙打来，疑惑俞韵怎么不在后台。

"我下台就先走了，出了什么事吗？"

"不是不是，我来给你送水才发现你们俩都不见了。后台人太多，我还以为谢老板没能跟你会合。"

"我走的时候给你发了消息，可能礼堂的信号……"

"怎么了？没事吧？"

"没什么，就是……"

俞韵停在原地，看着那辆保时捷里铺满的鲜花。在谢瑾绅士从容的邀请下，她搭上他的掌心缓步向前。

施施然落座副驾驶座，在谢瑾为她扣上安全带的那一刻，俞韵转头在他耳边道："我家的孔雀开屏了。"

转过那束由本部集资所购鲜花的钱，谢瑾和群里好友约好哪天聚会，便一脚油门带俞韵上了路，一路朝着她少有涉足的方向而去。

夏封和陈墨响应号召去充当自来水，在论坛为俞韵吹彩虹屁的时候，他们俩已经上了高速。

"你居然会开车。"

"早就学了，只是之前一直没车，"谢瑾顿了下，"现在买车是因为那套房子被我卖了。"

"抱紧你大腿，一下子富贵滔天了。"

"签合同对方付了一半，等我们走了收房再付剩下的。"他直视前方，语气轻松得像是在说要给俞韵一颗糖果，"我只留一部分，其他的都归你。"

"好啊，转来以后，我就买张机票连夜跑，让你体验过路的财神爷是什么感受。"

"呵……"谢瑾勾唇，"你要是喜欢'你跑我追你插翅难飞'这种剧情也可以。"

他说得轻巧，好似分毫不在意，装作若无其事的，最后还是"啧"了一声，又扭头看她一眼。

"待在我身边不好吗？为什么要跑？"

本就是句情侣间的玩笑话，他问的角度蹊跷而直接，连俞韵自己也没想好为什么要跑，支支吾吾，又不愿露怯轻易认栽。

"兴许是哪天你有些无趣了，我想看看别人呗，像我这种三分钟热度的人……"

虽然嘴硬，可哪怕对方没在盯她，俞韵的眼神依旧躲闪不定。

"哈？"谢瑾彻底气笑了，"我不一定会无趣，但我会竭尽所能，让你只能看着我。"

"唔……藏呗。"交锋最忌自证，俞韵果断选择摆烂，"从小到大，连我妈都说我当废物最擅长了。"

"不，你不是废物，"对面的人沉默了几秒，突然认真起来，"你是我的全部。"

明明是菜鸡互啄的场面，谢瑾忽而不讲武德，让对方辩友难以再接下去。

然而对方辩友俞韵更加努力，硬是为他这句话挤出了几滴眼泪来，试图逼迫他主动认输。

"啊，哭了吗？"

他毫不怜香惜玉地笑出声来。

"可是怎么办呢？"谢瑾漫不经心，轻缓地拖着调子，"可是，在我眼中，你什么样子都这么可爱。"

2

车停在涛声阵阵的栈道上，这是俞韵第一次看海。

谢瑾抱臂倚在车门边，看她倾身压着道边的栏杆，张开双臂感受海风，连背影都透出某种新奇的喜悦。

"小心。"

任她如此不到两分钟，谢瑾就起身走去揽住了人，生怕经年被风雨侵蚀的栏杆承受不住她的重量。

毕业典礼上的灯光太强，台下并不能完全看清俞韵的样子，出了礼堂带着两个拖油瓶告别二人世界，偏偏现在他有些紧张。

由此，谢瑾始终没能好好端详怀里这张初次精雕细琢的面孔。

相比未施粉黛时，俞韵妆后的皮肤看不出打过粉底，可她眼睛上挑的锐利被更加强化，使得与气质相应和的距离感陡然飙升。

被这样一双眼睛盯久了，谢瑾装作不经意撇过头，无端期待某天她视线失焦的状态。

"怎么不敢看我？"

轻笑声从耳边传来，俞韵似是在嘲笑他竟然不敌攻势。

"谁不敢看？"谢瑾骤然转回头来，将她困在栏杆前，封了她的唇。深吻激烈绵长，他卡住俞韵的下颌，怎么也不肯放人走。

过了几十秒还是几分钟，俞韵不清楚。

她脑袋里炸着烟花，连从未停歇的海风也不曾让心绪冷静分毫。

气还没喘匀，她就被谢瑾戴上墨镜，拽得几乎跑起来。

下了栈道，踏上松软的沙滩，两人一路奔向了礁石的领域。最高的那块礁石，风景独好，他们爬上去费了不少力气。

也多亏了往日在学校里翻墙的经验，如今才能坐在垂直的顶点。

风吹石林，他们晃着腿、牵着手，听脚下的浪涛汹涌，拍打在石壁与耳膜上。

"不出意外，赵磊成要被判刑吧。

"他在那家KTV里协助作案，先是给人当打手，后来慢慢地开始强迫别人去当'陪练'。

"这种所谓的'陪练'，一旦敢还手或者不配合就会被群殴，只能被动挨打，直到爬不起来为止。说到底，就是'人肉沙袋'。

"他靠这个牟利，也靠这个在团伙里立足，但真正被抓了才发现，那个看似严重的黑恶势力，根本就是一群地痞流氓的聚集。

"受害者年龄都不大，三两句话就能被他们唬住，所以慢慢地，还真让这些人有恃无恐了，连施暴的视频都敢拿去暗地售卖。

"没人会同情他，就不会有人去深挖他背后的高中校园故事。"

解释的话，想必谢瑾早就已经准备好了。

他陈述事实时一如既往的淡漠，好似这件事情本身轻而易举，并不困难。

但俞韵想得出疑问，也大致知道是为了什么——因为谢瑾不敢赌。

赵磊成的势力在此前一直不明晰，一旦清除不干净，首先遭殃的就是曾以此威胁过他的谢瑾。

而俞韵几乎是与谢瑾绑定的，就算最后能够妥善解决，一样摆脱不了某段时日遭遇狗皮膏药般的纠缠。

更何况这种恶劣事件，当地媒体闻风报道，必然会为了更多的新闻素材去到赵磊成曾就读的学校采访。

二部的人不会为俞韵考虑，很可能会因为之前的事引来记者采访。

不管播出的结果怎样，俞韵都会受到影响，甚至被舆论波及，多方对弈，她将永无宁日。

惩治恶人，不能连累受害者，那有失公序良俗的匡正之义，也难以安抚破碎之心。

"放心，故意伤害、参加黑社会性质组织、寻衅滋事、侵犯人身权利……不公开审理，但我打听过公诉卷宗，数罪并罚，他没个几年是出不来了。"

"谢谢你，"俞韵忽然坦然地望向他，绽开笑容，语气轻快，"谢谢你，男朋友。"

"嗯……原本不想让你听到太多有关罪恶故人的消息，想等判决结果出来再简单知会你一声。结果小道消息太多，夏封嘴又那么快。"

突然被这么郑重地道谢，谢瑾倒不知所措起来。

好在墨镜挡住了他无措的视线，一时间找不到适合转移话题的语言，只能叨叨两句夏封。

俞韵参透本质，笑着望来。谢瑾抬手复原她镜架的位置，不看那双会读人心神的眼睛，起身拽她离开礁石峭壁。

"喂！"俞韵站在那儿，面朝大海，"告诉我的虾兵蟹将们！我俞韵，喜欢谢瑾！"

"喂！"谢瑾有样学样，"告诉三太子！今天谢公子心情好，只剥蟹将的壳、抽虾兵的筋！"

赶海这件略微枯燥的事，对离海并不算远的俞韵来说却着实新奇。

她将鞋子扔在远处，随着浪潮前进后退，如同你追我赶，玩得不亦乐乎。

可谢瑾怕她皮肤泡在水里太久，准备捡些贝壳海螺就带她冲洗干净脚，去餐厅幽会脸红扑扑的虾兵蟹将。

于是一波冲击较强的海浪打来时，两人正看着沙滩上的小东西，没注意到这会子加速剧烈的风。

发现海浪距离他们不到两米的时候，已经没有时间跑上岸了。

谢瑾最初是微微侧对着俞韵的，但余光瞄到不远处浪花的那一瞬间，他迅速抓住她的手，用力把人往自己怀里带。

他另一只胳膊也迅速环过去，腿部后撤，牢牢将她固定在自己怀中。

俞韵回头的时候，半人高的浪头正好打来，冲击力由谢瑾全盘接受。他却根本没在看她，只是努力维持着身体的平衡——以一种保护者的姿态。

不同于往常可思考的事件，在面临某种可能存在的自然危险时，这并非主动表达什么爱意，而是潜意识的条件反射行为。

俞韵皱着眉，好似依旧无法共情这种逻辑，可心中最后一丝被忽略的空白却仿佛在此刻被无限填满。

两人的衣裤都滴着水，好在魏凌岚帮谢瑾把车开来学校前，也没忘了带上那个扁扁的小包。

两套同款的T恤和短裤准备得恰到好处，导致俞韵一度都要怀疑谢瑾是故意让浪拍的了。

可换好短裤，谢瑾发现俞韵的小腿上已经起了红疹。他啧声叹着过敏体质时，在心里默默删掉以后蜜月时的冲浪计划。

在附近的药店买了药膏涂上，拿海鲜大餐诱惑了半天，他终于成功阻止了俞韵再叠涂防晒霜想去沙滩玩的想法。

"哎呀，我觉得其实海边也就这样啦。"

"来的时候，你可不是这么说的。"

"因势利导，烦请俞大小姐体谅一下男朋友。"

俞韵的那份不高兴很快被食物驱赶殆尽，而海边所留的美好印象，也伴随她度过了开学前不能时常见到谢瑾的两周。

一群人一起等谢瑾的那天，她临时报备过彻夜不归。

父母当日明面上欣然答应了魏令仪，可等后来毕业典礼结束，却不许俞韵再出门。

可怜俞韵还没去大学报到，就已经做上了英语四级卷子，甚至每天要在软件里做够四十道编制考试题目。

阳奉阴违的偷逃，鸡飞狗跳的对峙，这些也不是没有过。

如此劳心劳神过了许多天后，俞韵在近二十年来熟悉的亲情压制下，照例无奈选择了息事宁人。

本就没几天了，她这位大将即将去往南方，远离控制欲超强的君主，独自开疆拓土，做个逍遥自在的小霸王。

报到时间临近，俞韵的妈妈如同众多的家长一样，准备送她去 W 大。

谢瑾指挥着某个小叛徒通风报信，在俞韵妈妈买高铁票时卡点，顺利和未来的丈母娘分到了同一个车厢。

检票时，俞母无意间瞅见了有些熟悉的小伙子，却见对方只身一人，周围没有一个家人。

那少年不再身着校服，褪去青涩，朝她欠身一笑便闪身进了闸机口。

"哎，你们班那个谢瑾，他考哪儿去了？"

"不知道，"俞韵面不改色，"怎么了？"

"没什么……你这小丑妮子，得认清自己，大学里别追着小男生谈恋爱。就你这个长相，与其被人家嫌弃，不如毕业以后回家里跟爸妈过。"

俞母三两句话，说得俞韵连连深呼吸。

这刻意的说法，让连离两人很近、维持秩序的地勤人员都不由得多看了这位母亲两眼，有些难以言表的诧异。

"从小到大，你说我丑，哪怕当着亲戚朋友的面，也不停地说。

"你永远在夸别人的孩子，永远对我都是怀疑、贬低和责怪，永远忽视我正常的情感需求。

"这让我自卑了很久。

"直到长大了我才知道，其实我一点都不丑，也没那么差劲，我值得很多美好的事物。

"所以，以后那种话不要再说了，既扎人心，也令人觉得这个世界烂透了。"

俞韵语调很轻，讲这些话时已经落座。

她盯着窗外站台零星飘飞的落叶，面对这即将阔别的萧瑟场景，内心说不出是难过，还是解脱。

"你懂什么？这是为了你好。哪有家长到处夸自己孩子好的？老话都说了，这小孩就得贱养才能有出息。你怎么能这么想我，我为你……"

"嗯，"俞韵不想再听，截了妈妈的话，"那既然贱养，就别总盼着长大了贵气。"

高铁上，俞母不好发作，气哼哼地把单独的背包扔给俞韵，嘟囔道："狗屁不通，早晚让社会告诉你。"

俞韵没接话，拿出手机给谢瑾发消息诉苦，还没聊过五句，俞母就忍不住了。

她手伸过来，等着女儿主动上交手机以供她翻查——这行为不常有，但本次意外地被拒绝了。

"你有什么见不得人的事情不能让我看？"

果不其然的经典论调。

"没有，但我已经成年了，这是我的隐私。"

"没侵犯你隐私，我光明正大地要你自己解锁给我看。"

开始无法反驳的诡辩。

"所以我直接拒绝了，是希望妈妈你也能尊重我。"

俞韵说得可谓真心实意。

其实在她内心里，如果可以不闹到关系冰点的地步，她很愿意和父母保持普通家庭友好相爱的氛围。

她无比期待着时间能够让对人生焦虑的父母平静下来，他们也许有百般错漏，但依旧是自己此生在这世间无比关心的存在。

于她而言是如此，于谢瑾也一样，只是相比之下，她的情况居然也称得上简单。

"好。"俞母话语停顿，望着女儿露出惊喜的脸，起了逗弄的心思，"每天晚上在宿舍视频通话，白天我打电话你必须随时接，超过两次做不到就停掉生活费。不要用那样的表情看我，没得商量。"

"妈，"俞韵点点头，扭回去看向窗外，"你忘了我有手有脚，可以不靠生活费活着。"

原生家庭复杂而多样，哪怕逃离，总是潜在地纠缠着人的一生。

可倘若求和的只有一边，那便是那人的牢笼。

3

南方的气候温暖潮湿，缓解了常年干燥的脸侧，让俞韵不由得觉得自己仿佛生来就注定会来到此地。

新生报到的遮阳棚一个挨着一个，她拉着行李箱，耳边是妈妈不间断的叨叨，她却一句都不想反驳。

近在咫尺了，她那完整的人生、自控的生活，以及独立人格的解放。

最重要的是，俞韵知道在自己身后，依然有个人默默跟着。

那是多年前捞起的星星，在高二那年将她重新照亮，从此成为她散出柔和光线的原石。

走完所有流程，看她跟着学长、学姐去登记宿舍，谢瑾这才转身，匆忙去完成自己的入学手续。

收拾完宿舍，俞母勉强在友好的气氛下同俞韵告别，与其他三人的父母一起踏上了返程的归途。

宿舍门关上，空调制冷已经达到了舒适的温度，俞韵放松地坐在并不柔软的书桌椅上，想着赶明儿要换个适合伏案写作的。

她把这几年被父母没收的手稿都偷了出来，激动到忍不住笑出声。

她就好似那只被压了五百年的猴儿，等这一刻等到快要黑化。

只要能让师父摘下那道符，多违心的话她都能回应，若是迫不得已，甚至还能复述一遍。

铃声响起，她拿过那部由爸爸淘汰下来的手机。

"俞大小姐，你自由了。"

"谢少爷，您也自由了！"

电话里是越加疯魔的笑声，谢瑾生怕俞韵兴奋到诱发躁狂症。

好在开学报到这天，女生宿舍也有领新生的学长进出，谢瑾拨乱发丝，佯装成因搬行李累成狗的学长，轻易混了进去。

问清宿舍爬上去，谢瑾站在楼梯间安静等着。

而宿舍里，简单做过自我介绍，俞韵交代了句去向便拿起手机离开，顺手带走了宿舍刚收拾出的废弃物。

"哪，给你带来了，物归原主。"

"好……"

递过那部在艺考期间陪伴俞韵的手机，谢瑾一副替她拿久了好累的样子，却不见她像往常般对自己翻白眼。

"俞大小姐，你几分钟前还在电话里笑得超大声，这会儿怎么突然不开心了？"

"我……"俞韵想了想，扯着他的衣摆下楼去找吃的，眼睛里却忍不住蓄满了泪水。

直到喝上那杯咖啡，她才捕捉到关键词，终于明白该如何阐述自己蓦然情绪低落的缘由。

"我好像不会跟人打交道了，又或者说，好像根本没有什么心力和想法去与他人建立某种关系。

"和我们两个之间的感情不同，我根本不愿意去尝试那些觉得很……

"很无用。"

按照传统而励志的人生剧情，现在谢瑾应该鼓励俞韵，去促使她勇敢地战胜这种心理，从而达到社交无用到社交达人的转变。

然而谢瑾没有——他总是以俞韵自我的感受为中心。

的确，地球不会围绕着一个人转。

但同样的，这个人也不是一定要围绕着地球转。

"俞韵，停下你的思维，你纠结错了。

"成年了，选择和思维不必迎合世俗的眼光，或者在乎谁的评价。尽管去做你想做的事，成为你想成为的样子吧，没人能够再主导你。

"你无须建立任何不想维护的关系。不想交朋友，我们就不交，这没什么大不了的。"

看着眼前人茫然地咬着吸管，谢瑾突觉自己早先忽略了这一点。

他本就没有社交的需求，因此在跨过"曾经"这个里程碑时，几乎真以为俞韵与自己一样，算是完全拥有了新的开始。

人新地点新，事新生活新。

但主角是经历了纷飞的风雪而来的，现在吹到风都会不住咳嗽，于是干脆不想出门。

这是在经年的高压与误解、谴责与造谣后，心理疲惫的显现，更是在陡然自由和放松的环境里，只想安于与自我共处的选择。

俞韵在自我保护，他没必要把这层无伤大雅的茧破开，那太矫情了。

对谢瑾来说，她怎样会过得更快乐，那便怎样。

"让我们采访一下俞同学，你害怕独处吗？"

"不害怕。"

"独处会让你觉得轻松是吗？"

"嗯。"

"如果让你去跟更多的人做朋友，至少看起来像你和魏令仪那样密切，你感觉怎么样？"

"我会很不安。"

握着俞韵的手，谢瑾用力唤醒沉溺于情绪中的她。

盯住那双眼睛，他安慰般地笑，让她知道此刻以及以后每刻，不管有无其他的关系，他都会一直在。

"看，其实心已经做好了决定，你只是被自己脑子里约定俗成的规则束缚。现在清楚了真实感受，那就听从它。"

"有道理……你为什么要学广播电视编导？你该学心理学。"

俞韵的混沌需要他来梳理，明晰了又开始不好意思，只好随口找了需要对方来讲述的话，临时来当作回应。

言语间，见她松开那根不堪再受折磨的吸管，谢瑾松了口气，立刻换了一根新的给她。

"学心理要听太多故事，听太多人讲。我只对你有这个耐心，对其他人就会感到无趣和厌烦。"

"奇怪了，谢同学，你到底是温柔谦和的，还是冷漠孤傲的？"

"哦，俞同学，其实这并不冲突。"

闻言，俞韵深以为然，点头赞同。

她不想告诉他，自己是那么想要如此——内心强大而独立，表面绅士有礼，人却悠然自得地疏离。

他们同样傲气而清高，可只要谢瑾想，就能拥有许多朋友——只是他不需要。

相比俞韵暂时还是"不想"的迷茫，他已然达到了"不需要"的境界。

她孤独的时间和谢瑾差不多，却额外伴随着过多的尖锐压迫。

俞韵甚至没有机会去想一想，自己最终究竟是为众人所孤立，还是清醒而潇洒地看破了虚假的情感认同，一个人孤立了众人。

某天，谢瑾轻飘飘地告诉俞韵，是后者，彼时俞韵神色复杂，竟也笑得有几分快意。

她仿佛被经历所塑造的心理分割成了两个部分，一方骄傲而不屑于外界的迫害，一方敏感而混沌地拒绝一切情感。

人生匆匆不过几十载，突破自我，不见得就比善待自我过得更快乐。

好在军训期间，大家各自都累得很，没什么时间交流感情，刚好也省去了俞韵许多纠结。

然而，树欲静而风不止。

传媒院系的人不少，但终归每个系就那么几个班级，出挑的新生很快会让大家熟悉。

大学生活轻松闲适，这就导致军训开始还没两三天，俞韵和谢瑾就出现在了大家茶余饭后快速拉近距离的讨论里。

而不看匿名潜水群的两人，丝毫不知群内聊得热火朝天。和其他人不同的是，他们俩还有个更具话题性的讨论点。

"戏文的妹子和广编的帅哥，这么快就勾搭上了啊？"

"说的是我们班那个冷面神仙吗？像是有自闭症，又像是瞧不起人的那个女生？"

"应该就是吧，她有个巨帅巨有钱的男朋友。昨天有人开了辆保时捷停在音乐楼附近，听保卫科说去办出入卡的就是他。"

"好看没用，富二代也没用，艺术生嘛，英语四级都不一定能过。"

"同班表示有没有一种可能……他是文科生，只是分数太高自己选了广编，没有专业成绩也分过去了。"

"啊？那他这么选，是不是和戏文妹子早就认识啊？"

"话说这人其实不太正常，跟谁都客客气气，也就仅限于表面，连笑面虎都不太算。"

"怎么跑题了？美互相吸引我懂，但这才开学几天啊，学弟就抢到人了吗？"

"抢什么啊，别舔了，她很好吗？不觉得。"

"也没有特别好，就是我们戏文专业第一来着……"

"那么说，怕不是两个学霸相约高考的那种吧？我目睹了罕见的校园传说？"

这段时间，俞韵是懒得说，疲于措辞交流。而谢瑾这个闷葫芦虽然有极限，但好在夏封和陈墨是很好的倾听者。

如此一来二去，随着军训结束，两人除去时间冲突地上课，形影不离，令双方室友终于相继忍不住了。

男宿舍。

"哎，兄弟，你跟戏文那妹子谈着呢？"

"谈很久了。"

忽略掉那声兄弟，谢瑾闻着宿舍浓烈的烟味儿，敲键盘的手不停，淡淡应声承认。

"哦哦，那你文化这分数来学艺术就是为她吧？啧，看来这小姑娘挺黏人啊。"

"姓俞名韵，她叫俞韵。"

投资的项目有个会议要开，谢老板满脑子都是赚钱，实在没时间跟室友闲扯皮。

他简单点头致意，准备出门去咖啡厅，临走还没忘了涂个防晒。

毕竟再努力赚钱，也还得顾及这具用来蛊惑俞韵的皮囊，人老色衰居然成为他谢瑾不得不提防的问题。

女宿舍。

"小俞,你跟谢瑾是哪里人啊?"

"容省。"

"所以你们真是一个地方的啊?那在一个高中吗?"

"嗯……对。"

"你们俩好般配哦,校园传说!我要是你们高中同学,大概嗑CP要嗑疯掉。"

礼貌赔笑的背后,俞韵心说:那可不一定,也兴许是跟我势不两立得要疯掉。

这种被窥探的感觉并不好,敏感如俞韵,果断转移了话题,主动聊起容省的小吃,却忽略了认知存在局限性。

各地的小吃都有特点,有心人只要稍加注意,很容易将地点由省精确到市。

匿名群聊里,八卦属性不分男女,也有性格各异的人无端抱着小小恶意。

很快,有人汇总了各方的小道消息,顺利地在容省某市一中的论坛里扒出了因谢瑾追责所以还没完全销声匿迹的帖子。

毕竟不是每个人都会去看原始材料,于是一番折腾后,有人添油加醋地总结,爆出一条所谓的秘密。

——俞韵实际是被谢瑾包养的金丝雀、菟丝花!

故事详细而丰富,一时间,俞韵和谢瑾的话题度更高了。

有在W大的本部学生发现传言,及时站出来辟谣,夏封和陈墨也带着八卦组火速控评支援。

但最后,谢瑾还是发帖,大方表示自己恋爱脑,说上交所有财产的他才是个每天琢磨怎么哄金主俞韵开心的"被包养者"。

这方四两拨千斤的调笑过后,转头他就催促起装修的施工队,以求尽快让俞韵获得自己的一方天地,不再为任何事物侵扰。

说到底,并非人人皆无判断能力。

只是大多数人都是这种"风云人物"的见证者,很少人会是本体存在。

初入社会的孩子们,仅仅学会了成年人流于表面的尊重。

那么万物是非,人也是非。

两个系中,三四个班级的新生聚餐订在了同一个酒楼,因为本周的晚点名在此进行,于是两人不得不去。

既来之则安之。俞韵安安静静坐在谢瑾身边,构思着自己马上要动笔的小说。

席间,偶尔有人学着大人敬酒。被敬的人喝了太多,自然开始脑子不清醒。

有学生会的成员晃晃悠悠朝着这桌的方向而来。

他的目标看似是另一位男生,可走到桌前突然转过身子,给俞韵倒了满满一杯。

"久闻大名啊,小学妹。来,给学长个面子,哥哥以后跟你小男朋友一起罩你。"

这话听着普通,然而歧义颇多。俞韵就那么平静地看着他,不愠,不笑:"谢谢,我酒精过敏。"

还没等对方继续纠缠,一只手就越过她的肩膀,直接拦住了试图再近一步的男生。

谢瑾起身,神色轻佻地接过杯子,随意跟这个男生碰了下,看也不看,一仰而尽。

对方再倒,他再喝干。

替人喝酒以三抵一,这种烂俗规矩他懂。

"酒量不错,但我可是你们的前辈。大一新生啊,代喝可不够尊重学长哦。"

这男生和远处另外一人同级,在学生会不是什么人物,所以被派来接待新生。

都是从这个阶段过来的,所以他清楚如今这些孩子还是高中思维,只需以前辈身份自处,就能备受追捧,没人敢不从。

他自信地展臂,要给俞韵面前的杯子满上,却瞬间被一把夺过了酒瓶。

谢瑾轻巧地甩手脱力,没待众人反应过来,就已经丢出了好远。

"嘭"的一声,玻璃瓶在地板上爆裂碎开,酒液飞溅在无人之地,惊得满座寂静。

谢瑾用手背抹去唇边的酒渍,轻笑了下。

他不理会对方挑衅的眼神,随意将杯子反扣在桌面上,开始缓而又缓地在骨节处缠绕一段不知何时撕下的布条。

"刚才太吵了,学长可能没听到,"他真诚地微笑着抬眼望去,"她,不喝。"

俗话说,装的怕愣的,愣的怕横的,横的怕不要命的。

这个仗势欺人的男生只占了第一种,此刻却看着谢瑾像极了后续的每一种。

相隔一言不合就动手的阶段太久，他居然有些害怕了。

好在这人酒肉朋友多，那些人见势不妙便上来配合演戏，终于给了某学长嘟嘟囔囔快步走掉的借口。

佯装劝走了朋友，那位后来者虚伪地自斟一杯酒，说是要替他给谢瑾赔罪。

谢瑾头也不抬，端起杯子同自己那目瞪口呆的室友碰了杯，慢悠悠地品了一口又一口，叹句难喝，换了美人儿一笑。

起身结清了当晚的所有账目，他跟在俞韵身后扬长而去。

自此直至毕业，都无人再敢灌俞韵喝酒。

4
诚如鲁迅先生所说，人类的悲欢并不相通。

谢瑾这方久久无人问津，俞韵那边电话都要被打爆——当然了，哭诉是最近的主旋律。

父母倾诉着自己有多想她，不忘提及她上大学花了家里多少钱，字字句句都责怪着她不愿留在当地。

上课时电话没接到，下课打回去就要先迎来几分钟暴怒；每天下午六点接到视频电话，背景不是宿舍就要挨骂。

分明已经逃离，分明即将抚平心绪……

然而这样的掌控，却还是让俞韵横跳于自在与压抑之间。她心烦意乱，不得安生。

如此一来二去，她也没少在宿舍向电话那头发火，忍了几天终于下定决心，彻底不再寻求父母主动的反思。

那些天，听到视频电话的铃声响起，俞韵都会窒息到皱眉，陷入某种心理的纠缠之中。

但只要熬得住，主动权总会回到她手上。

谢瑾在这场旷日持久的折磨中，既是撒气筒，也是抑制药。

忽略掉那些打进来的电话，俞韵会在自己心情尚可且不忙的时候挑个时间主动联系家里。

她和声细语，如同之前的事情从未发生过，哪怕对面狂怒不止，也能耐着性子继续温情。

然而凡事有度，一旦自身情绪面临崩溃，俞韵便会毫不犹豫挂断电话，不管当天再来多少消息轰炸，她都不会妥协，只管把这场拉锯战进行下去，直到下一次有心情联系。

距离太远，她独立于原生家庭之外，是自己的主导者，于是这种反抗变得简单而有效。

可持续太久，始终强势的一方就会感到权威被挑战，对权柄下移而感到无比愤怒。

"你到底有什么见不得人的事情，所以不能每天跟我们打视频？"

"为什么别人家的孩子恨不得半天一个电话，哭着想家，只有你这么抵触家长，冷血成这样？"

"以这种性格为人处世，也不愧让高中的同学老师都唾弃你，活该！"

"你不好好准备考研考公，还化妆，这是化的什么小姐样子？"

"生你养你，花大价钱供你读书，倒把你养成这种东西，真是我们做父母的失败。"

…………

诸如此类的无能狂怒，时常出现在俞韵耳朵里。她气得发笑，情绪又瞬间低沉下去。

控制着呼吸，压制着暴躁，她只轻飘飘地随意搭话，回应着这些无厘头到刺耳的指责。

"见不得人的事，是指我每天要上课、吃饭、有自己的生活吗？"

"别人家的家长从不这么说自己的孩子，但为什么你们每天都要这么做呢？"

"到现在了，还要拿那些陈词滥调打击我，这才是你们做父母的失败之处。"

"清醒点吧。"

俞韵的强调一如咏叹，机械重复地转着。

"生我是因为你们想要个孩子，不是因为我想出生。"

"养我是因为你们把我当作实现人生阶级跨越的寄托物，而不是因为你们希望有个生命鲜活快乐地活着。"

说罢，她不等对面的嘶吼传来就挂断电话，拉黑了此刻最不想与之交谈的人。

紧赶慢赶的，与先前投稿的网站签订了合约。

俞韵的生活费就此停掉——准确地说，是她主动退回。

她依旧会在想起家时主动打个电话，也依旧是如同从未发生过不愉快。

父母的态度不知是因为日积月累的回击，还是天高路远的无可奈何，居然也真的小心翼翼起来。

裴诗青受人之托联系了俞家父母，但固执到一定程度，改变就不会是一日之功。

不过俞韵此后有的是时间，也拥有着如今被爱的境遇。

她自得安逸，她不急。

这一年，寒假前几天。

"谢同学这是要带我去哪儿？"

"嗯……"

谢瑾沉吟一秒不答，拽她上车出了校区。

直到接近目的地，车内才响起声音。

"谢老板最近盈利不少啊，"她幽幽点破，"都买上小洋楼了。"

"宝贝儿，过分聪明可就失去蒙着眼睛进屋的权利了。"

谢瑾无奈地微叹一声，停车入库。

他转手收了准备好的领带，想了想，又抿唇揣进包里。

这地方离学校不算近，但胜在安静，环境好，也是俞韵喜欢的建筑风格——这一点让谢瑾当初没能剩下多少周转资金。

看着俞韵银行卡里的钱被自己用作他途，他焦虑丛生。

他比同龄人经济基础好很多，也有从商的天赋，压力却更大。

由奢入俭难，他没有退路，想要维持住现在的生活，必须靠赚钱来支撑。

好在有钱，就好生钱，这条资本的规律始终不会亏待聪明人。

因为要做的事情太多，自开学起，谢瑾就时常忙得不可开交，晚上回不去宿舍，甚至会睡在车里。

可几个月下来，他课程只缺过几节，见小女友的时间更是尽可能避免了碎片化，从未让俞韵感到自己的安排紧张。

但事情总有疏漏。

彼时看着账户上分文未动还多了小零头的余额，谢瑾才知道俞韵根本没用过这笔钱，甚至还在尽量存钱。

她和原生家庭的对抗，他只参与了心理疏导，叮嘱她随意挥霍，却没有再多的精力分辨她每一餐花的是不是卡上的钱。

真正为了经济独立而步入社会的苦，俞韵摸爬滚打追着梦的同时，还是义无反顾地去受了。

谢瑾指尖夹着那张银行卡，心脏好像被一只无形的手攥着，想不出她为什么不愿安安稳稳地依赖他。

此前，面对即将如期而至的寒假，俞韵谎称自己在外租了房子，并不准备回家。而她长达半年的抗争，也总算让俞家父母明白，自己已经丧失了绝对的控制权。

在裴诗青对于家庭关系的重新引导下，他们提出在假期时来看看俞韵。俞韵欣然接受，说到时会介绍个朋友给父母认识。

那份果敢与行动力，好似当年的联赛，也好似当年的高考。

只不过彼时，谢瑾尚且能趴在桌上，看着眼前触手可及的背影发呆，也能站在空无一人的教室讲台上，给那个坐在第一排桌子上晃脚的小笨蛋讲题。

他所爱之人，本就又娇又野，可骨子里又潇洒自持，敏感独立。

但，这让谢瑾很不爽。

他像是一只荒漠里的兔子，被老鹰叼着后脖颈在空中盘旋，怎么蹬腿也毫无实感。

缺少了这些世俗的纠缠，他便仿佛留不住那个似与凡尘欲壑无关的女孩儿。

于是钥匙被交到俞韵手上，她亲自开门。

暖风阵阵，赠予协议安静地摆在玄关。

谢瑾早已签署多日，只等受赠方拿起一旁的笔，认真涂画出自己的姓名。

不签署，此屋便不可入。

他以这种方式威胁，却又慌忙止住俞韵转身出门的脚步。

唇齿交锋，耳鬓厮磨。

接过那支某人迷迷糊糊地使用完毕的笔，谢瑾扔去一边，收起契约，调笑着行了个吻手礼。

"俞大小姐。"

抬眸间，张力爆棚，他在再次吻上去之前说道："欢迎回家。"

谢瑾想，原来如此——

在这些紧张又忙碌，恍若追赶着时间长大的青春岁月里，自己早就有了归属之地。

这房子同谢瑾的心一般，充斥着俞韵的气息。

连同着她的快乐与悲伤，在谢瑾的生命中构筑出了一个旁人称之为"家"的存在。

至此，于他而言，"Family"便不再是一个糟糕的"F"词。

某种归属感萦绕周身。

贴着俞韵的颈侧轻咬,谢瑾乐出声来,笑得不能自持。

说起谢瑾的用心程度,从卧室和书房这两个俞韵最喜欢待的地方就能轻易看出来。

柔软舒适的床自不必说,用于写作的配置舒适齐全,在没课的时间里,俞韵甚至能够一整天都待在这里。

她一边将文字幻化作梦想,一边等待归巢的雄鸟带来食物和爱。

"好难啊,自从被我爸没收了手稿,我已经太久没写过长篇了。"结束了一天的困扰,俞韵陷在柔软的沙发里,抱着谢瑾的胳膊晃啊晃。

"今天写了多少字?"

"两百……卡住了,不会写男女主那什么的章节……"

俞韵微微皱眉,在除了亲亲抱抱别无他事的人面前讨论这个,让她有些莫名的紧张。

"俞同学,二十六步。"谢瑾挑眉轻笑,歪头拽过她的手,看着手环上统计的步数,就知道这一章写得有多纠结,不由得逗她,"可真是辛苦您了,这键盘没敲几下,还跑了个马拉松。"

"讽刺我干什么!这是你当男朋友应该做的事情吗?"

俞韵抹不开面子,翻了个白眼,转过头去不理他,过了几十秒,又不知为何他没接茬,又悄悄转回去望了一眼。

这一眼,恰好跟神色复杂、盯住她的谢瑾对上视线。

"好,男朋友该做什么?

"要不然,我以身示范,给你提供点灵感吧?"

他眯起眼睛,喉结微动,轻轻俯身将俞韵压在沙发上。两人呼吸相闻,几乎触之即燃。

"那……倒也不必。"

平常玩闹太多,俞韵没个正经判断,还在挑衅地侧脸睨他。

她施力推了两下,却发现谢瑾如今禁锢时所用的力量远比她想象中大得多。

这段时日,两人忙于兼顾学业与事业,唯夜晚有足够的时间相拥而眠。

谢瑾在一心多用方面着实是个高手,俞韵却难以平衡,很久没有仔细观察过他了。

记忆中的少年飞速成长着,比同龄尚且拘于院校间的男孩们多了几分成熟与从容。

纵然此刻焚起野火，褪去禁欲，亦不显放浪。

他再次吻上觊觎许久的修长颈侧。

那条此前被谢瑾放在一旁的领带柔软而细腻，于这一瞬恍惚飘落于俞韵的腕间。

那是和以往不同的十指相扣，她眼睛被搭过的衣袖蒙住，只有感官在跃动。

"你在怕我。"

谢瑾轻声下了结论，作势后撤，动作却缓之又缓，指尖轻轻划过她的下颌。

"嗯。"

俞韵应声作答，侧头以唇触上了他的指尖，用力咬过不见躲避，她又理直气壮地放开。

"十指连心应该也挺疼的，让你先尝尝滋味儿。"

"是吗？这哪里够？"

谢瑾将手腕覆于她唇上，微微下压，凑在她耳边吐息："一会儿别收力，咬这里，我陪你疼。"

领带的另一端悬于何处，俞韵不知道。

她沉浮于热烈中，直至织物随着被解开的腕间垂下，她忽觉地上那些窸窸窣窣的声响，也许来自维纳斯的诞生。

此后他们又从哪儿到了哪儿，俞韵也不记得了。

被谢瑾卡住后颈吻到窒息，她无力地溺在他的怀里，觉得自己可能于雾气迷蒙中，一帧帧见过了天堂的走马灯。

谢瑾在渗了丝丝血迹的手腕上涂过封口的药剂，简单裹了两圈绷带后，专心而轻柔地给俞韵洗澡。

他无奈而宠溺，躲着俞韵憋着疯劲儿的挑衅，生怕碰疼了这位豌豆公主。

某人细皮嫩肉不经折腾，谢瑾也舍不得她再疼。

于是这天，哪怕再食髓知味，难以忍耐，他也总会逼迫自己去冲个冷水澡平静下来。

俞韵泡在浴缸里舒服而惬意，也因此，后知后觉的酸痛与疲累在兴奋后如狂风暴雨般袭来。

谢瑾小心翼翼地给俞韵揉按了一会儿解乏才躺下，发现她早已睡熟了。

睡梦中，俞韵小声哼唧着，第一次无意识地钻进了谢瑾怀里，主动要抱抱。

此后的日子,平静而温馨。

在除夕夜前,俞韵都没能写完那一章,总在学习着新的知识,不曾落于笔下。

"大小姐,跑什么?"

谢瑾推开书房门,勾过她正装模作样悬于键盘之上的指节,扬起一边嘴角,好似别无他意。

"不逼自己一把,你怎么知道极限在哪儿?"

"哥哥,"俞韵磕巴了一下,"你说的是码字的极限……还是生命的极限?"

5

非人哉!

俞韵心想。

备受压榨的日子太久,她躺在床上抱着手机,给谢瑾发去几条消息,随便吃过药,蒙了被子企图睡觉。

这边,谢瑾谈妥了合作,刚打消对方对自己这个"毛头小子"的顾虑,转眼却看见手机屏幕上赫然显示着十分钟前的消息。

俞韵:谢瑾!坏蛋!

俞韵:啊啊啊,我发烧了!我讨厌你!

一贯冷淡而斯文的人猛地拎起衣服要走,秘书却急匆匆地拦住了他汇报事务。

他耐着性子听了两分钟,焦躁到剜了眼汇报起来没完了的男生,挥挥手赶人出去。

电话那头,始终没人接听。

谢瑾在赶回去的路上脑补了俞韵晕倒的场景,油门险些踩到底。

他开门冲进卧室时,烧还没退但睡不着的俞韵一脸错愕,正拿着平板追剧。

她将手机扔在一边,看也不看,丝毫不记得自己开了静音。

震惊地望向鼻尖挂着汗的谢瑾,俞韵缓缓放下手里的薯片,悄悄地钻回了被子里。

"可以,总是不接我的电话,生病了还玩消失。"

重新喂过药,在等待体温计出结果的时间里,谢瑾坐在床边,盯住眯着眼偷偷瞧向自己的俞韵。

他掖了掖装睡之人的被角，轻叹。

"俞同学，你不乖。

"很久以前，在便利店，你拿着那颗鱼丸，说我情绪稳定的代价你付了。

"从那时起，我就努力收敛那些过分带有偏执和占有的念头，不让它失控影响到你。

"可刚才找不到你，我是真的很想安个监控啊……"

看着扮乖摇头的小病号，他自顾自地说，又自嘲般地笑。

抽出体温计的时候，谢瑾擦拭干净了汗，捏着她酸痛的肌肉，摸摸她的脑袋，轻声道歉。

由此，俞韵终于拥有了写作的时间和体力。

亲吻时，谢瑾总喜欢留下星星点点的小草莓痕，但父母来之前的几天，这人总算是放过了俞韵。

除夕前夕，俞家父母惊讶地收到了机票预订的短信。

谢瑾执意陪着俞韵去接，在机场恭谨地对着两位家长欠身问好，开口还是称呼自己为俞韵的同学。

不知是裴诗青的沟通太有效，还是俞韵的态度太强硬，抑或是手中拉扯的风筝断了线，距离使得家长束手无策，真正意识到了孩子已是作为独立个体的存在。

总而言之，俞韵的爸妈经过这段时间自我绝对力量的摧毁与重建，如今居然也多出几分感慨。

直观的感受更加强烈。

他们接受了现实：自己不再是孩子世界里的唯一权威。

与此相比，某种作为家庭形式建立的港湾，才是和女儿合适的相处之道。

毕竟做长辈的，哪怕被纠正了错误观念，也依旧不好意思承认。

看着俞韵温柔地与他们平等对话，俞母理解了她之前所说的"鲜活而快乐"。

可憋了半天，俞母还是憋出一句："不跟家里张嘴，你缺不缺钱？"

望着谢瑾将行李箱搬上出租车的身影，俞韵回答时，居然也颇有点骄傲的意味。

"不缺，我签了文化公司，现在写东西有收入。"

"靠谱吗？别傻傻的让人骗了，女孩子安安稳稳就行了，追求什么梦想？最后都是找个好男人嫁了，不如……"

被妻子用力戳了戳肋骨，俞父收了声，倒是多看了谢瑾两眼。

"只要是人，就都一样。"俞韵缓缓眨眼，仍然平静，"每个独立的人格，都可以选择结婚与否，都可以拼命追求梦想。"

"唉，"她叹得不知真假，"其实好久以前，我以为你说养女儿轻松，是说我听话来着。"

成年后翻天覆地的变化，让生活中增添了太多值得俞韵耗费心力的事物。悲伤和压抑，不再是她人生的基调，对任何关系的淡然与洒脱，则是她确保自身心理稳定的条件。

俞韵听也不听父母在身后爆发的小小争执，无奈地朝谢瑾笑了笑，先一步坐进后排。

一路上，俞韵和父母交流正常，像是从未有过龃龉。

直至车辆驶入小区，俞家父母察觉不对，不禁狐疑满腹。

"闺女，你那真是正经……公司吗？就你那文笔写写，这么能赚钱？"

"叔叔，"谢瑾在副驾礼貌地回头，"公司我调查过，是正规的，俞韵文笔很好，对方签她很正常，完全出于互利。"

他忍不住替俞韵解释，又心下不爽，细节上多少留了破绽。

进屋时，谢瑾用指纹开锁，俞母懒得继续跟冥顽不灵的丈夫走在一起，刚好站到谢瑾身后，也就目睹了他开门时自然的举动。

她侧目打量了一眼，想开口质问，思量过后又收了声。

这半年来，裴医生没少跟他们聊天，虽然丈夫还有些抵触情绪，但她已经想通了许多自己作为家长的问题所在。

其中一项，就是不等待孩子自己来交流，反而无限制地、强势地去窥视孩子的生活。

俞韵妈妈压着脾气，耐着性子等，想要佐证些什么，比如这反思过后得出的理论究竟是对还是错。

"妈，有件事想告诉你，我跟谢瑾谈恋爱了。"

两位男士都在收拾行李和特产，注意不到这边，俞韵记得裴诗青先前的安排，鼓起勇气，试探着说出悄悄话。

"能不能当作咱俩的秘密，先不告诉我爸？"

"好，好，"俞母不自然地眨着眼睛，心下对这份感情再有不满，也没说出口，"妈妈不说。

"俞韵，妈妈从前对你有太多的不应该，爱之深责之切的道理你明白，现在我也已经在改变了。

"我们也是第一次做父母,许多事没能尽善尽美,但爸爸、妈妈……一直很爱你。"

"啊……"俞韵微微颔首,短暂沉吟后,笑了起来,"好。"

女儿的语气温和却又疏离,俞母实在说不出自己当下是什么感受。

在关系无法瞬间亲密的现在,她也后知后觉抛开了所谓失控的愤怒,真心实意地感到难过。

事实上,孩子还没有长大时,她们也曾有过毫无芥蒂的日子。

那时的俞韵会主动来贴贴抱抱,不会像现在这般,好似最熟悉的陌生人。

她与父母之间客气又拘谨,好似已经不再需要这份迟来的爱意。

"小谢,别急着走,"俞父出于某种特殊的考量,主动出言挽留,"叔叔给你做点好吃的,谢谢你一直照顾我们俞韵啊。"

"叔叔,我不走,"谢瑾竭力维持着表面上的儒雅,"我也住在这里。"

"啊?"

俞父眉头一皱,发觉事情不简单,刚想问怎么回事,就听俞韵解释道:"他不走,我们俩合租,一起过年。这么大的房子,我一个人负担不了,住着也不安全。"

"那……那也不行啊,负担不了你租个小点的房子……这样,你看爸爸、妈妈以后都尽量不说你了,回家吧,好不好?"知道了两人的关系,俞韵妈妈简直比俞父还要担心几百倍。

"俞同学,不如,还是给我个名分吧?"

谢瑾早就想过,面对如此多无法解释的问题,过早见面的这天必然是无法自圆其说的。

此刻在修罗场般的境况下开口,他看似冷静,掌心渗出的汗却差点把拿出的协议浸湿。

然而,真诚是永远的必杀技。

对于完全不了解他的俞韵父母而言,真正能确保女儿幸福的,不是他的爱,而是不会背叛孩子的物质条件。

"叔叔、阿姨,刚才在外面不好让二位长辈太过激动,我撒了个谎,现在我详细解释一下。"

大庭广众不解决家事,正因如此,谢瑾才会一开始听从俞韵的安排,不暴露自己的身份。

可他明白俞韵在担心什么,也从未想过让俞韵独自一人去为他隐瞒谁,说服谁。

"这是房屋的自愿赠与协议,我和俞韵已经签署过,因为她的户口页在学校,所以过户手续已经走完了。

"之前我投资了一部网剧,侥幸成功,收益很可观,所以如今正在经营自己的公司。

"先前的盈利和以后的入账都将在俞韵的账户里,以上这些,都是我的诚意。"

谢瑾双手奉上协议,整个客厅寂静了足足一分钟,无人来接过。

俞韵轻叹一下,起身去了二楼卧室,俞母这才伸手,没好气地抽走了那份纸质协议书。

纸张从手心划过,谢瑾瞬间觉得心里刺痛,却不动不看,由着俞韵的父母打量他。

这方将信将疑翻看协议书,那方俞韵也拿着两天前才办下来的房产证下了楼梯。

她总算知道,为什么谢瑾当天就带她去提了迁至学校的户口页,又为什么第二天就火急火燎地带她去走流程。

这一切都是计算好的,谢瑾从没害怕过自己年少,她也从不需要独自扛到某个世俗以为合适的时间。

他们本就如此,离经叛道。

俞母不知该怎么和这个既是个孩子,又不像个孩子的男生交谈。

他孤注一掷的决定就摆在眼前,实际的表现比一切话语承诺都来得实在,于是再多的质问也要顾及这些,不好直白阐明。

"你们还小,你这样太冲动了,我们做大人的根本不好接这些话……怎么说都不对。"

"阿姨,虽然我年纪小了些,但绝不是一时冲动。您可以等一等,看我的表现。另外,如果您二位不放心,我随时可以搬出去。"

一下午的时间,谢瑾讲到口干舌燥。

他删删减减,结合裴诗青发来的心理干预情况,本着讲述事实又烘托情感的准则,终于说完了自己的家庭,以及自己和俞韵的故事。

这些如天方夜谭般的现实,听得俞家父母几乎大脑宕机,像是被黑客入侵的电脑,半天没反应过来。

非常规的事件错综复杂又冗长,俞韵妈妈心理冲击过大,甚至想安慰两个孩子几句。

父母阅历越深,对人性的揣摩就越透彻。

不信任感过盛，可他们在面对突如其来毫无章法的真诚时，也总会措手不及。

谢瑾的赤子之心就摆在那里，谁也舍不得去用力踏上两脚，再弃之若敝屣。

有效的诚意，是最容易打动人的底牌。

破釜沉舟之下，谢瑾终于如愿以偿，获得了"俞韵爱人"的位置。此后的除夕夜，谢瑾再也没独自一人在客厅昏暗的灯光下沉默而坐。

虽然这一年他还没资格和俞韵单独过，但至少能有她的陪伴，在两人共同的家里吃着未来岳父亲手做的一桌年夜饭。

经济的独立和远距离的交流，赋予了俞韵在原生家庭中的话语权。

事业的成功和亲情债的偿还，也补齐了谢瑾作为独立人格的最后一块碎片。

大三那年，谢瑾赶在他二十二岁的生日前，连本带利将款项打给了父母。

而且他果真扣除了填报志愿时闹出的医药费，甚至为此发了当年急诊缴费的单据图片给父亲。

于道义，养育之恩还不清。

所以他做出书面承诺，日后父母生病及尽孝需要时，自己必然还是会承担应负的责任。

意料之中的，没人回复他。

就好像这世界少他一个也没什么关系。

"俞韵，"谢瑾在她听不到的角落喃喃，"我彻底自由了。

"但没想到，还真是有点难过呢……"

经此"一役"，谢瑾兜里的余额是史上最少。

好在生日前，他的传媒公司也在上半年的拼杀中选到了最好的几只潜力股。

谢瑾实现了财务自由，拥有了得以随意支配自己的时间与精力。

与此同时，法定年龄就这么悄无声息地到了。

曾经他随口接话算错了时间，真以为俞韵要等他两年。

后来在那人一声声"哥哥"里，他才忽而想起自己居然可以提前九个月获得那份至高无上的殊荣。

于是，在谢瑾二十二岁生日的前一天，他们在零点前，跨越了上千公里。

"陪我去海边逛逛吧。"

飞机刚一落地,租好的车就已经停在了机场,他撂下这句话,便拽着俞韵驱车前往海边。

到达这座小岛时,谢瑾摸了一下口袋,走去为俞大小姐打开车门的脚步中有丝不易察觉的紧张。

太阳升起的那一刻,两人恰好绕着风景独特的小岛转过了完整的一圈。

灯塔耸立,不知不觉走回最初的地方,谢瑾停下脚步,立于那处颇有电影艺术风格的海边亭台。

揽着她的肩,他抿唇,轻轻拍了拍。

俞韵觉得这不像是引自己过去,倒像是安抚自身的情绪时,下意识顺便安抚了她。

在风声和海浪声中,他们坐在亭子里唯一的连椅上,天南海北,聊了许多奇怪的话题。

比如房子还有哪些地方需要调整布置、海和礁石是怎么形成的、树叶的颜色为什么不一样,以及侏罗纪时代海里到底有没有恐龙……

极其治愈的环境,一切都像被按下了暂停键,只供心无旁骛的人欣赏。

在俞韵支着下颌安静看海的那几秒钟里,谢瑾单膝而跪,极尽温柔。

"我知道,你喜欢仪式感,但我更清楚,你只需要独属于两个人的浪漫。

"想了很久要在哪里向你求婚,最后选来选去还是定在了这里。那年毕业,我们第一次看海的地方。

"以什么人或布景来见证,都终有一天会消逝。

"但时移世易、星河斗转,海和礁石永远不会。"

他手持一枚戒指,眼神虔诚干净。

那颗亮晶晶的钻石,同她一直戴着的项链一般,在阳光的千万种折射下,似他的爱,璀璨夺目,也如同她书桌旁的玫瑰,永远都是开得最好的样子。

"谢瑾……"俞韵止住泪水,也止住谢瑾的话,语气有些不安,"我的心理问题和成长经历,并不支持我去做一个妈妈,如果你……"

"嘘,"谢瑾抵住她的额头,落下蜻蜓点水般的一吻,"多虑了。我已经联系好了医院,过几天就去结扎。我这种人,怎么可能让一个小东西来分走你的注意力?"

谢瑾笑得傲娇,牵过她的手,坚定而温暖。

"所以，俞大小姐，你愿意去看看婚姻登记处的百合花吗？"

"我愿意。"

得到了毫不迟疑的回答，谢瑾竭尽全力平静，发出的声音却还是细碎到如同吹了一晚的海风。

"你跑不掉了，我的小未婚妻。"

他小心翼翼地将戒指戴进俞韵的中指。

无名指保留着空位，自不必说，那要留给和他相应的对戒，成为某种凡世尘间缔结的象征。

许多年的爱意，在这一刻凝结成了他们眼中这无尽的世间万物。

他们在万物的见证下接吻……

海边旖旎的气氛持续了许久，最后在八卦组首领的打探电话中暂告一段落。

得知谢瑾求婚成功的时候，夏封比俞韵情绪还激动。

至此到大学毕业那年，谢瑾和俞韵被几个人轮番催婚，已经催到颇有别人过年的感受。

他们旅行结婚，在临行前，也只约了彼此的好友来一同度过。

一行人没有分毫改变，无拘无束，颇为肆意。

夏封在派对上喝得酩酊大醉，抱着俞韵的胳膊不撒手时，还依旧会提起谢瑾求婚那天的电话。

他声嘶力竭控诉着他哥说的那句"爷打今儿起，就不跟没有婚约的人玩儿了"。

另一边，魏令仪和便利店小哥还真成了年纪小的学姐和年纪大的学弟，让魏凌岚苦笑着点头，无话可说。

魏令仪捧着俞韵的手，眼神涣散，摸着那颗小哥暂时还买不起的"天神眼泪"，问她哥自己是不是选错了。

陈墨一心扑在学习上，毕业便顺利进入了研究院，换了他来供陈白追逐体育梦。兄弟两个怀揣愿望，正在各自的领域里努力挣一个理想的未来。

而裴安最近谈了恋爱，比魏凌岚简单甜蜜，羡慕得裴诗青老泪纵横。

于是，场面一度过分戏剧化。

喝得微醺后，谢瑾站在一旁录着第二天替众人回忆的视频。

最后，他还不忘在结尾翻来覆去，拍了整整一分钟的结婚证，以兹作为对醒酒后各位单身狗的鞭策。

恍惚间，门铃响起。

接过快递员手中颇为沉重的箱子，谢瑾疑惑地拆开，看到里面满满当当的样书，慌忙放下酒瓶，随即骄傲地笑出声。

最近俞大小姐自幼的梦想实现，新书出版了，等度了蜜月回来，还有几场签售会。

与她日常的开销相比，钱也许不算多，但这是她的梦想，能与笔下的每个人物心跳同频，她依旧快乐得像只喜鹊，每天都在期待着。

此刻客厅里的几个人酒足饭饱，唱起了歌。

谢瑾笑着夏封的五音不全，迅速把自己埋进了一旁的沙发里，躺在俞韵的身边，抱住这跟着鬼哭狼嚎的软软一团。

好似当年翻看那本文集本，他勾着嘴角，珍之重之地打开样书。

几秒钟后，眼眶受到酒精上头的刺激，谢瑾怎么也忍不住泪水，活生生被一群人嘲笑。

最后，大家不清醒地睡了一地。

在书的扉页上，俞韵写了一段话。

那年他说，我们去寺庙求取功名。

等我许好了愿望，睁眼才发现他头伏得很低，似是已经端正向大殿拜了许久。

彼时，我明白了，他压根儿就是骗人的。

那天，这人既不为功名，也不为自己。

只为了我。

他是那样虔诚如神祇，却又不度众生。

偏偏度我。

——正文完——

番外一 · 小行星

"你没事吧?"

"药吃了吗?是不是过期了?"

"哎呀,脸色都黄了,我们还有好几个小时才到呢,这可怎么办?"

大巴上,非常困倦的谢瑾挂着半边耳机,被一阵小小的吵闹声唤醒。

他坐在最后一排,皱眉凝神,发现前方不远处围成小圈的人。

他们安慰着一个抱着黑色塑料袋的女孩,但显然,女孩此刻不太需要安慰。

就这么围着一个晕车的人叽叽喳喳,大家问东问西也没个解决办法,那人虽然不好意思回绝,却连努力回答的语气都很勉强。

实在是太吵了。

谢瑾想把这几个人打包扔出车窗,却还是从包里掏出了一个橘子,递向前方。

"同学,传给要吐的那个。"

刺激而清新的气味总算是帮女孩缓解了一点不适。

谢瑾听到她在小声问这橘子是谁给的,慌忙闭上眼睛假寐。

他没什么好心,只是因为觉得太烦。

抵达夏训营,休整后就是分组,不少人盼着和那位测试第一的女生分到一起,谢瑾却不想交什么"厉害朋友"。

毕竟他来这儿的目的就是争夏训营最后比赛的第一。

开课第一天,周围讨论得火热,他垂眸站在最边缘的角落里,终于记住了那位第一的名字。

俞韵。

哦，晕车的那个。

谢瑾观察许久，看她同他人愉悦地交流，就像是在和谐家庭长大，被爱滋养出骄傲的孩子。

那时他还尚且不懂，她心里最后的努力自救，距离失败只差了未来的一根稻草。

偶然间回头，俞韵恰好与正琢磨着把她拉下"神坛"的谢瑾对视。

谢瑾匆匆低下头，心想：等我打败对方拿到第一，这人大概会跑回家哭鼻子吧？

不过没办法，他很需要这些连自己都觉得可笑的证明。

也许是为了挽留谁的在意，也许是为了摧毁自欺欺人的幻想。

然而，忙于输入知识的时候，谢瑾忘记了他没有交友的需求，不代表别人就不想来认识。

青春懵懂的年龄，他在观察俞韵，也有人在观察他。

无奈之下，他开始每节课都坐在教室的最后一排。

然而选择位置时，他下意识挑了抬眼便能望见俞韵的那个，当时还默认着自己只是在了解对手的动向。

那些日子，他躲避着同性的玩闹、异性的试探，就静静坐着，偶尔看一眼俞韵。

他被家庭的一地鸡毛整到崩溃，却又怎么也超不过俞韵的评分。

她那么耀眼，衬得他黯淡无光。

一天中午，快要走到小食堂的时候，谢瑾又碰到了那个熟悉的身影。

也不知为何，俞韵三天里得有九顿是这样站在这里的，让他觉得比那些背不完的诗词还要闹心。

但他没有越过俞韵，只是站在树下阴凉处默默望着。

那时候，谢瑾对俞韵既讨厌又不讨厌，至于某天早上为什么把一杯热豆浆放在俞韵的桌上，连他自己也说不清楚。

大抵是不希望那天也听见她叨叨着胃疼吧？

俞韵后桌的男生总想和她聊天，便冒领了谢瑾这杯不算关照的豆浆，得了一声不尴不尬的谢谢。

谢瑾没戳穿，劝自己送豆浆只是为了在学习时不用受到旁人聊天的打扰，谁认下都一样。

然而过了一分钟，他揉了草稿纸，将笔帽摔在桌上，无端觉得烦闷。

听见响动回头，俞韵的眼神有些说不清道不明。

谢瑾没注意到，只烦躁地起身，寻了个窗台坐着。

凉风习习，他的耳朵却总能在嘈杂的环境里捕捉到那条声线。

几分钟后，几个女生凑在一起攀谈起来，不知是谁挑了话头，居然讨论起"理想型"。

都尚处于悸动萌芽的时期，连周围的几个男生也加入了讨论，而谢瑾却只想听俞韵说。

俞韵那些仿佛量身定做般的形容化作关键词不断在谢瑾心里盘旋着对照，最终出乎意料地组成一句"我可以"。

谢瑾转身跳出一楼的窗户，心烦意乱地想：我应该是疯了。

可惜还没等他想明白，夏训营的学校外便来了人。

那个所谓的亲戚，来接他去参加亲妈筹备已久的婚礼。可笑的是，谢瑾刚知道有这回事儿。

婚礼办得如何，他不知道，但裴叔叔依旧按他爸的指示，拿走了老房子里，他所有的行李。

谢瑾从此孑然一身，不再需要向谁证明自己并非累赘。

对面是女生宿舍，似乎有谁在拉开玻璃窗挂衣服。

模糊着眼睛挂断几个来安慰的电话，谢瑾将半个身体探出栏杆，委屈得想哭，又崩溃得在笑。

"对面那个帅哥干什么呢？明天要互评的文章写完了吗？不如咱俩先交换一下呗？"

不知是谁仗着夜色不明，壮着胆子来寻他开心。

谢瑾起身不作理会，站在宿舍的阳台上，万念俱灰，冷漠地望着下方的地面。

几十秒后，他闭上眼睛，却在那一刻捕捉到熟悉的声线。

"你别闹人家了，快进来。"

"卷子是我来发，你还敢当着我的面暗箱操作？"

几个女生笑着打闹，嚷着蚊子咬，迅速关上了窗户。

四下重归寂静，谢瑾恍然如梦，后知后觉感到害怕，向后退步离开方才即将失重的区域。

第二天早上，他避开其他同学，将心机压在俞韵桌面的最底下。

仿佛真的只是为了瞧瞧她的爱与希望该如何继续，又有几分不愿承认地想要被救赎。

因为被刘海遮盖住的红肿眼睛,他没看到。

那个昨晚口口声声说不许暗箱操作的人,翻过了整整一摞卷子,将他的那张提前抽出来,压在了书本下。

他是被憧憬的星星,闪烁在黑暗里。

而她那么耀眼,却散落在他心上一缕月光。

夏训营结束前,有一场小小的文艺班会,谢瑾依旧坐在最后一排,等着这场于他而言的闹剧结束。

彼时俞韵站在阶梯教室的讲台上,唱着那首 *California*,让他终于顿悟。

谢瑾落荒而逃,俞韵以为他是烦躁,其实他站在半掩的门外,明晰了自己的内心。

他是那么想捂住其他人的耳朵,让俞韵只能唱给他听。

可惜第二天,偷心贼就留下一本文集本,好似永远退出了他的世界。

但谢瑾知道,他迟早会找到俞韵,会靠近她,或者拥有她。

也是那一年,他无意间在网站上看到可供购买的小行星。

他精挑细选了两颗,一颗命名为谢瑾,一颗命名为俞韵。

两年后,他们终于得以一如它们般——

并行。

番外二 · 谢瑾日记

节选1

跑上天台的时候,其实我像是被谁下了软骨散,抑制不住地发抖。

这教学楼的铁门年代太久,锈迹斑斑,声音必然很大,可我心脏急速供血,震得连耳膜都在跟着跳跃。

所以撞开门的那个瞬间,我什么也没听见。

也不知那阵突如其来的响动,有没有吓到沉浸在自己那颗小星球里的俞韵。

这件事他忘了问,没做好,该罚。

等我焦躁的视线捕获到她,天台就只剩下风声了,周围静得可怕,甚至不曾有啜泣。

我像是在靠近野生猛兽的饲养员——而过去很长的一段时间里,猛兽受伤只习惯独自舔舐。

所以我步子放得很轻,但又不敢太轻。

客观来讲,本周算得上接连不断的好天气,可今夜依旧凉得让人战栗,也可能是我精神紧张的缘故,总觉得这平静的天台实则风雨飘摇。

星月是黑暗里的美好,却并不会带来温暖,所以她看起来瑟缩而单薄。

我不是救赎型人格,事实上正在写日记的这个人,曾经恨不得世界毁灭。

可哪怕这预想在脑海里反复演练了千百遍,我也只想救她,然后把整颗星球炸成烟花给她看。

我的爱也许很病态。

俞韵当时的状态很危险,我不敢再向前走一步,只能伸手等待,等她完成这个只有我知道的单方面契约,或者拉我一起下地狱。

倘若她准备一跃而下,我倒是早已做好与她灵魂纠缠的准备。毕竟同她一起魂归天地,说起来,是我赚了。

但如今是春天了,不该有落叶的。

那一刻,在我的拉拽下,她被迫朝我扑来,而我装作正人君子的模样,却沉溺于她身上那股莫名的香。

那是独属于我能接收到的荷尔蒙气息,它令我不可救药地心存妄想,开始设计一场幻想过无数次,又望而却步的梦。

今天,我不够坦荡,于是得以抱了她很久很久,然后透过她发丝间的空隙望见一颗星星。

节选2
电音小子夏封选的那件粉色外套,我很喜欢,希望俞韵也觉得好看。

昨晚在宿舍闹了一通,打发了多嘴的舍友,才知道我应该早些出现,至少能让她少受几天苦。

她救过别人,我并不是唯一一个。

没有在吃醋,我只是想不明白既然如此,为什么直到我出现前都没人哪怕为她说句话。

我平等地恨他们每一个人,包括我自己。

刚转学来的时候,我曾站在高三楼层的露台上,伪装成背书的路人,偷偷望她。

但我配不上她,并不敢像今天这样明目张胆,抱着撩拨的心思挥手致意,再试图摆出为她撑腰的架势。

虽然现在的我也依旧配不上她。

如果从没见过她的张扬与明媚,也许我会觉得这女孩沉静淡然,只是在低头看书,没什么不开心。

可我明明见过……也该注意到她那些细微的不同以往的表情下,一定有某种持续的悲伤与难过。

两个月了,我看不透月亮那层厚厚包裹着的易碎外壳,还妄图做她身旁的星星,可见被谢瑾这个人喜欢,实在是没什么用。

只能寄希望于这副皮囊,能博得她短暂的回眸。

而我将看着她回到高台稳坐天际,再和这一段回忆共度余生。

天台真是个该被堆满废品的地方,明天我就去给门加上铁锁,让她再也去不了那个几乎让我心跳骤停的地方。

PTSD的滋味我算是尝到了,以至于她自说自话地认为自己见不得人,我都没来得及反驳。

我,谢瑾,在最该和她辩论的话题上,好似废物般沉默了。

所以被质疑所谓的喜欢不过瞬息,是应当的,我活该。

节选3
她摸了我的鼻尖!
她摸了一下我的鼻尖!
她抬起手,很轻地点了一下我的鼻尖!
我想最近都不要洗脸了!
啊啊啊!
魔镜魔镜,告诉我,谁是这个世界上最幸福的人?
谢瑾!
我宣布!
是你!
是你!
就是你!

节选4
去见李阿姨的时候,我先承认了错误,李阿姨将我好一顿训,好烦。
好在裴安改属八哥了,聒噪得很,他挨骂比我多,不烦了。
诗青姐打配合很及时,我借机卖惨游说,总算安排妥当,就算此路不通,国际部的学费不算很高,我供她留学也可以,说不定异国他乡,她会赏脸依赖我一点点。
不管文学赛的结果怎么样,都得找个机会让她离开乌烟瘴气的二部校区,那里是痛苦的土壤,却不能让她的文字开出花来。
李阿姨提出的条件,在原先就不平等的条约上并不算苛刻,但我本来就不打算遵守。
诗青姐怕我小不忍则乱大谋,差点把我脚趾踩掉。
其实我假装犹豫几秒是为了增加可信度,心里答应得相当痛快。
我不讲武德,没有契约精神,我有罪,但我不想做谁召之即来,挥之即去的宠物,也不打算遵守给谁的承诺。

以上种种都排除俞韵。

我得亲眼看着她脱离沼泽,去个好大学。

俞韵是要飞起来的鸟,不该在泥地里蹉跎。

我录了很多童话故事,想必她此刻在听。脏手的事情她都不必做,我只想她好起来,活在我营造的童话世界里。

如果她愿意,我可以就这样默默活在她身后,同学也好,故人也罢,就这么扫清她飞行路线上的障碍,仰望她一辈子。

陈墨的哥哥少年老成,虽然一看就脾气不大好的样子,但看在陈墨的面子上,他着实免去了我不少麻烦。

他作为能保送的体育生,比赛拿了不少奖金,鞋子却很旧,和陈墨那双很爱惜的新鞋对比有点明显。

夏封支支吾吾半天没说明白,必然是我不便打听,可这个举动也差不多让我知道该怎么还清这笔人情债了。

这世界上离谱的原生家庭真多,做家长之前,能不能先考个试,不然给孩子发个问卷也行,问问我们想不想拿脐带结束这即将开始的人生。

可我出生了,并且怀揣信念地活着,我要保护俞韵,跟她一起去努力触碰那个稍纵即逝的梦想。

节选 5

她记得夏封,很好,我的地位再次下降了。

小兔崽子在宿舍念叨什么?

他的太阳女神?

嘁,小人得志,真想把他抡圆了给他一巴掌。

节选 6

今天是我的生日,不合时宜之人那不合时宜的生日,我已经许久没这么开心过了。

因为她睡在我膝边的沙发上,这感觉就像我短暂地拥有了她,像贫瘠的荒地拥有了一朵玫瑰。

不过或许她不能离开了,我开始控制不住那些曾被抑制的情绪,它们占据我,让我变得患得患失,也让我开始期待自己的唯一性。

可以吗?

谢瑾可以成为俞韵的唯一选择吗?

像王子和公主的结局，而不是小美人鱼化作的泡沫。

当时我的心里就这样一遍遍询问着，所以人类的本质果真是复读机。

也许在那一刻，从草履虫进化至赛博时代，由质子扩展至整个天外宇宙，万物更迭都停滞住，只为了让一粒小小的尘埃飘浮在俞韵心上。

于是她承诺，会以我为解药，会学着来我的世界看看。

而我早已做好了她食言的准备，无论结果如何，都屈从于她和宿命，并将永不抵抗。

我想过她会遇到某个人，也思索过自己该如何体面离场。

但我没料到自己欲壑难填，却所求皆如愿。

节选 7

艺考是件很辛苦的事，比如现在的我，坐在距离俞韵几百米外的地方，裹着超厚的羽绒服，却冷得拿不稳手机。

可她身穿单薄如同秋天随手拿来御寒的风衣，已经在考场里待了将近七个小时。

刚才有人来采访，我胡说八道一通总算糊弄过去。陪考的事情不能曝光，那会让逃离的脚步被绊住。

其实如果有机会，我想告诉那位记者，真正该被采访的，不是在这里等待的任何一个人，而是那些每天凌晨三点不睡觉，还在练习着专业课程的考生。

她勇敢地朝着梦想前行，去追寻热爱、自由和即将到来的黎明。

而我的热爱是她，自由与黎明皆是她。

我是为她远道而来的风，是飞鸟航行中的风。

只是我所信奉的神明待我不薄，亦垂怜我，一如她的神明。

节选 8

修罗场这种事情，我以为只会出现在她笔下的小说里，却没想到婚后的第一年，我近视了。

假的。

俞韵喜欢的乙游角色出了一组套图，她开心得不得了，从手机到电脑，壁纸全是这个我现在都还没记住名字的二次元男人。

好吧，我承认，也许他看起来确实很帅，但我是三次元的人，我赢了。

我没吃醋，我一定是真的赢了。

好在斯文败类倒也没有超出我的能力范围，而在我的领域里，他还不算是不可战胜的存在。

不能表现得太明显，不然会被她盯着看很久，然后在我不好意思的那瞬间，开始她的嘲笑。

所以我告诉所有人，我近视了。

念叨了几天后，我顺理成章配了一副金丝半框眼镜，根据夏封和陈墨的说法，我帅出天际。

但裴安狗嘴里吐不出象牙，所以我跟他辩论了半天。

最后翻看记录，才发现我给群聊发错了视频，穿着俞韵买给我的毛绒睡衣，还带耳朵，看起来是不太聪明。

好在魏凌岚善解人意，愣是发了三百字的小作文夸我审美酷炫，直到我让他滚。

那天，我和以往一样认真收拾打扮了自己，把还在过着剧情傻笑的俞韵从书房的座位上拎起来抵在墙上。

这举动可能并不少见，但这天我在吻她前说了句话。

"帮我摘掉眼镜。"

这依旧是精确的取向狙击，我一向做得很好。

她睫毛扇动很快，耳尖红到我怕她烧起来。

就像大一开学前，我带着伤回到别墅，却被突然吻住一样。